麻小云◎著
U0661585
番茄出版
SPM 南方传媒
花城出版社
中国·广州

图书在版编目（CIP）数据

安心客栈 / 麻小云著. -- 广州 : 花城出版社,
2023.3
ISBN 978-7-5360-9720-9

Ⅰ. ①安… Ⅱ. ①麻… Ⅲ. ①长篇小说—中国—当代
Ⅳ. ①I247.5

中国版本图书馆CIP数据核字(2022)第179328号

出 版 人：张　懿
责任编辑：李　卉　廖顺瑜
责任校对：李道学
技术编辑：林佳莹
封面设计：林　希

书　　名　安心客栈
　　　　　ANXIN KEZHAN
出版发行　花城出版社
　　　　　（广州市环市东路水荫路 11 号）
经　　销　全国新华书店
印　　刷　广东虎彩云印刷有限公司
　　　　　（东莞市虎门镇黄村社区厚虎路 20 号 C 幢一楼）
开　　本　880 毫米 ×1230 毫米　32 开
印　　张　11
字　　数　285, 000 字
版　　次　2023 年 3 月第 1 版　2023 年 3 月第 1 次印刷
定　　价　49.00 元

如发现印装质量问题，请直接与印刷厂联系调换。
购书热线：020-37604658　37602954
花城出版社网站：http：//www.fcph.com.cn

目　录

楔　子

东海之滨，一座无名小岛上。一青年躺在巨大的礁石上，晒着太阳。海风吹过，那前赴后继的海浪将岸边的石头拍得“啪啪”作响。

青年二十岁左右。一身青色镶边刺绣长袍，青玉缎带，头戴精致的藤蔓花纹金冠，面白似玉，墨眉似剑。

“安心啊！今天是你大师兄从九审之渊回来的日子，你怎么还在这里晒太阳啊。”一个声音打破了正在享受阳光的安心。

安心转头望去，见一位穿着紫色长袍的慈祥老人，向着安心所在的巨石走来。

老人头发梳得十分认真，没有一丝凌乱，可那一根根银丝一般的白发在黑发中清晰可见。微微下陷的眼窝里，一双深褐色的眼眸，悄悄地诉说着岁月的沧桑。

安心看了眼老头，开口道：“师父啊，我大师兄这次回来，可是要夺取你这东岛总岛主之位啊。咋啦？你这个时候来我这边是不是想通了，准备了好处，要我对付师兄，帮你保住东岛总岛主的位置啊。”老头看了眼吊儿郎当的安心，嘴里喃喃道：

“唉，真不知道造了什么孽，收了三个徒弟，一个比一个不听话。你大师兄算是最好的，天天脑子里想着是怎么把我从总岛主之位上拉下来。你那二师姐跟个花痴似的，从你十五岁以后，就天天吵着要嫁给你。我没答应，她竟然一气之下叛离了东岛，在外面组建了灭东门，天天吵着要消灭东岛。”

老人越说越气愤，竟然一脚踢向了安心身下的巨石。这一脚老人用上了两成功力，按理说，那块巨石应该化为粉灰，安心也会因此而摔倒下来。可事情却出乎老人的预料，那块巨石依旧静静地立在原处，连条裂缝都没有。

安心白了一眼老人，从巨石上跳了下来，对着老人开口道：“你看看，你三个徒弟还是我最懂事吧。来，把你那颗价值百万两的镇岛之宝给我看看。我保证只看不拿。”

老人白了眼安心，开口骂道：“我三个徒弟里面，最让我愤恨的就是你，你说你十五岁，出东岛，就闯下了天下第三的名声。为啥你两年前回岛后，天天就知道吃喝玩乐。你知道江湖上的人怎么说你的吗？”

安心伸了个懒腰淡淡道：“还能怎么说，肯定说我空有修炼天赋，不知道努力。都四年了还没突破那知天境呗。”

老人听到安心的话，一脸气愤：“你知道，还不努力？”

安心摆摆手道：“师父你说，这世道挺奇怪的啊。一群连鱼跃境都没达到的渣渣，来评价我一个达到化龙境的高手不够努力。”

老人听到安心的话，冷哼一声并不说话。

安心看到老人的表情，上前劝慰：“师父，你就别管我了啊。我两年前回岛不就告诉过你，那知天境我想什么时候突破就什么时候突破。只是现在我懒得突破而已。”

老人听到安心的话，脸色好了很多，一脸严肃地看着安心：“安心，你真的不帮为师？”

安心看着老人问道：“师父，真的不打算让位？”

老人听到安心的问题，摆摆手，转过头开口道：“安心，你觉得你大师兄，继承总岛主之位，我有几成概率活下去啊？”

说完也不等安心回答，往深岛走去，身影显得格外落寞。

安心看着老人的背影，喊道：“师父，你要是把那颗镇岛的龙珠给我，我保证你活得好好的。你要是不给，我怕你等不到大师兄回来，就被人暗杀了啊！”

正在走路的老人听到安心的喊声，一个踉跄差点跌倒，嘴里喃喃道：“造孽啊！”

…………

东海海域。一艘巨船迎着风浪缓缓在海中前行。

巨船全身由乌木打造，船边雕龙画凤。船上有一根桅杆，上面飘着一面碧海蓝天旗。旗帜中间写着一个大大的“东”字。

巨船船头，此时站着一个男人，那男人五官分明，一双眼睛射寒星，身着一身青衣，站在船头望向远处那岛群中最大的一座岛屿。

就在男人打量那个阔别三年之久的岛屿之时，一个身穿白袍、背着两柄利剑的青年走到男人身边，对着青衣男人行了一礼：“谷师兄，东岛七十二岛的岛主，还有三十六洞的洞主都已经同意帮您拿到总岛主之位，四位长老有两位已经明确表示站在您这边。这次您回来一定能得到总岛主之位。”

身穿青衣的男人听到白袍男人的话，转过头去，淡淡道：“那有什么用，只要我那小师弟不同意，再多人同意也没用。别看那七十二岛岛主、三十六洞洞主名声叫得好听。你现在让他们去和我那师弟拼命，估计连踏上总岛的胆量都没有。至于两位长老，哼，他们只是不服我师父坐上总岛主之位，才支持我的吧。”

白袍男人听到青衣男人的话，说道：“谷师兄，你不必妄自菲薄，您已经将九审九渊练到第七层，踏入了化龙初期。如果联合两位长老，应该可以对付安心这个祸害。”

青衣男人听到白袍男人的话，先是一愣，随即脸色变得铁青，厉声呵斥道："王宇师弟，请注意你的用词，安心师弟不管以前做过什么事，他永远都是我师弟。我很明确告诉你，就算把东岛所有人聚起来对付安心师弟，都可能被他反杀。"

那王宇听到青衣男人的话，立马陷入沉思："难道就没有其他办法绕过安心师弟吗？"

"有啊，给我五千两，我就推选我大师兄当总岛主。"

一个青年的声音传到了王宇和青衣男人的耳朵。

青衣男人和王宇大惊，连忙顺着声音的方向望去，只见一长相精致的少年坐在船上阁楼的楼顶，正是安心。

王宇从背后将两把利剑拔了出来，一脸警惕地看向安心。

青衣男人则一脸无奈："小师弟，你怎么还这么爱吓唬人啊。"

安心摆摆手，一道无形之力将王宇从船上弹飞到海里。安心对着青衣男人笑道："师兄，师父已经将龙珠给了我。你当上总岛主后，就别杀他了！虽说咱们东岛有杀前任总岛主上位的传统，但我觉得这是个陋习，得改！"

青衣男人听到安心的话，点点头，无奈道："安心啊，你让师兄我怎么说你，为了得到这颗龙珠，你从十一岁的时候就开始谋划，天天在师父面前说，我要夺取他的总岛主之位。搞得整个东岛的人都以为我要当岛主，天天明里暗里给我示好。现在好了，七十二岛主和三十六洞主都是我的人了，不想拉师父下来都不行。"

安心听到青衣男人的话，无奈地笑道："师兄，我也没办法，师父又不愿意将龙珠给我，我只能和他说，他要是不给我龙珠，将来师兄谋反后，我肯定不帮你。你说师父也是挺不容易的啊，坚持了八年才肯将龙珠给我，把我气得差点要欺师灭祖啊。"

青衣男人听到安心的话，脸都黑了。你从十一岁就开始陷害师兄和师父，就不算欺师灭祖啊。

安心看到青衣男人不说话，便开口道："师兄，给我五千两。"

青衣男人听到安心的话，眉头一皱，从怀里掏出五张银票，一脸疑惑："你要钱干吗？"

青衣男人反应不及，被安心一把夺过银票。

"师兄，五千两换一个安稳的东岛总岛主位置，不亏。"青衣男人听到安心的话，一愣。可就在青衣男人愣神的工夫，安心已经消失在原地，不知去向。

第一章　客栈

新安镇地处平原，水利发达，是江南通往圣城的必经之地。按理说如此得天独厚的地理优势，无论是经济还是商贸都应该非常发达。可事实并没有众人想的那么好。要知道这个世道，走南闯北的可不仅仅是商人，更多的是那些不受管控的江湖人。所以在新安镇最常见的，是拿着刀剑上门讨口饭吃的江湖人。

新安镇并不大，也有朝廷设立的衙门。可自从三百年前，一道人飞在圣城空中，以一剑灭了朝廷两千多名青衣卫高手后，这官府也像霜打了的茄子般一蹶不振。各地衙门捕快，但凡遇到手持刀剑的人，都会远远地躲开。生怕这群人会一边喊着“为民除害”，一边从自己身上搜刮朝廷刚发下来的钱粮。

这个畸形的世道，自然有着畸形的生活方式。

就拿新安镇来说，街道上随处可见的是手持刀剑的普通人和手持刀剑的老板讨价还价。

安心一身青衣长袍，牵着一匹白马走在新安镇的街道上。看着这群所谓的“江湖人”，安心并没有停留。可是安心的出现却吸引了这群“江湖人”的目光。

这气质，这打扮，实在是这群穿着补丁粗衣糙布的“江湖人”无可比拟的。

安心没管这群人的目光，径直走到镇中心的一间客栈。

客栈，没有牌匾，门口有两个石狮子，看样子，应该有很久没人清理过了，上面满是灰尘。安心将马匹拴在了左边石狮子上，径直走入了客栈。

客栈有三层，一楼是用来招呼普通客人吃饭的大厅。二楼是用来招呼一些所谓贵客的包厢。三楼是客房，用来留宿那些久居新安镇的江湖人。

安心进了客栈，发现一楼大厅空空如也，除了门口通往二楼楼梯的这段路，其余地方都是灰尘遍布，蛛网横生。一个穿着粗麻长袍，肩披抹布的青年，听到大厅有人，便透过栏杆往下看去，就见一穿着富贵的青年站在楼下。那青年好像发现了自己，抬头往他这边看来，面带微笑地朝他点点头。

粗麻长袍青年从未见过如此好看的微笑，连忙下楼行礼："客官，您是打尖还是住店？"

安心听到粗麻长袍青年的话，连忙回礼："原本是打算，在这里吃饭睡一晚上，可你这里……"

安心并没有把话说完，而是打量着一楼那些布满灰尘的桌椅。

那粗麻长袍青年顺着安心的眼神望去，讪讪道："抱歉啊，来我这里的客人都是自恃有身份的人，他们不愿意坐在等人的大厅，都在二楼包厢用餐。至于住宿，很抱歉，这客栈有客人长住，已经没有多余的房间了。"

安心听到粗麻长袍青年的话，笑了笑："那你们客栈的生意倒是不错啊！"

粗麻长袍青年听到安心的话，摇了摇头，面带苦笑，没有说话。

青年领着安心来到二楼一间包厢，那包厢位置并不好，没有窗户与屏风。

安心刚想让粗麻长袍青年换一间，可不远处传来一个粗犷的声音："裘生，你小子跑哪去了，这里没酒了，快给老子拿酒来。"

那粗麻长袍青年听到声音，脸色瞬间变得铁青，垂下来的双手也微微握紧，可随即又深深地呼出一口气，对着刚刚传来声音的方向喊道："来了，好酒马上就来！"

说完便朝声音传来的方向跑了出去。安心看着那青年跑出去的背影，并没有说话。

不一会儿，外面传来了打斗声。

安心连忙往外看去，就见那粗麻长袍青年，被人从包厢内推了出来。那青年一个踉跄跌倒在地，刚想爬起，一张长凳，从包厢内飞了出来，径直撞在了粗袍青年的额头上。那粗袍青年，又一个踉跄跌倒在地，额头上立马流出鲜血。

安心一愣，连忙走到粗袍青年旁，将他扶起，看了眼那青年额头上的伤口，递给青年一个瓷瓶，开口道："这是上好的金疮药，你拿去包扎一下吧。"

那粗袍青年，看到安心手上的瓷瓶，并没有伸手去接，晃了晃还有些晕的脑袋，无奈道："不用了，习惯了。我也用不起这个。"

安心听到粗袍青年的话，将瓷瓶放在他的怀里，笑道："没事，不用钱，送你的。"

说完顺着包厢门往里望去。就见包厢内站着四个五大三粗的壮汉，这些壮汉袒胸露乳，将四把明晃晃的九环刀放在桌上，正死死地盯着安心和那粗袍青年。

其中一大汉指着安心两人，骂道："你是谁，敢管我们西北四霸的事。"

安心看了眼四个大汉，缓缓开口道："安心。"

四个壮汉听到安心的话，先是一愣，随即哈哈大笑起来。一壮汉指着安心嘲讽道："哈哈，你是安心，邪公子安心？你可别吹牛了，你要是安心，老子就是无星道长。”

那壮汉声音之大，一下子吸引了客栈内众人，就连三楼厢房的客人也纷纷走出包厢朝这边望来。

安心并没有说话，扶着那粗袍青年，往自己那包厢走去。

那四个大汉见安心如此，便以为安心的谎言被拆穿想要逃离，刚想拿起大刀给这个嘴上没毛的青年一个教训。可就听“嘭”的一声，壮汉所在包厢的桌子和桌上的酒菜碗碟还有那四把九环大刀立马化为粉末消散在空中。

围观人群看到这一幕，纷纷张大嘴巴，惊恐地看向了安心。那四个壮汉更是吓得一身冷汗，虚坐在地上。

安心可不理会众人的目光，开口对着旁边的粗袍青年道：“东西算一下，多少钱！”

那粗袍青年看着安心，一下子就哭了起来，也不管地上是否干净，直接坐了下来。哭声凄惨，一下子吸引了众人的目光。可围观群众看到这一幕，竟是出奇地安静。

那粗袍青年，也许哭累了，用袖子抹了抹发红的眼睛，起来，走到存酒的房间，拿了两坛酒，一坛递给安心，开口道：“你是个好人，我请你喝酒。”

说完也不等安心回答，打开一坛酒封，大口灌了进去，自顾自地说道：“我叫裘生，只是想在这世间求一生计，可你们为什么总是欺负我？一个个吃饭不给钱，住店不给钱，动不动就打骂我，还和我说，江湖人，不知银钱是何物！”

说完又猛灌了一口酒，继续说道：“我将客栈押给牙房，让他们帮忙转卖，结果他们说，我的客栈没人敢买，就算挂上一两银了也没人敢买，还说看我可怜帮我先挂上，但是卖不卖得掉就随缘。”

说完用手指着围观的众人继续嘲讽：“你说，你们是江湖人，哈哈，你们配吗？都是土匪，都是强盗！”

说完躺在地上轻声哼起了小曲："酒不醉人，人自醉。何方需讨生……"

可刚还没唱完，就感觉有人用脚踹他。

裘生疑惑，抬头一看，正是安心。此时安心手上拿着一张地契在他面前晃了晃："我刚刚在牙房那边将这间客栈买下来了，他们说你把自己连同这个客栈也一起卖。如果他们说的是真的，现在我是这家客栈的老板，你以后就是我的伙计了。"

裘生听到安心的话一愣，随即站起来开口道："你真的买了这间客栈？"说完露出一脸的傻笑。

安心点点头："你还别说，这客栈挺便宜的，我花了一两就买了下来，关键买客栈还送小二。对了，这客栈以后就是我的了，从现在开始这个客栈所有的收入都归我了。"

说完又踹了踹一脸欣喜的裘生，开口骂道："笑个屁啊，还不去把客栈门关起来，我听你说，这群渣渣竟然在我的客栈吃饭住宿不给钱，反了天了他们！"

骂完对着围观的人开口道："你们已经被我一个人包围了。不想死的，给钱！"

中午，正是人们吃饭的时间。新安镇中心一间无名的客栈，此时却紧关大门。路上的行人对此习以为常。而客栈内，一青衣长袍青年正坐在二楼梯口阶梯上，嗑着瓜子。楼梯走廊处，有一粗衣长袍青年，坐在一长桌后，一手将一个算盘打得"啪啪"响，一手翻着一卷泛黄的账本。

此人正是裘生，他对着前面一壮汉颤颤巍巍道："王前辈，你这边的账单已经算好了，一共五十五两，您给五十两就好。"

刚说完，就传来安心的声音："裘生，别忘了现在我是老板，你是我的伙计。谁给你权力给他免了五两银子啊，五两银子都够我买五个客栈了！还有他们这群人欠钱不要给利息啊？给我听好了，每人给我交五分利。”

裘生听到安心的话，刚想说话，就被眼前的大汉打断了，那大汉从怀里掏出一张一百两的银票，开口对裘生道：“这是一百两，多的算利息。”

说完大汉将银票放在桌上，小跑到安心旁边，小声说道：“安公子，我的账已经结清。您看……”

安心瞥了眼大汉，没有说话，将屁股挪了挪。那壮汉刚想下楼，耳朵里就传来了安心的声音。“你们在楼下，帮我把楼下大厅打扫一遍再走。你们照顾我客栈生意这么久，也算老顾客了，你们不会连这点忙都不帮吧。”

大汉听到安心的话，连忙摇头：“安公子，怎么会，您的忙我肯定会帮。”

说完，一溜烟跑了下去，找了一会儿没找到抹布，干脆将身上的衣服脱了下来，认真地擦拭桌椅。

随着时间的推移，好心帮忙打扫的人越来越多，很快就将楼下大厅打扫得干干净净。

你还别说，不愧是江湖人，这飞檐走壁的功夫确实到位，将犄角旮旯都擦拭得一尘不染。

等裘生结完最后一个人的账目，捧着一堆银票递给安心后，安心才站了起来，伸了个懒腰，对着众人开口道：“欢迎诸位下次再来消费。本店现在打烊了，请你们出去吧。”

说完示意裘生去将门打开。裘生连忙小跑过去把门打开，笑着将这群江湖人送出了客栈。

等裘生回来的时候，安心已经坐在大厅内，数着银票，嘴里还喃喃道：“没想到这群天天把‘今朝有酒，今朝醉，莫使银两度今朝’放在嘴边的江湖人这么有钱。我第一次出岛好像错过了什么。哎，亏大了啊！”

裘生小跑到安心旁边弱弱道："安公子，今天谢谢你了。对了，您能借我二十两吗？"

安心看了眼小心谨慎的裘生开口道："安公子，叫得生分了些，以后你叫我安老板就行。你要二十两干吗？"

裘生挠挠头一脸不好意思地解释："我欠对门柳香坊一些菜钱，我想问你借点还给她们。"

安心一愣："你一个开客栈的，竟然欠青楼的菜钱？"

裘生听到安心的话，不好意思连忙解释："刚刚那群江湖人，每次吃饭都不给钱。我又不会做饭，只能到对门柳香坊弄些菜回来招待他们。我父母死前留给我的钱财都用光了，我现在还欠对门柳香坊二十两。还有，安老板，那柳香坊可不是什么青楼。"

安心听到裘生的话，不屑道："你还是太年轻啊，这柳香坊听名字就是干不好行当的。有些行当像你这样的穷人是看不到另一番风景的。"

说完安心掏出一张二十两的银票。继续说道："你给我打工的话，一个月两钱银子。我借你二十两，连同利息的话，你得给我打十年的工，才能还上。你可想好了，到底要不要问我借这二十两银子。"

裘生听到安心的话，并没有犹豫，点点头："我想好了。"

安心点点头，将二十两银票递给裘生："拿去，先还钱吧。"

裘生接过银票后，行了一礼，转身走出大门。安心看到裘生离去的背影，摇了摇头，找了个凳子坐下。

不一会儿，裘生便回来了，后面还跟着一个人，是个女人。

只见来人肌肤胜雪，双目犹似一泓清水，顾盼之际，自有一番清雅高贵的气质，让人为之所摄，自惭形秽，不敢亵渎，但那冷傲灵动中颇有勾魂摄魄之态。她身穿一身紧衣长裙，将她傲人的身材显得淋漓尽致。

女人站在大门前，明明什么都没有做，但让人看了，好似什么龌龊下流的事都在心中做了一遍。

安心看了眼女人，开口道："我刚刚还疑惑为啥一个青楼开在这地方，那群江湖人却不敢造次，原来后面有阴姹宫撑腰啊。看你这个样子，阴姹术，应该有三层了吧。"

那女人听到安心的话，施了个万福："小女柳如月见过邪公子，不敢欺瞒公子，我的阴姹术确实已经修炼到了第三层。"

安心听到柳如月的话，一脸疑惑："你认识我，不应该啊，像你这样不入流的武者，应该不可能和我有交集啊。"

柳如月开口道："三年前，您在阴姹宫，一招击败我家宫主，我有幸见过公子一面。"

安心点点头："哦，那你今天到我客栈来干吗，是不是要和我家伙计算一下菜钱的利息啊？"

柳如月连忙摇头："不敢，只是听裘生说，这客栈有了新老板，是江湖鼎鼎有名的邪公子。我怕裘生被人骗了，特意来看一下。"

安心听到柳如月的话，站了起来，缓缓地走到柳如月的身边，伸手抬起那张足以让万千男人心动的脸蛋：

"你倒是胆大，听到我的名字竟然还敢来，我对你们阴姹宫可没什么好印象。"

柳如月被安心如此调戏，也不敢有所动作，甚至表情都没变。

安心一脸玩味地看着柳如月继续道："你知道当年我为什么要到你们阴姹宫去收拾你们宫主吗？"

说完也不等柳如月开口，安心自顾自地回答："是因为我之前碰到一个阴姹宫的女弟子，不知死活，非要碰瓷我，你猜猜那人的下场是什么？"

柳如月听到安心的问话，连忙回答："那个弟子是我们宫主的女儿，被你玩弄后，以十两银子被卖到了青楼。"

安心听到柳如月的回答，一愣："没想到，你竟然知道。"

柳如月开口道："那青楼是我们阴姹宫的产业。"

安心听到柳如月的回答，放下手，一脸失落的样子说道："那还真是大意啊。你还别说，你们阴姹宫的弟子伺候人还是有一套的，很润，我喜欢。"

柳如月听到安心的话，开口道："那弟子，现在就在柳香坊，是柳香坊的头牌，一直卖艺不卖身。自从被公子碰过后，也没伺候过其他男人。若是公子有兴趣，可以移驾柳香坊。"

安心听到柳如月的话，一愣："你不是说，她是你们宫主的女儿吗？你还敢出卖她啊。"

"都是青楼的生意，哪有清白可言。要是能讨好邪公子倒也不亏。"

"我对她，没兴趣，倒是对你有点兴趣。看你阴气功法并未散发，应该还是个雏儿吧。"

柳如月听到安心的话，并没有说话。倒是一旁的裘生开口道："安老板，柳姐虽说是那柳香坊的老板，但在这片名声特别好，经常帮助我们这些平民百姓，我求你不要为难柳姐。"

裘生说着便要下跪，却被一旁的柳如月拦住了。柳如月开口道："妾身蒲柳之身，望邪公子怜悯。"

傍晚，金灿灿的阳光将整个新安镇照耀得格外美丽。此时新安镇上，已经少有人影，除了一些手持刀剑的江湖人聚在一起，讨论最新的江湖事。那些普通人早早回家锁好门，睡觉。倒不是这个世道玩乐设施匮乏，只是因为早早睡觉可以少吃一顿饭。

无名客栈，三楼包厢。安心看着一旁衣衫不整的柳如月笑道："身材倒是不错。"

柳如月并没有说话，安心从床上起来，从放在一旁的青色长袍内，掏出一张五十两银票扔在了柳如月身上。

柳如月一脸惊诧地看着安心，安心连忙解释：“我虽然外号邪公子，但也做不出去青楼不给钱的事。”

柳如月听到安心的话，将那五十两的银票死死地攥着，咬了咬嘴唇，眼神死死看着安心，缓缓开口道：“安公子，承惠一百两。”

安心听到柳如月的话，一愣，随即又从青色长袍内掏出一张五十两的银票递给柳如月：“倒是有些不值这个价，这伺候人的本事还不如你那宫主的女儿。”

柳如月并没有说话，只是默默地从床上起来，整理着身上已经凌乱的衣服，并将那两张五十两的银票贴身收好。

安心看着柳如月的动作，继续说道：“你那阴姹术，如果不破阴，会走火入魔的。也不知道是谁发明的这个功法，这么阴毒，以女子寿命为代价换取一丝阴气。那阴气对自身没用，却对交配者大有裨益。这功法即使修炼到巅峰也不过堪堪入了鱼跃境后期，阴姹宫的弟子简直是被人圈养的肥羊。”

柳如月听到安心的话，如遭雷击，整理衣服的双手也停了下来，一脸不可置信地看着安心：“不会的，你肯定是骗我。”

安心耸了耸肩膀：“我有必要骗你吗？你想想你们阴姹宫历届宫主，最高实力是不是鱼跃境，怎么都不可能达到化龙境吧？还有，是不是阴姹宫的弟子寿命都特别短？”

柳如月听到安心的话，并没有说话，只是一脸失魂落魄地瘫坐在床上。“你这功法的弊端倒也不是没解，但代价挺大的，需要破阴后修炼一套纯阳的功法来滋补身上的空缺。”

柳如月听到安心的话，眼睛立马亮起来，可想了想，眼神又暗淡下去，一脸失落道：“功法哪有那么容易得到啊，还是纯阳的功法。”

安心开口道：“我有啊！你想要的话，承惠二百两。”

…………

夜晚，月亮已经高高升起。裘生看了眼黑夜，又往三楼厢房望去，叹了口气。他将客栈大门关好，从二楼角落里翻出被褥，用两张长凳拼了个简易的床铺，便睡了下去。

而三楼包厢内，安心停下笔，甩了甩疲劳的手，看着眼前写得满满三张纸的功法，对着一旁掌着灯，在一旁媚笑的柳如月开口道："亏了，亏了，这套天山门的阳玉功，最起码值一千两。"

柳如月看了眼一脸后悔的安心，在安心肩膀上蹭了蹭，一脸讨好相："没事，姐姐不会让你吃亏的。这是二百两你收好。"

说完，柳如月将原本安心给的两张五十两银票和一张一百两银票拍在桌上。想了会儿，又将那两张五十两的银票收了回去，从怀里掏出一张一百两的银票放在桌上，对着安心说道："走，到床上去，姐姐晚上补偿你那八百两的亏损。"

说完也不管安心的手段，拽着安心到了床上。

…………

早上，柳如月一瘸一拐地从三楼楼梯上下来，正好碰上了正在开门的裘生。裘生见柳如月的动作，连忙上前搀扶。

"柳姐，对不起。我不该带你来见老板。"裘生说着眼睛便红了起来。

柳如月见状嗔怪道："这么大的孩子，哭什么，你这样将来怎么娶媳妇啊。"

说着，便挣开裘生搀扶的手，扶着墙走出了客栈。

临近中午，安心才从楼上下来，看见正在发呆的裘生骂道："你发什么愣啊！"

裘生听到安心的话，揉了揉发红的眼睛，摇了摇头："没有，只是想些无关紧要的事情。"

安心听到裘生的话，无奈地摇了摇头："怎么啦，是不是后悔将你柳姐带到我这里来啊。"

裘生听到安心的话，低下头并不说话。“好了不骗你了，幸好，你带你柳姐来了。你要是再不带她来，她最多还能活两年。昨晚我帮你柳姐治病可累了，去给我烧壶水来。”

裘生听到安心的回答，依旧一脸狐疑地看着安心，他想了想还是将水壶拿进了厨房。

安心看着裘生的背影，摇了摇头，走出了客栈大门。

一出大门，街上的行人便投来了各异的目光，有害怕，有崇拜，也有幽怨。

等等！怎么会出现幽怨的眼神？

安心一愣，顺着感觉往那“柳香坊”二楼望去，就见一个瓜子脸、嘴角嵌着一颗美人痣、长相迷人的姑娘，透过窗户的间隙，一脸幽怨地看向安心。

安心挠挠头，嘴里喃喃道：“那窗户后面怎么会有一股熟悉的感觉，还不是柳如月。”

安心也不多想，往一家书店走去，在那里买了一套上好的笔墨纸砚。

那腰系一柄君子剑的老板见安心买东西竟然给了钱，便壮着胆子开口道：“公子，我觉得你买一柄宝剑放在身上比较好。”

安心听到老板的话，一脸疑惑：“怎么说，老板，你这书店还卖刀剑啊！”

那书店老板摇了摇头：“公子，一看就是第一次来我们新安镇吧！我和你说啊，在这里，有‘江湖人’。他们从来都是买东西不给钱的，嘴里总是说，都是江湖儿女，你和我谈钱就伤感情了。不知道你有没有发现那路上基本上每个人都随身带着一把武器，其实那都是装饰用的。这里大部分人都不会武功，就是想通过这个方法，告诉那些江湖人，不要招惹自己。”

安心听到老板的解释，开口道：“没事的，老板，我会一些拳脚功夫，不怕那些江湖人。”

老板听到安心的话，将嘴巴凑到安心的耳朵旁，小声说道："公子，您还是小心些吧，我听到一则消息，说江湖排名第三的邪公子安心来到咱们新安镇了。我曾经在茶馆里听说书先生讲过，这邪公子可不是什么好人，曾经将一个门派屠戮殆尽，而且只用了两招。你那些拳脚功夫或许对付普通人有用，但对付邪公子就不太实用了。"

安心听到老板的话，想了想开口道："那说书先生骗你的，他只用了一招。"

说完也不等老板回话，拿着笔墨纸砚，走出了书店大门。

安心回到客栈，将笔墨纸砚放好。柳如月提着一个食盒，进了客栈。不等安心和裘生说话，便将食盒内的饭菜摆放到桌上说道："我看你们还没有厨子，安心让柳香坊的厨子做了几道菜，你们先将就着吃点。"

说完也不等安心他们说话，又从食盒内拿出一壶温好的酒，拿出三个酒杯，给每个酒杯倒满了酒。

安心一愣开口道："你也在这里吃啊！"

柳如月白了眼安心："怎么了，吃了准备不认吗？"

安心摆摆手，没有说话，只是坐下帮柳如月将饭菜从食盒里拿出来，并示意裘生也坐下。三人推杯换盏，倒也没有身份之分。

安心看了眼客栈对面的柳香坊，一脸疑惑道："你们'柳香坊'倒是奇怪，明明是青楼，却不让那群姑娘在外面主动招揽生意。我刚刚看了一下，都到中午吃饭点了，才进去了三个人。"

柳如月听到安心的话，白了眼安心："柳香坊其实是亏钱的。刚开始，好多江湖人来柳香坊闹事，被我杀了三人后，那群江湖人也算有些见识，知道柳香坊不是他们可以招惹的，便很少光顾柳香坊了。现在来的都是家里有些钱财的公子，但他们家里管得紧，来柳香坊消费也是抠抠搜搜的。"

安心听到柳如月的话，牵起柳如月那嫩白的手，仔细端详着，开口道："多么漂亮的手啊，要是在太平盛世这双手就是刺绣都觉得可惜，可在如今这个世道竟然用来杀人。"

柳如月听到安心的话，连忙将手收了回去，放在桌子底下，不禁用力搓了搓。

安心继续道："对了，既然柳香坊亏钱，为何你们阴姹宫还要继续开着啊？"

"因为这里是打探江湖消息最好的地方。你别看外面这群江湖人武功不入流，但消息还是很灵通的，江湖上只要有一点风吹草动，他们比谁都清楚。"

安心一愣，顿时来了兴趣："那最近江湖上有哪些消息啊？"

柳如月听到安心的话，伸出手开口道："打听消息，承惠五十两。"

安心脸一黑："没有。不过如果你不说，明天江湖上肯定会传来'阴姹宫被我灭掉'的消息。"

柳如月白了眼安心："都是鸡毛蒜皮的小事，像什么兰城曲家曲老爷子五十九岁娶了一个貌美如花的十八岁小妾。什么天下第一的吴天理，最近又去天衣阁买了一身新衣服……但重要的事就三件，其中两件还和你有关。"

安心一听顿时来了兴趣："那说说呗！"

"第一件，东岛总岛主九文先生将总岛主之位禅让给了你大师兄谷天；第二件，就是传说中的邪公子安心，在新安镇一间客栈做起了掌柜；第三件，就是三百年前名动江湖的虚海道人，他的最后一个后人被星虚宫的弟子给杀了。"

安心听到柳如月的话，摇了摇头开口道："那虚海也是倒霉，三百年前，一剑斩杀两千多名青衣卫高手，开启了一个全新的江湖时代。估计他怎么也没想到三百年后，世道会变成这个样子吧。人人恃强凌弱，连自己的后代也被江湖人给杀了，他给江湖人开了个不好的头啊。”

柳如月听到安心的话，笑道：“这话要是传出去，你会被这群江湖人给骂死的。”

安心耸耸肩一脸无所谓：“就他们，最多只敢在没人的地方偷偷骂我，连当面骂人的勇气都没有。”

三人吃完饭，裘生将碗筷收拾到厨房清洗。安心则拿着纸笔准备写一个招聘厨师和账房的通告。柳如月在旁帮忙研墨。通告很快写好了，安心拿到外面贴在客栈的墙上。

安心看着客栈外面挂牌匾处空荡荡的，回到客栈内想了想，铺好纸，写上“安心客栈”四个大字。安心写完字，满意地点点头，叫来洗好碗筷的裘生：“你把这幅字，找个好一点的木匠师傅，做个牌匾。记得给钱。”

说完从兜里掏出一张十两银票递给了裘生。

“安老板，做牌匾用不了十两银子，四钱银子就够了。”

“牌匾你让木匠用上好的木料，如果还有多的余钱，你看着买些装饰用品。咱们既然要开客栈，就不能磕碜，该花钱的就得花。”

裘生听到安心的话，点点头，准备出去采办。刚走到门口安心又叫住了他：“对了，如果你买瓷器的话，买仿古的瓷瓶就好，新的瓷器就不要买了。”

裘生疑惑，可也没说什么，点点头，便出了客栈。柳如月看到裘生的背影，开口道：“裘生，还真的在这世道求得一线生机。”

安心摆摆手：“他只是运气好而已。”

“对了，你为啥要让裘生买仿古的瓷瓶啊，新的瓷器不是更好看些吗？”

安心一脸奸笑地回答道：“哦，你说这个啊。以后我这客栈肯定会来很多武林高手，打打闹闹砸坏东西，是必不可免的。要是砸坏了一个仿古瓷器，我就说这个是前朝宫廷的宝物，让他们赔钱。”

柳如月无言。

下午，安心将客栈大门关闭，坐在客栈内等待前来应聘厨师和账房的人。柳如月则坐在安心的腿上，拿着一把淑女扇，给安心扇着风。安心一边享受着柳如月细致的服务一边问：“你不要回柳香坊去安排工作？”

柳如月白了眼安心：“我发现你这人真的有些不识好歹啊，我这么一个貌若天仙的美女留下来陪你，你还想着赶我走。”

“这不是怕打扰到你的工作吗？”

“柳香坊有秦淮师姐照顾，没什么大事。我呢，主要来安抚你这个天下第三高手，以防你一气之下，灭了我们这个名声不好的青楼。”

安心隔着衣服，摸了一把柳如月那紧致的美腿，一脸满意地点点头：“不愧是混迹江湖的，真懂事！不过话说回来，你说的秦淮为啥我感觉好像对这个名字有点印象啊。”

柳如月白了眼安心：“她就是我们宫主的女儿，你还说她很润，你很喜欢的。”

“哦！倒是有些缘分啊，没想到我第二次出岛竟然会和老熟人做邻居。”

柳如月看了眼安心，笑道：“对于秦淮师姐，可不是什么好事。她来这里，本来就是为了驱除你给她带来的阴影。估计她怎么都没想到，你竟然又出现在了她的身边。”

说完，柳如月用手搂着安心的脑袋，面带媚笑继续道:“你这么欺负我秦淮师姐，你说我该不该为她报仇啊。”

…………

这时，一阵敲门声打断了差点擦枪走火的两人。

柳如月连忙站了起来，整理了一下凌乱的衣服。看了眼安心，走到门前将大门打开。只见门口站着一身材微胖，脸上尽是泥土，穿着一身打着补丁的乞丐服的青年。柳如月打量了一眼胖乞丐，从怀里掏出一钱银子，说道：“拿去买些吃的吧。”说完将银子递给了胖乞丐。

那胖乞丐，接过银子收进了怀里，开口道：“您误会了，我不是乞丐，我来应聘厨师的。”

柳如月听到胖乞丐的话眉头一皱，想了想还是提醒道：“这里的主人可不是好惹的，你要真是厨师，就进来吧。要是你有其他目的，就赶快离开吧。”

说着柳如月侧开身子让出一条路。

胖乞丐站在门口，看了眼柳如月，倒是没有流露出和其他男人一样那种别样的眼光。他想了想，便踏入了大门内。

安心看了眼进入客栈的胖子，一脸疑惑：“咦！没想到，一个应该已经死了的人，还到我这个客栈来应聘厨师，有点意思啊。”

柳如月和那乞丐胖子听到安心的话，齐齐一愣。柳如月皱眉打量着那乞丐胖子。那乞丐胖子则愣在了原地，一脸惊恐地看着安心。乞丐胖子半晌才反应过来，二话不说就往大门跑去。可刚到大门，那大门如同鬼魅般自动关了起来。乞丐胖子用力拉门，可无论怎么用力，那门依旧纹丝不动。

柳如月看着乞丐胖子的动作，一个腾挪来到安心旁边，一脸警惕地看着胖子小声问道：“他是谁啊？你为什么说他应该已经死了啊？”

安心也是一脸疑惑：“不是你说他已经死了吗？还说他是死在星虚宫弟子手上。”

柳如月一愣，一脸惊恐地看向那乞丐胖子：“他是那虚海前辈的后人？”

那乞丐胖子听到柳如月和安心的对话，摇了摇头，也不拉门了，转头看向两人，开口道：“既然被你们发现了，我也就不逃跑了。我只是有些好奇你是怎么发现我的。”

“剑气敷于身，我知道能做到这一点的除了吴天理那个剑道大成的高手外，还有一种就是修炼‘藏剑身’的功法的人，而‘藏剑身’就是虚海道人的家传剑法。”

那乞丐胖子听到安心的解释，一脸吃惊地看向安心。

一旁的柳如月疑惑道：“我怎么没看出，这胖子剑气敷于身啊。”

安心开口道：“你太弱了。”

柳如月：“……”

乞丐胖子听到安心和柳如月的话，低下头，好似放弃了抵抗似的说道：“哎，算了，我命该如此，你们把我交给星虚宫吧。”

“你不是说，你来应聘厨子吗？做菜怎么样啊？你去厨房做道菜我们尝尝。”安心一脸认真地看着乞丐胖子。

裘生回到客栈时，客栈大厅的一张桌子上摆满了酒菜，看外观倒是比那柳香坊的厨子做得好多了。

安心和柳如月则坐在凳子上，看着满满一桌酒菜，对着身后一穿着补丁衣服的胖子开口道：“你这菜，做得不错啊，哪里学的啊？”

“以前，家里还算富裕时，我总喜欢和家里的厨子学习做菜。那厨子还夸我‘天赋高’。”

安心点点头，看到裘生回来，开口道：“裘生，回来了，快坐下，尝尝我新招的厨子的手艺。”

裘生听到安心的话，一边将几个仿古瓷瓶摆在木架上，一边回答：“不了，安老板，你是老板，我哪有权利和你同桌吃饭啊。”

安心摇了摇头：“不要拘谨，这个时候不必把我当老板，想干吗干吗。”

“不把你当老板，我可以揍你不？”

安心一愣，随即想到了什么，摇了摇头：“我不是老板，那我就是江湖人，你竟然想揍我？看来是活够了啊！”

说完，安心对着一旁的柳如月笑道：

“裘生估计还在后悔将你带到我这里来，你和他解释解释，昨晚我是不是在房里给你运功疗伤。”

柳如月白了眼安心，开口对着裘生道：“裘生，你老板昨晚确实在给我运功疗伤的。我还要感谢你，带我遇到贵人呢！”

边说，边用手在下面拧着安心腰间的细肉。

安心感觉腰间的疼痛，只能硬生生地憋着，不敢表现出来。

裘生听到柳如月的话，点点头，找了个凳子坐了下来。

几人将饭菜都尝了一遍，同时开口赞道：

“好吃！”

安心转头看向站在后面的胖子问道：“你叫什么？”

“殷任。”

安心点点头：“每月三钱银子，包吃包住。”

殷任看着安心，一愣：“你不怕受牵连？”

安心摆摆手：“既然敢招你，就不怕这些。”

殷任一脸为难：“可是……”

一旁的柳如月听到两人的谈话，笑道：“你就放心吧，你老板可厉害了。年纪轻轻已经是功夫了得，早在江湖上混到‘邪公子’的名号了。”

殷任听到柳如月的话一愣，随即眼睛亮了起来，对着安心道：“你就是邪公子安心？”

安心点点头：“你还没说，要不要来我这里做厨子啊？”

“要，我其实最喜欢做饭了。”

一旁的裘生不干了：“凭啥，他三钱一个月，我两钱一个月？”

安心白了眼发牢骚的裘生：“人家会做饭，你会啥啊，啥也不是！还不把碗筷给洗了，一点眼力见儿都没有。”

裘生低下头，一脸无奈地将碗筷收拾到厨房。

安心对着众人开口道：“我们客栈就差一个账房先生就可以营业了。”

一旁的柳如月听到安心的话弱弱地开口建议：“要不我辞了柳香坊老板的工作，来给你做账房。我算术学得可好了，在阴姹宫多次获得算术大赛的第三名。”

安心一愣，开口道：“我记得你们阴姹宫连你们宫主在内不就四个人吗？你说你排在第三，不就是倒数第二吗？我感觉要不是你们阴姹宫地处偏僻，早就被人灭了。对了，我现在挺好奇的，你们阴姹宫都这么惨了，怎么还有精力派出两名弟子来这新安镇开青楼啊。”

柳如月想了想回答道：“越是弱小的门派，生存越是困难。我们在这里开柳香坊，当然是打听江湖的最新趋势，以免一些强大门派的弟子下山，我们傻愣愣地去和人家交恶。话说我们开这青楼，其中还有很大一部分原因是你，当年秦淮师姐不就是因为消息不灵通，招惹了你，自己被卖了不说，阴姹宫也差点被灭门。”

安心点点头，开口道：“那也不对啊，你不是说那青楼亏钱吗？你们阴姹宫哪有钱来支撑这个亏损啊。”

“我们大师姐嫁给了江南第一富商沈万商做老婆，这些亏损都是我们大师姐出的。”

“那还真是可怜那个沈万商了啊。”

柳如月白了眼安心，冷哼一声转过头去。

安心见柳如月不搭理自己，又看了一眼戳在后面的殷任开口道：“下午，你去买两件衣服，别老穿这身，影响我们客栈形象。”说着从兜里掏出一两银子扔给殷任补充道，“这钱从你工资里扣。”

殷任接过银子，点点头：“好吧，那我先出去买衣服了啊。”

“去吧。”

殷任见安心答应，便大步朝外面走去。

晚上，裘生将两个灯笼挂在新做的牌匾旁。灯光将那金灿灿的“安心客栈”照得格外显眼。殷任弄了一桌好菜。柳如月将柳香坊的大门早早关上，带着一个长了一张瓜子脸、嘴角嵌着一颗美人痣的狐媚女子来到安心客栈。

那女子身段妖娆，一双纤纤玉手，手持一把美人扇，一颦一笑间便能勾起男人所有的欲望。一旁的殷任和裘生看着眼前的美女，嘴角不禁流下了口水。

安心看到这女人，心里倒是没有多大的起伏，主要是因为他看过这女人没穿衣服的样子。

那女人给众人施了万福后，便死死地盯着安心。

安心压根不搭理她，开口对着众人道：“吃饭吧。”

晚饭过后，那狐媚女子开口对着安心嘲讽：“没想到我们的安大公子竟然跑到这小小的新安镇来做客栈老板。”

安心摇了摇头，看了眼狐媚女子开口道：“哎，都怪我年轻的时候不懂事啊，你这么漂亮，当年我为啥只卖了十两银子啊。”

狐媚女子听到安心的话，“腾”的一下站了起来开口骂道：“姓安的，别人怕你，我可不怕你。当年我和你在塞北共同度过十五天，我让你娶我，你竟然说我碰瓷你，不仅对我做了禽兽之事，还把我卖到青楼，你算不算男人啊！”

安心听到狐媚女子的话，摆摆手：“你先别急啊！我给分析分析，当年要做我老婆的人有星虚宫无星道长的亲生女儿、塞外第一宫的圣女瑶月圣女、女子年青一代第一人的无瑶仙子，等等，我就不一一诉说了啊。她们哪个不是长相比你好看，身份比你高贵？你说你和我相处了十五天，就要我娶你，你自己说你是不是碰瓷。”

狐媚女子听到安心的话一愣，虽然安心说的是事实，但她觉得还是不对劲，想了想开口道：“那你不娶就不娶，为啥要玩弄我，还把我卖到青楼？”

安心无奈地解释道："那你就冤枉我了，你们阴姹宫的功法有问题，我当年也是为了救你。至于把你卖到青楼，我是为你好啊，当年我和那无星道人打架，你又不是不知道，我把你卖给青楼，这样星虚宫的人不就注意不到你了吗？我想以你当年的实力从青楼里逃出来应该没啥问题啊。"

"那你后来，怎么找到阴姹宫的，还和我娘打了一架。"

"这可不怪我，解决了星虚宫的事，我本来想去青楼那边找你，可想了想我出现肯定会引起星虚宫的注意，我就想找到阴姹宫，让阴姹宫来帮忙找人。结果你娘见到我来，二话不说就和我打架，可你娘实在是太弱了，我就是站在那边不动，身上的护体罡气她都接不住啊。"

一旁的柳如月听到两人的谈话，傻愣愣地看着安心。不是，敢情你们之前关系还挺好的啊。

那狐媚女子听到安心的话，脸都黑了，开口道："我和柳师妹决定把那柳香坊关了，到你这客栈打工。安老板你收不收啊！"

说完和安心抛了个媚眼，那一笑勾人心魄啊。

安心一脸疑惑："不是，那你们那群柳香坊的姐妹怎么办啊。"

一旁的裘生开口道："老板，那啥，我上次不就说柳香坊其实不是青楼，那只是个平常的茶楼罢了。平时客人到那边只是听秦淮小姐弹个曲子，而且秦小姐名声也比较好，从没传过绯闻。"

安心白了眼裘生："你可拉倒吧，柳如月和我说过她做的是青楼生意，没有清白可言。"

柳如月听到安心的话，捂脸笑道："我要是说，我做的是正经茶楼饭馆生意，你也不信啊。你也不想想我要是真的敢在这里开青楼，就凭那群江湖人不得把我们姐妹俩吃干抹净了。"

安心听到柳如月的话，脸也黑了起来，正经茶馆酒楼哪里会取柳香坊这样的名字啊："那你们打探消息的事不干了啊？"

“在你这里打听也一样，还更安全些。”柳如月想了想说道。

安心想了想点点头：“那行，你们以后就到我这个安心客栈打工吧，每月两钱银子，包吃包住。秦淮负责算账，我记得你脑袋瓜挺好使的。柳如月负责，呃，算了，负责貌美如花吧。至于你们那个柳香坊也别闲着，过几天找几个工匠好好装修一下，留着我们晚上住宿。”

第二章　剑客

早上安心扶着墙缓慢地走下楼。身后跟着聊天聊得正欢的柳如月和秦淮。

“什么天下第三，还不是败给了我们姐妹两个。”

安心摇了摇头，不管两人的虎狼之词。

裘生早早地将门打开，准备迎接安心客栈的第一个客人。见到安心下楼，裘生连忙上前扶住。

安心摆摆手，开口道：“别扶我，我还能再战。”

裘生一脸蒙，而站在安心身后的柳如月和秦淮则捂着脸偷笑。

殷任早早地去市场采购。

经过三天的发酵，这新安镇的江湖人都知道，邪公子在这新安镇开了间客栈。这群江湖人，自然想进这客栈喝点小酒瞻仰一下邪公子的尊容，可又想了想自己那不入流的功夫，去了好像会玷污了邪公子的眼睛。所以大部分江湖人只是远远地望着客栈，不敢上前，每次经过客栈时都会离客栈大门远远地走过。

安心坐在大厅内，看到这群江湖人对自己又害怕又羡慕，不禁冷笑了一声。

临近中午，殷任才采购完菜品回到客栈。

安心看到此时大厅一个客人都没有，开口道："哎，看来自己还是不适合做生意啊。这第一天开业，一个人都没有。"

柳如月捂着嘴偷笑："你也别担心啊，你在新安镇开客栈的消息，还只是在这方圆十公里内传播。你第一次出入江湖的时候可没干什么好事，他们自然怕你，不敢来你客栈吃饭。但这里是新安镇，总有外地人，会不知情况地来吃饭。"

安心一脸苦："你给我说清楚，我怎么第一次出江湖的时候没干好事啊？我老委屈了，我明明什么都没做。"

秦淮听到安心的话道："来，我问问你，那梵音教前任教主的武功是不是你废的啊。"

安心听到秦淮的话，点点头："是啊，但这也不怪我啊，我去那梵音山游玩，他们的弟子带着我上山，一直在我耳朵旁叨叨。最后还问我要导游费，还非得让我掏钱买他们梵音教的特产。我哪里肯啊，我又没让他们给我介绍，便找到他们的教主理论。结果他们教主不知死活说要教我做人，我当时年轻气盛就先教了他做人。"

秦淮捂脸，开口道："不是，去梵音山游玩，买些他们梵音教的檀香，这是江湖的规矩啊。而且他们卖得也不贵，就两钱银子一两。现在外面梵音教的檀香可被炒到了一两银子一两啊。"

"那我再问你啊，那邀月宫的圣子是不是你打伤的啊？"

安心听到这话连忙解释："这可不怪我啊，我当时到邀月城游玩，人生地不熟，本来想找个人问问路，遇到一穿着邀月宫衣服的弟子，我便想上前打听。结果那弟子听到我问话后，竟然闭口不说，用手给我指路，我问他是不是哑巴，他摇头。

"我当时就想这是看不起谁啊！我给你打招呼，你既然不是哑巴竟然不说话，给我在那儿瞎比画，是不是看不起我啊？所以我只能把他打了教他做人。"

柳如月一脸黑线："那是他们邀月宫圣子修行的必修课，无声，无语，闭口三年。你倒好，人家圣子差最后一天就成功了，你硬生生地把他打得开口求饶。”

安心一愣，挠挠头：“是这样吗？我还以为邀月宫的人不讲礼貌呢。哎！错怪他们了啊。等有机会再亲自上门道歉吧。”

柳如月连忙开口道：“你可别，他们邀月宫的宫主曾经说了，只要你再出现在邀月城就倾尽全宫之力，对你截杀。”

“没事，他们杀不了我啊。”

“不是，我怕你把他们都杀了啊。”

“还有……算了，反正你记住，你在江湖上名声不咋的。”

几人说话间，一个有力的声音传到了客栈大厅。

“老板，来两斤牛肉，一壶好酒。”

声音刚落，就见一穿着红袍短衣、手持长剑的青年走了进来。那青年大概二十多岁，面容姣好，倒是那双持剑的手，满是老茧，一看就是剑练多了。那青年也不客气，将一长凳用脚踢向了空中，那长凳在空中转了三个圈，又稳稳地落在了地上。青年耍完这一套动作，便稳稳地坐了上去。这套动作如行云流水，一看就知道平时在家不知摔坏过多少长凳。

安心点点头，对着厨房喊道：“殷任，来客人了，两斤牛肉，一壶酒。”

殷任听到安心的喊话，连忙从厨房里走了出来，走到那青年面前开口道：“客官，你的牛肉要红烧还是烤制还是怎么做法啊，还有你要的酒是女儿红、杜康还是什么酒？”

那青年剑客听到殷任的话，一愣，痴痴地看着拿着厨刀的殷任。这吃饭有这么多讲究吗？家里没跟我说啊，家里的那些叔叔给我讲的那些故事里也没说得这么详细啊。话说那些武林剑客在外面怎么吃饭啊，我第一次出江湖，不懂哎！

殷任看到青年剑客发愣，催促道：“问你话呢！你倒是回答啊，到底是红烧还是卤制？”

青年剑客又是一愣：“要不牛肉卤制，酒就用女儿红。”

殷任听到青年剑客的话，转头就进了厨房，嘴里还骂骂咧咧：“都二十多岁的人了，还喝女儿红，是不是个男人？”

青年剑客明显是听到了殷任的话，脸都黑了。你能不能说话小声点啊，我很没面子的啊。

安心摇了摇头，和秦淮还有柳如月走到柜台前。

安心从货架上拿了一坛女儿红，从坛子里舀了一勺女儿红倒在酒壶里，走到青年剑客的桌子旁，将酒壶放下，开口道：“客官，下次在外面吃饭可别说要一壶女儿红，女儿红都是按坛卖的。”

青年剑客显然是第一次出江湖不知道这样的规矩，但很快就反应过来：“好的，谢谢老板提醒，第一次行走江湖有些不熟悉。对了，老板你知道什么是江湖吗？”

安心一愣，想了想开口道：“砸坏桌子二十两，摔坏碗筷五两，概不还价。”

说完也不等青年剑客反应，转头就回到了柜台后面，留下青年剑客一人在桌前凌乱。

青年剑客愣神间，店里又来了两个客人。两人都是身穿皮甲，外面披着一件红色披风。一人手持九环大刀，一人手持破龙锏。两种都是江湖上少见的武器。

安心看了一眼就没了兴趣，这两人武功实在太弱，拿这种武器或许只是觉得这武器有些霸气，能够唬住人而已。

两人走到一张桌子前，齐齐地用手将那红色披风甩了甩，动作整齐划一，一看就知道练习了很久。

裘生走到两人身边开口道：“两位客官，吃点什么？”

那两人并没有费话，只是将一张十两的银票拍在桌上：“把你们店里最贵的菜，都给爷上一遍，爷有的是钱。”

裘生一愣，看了眼那张银票说道："客官，你先稍等一下，我去问问我们店里最贵的是啥。"

说完直接跑到厨房，不一会儿跑了回来："客官不好意思，我们店里最贵的是八宝蒸鸭，需要三十两一只。"

那两人听到裘生的话，一愣，随即重重地拍了下桌子吼道："咋啦，瞧不起我们元阳双煞啊！给我们上一只，再来一坛杜康。"

裘生先是被两人的动作吓了一跳，随即反应过来："好的，稍等。"

说完又溜进了厨房。

柳如月看了眼两人，从货架上拿了一坛杜康，走到两人桌子旁，将酒放下，转身就走。

柳如月的样貌一下子引起了两人的注意。一人看了眼柳如月对着同伴开口道："没想到，这世上还有这样的美人，大哥，我们有福了。"

另一人点点头："那柜台上还有一位美人，我们兄弟俩一人一个。"

柳如月听到两人的话，脸色阴沉，刚想动手。却听到一旁的青年剑客大声呵斥道："你们两个无耻之人，竟然在这光天化日之下，调戏良家妇女，今天我李叶就要为武林除去你们两个祸害。"

两人听到那个叫李叶的青年的话，哈哈大笑起来："哪来的黄毛小子，敢说这样的大话，爷爷我今天就来教教你做人。"

柳如月在一旁看到两桌人的架势冷冷道："要打出去打，把桌子弄坏了要赔钱的。"

可两桌人这时哪能听进别人的话，拿起武器便打了起来。刀光剑影，各展神通。那青年剑客的剑法倒是有些门道，即使以一敌二，也稳稳地占着上风。

柳如月无奈，摇了摇头走回了柜台。就见安心嘴里不停地报着数字，秦淮在纸上写着安心报的数字。柳如月低头一看脸都黑了。就见秦淮在纸上写着："青年二愣子：砸坏桌子一张，长凳两张，酒壶一个；两个傻子：砸坏桌子一张，长凳三张，酒坛一个。"

三人的打斗还在继续。安心又开口道："二愣子又砸了一张长凳，记上，快点记上。那两个傻子又砸了一个桌子，快写上！我们发财了，不赔个五十两，这两桌人一个都走不了。"

就在三人打得难解难分时，裘生和殷任端着饭菜走了出来。裘生见三人打架，连忙躲到殷任身后，殷任直接开口道："你们干啥啊，要打出去打。"

边说，边从身上散发出一道剑气，将打斗的三人齐齐放倒。

安心见状，脸都黑了，好你个殷任，竟然打扰本老板发财，我要扣你工资！

殷任将三人放倒后，将手上的牛肉放到柜台上，开口对着安心道："老板，两位老板娘，你们也不阻止一下，把店里打成这个样子，怎么营业啊。"

安心听到殷任的话，一脸无奈："你去把这三人拉过来，我要和他们算算账。"

殷任听到安心的话，点点头，也不费话，跑过去将三人踹到了柜台前。

三人见识到殷任的手段，也不敢反抗，只能乖乖地放任殷任踹着屁股，走到柜台前。

安心看了眼三人，拿出刚刚秦淮记录的纸张，开口道："那啥，刚刚那个李叶，你打架砸坏了我一张桌子，三张长凳，一个酒壶，加上你的酒菜钱，你赔偿我五十两就够了。还有你两个二傻子，你们砸坏了我两张桌子，三张长凳，一个酒坛加上你们的酒菜钱，一共需要赔偿我一百五十两。"

那叫李叶的青年，先是一愣，随即开口道："老板，我刚刚是在见义勇为。你不能这样，你这样江湖中谁还敢路见不平，拔刀相助啊？”

安心耸耸肩指着一旁的殷任：“你看见我这个厨子了吗？你连我厨子都打不过，你还想见义勇为？”

李叶听到安心的话，先是一愣，随即看了眼正一脸气愤的殷任，弱弱道：“我是从家里跑出来的，身上没这么多钱。”

安心一愣，开口道：“看你剑法路数，有点像洛城李家的分心剑。这样吧，你家家大业大，你这两天在我这里住下，我让牙行的人送封信给你家人，让你家人带钱赎你。”

说完，不等李叶回答转头看向元阳双煞：“你们呢？”

那元阳双煞，低下头开口道：“我们身上只有十两。”

说完将那十两银票拿了出来，递给了安心。

安心脸都黑了：“我刚刚看你拍银票点菜的样子，不像只有十两的样子啊。”

“我们每次吃饭的时候，都会这样点菜，每次吃完都是不给钱的。要是老板来要账，我们只要亮一下武器，他们只能乖乖认命。”

安心听到元阳双煞的话脸都黑了：“你们竟然敢在我这里吃霸王餐，是不是没把我放在眼里啊？殷任，把这俩货手脚打断扔出去。”

殷任听到安心的话，点点头，就要动手将两人押到外面打断手脚。

那元阳双煞见殷任要动手，连忙开口求饶：“老板，先别动手，我们两个有一则关于雷木剑的消息可以告诉你们，那是江湖上鼎鼎有名的‘邪公子’曾经用的武器。”

安心听到两人的话，脸更黑了：“还不快点拖出去，拉远点废了，别影响咱们客栈的生意。”

殷任听到安心的话，也不费话，一手拎着一个，快速往客栈外面飞去。

解决完元阳双煞，安心又换了副表情，笑着对李叶开口道：“李叶啊，这里有笔墨纸砚，你去写封信，叫你家人送钱来。”

那李叶先是一愣，随即想了想，接过纸笔。可就在这时，外面传来了一个洪亮的声音：“不必了。”

众人循声望去，就见一着紫色绸袍，戴玉质腰带的中年男人站在了大门前，手里还拿着一节藤鞭。那男人一直死死地看着李叶。随即又看了眼安心，可就是这么一眼，那中年男人就愣住了，手上的藤鞭直接吓掉在地上，一脸不可置信道：“你是……邪……”

安心直接打断了中年男人的话，开口道：“你是来帮忙赔钱的吧，来，这个叫李叶的一共需要赔偿五十两，你要不要看一下账单。”

那中年男人先是一愣，随即反应过来，走了过来，从怀里掏出一张一百两的银票恭敬地递给安心：“公子，犬子给您添麻烦了，这是一百两，多余的算是给您的精神损失费。”

“那就谢了。”

安心笑着接过银票，又对李叶说道：“李叶啊，你的分心剑法基础太差，又强行练了其他剑招。你回去还是要把心思放在你家的分心剑法上面，两年后再来闯荡江湖吧。”

李叶听到安心的话，没有说话，只是低下了头。

那中年男人直接狠狠地拍了一下李叶的脑袋，骂道：“还不快谢谢公子指点。跟我回去，好好练剑！”

说完揪着李叶的耳朵和众人打了个招呼，就出了客栈，临走前又捡起那丢在地上的藤鞭。

不一会儿街上就传来了李叶的惨叫声：“爹，我错了！”“爹，给儿子留点面子！”

柳如月听到街道上传来的惨叫声，开口道：“哎，这少年刚入江湖，就被他爹用藤鞭劝回了家，也是够可怜的啊。”

安心摇了摇头：“这个世道的江湖，哪里容得下他那种见义勇为的行为啊。”

殷任回来时，已经是中午十二点了。安心看着放在柜台上没人吃的两斤牛肉和一盘八宝鸭，开口道：“殷任，把这俩菜拿到厨房热一热，中午咱们加餐。”

殷任点点头，将两盘菜端到厨房加热。

不一会儿，殷任便将午饭端了出来。几人很快吃完饭。殷任对着安心开口道：“老板，现在江湖上好像都在传，你用过的一把雷木剑，在江南出现了。好多江湖高手都聚集到江南准备博一博运气。”

安心一脸蒙：“啥玩意儿，雷木剑，我咋不知道这玩意儿啊。”

殷任也是一愣：“我也是刚刚从那两个废了的人口中得知，雷木剑上有你的一篇武功心法，练至大成可突破化龙境。”

安心想了一会儿，还是没想到自己用过什么雷木剑，便开口道：“那是假的，我虽然有一把宝剑，但被我扔在了东岛，我平时也不爱用那玩意儿。”

“这个消息，可不是最近才传出来的。早在三个月前，就有传闻说雷木剑出现在江南苏城，已经有好几批高手去寻找了。那把雷木剑被传得神乎其神的，还有传闻说，那剑上封印着你的一层功力，可斩杀初入化龙境的高手。”一旁的柳如月听到两人的谈话，也加入聊天。

安心听到柳如月的话摆摆手：“哎，江湖这样荒唐的事还是不少的啊。我初入江湖时，就听说了一件趣事。天宝阁曾经拍了一件古老门派梵天寺的紫钵，说是上面记录着无上功法梵天诀，最终以三千六百两成交。结果后来有人才发现，那紫钵不过是江南一家不知名铁匠铺家的小孩子随手打造的玩物，据说原来那小孩只是想打一个杯子，结果打成了钵。他嫌丑，就随手扔进了通阳河里。”

秦淮听到安心的话，笑道：“其实这件事，我们也听过，我还知道买这个钵的人是谁。”

说完朝一旁黑着脸的殷任看去。

殷任听到尴尬地笑了笑："哎，我当时家道富裕，本来想着三千六百两买个绝世功法挺便宜的，结果……哎，不提了。"

下午，安心坐在客栈大厅里悠闲地欣赏着秦淮弹奏的小曲，裘生在客栈里打扫卫生。殷任在厨房里忙完晚上要用的食材，便在后堂练起了剑法，那剑法舞得是进退有序，一招一式都颇有章法。安心还特意到后堂看了一眼，顿时就失去了兴趣。他觉得自己六岁的时候玩剑都比殷任现在玩得好。至于柳如月，则在一旁写着菜单和对应的价格。

临近傍晚，客栈来了四拨人。

第一拨是两男两女，都穿着白色轻衫，手上各持一把宝剑。两个男人长相算得上清秀，两女的也长得不差。

刚进客栈时，那两个男人，便死死地盯着柳如月和秦淮看，眼珠子都要掉下来了。也许是刚出山门的原因，对于比自己师妹美的女子，都会心生好感。至于两位女子见到两位同门师兄弟一直盯着秦淮和柳如月看，心里也是一阵吃味。为了报复两位师兄的见色忘义，两女子便一直看着站在柜台后的安心，嘴角露出痴痴的笑意。

第二拨客人是一个身穿紫色长袍，戴着面具的女子。虽然那女子身穿男士服饰，声音也表现出男性特征，但她那没有喉结的脖子和那胸前的二两肉实在是太明显了，让人一眼就看出是女子。那女子手持一把玉箫，看价值倒是不菲，还镶了金丝边，但是不太实用。

也许是刚出入江湖，那女子说话语气都模仿着一些说书先生平时说书的夸张语气，刚进门就喊道："小二，给洒家来壶好酒，不带掺水的。要是有半分假，我便砸了你这小店。"

安心当时听到那女子的话，便没了兴趣。这年头酒水度数本来就低，掺个水根本喝不出味道，所以一般商家也不会做出这种砸招牌的事。

第三拨人，倒是一些不入流的江湖散客，他们共有四个人，但都是肌肉健壮，身上伤痕累累跑江湖的。

四人点了一份豚肉、一盘花生米，加上四坛最便宜的糟糠酒，这桌酒菜加起来也不过三十文钱。

这四人也不介意酒菜的好坏，在一旁小声地喝酒吹牛，声音之小，连旁边桌的人都听不见，生怕打扰到别人。

第四拨人，安心倒是觉得有些熟悉，只是叫不出他的名字。其实安心对这人印象不深，倒是对他手上拿的那柄剑有些印象，那柄剑通体漆黑，没有剑鞘，散发出淡淡的寒气。而手持这柄宝剑的人，大概三十多岁，面色硬冷，一副生人勿近的样子，身穿一袭红衣。

这人刚进客栈的时候，一下子就吸引了客栈其他客人的目光。主要这身打扮，不得不让他们想起一个名动江湖的剑客，同样的一袭红衣，同样的无鞘黑剑。只是那人实在是太有名了，众人只觉得眼前的人，是那人的崇拜者，便对来人失去了兴趣。毕竟这个江湖，底层的江湖人对于高手修习了什么功法，其实并不感兴趣，倒是对于高手喜欢穿什么款式的衣服兴致勃勃。或许他们觉得这些高手无论修行什么功法都是他们接触不到的，而他们的穿衣打扮，自己努点力倒是能置办一套一模一样的。

那红衣男一进客栈，就愣住了，死死地盯着安心看，那眼神里有疑惑，有不解，有茫然。

红衣男坐在一靠着柜台的桌子，开口对着安心道："你怎么会在这里？"

安心看了眼面前的红衣男，想了一会儿，还是没记起这男人是谁，便问道："客官，我们认识吗？不过，我倒是对你手上这把剑有些印象。"

那红衣男听到安心的话，先是一愣，随即摇了摇头："你对自己的手下败将，都是没有印象吗？"

安心听到红衣男的话，眉头一皱。这人有毛病吧，败在我手上的人，没有一千也有八百，我能记得都有谁吗？你又不是美女，我能记得住？我能对你手上的这把剑有印象，就已经是对你这人最大的认可了。

那红衣男见安心露出一脸疑惑的表情，脸都黑了——我也算天下有名的剑客，江湖人称“天山快剑手”独孤胜，在你面前都不配知道名字吗？

“我是独孤胜。四年前我们在天山交过手，你两招就把我剑给卸了。你赢了后非得拿着我的剑去卖钱，后来我用我们天山门的阳玉功和五百两银子才赎回我的剑。”

安心听到独孤胜的话一愣，想了想开口道：“你这么一说，我就有印象了。我四年前去天山玩，遇到一个二愣子，大雪天光着身子在山上练剑。我就上去劝慰他，不要为了练剑而冻坏了身体，结果这二愣子非得说我侮辱他们天山门的剑法，要教我做人。

“我当时都愣了，我好心劝他，他不仅不识好歹，还要教我做人。我便随便在地上找了个看着像剑的树枝，用刚刚那二愣子练的剑法把他的剑给卸了。

“我当时见他那把剑不错，应该能值些钱，便想着拿过去卖了换些酒菜吃。结果那二愣子非得求我把剑还他，还拿出银票和天山门的玉阳功来换，我想和谁换不是换啊，就同意了他的请求。现在想想你手上这把剑，就是当时那把吧。”

独孤胜听到安心的话，脸更黑了。当然了，不仅仅是他，在场的众人听到安心的话，都一脸惊恐地看着安心。

独孤胜越想越气，自己也是江湖上鼎鼎有名的剑客，竟然被人说成二愣子。关键这人我还打不过。

憋屈！

突然，他好像想到了什么，吃惊道：“你等等，你是说，你那木剑是你随手在地上找的？你还说你看着我练剑，就把我的剑法学会了，还用我的剑法把我的剑给卸了。你当时不是说那把剑是你的佩剑雷木剑，由天雷击打乌木九九八十一次，形成的天然宝剑吗？”

安心挠挠头：“我有说过吗？我忘了，我当时行走江湖，我就记得我师父和我说，做人留一线，日后好相见。可能那时候我觉得，你被我打败，心生不忍，就随口胡诌了一把剑，让你以为我能败你，是沾了神兵利器的光吧。”

那独孤胜听到安心的话，竟然气血不稳，“噗”的一声竟然从口中吐出一口鲜血。

安心看到独孤胜的样子，眉头一皱，对着一旁愣神儿的秦淮开口道：“这人是不是身体有毛病啊，肯定是当年光身子在雪地里练剑，练出病根来了。我就说嘛，那破剑法，看一遍就会的，还需要在那边光身子练习？练这剑法的人指不定脑子有点问题。你们等会儿别让这人走啊，让他赔桌子的钱。这桌子上面都有他的血了，以后咋用啊。”

独孤胜听到安心的话，脑袋一片空白，眼睛发黑，一下子就晕趴在桌上。

安心下意识喊道：“卧槽！碰瓷！”

独孤胜倒了，裘生看了眼安心，无奈地摇了摇头，将独孤胜背在身上，送到了三楼厢房。

安心转头对着一旁的柳如月开口道：“这货到底是谁啊？独孤胜，这人很有名吗？”

柳如月点点头开口道：“还行吧，天山门的大师兄，使得一手快剑，曾经灭了江湖上鼎鼎有名的四十二大盗。”

安心点点头开口道：“那我就放心了，我就怕这人没钱付房费。”

客栈众人听到安心的话，齐齐脸一黑。合着你把人气晕了，还担心别人给不起房费啊。

连吃饭的客人都一脸惊恐地看向了安心。

众人都是江湖上混迹多年的老手，那四个轻衫男女和那四个不入流的散客，从独孤胜和安心的对话中一下子就猜到了安心的身份。四个不入流的散客也不敢再说话吹牛了，毕竟在一个绝世高手面前吹牛，就有些自不量力了。

而四位白色轻衫男女猜到安心身份后，也不敢太过造次，默默地吃着饭。以他们门派的实力自然也不敢在安心面前造次，毕竟听他们长辈说过，他们的掌门好像也被安心揍过。

至于那个戴着面具的女子，倒是没猜到安心的身份，见到安心将人气晕，一下子站了起来，拿着那柄玉箫，对着安心开口道："掌柜的，我觉得你欺人太甚，不似大侠作风。所谓江湖人点到为止，你为啥要说出那些话来将人气晕过去？"

安心听到那女人的话，不由得看了一眼，开口道："请问你是？"

那女人倒是不隐瞒，开口道："我是圣城王家的长子，王无月。行走江湖，最见不得你这般行径的小人。"

安心听到女子的话，摸摸下巴开口道："圣城王家，没听过啊，还有我是哪般行径的小人，你倒是和我说说。"

那女子听到安心的话，立马火气上来，对着安心飞扑而来。嘴中还喃喃道："我圣城王家，岂是你这样的人能侮辱的。"

安心看到女子的动作，随手操起一旁的算盘，对着那女子的头部就是一砸，那女子应声倒地，安心手上的算盘倒是毫无损伤。安心一阵无语，我啥时候侮辱过你们圣城王家啊。

安心对这种不入流的女子实在是提不起兴趣，对付她时也没使用半分内力。那女子摸了摸自己的脑袋，站了起来，开口道："偷袭算什么英雄好汉，有种我们出去大战三百回合。"

安心无语，开口道："算了，就算我不用内力，你也撑不过我一招，你回去好好练练你这三脚猫的功夫吧。"

那女子听到安心的话，又是一阵恼怒，拿起地上的玉箫，向着安心攻来。安心不耐烦地一巴掌扇了过去，那女子又一次倒地，连同那脸上的面具也被掀飞出去。

女子长相倒是俊美，鹅蛋脸，两片绯红如同初升的朝阳一样让人赏心悦目。

安心看了一眼就没了兴趣，毕竟他看过的美女实在太多了，就连一旁的柳如月和秦淮也比这女子漂亮许多。

那女子见自己不是安心的对手，连忙对着一旁吃饭的白色轻衫男女开口道："在下圣城王家王无月，在这里邀请诸位一起帮忙对付这个江湖败类，事成之后，我王家必有重谢。"

那四名白色轻衫男女，见到一脸狼狈的王无月，也是一阵无语。别谈邪公子不知道你们王家，我们也不知道你们王家。还有你邀请我们一起对付邪公子，你看我们像傻子不。

几人也不费话，走到柜台前，对着秦淮开口道："老板娘，多少钱？能帮我们开两间房吗？"

秦淮听到几人的话，点点头，从安心手上夺过算盘，拨弄了几下，开口道："连两间房，一共是六钱银子。"

那几人点头，连忙付完钱，拿上客房的钥匙，绕开安心走到楼梯口，头也不回地走了上去。他们感觉今天那个叫王无月的女子要完蛋。

王无月见四人不搭理自己，嘴里不禁骂道："一群㞞货，一点都没有江湖儿女的气概。"

说完转头看向那四名散客，可那四名散客发现王无月看向自己时，便将一钱银子放在桌上，对着安心开口道："老板，钱放在桌上了，我们先走了，再晚一点，就找不到住宿的地方了。"

安心开口道："小店倒是有住宿的地方，价格公道。天色这么晚了，几位考虑一下在小店住下。"

那四名散客无奈地摇了摇头开口道："这次我们出门急，没带够银钱，就不打扰掌柜的了，我们几人皮糙肉厚的，在外面随便找个遮风的破庙，就可以了。"

安心听到四名散客的话，点点头，开口道："这样的话，小店就不挽留四位了，欢迎下次再来小店。”

说完安心转头对着柳如月开口道：“去拿四坛糟糠酒，让四位带上，让他们晚上去去寒气。”

柳如月听到安心的话，点点头，便走进了后厨。

那四名散客听到安心的话，连忙摆手开口道：“安老板，这让我们怎么好意思啊。本来来您客栈消费就不多，您还赠送这酒给我们，倒让我们不知道如何是好了。”

安心摆摆手开口道：“你们既然认识我，那这四坛酒，就当认识个朋友。诸位可以在你们江湖朋友面前宣传一下我们客栈，让他们经过新安镇的时候照顾一下我们的生意。”

安心说完话，柳如月和殷任捧着四坛酒，走到四名散客的身边，将酒递给了四人。

那四人接过酒，对着安心抱拳开口道：“安老板，感谢了，我们四人一定会让我们的江湖朋友来捧场，这里先告辞了。”

安心点点头。

那四人见安心点头，便抱拳行了一礼，往客栈外面走去。

那叫王无月的女子见到四人的表现后，先是一愣，随即嘴里骂道：“没有胆量的憨货，称不上江湖儿女。”

安心摇了摇头开口道：“王姑娘，我们往日无仇，近日无怨，为啥要对我出手？”

王无月开口道：“你侮辱我圣城王家，还说无仇无怨。”

安心疑惑道：“我啥时候侮辱你们王家了，我都不认识你们圣城王家。”

王无月听到安心的话，脸更黑了，开口骂道：“我圣城王家，名动江湖。更有一名鱼跃境长辈坐镇，你竟然多次说出不认识我们王家，难道不是对我们王家的侮辱？”

安心听到王无月的话，开口道：“鱼跃境算得上高手？要知道在东岛，鱼跃境的弟子才能堪堪登上东岛总岛，实力达到鱼跃境后期，才能勉强坐上分岛的岛主。”

王无月听到安心的话，开口骂道：“你骗谁呢，我父亲说过，这江湖上我王家的实力绝对能排得上顶尖，你别以为你编出一个莫须有的势力就能打压我圣城王家。”

安心听到王无月的话都傻眼了，这孩子的家长怎么教育出这孩子的啊？不会天天在自家孩子耳边说，我王家贼厉害，江湖上的人谁见到我王家都得俯首称臣吧？

不只安心震惊，连在一旁看戏的柳如月、秦淮，还有殷任都张大嘴巴看着王无月。这姑娘得有多么无知啊！人家东岛好歹在江湖上排行第三名，竟然被你说成虚构的势力。

安心无奈地摇了摇头开口道：“今天的事，就算了，我放过你一马，要是再向我出手，你们王家就灭了吧。”

王无月听到安心的话，仿佛听到天大的笑话一样哈哈大笑起来，开口道：“你要灭我王家，我看你在做梦，你不和我计较，我今天非得和你好好计较一番。看招！”

说完，举箫便向安心攻击而来。

安心看都没看她一眼，对着一旁的殷任开口道：“殷任，把这姑娘废了，你连夜赶去圣城，将她卖到那边的青楼，记得卖得离那个王家近一点。”

说完安心也不费话，径直上了楼。

临近深夜，殷任才赶回来。将五百两银票交给安心，开口道：“老板，按照你的吩咐，已经将那姑娘的武功给废了，卖给了圣城那边的升平坊。那升平坊背后有御龙帮撑腰。老鸨见到那姑娘后，一眼便认出了是圣城那边的王家的嫡长女，不过那老鸨也是胆大，饶是知道是圣城王家的女儿，依旧从我手上买走了那姑娘。”

安心点点头，喝了一口酒无奈道：“哎，真是个可怜的姑娘啊。”

一旁的柳如月白了一眼安心，开口道：“那姑娘是你让人卖到青楼的，你现在说出这种感慨的话合适不？旁人听了，还以为你是什么好人呢。”

安心撇撇嘴，开口道：“这可不怪我啊。老话说：事不过三。那姑娘连续三次在我面前放肆，按照我刚入江湖那会儿的脾气，早就杀到那个圣城王家去了。”

秦淮白了一眼安心，开口道：“什么恶趣味啊，为啥你总喜欢把人卖到青楼去啊？哪怕把人杀了，也比这样侮辱人好啊。”

安心想了想开口道：“卖到青楼，在这个世道，最起码还能活着。算了不说了，早点休息吧。”

说着便搂着秦淮和柳如月上了三楼。

殷任和裘生见自家老板上楼休息后，便一前一后地来到后堂杂物房。这里以前是放杂物的，殷任看它还算空旷，便和裘生一起将它改为了两人的宿舍。

两人洗漱完毕也沉沉地睡了下去。

…………

早上，殷任回到厨房，忙碌起了一天的食材。裘生将客栈大门打开，见到一穿着道袍的老乞丐倚着客栈门口的石狮子睡觉，裘生见老乞丐可怜，便从厨房拿出一个包子，摇醒了乞丐，将包子递给了他。

那老乞丐看着裘生递来的包子，一脸不可思议，疑惑道：“给我的？”

裘生点点头，开口道：“快吃吧，吃完了到别处去，我家老板脾气不好，我怕到时候他会让人赶你离开。”

那乞丐听到裘生的话，点点头，拿过裘生递来的包子啃了起来，很快一个包子便被他吃完：“小伙子，我吃了你一个包子，可以答应你一个要求。你有啥要求尽管提。”

裘生摇了摇头，开口道：“我现在这个样子挺好的，没有啥要求。”

老乞丐听到裘生的话，不可置信，开口道：“我可以给你一些钱财，让你成为方圆十里有名的富豪；也可以教你一些功法，让你在江湖上闯出一些名头。”

裘生听到老乞丐的话，笑了笑开口道：“老人家说笑了，你还是先顾好自己吧。”

老乞丐一愣，开口道：“你一点都不心动？”

裘生摇了摇头，并不理会老乞丐的话，径直回到客栈，收拾起了桌椅。他哪里是不心动啊，只是老乞丐的形象让他心动不起来啊。这老乞丐自己活着都困难，哪里还有钱给他啊。

老乞丐看着裘生收拾桌椅的身影，嘴里喃喃道：“怪哉，怪哉。竟然有人对钱财和权力不心动，这小二有点意思啊。”

说着老乞丐便抬头朝客栈的牌匾看了一眼。可就是这一眼，让他心神一震，一口鲜血从口中吐了出来。裘生听到外面的动静，连忙向外望去，就见那老乞丐，闭着眼静静地站在客栈门口，嘴角溢出鲜血，一层淡淡的紫光萦绕在身上。

裘生见状，连忙上前想问问情况。可刚到老乞丐身边，那老乞丐睁开双眼，瞳孔竟然散发出紫色。裘生被老人的眼神吓了一跳，一个踉跄跌倒在地上。

老乞丐见状连忙收起了功法，身上的紫气也收入体内，瞳孔也恢复了正常。老乞丐扶起裘生，开口道：“你没事吧？”

裘生掸了掸自己身上的灰尘，看了眼恢复正常的老乞丐，开口道：“我没事，你怎么样啊？我看你嘴里都吐血了，刚刚身上还有紫色的光芒，眼瞳也变成了紫色。”

老乞丐摆摆手，开口道：“我没事，只是奇怪，你这客栈牌匾上的字是谁写的啊？”

裘生听到老乞丐的问话，老实回答道：“字是我们老板写的，牌匾是我找河西的王木匠雕刻的。”

老乞丐听到裘生的话，点点头，开口道：“写这字的人，很厉害，竟然将气蕴藏在字里行间。”

裘生听到老乞丐的话，撇撇嘴道：“老先生，这字哪有你说的那么神奇啊。我看着我们老板写的，我觉得一般。”

老乞丐听到裘生的话，摇了摇头，开口道：“这字针对的不是你，你也没法看出当中的玄奥。”

裘生听到老乞丐的话，抬头看了眼牌匾，皱眉，嘴里喃喃道：“不就一普通的天行体吗？我看那书店老板都比这个写得好。”

老乞丐摇了摇头，也不解释，开口道：“小辈，能给我引荐一下你们老板吗？”

裘生听到老乞丐的话，想了想摇摇头，开口道：“我们老板起得很晚的，一般到巳时才会醒来，而且我们老板好像在江湖上名号不小，我听说很多人都怕他，你要是没事还是不要见的好。”

老乞丐听到裘生的话，开口道：“这个你就不用担心，就算是天下第一的昊天理，我都有自保的能力。我只是好奇功力能做到这一步，却在这边开个客栈的人是哪号人物。”

说着便大步踏入了客栈大门。裘生见到老乞丐的动作，连忙上前阻拦，皱眉道：“老先生，你还是走吧，我跟你说实话吧，我们老板是‘邪公子’安心。”

老乞丐听到裘生的话，眼神顿时变得犀利起来，全身紫气萦绕，仰天大喊道：“竟然是他，哈哈，真是老天有眼，竟然在我有生之年找到这个杀害我徒弟的仇人。”

老乞丐发出的声音，运用了内力，一下子吸引了路边的行人。街上众人虽然知道这客栈的老板不好惹，但还是忍不住探出脑袋，往客栈这边瞧个热闹。

在厨房干活的殷任也被这声音吸引过来。见到老头后，一把拉住裘生，护在身后，小声说道："裘生，快去喊老板，这人我对付不了。"

裘生听到殷任的话，点点头，正想悄悄上楼叫醒安心，却见安心不知何时出现在楼梯口。

此时的安心穿着一身白色的内衬，头发也没梳理，脚上踏着一双布鞋，倚着栏杆打着哈欠，一脸看白痴的样子看着老乞丐。

安心看了眼全身萦绕紫气的老乞丐，抄起脚上的布鞋，朝老乞丐的方向扔去。那布鞋在空中划出一道优美的弧线，径直打在了老乞丐的脸上，那老乞丐一个不注意竟然踉跄倒地。

老乞丐倒在地上，一脸不可置信地看着正在金鸡独立的安心，他实在是想不通自己为啥会被一普通的布鞋打倒。自己全身内力萦绕，任何刀剑斧钺近身必然化为粉灰，可那布鞋竟然毫发无损地击中自己的脑袋。更可怕的是，刚刚安心抛出来的布鞋，细想一下，发现自己竟然躲避不了。

老乞丐刚想说两句，安心却率先开口道："大早上的大喊大叫什么？还让不让人睡觉了啊！"

老乞丐一愣，随即怒气上头，开口骂道："你这个魔头，老夫和你拼了。"

说着便一个飞身站了起来，向安心方向冲了过来。老乞丐速度奇快，众人眼中就短短十步距离，老乞丐竟然显现出十道幻影，可气势升得快，泄得也快。不一会儿老头径直飞出了客栈，摔倒在地上，嘴里吐出一摊鲜血。

安心挠挠头，嘴里喃喃道："这人谁啊，我认识吗？实力还算不错，竟然达到了化龙境中期。"

"看着他的样子，应该是传说中的紫文道人、方师先生。"

就在安心疑惑间，柳如月和秦淮从楼上走了下来，为安心解答了疑惑。

安心听到柳如月的话，一脸疑惑，开口道：“我好像和这人不熟啊，怎么这人见到我竟然摆出一副同归于尽的样子啊？”

柳如月听到安心的话，摇了摇头。秦淮想了想也摇摇头，表示自己不知道。

一旁的裘生，听到安心的话，小声说道：“老板，我听他说，你好像杀了他徒弟。”

安心听到裘生的话，想了想，摇了摇头开口道：“他内力紫气环绕，应该和他修炼的功法有关，我可不记得我杀过练这种功法的人。”

安心说话并没有刻意压着声音，众人也都听到了安心的话。那老乞丐，自然也是听到了，他艰难地爬了起来，一步一瘸地走到了客栈内，一脸决然地看着安心，开口道：“魔头，我技不如人，要杀要剐悉听尊便，但你为何要杀我徒弟？”

安心看着气息紊乱的老乞丐，疑惑道：“你可别冤枉人，如果我杀过紫色内力的人，我肯定记得。”

老乞丐听到安心的话，咳出一口鲜血，开口道：“好，我问你，南天城的钱二公子，是不是你杀的？”

安心听到老乞丐的话，想了一会儿，开口道：“我是在南天城，杀过一富家公子，不过那人可不是好人啊，在大街上强抢民女。我当时刚出江湖，是本着替天行道的想法，宰了那人！”

老乞丐听到安心的话，指着安心骂道：“你胡说！我当年就是看他本性善良，经常救济穷人，才教他一些功夫的。”

安心摆摆手，开口道：“你可算了吧，他还本性善良？我杀了他后，街上的人都朝他吐口水呢。好多人都当场朝我跪下来，感谢我杀了这个坏胚子，还说要给我供奉长生牌呢。”

老乞丐听到安心的话，又咳出一摊鲜血，开口道：“怎么可能，那孩子，怎么可能会是强抢民女的人啊？”

站在楼梯上的柳如月看到眼前的场景，想了想开口道：“方师先生，你说的那人，是不是使得一手龙声拳的南天城钱商贾家的钱星，钱二公子？”

老乞丐听到有人认出自己那徒弟，看向了柳如月，开口道：“阴姹宫的小女娃，你认识我那徒弟？”

柳如月听到老乞丐的话，也不疑惑为啥这人能看出自己的身份，摇了摇头道：“只是听过他的事情，据江湖上人说，那钱二公子本是一个没法练武的富家少爷，为人谦虚，待人和善。后来也不知为啥，这人消失了一个月，再次回到南天城时竟然练出了一手发出龙吟声的拳法。原本当地人见到钱二公子练就一身好武艺，也由衷地为他感到高兴。可时间长了，当地人就发现不对了，原本谦和的钱二公子变得暴戾，动不动就上街欺辱当地百姓。后来听说强抢民女时，被路过当地的邪公子一招给杀了。”

老乞丐听到柳如月的话，一脸不可置信，开口道：“阴姹宫的小娃娃，你可不要仗着有这个魔头撑腰就可以胡编乱造。”

柳如月听到老乞丐的话，摇了摇头开口道：“方师先生，小女子不敢欺瞒。你可找个人随便打听一下，便知道我说的是否真假，只是我竟然不知道那钱星竟然是您老的徒弟。”

老乞丐听到柳如月的话，眉头一皱看向外面一群围观的江湖人。开口道：“哪位能否告知我，这女孩说的是真是假？”

那群江湖人，听到老乞丐的问话，顿时愣住了，齐齐低下头不敢和老乞丐对视。

老乞丐见状，继续开口道：“诸位，我只是想求个真假，保证不会连累诸位。”

那群江湖人依旧沉默。

就在老乞丐失望之际，一身穿粗袍的壮汉，走了出来，向着老乞丐抱了一拳，又朝着安心他们抱拳，呼出一口气，好似做了很大决定，开口道："方师先生，我是南天城的人，可以证明柳掌柜说的是真的。我妹妹就是被那钱星狗贼给害了。我早年和村中的老人学了些武艺，得知我妹妹被害后，便一人杀到钱府。在杀了几个狗腿子后，那钱星出手将我击败，也幸好老天眷顾，那钱星见我败下阵来，便没有再次出手，让几个狗腿子来杀我。我拼死逃出了南天城，来到这新安镇躲避仇家。"

那壮汉边说，边脱去上身粗衣，露出一道道伤疤，但最为明显的是一个紫色的拳印。那拳法很是生猛，竟将壮汉的肌肉打凹了下去。

老乞丐仔细地看着壮汉身上的拳印，不禁闭上了眼睛，嘴里喃喃道："造孽啊！我本想着学习七百年前洪老帮主，寻得一个品行善良但资质不佳的徒弟，教上他一招半式，也希望着有朝一日，那孽徒能和洪老帮主的徒弟一样成为一个顶天立地的英雄，为百姓立命，在后世形成一个武林佳话。可为啥会变成这样啊？"

安心看着接近癫狂的老乞丐，撇撇嘴道："谁叫你多管闲事的，人家富家公子日子过得好好的，你非得教他武功。教完武功，还不教他做人的基本原则。人家学了功夫，自然想找点事来证明一下自己学艺有成啊。"

秦淮听到安心的话，连忙拉着安心的胳膊，示意他不要再打击别人了。

安心可不管那么多，继续说道："我都能猜到，一个没有武学天赋的人，是如何被人一个月内，教成一个拥有内力的江湖人。肯定是教了点像样的招式，强行灌输了点内力。这样的人闯荡江湖，遇上同阶人都得扑街。我要是那富家公子，知道闯荡江湖没啥希望后，也会回到南天城那种武学水平不高的地方。可回到家乡后发现，自己所学武功没有施展余地，自然会做出一些令人意想不到的事情。"

老乞丐听到安心的话，睁开了眼睛，眼中尽是落寞，开口道：

“安公子，难道我做错了？我本意是学着洪老前辈，教出一个品性善良的英雄，来照拂百姓。”

安心想了想，摇了摇头，开口道：“你运气不好。”

老乞丐听到安心的话，并没有说话，沉思了一会儿，仰天长啸道：“老天坑我啊。”

说着便大步往客栈外走去，可刚到门口，就听到安心的声音。“等等，你把我客栈地板弄脏了，不赔钱就想走，什么狗屁方师先生！”

老乞丐听到安心的话，一个踉跄差点摔倒。转头望去就见安心赤着脚，一手拿着剩下的那只布鞋，恶狠狠地看向自己。

第三章　幻梦

老乞丐看着安心要动手的架势，连忙从怀里掏出一张五十两的银票，以暗器的手法，飞给了安心。

安心接过银票，点点头，又将布鞋套回了脚上，踮着脚又穿上了另一只布鞋。

老乞丐看着安心穿完鞋，开口道："安公子，老朽可以离开了吗？"

安心听到老乞丐的话，并没有回答，只是对着一旁的裘生说道："裘生啊，你武学资质不行，以后遇到有人说要教你武功，让你成为一个武林上赫赫有名的人物，你可别信。万一你学成过后，变坏了，欺男霸女，或者被人宰了，倒是无所谓。关键被你欺侮之人的家属老可怜了，被你打伤了筋骨，活不了多长时间，可没人管他们的死活。"

现场的众人听到安心的话，齐齐看向了那站出来指证钱星的壮汉。老乞丐也看向了那壮汉，无奈地摇了摇头。

裘生不明白安心的话，开口道："老板，我知道自己的情况，不会有人来教我武功的。"

安心摆摆手，开口道："那可不一定，万一有个老不死的，你给他一个包子，他看你善良，就要收你为徒呢。"

裘生再傻也听出了安心话里的意思，也不敢接话，低下头默默不说话。

老乞丐看着安心，开口道："安公子，你不必指桑骂槐，既然是我那孽徒犯了错，我肯定会去弥补他的过错。"

说着便朝那指证钱星的壮汉走去，施了一礼，开口道："这位好汉，我为我孽徒的行为深表抱歉，可你受伤的时间太长，我也无能为力。"

那壮汉见到江湖鼎鼎有名的方师先生向自己施礼，连忙回礼，开口道："方师先生，言重了，我贱命一条，受不得你这样的大礼。方师先生曾经一人斩杀渭海魔教百余人，救下百姓何止万数。您的事迹江湖上人人都在歌颂。我相信您教那钱星也是出于好意，只是事与愿违。"

老乞丐听到壮汉的话，点点头，拿出一个紫色的牌子放在壮汉怀里，开口道："这令牌是我师门紫金观的象征。你或者你后人要是有任何困难，可持此牌到我师门，只要不是违背江湖道义的事，我师门即便上刀山、下火海也要将你和你后人所求之事完成。"

那壮汉看着怀里的令牌，连忙对着老乞丐施礼。老乞丐见壮汉施礼，点点头，径直离开了原地。

众人见到老乞丐离开，连忙提醒壮汉，壮汉在别人的提醒下起了身，看着老乞丐离开的背影，看了眼手上的令牌，沉思了一会儿，转头朝向安心，跪了下去。安心见到壮汉的动作都蒙了。这人有毛病吧，你给我下跪干啥啊?

就见那壮汉，将那令牌举过头顶，开口道："安公子，感谢你为我妹妹报了仇，你好人做到底，替我解决了这个麻烦吧。"

说着便朝安心磕了个响头，响头磕得很到位，额头上的血都磕了出来。

安心一脸玩味地看着壮汉，开口道："你倒是不笨，知道被那老不死的摆了一道。”

众人都是闯荡江湖的老手，听到壮汉和安心的对话，先是一愣，随即齐齐反应过来。这世上哪有好人啊，即便以怜悯世人闻名天下的方师先生，也不过是用了个更狠的招式来保全自己的名声。

令牌给了这壮汉，自己在江湖上博得了一个徒弟作孽、自己愧疚补偿受害者家属的好名声。可这个世道，官府可拧不过行动随心所欲的江湖人，这个令牌变成了致命的催命符。紫金观名声越显赫，这壮汉越危险。刚刚方师先生可是说了这壮汉的后人，可以前去紫金观寻求帮助。众人可不觉得将自己的分析传到江湖上去，会对方师先生的名声有啥损失。保不齐传出去，方师先生会说一句“我倒是忘了人心险恶”这样的话，到时候江湖上的人肯定会把自己这群传播者当成小人。

安心手指一点，那壮汉手上的令牌立马化为粉灰。

做完这一切的安心并没有说话，径直走到楼上整理自己的仪容。

那跪在地上的壮汉，见安心将令牌毁掉后，朝着安心离去的方向又磕了三个响头，便起身离开。站在客栈里的围观人员见没有热闹可看，也悻悻然地散去。

…………

半个时辰过去。安心梳洗完毕，又换上了往日的青衫，走到楼下。裘生和殷任已经处理好了手头的工作，坐在大厅长凳上，聊着早上发生的事。主要是殷任讲，裘生听。其实裘生也听不懂江湖人的弯弯肠子，但已经听得入神。

秦淮，在柜台前算着账目，柳如月倒是不在客栈内。

安心下了楼，对着秦淮开口道：“咱们就营业了一天，账目需要算这么久？”

秦淮听到安心的话，摇了摇头，开口道：“我没算昨天的营业额，我在算那个独孤胜需要赔偿我们多少钱。”

安心点点头，开口道：“有眼力见儿啊！对了，怎么没看到柳如月啊？”

秦淮听到安心的问题，停下手上的活计，开口道：“师妹去打听江湖上的事了。”

安心挠挠头，开口道：“这女人是不是有病啊！天天打听江湖上的事干啥啊？难道她还没明白，所谓的江湖传说，就是高手的日常生活啊。”

秦淮听到安心的话，想了想开口道：“江湖上谁都知道这个道理，但世人就爱听这些，因为他们的生活是一团乱麻，却总幻想着有一天和那些高手那样惩凶扬恶。”

殷任听到秦淮和安心的谈话，一脸疑惑插口道：“老板、老板娘，你们在说啥，为啥我一句都没听懂啊。”

秦淮摇了摇头，解释道：“没啥，你老板说的意思是，江湖上的事都是由高手造成的，就比如今天早上的事。江湖上用不了多久就会传出邪公子以一只布鞋击败方师先生的故事，可谁又会谈起发生在那不知名壮汉身上的惨状。”

裘生在一旁听着，点点头，深表同意，毕竟自己以前受了那么多委屈。江湖上，可没传出他裘生被一群江湖人欺压的事，想着便开口道：“老板你说，那方师先生，要是真的教上我一招半式，我也不去欺压百姓，你觉得，我往后的日子会怎么样啊？”

安心听到裘生的话，看了一眼裘生。这孩子怎么还想着天上掉馅饼的好事啊？便开口道：“那你惨喽。那老不死的教人武功都是采用填鸭式的方法，只有其形，没有领悟其武学的意义。你想啊！你要是拜那人为师，实力不咋的，名声倒是好听，紫文道人的徒弟多大的名头啊！江湖上的人都不是傻子，肯定知道击败你后自己的名声会上一层楼，肯定会纷纷找你挑战的。”

裘生听到安心的话，不以为然：“那我不接受他们的挑战不就好了，难道他们这群人还会逼着……”

裘生说了一半，说不下去了。他可是领略过江湖人的流氓手段，他们可不会由着自己舒服。

安心看着裘生一脸便秘的表情笑道："裘生啊，虽然你没拜那老不死的为师，但你可以拜我为师啊！我也可以教你一招半式，保证比那老不死的教得只好不坏。"

裘生听到安心的话，连忙摇头，开口道："老板，你可别坑我啊。我可听殷任说了，你的名声在江湖上可比那方师先生要厉害。你收我为徒后，我怕那群江湖人，就像狼见到羊一样，纷纷扑上来找我挑战。"

安心摇了摇头开口道："那你还要不要学武了啊。"

裘生斩钉截铁道："不学，我现在这样子挺好的。"

一旁的殷任听到裘生的话，开口道："裘生，做得好。学武有啥好的啊？不如和我一起做厨子。"

…………

就在几人交谈间，柳如月从外面回来了。

安心见到柳如月回来，开口道："怎么样，今天江湖上有啥事发生啊？"

柳如月白了眼安心，开口道："新安镇已经传出你击败方师先生的事了，相信用不了多久整个江湖都会知道这事。不过，你要不要听听隔壁几个镇上的江湖人传出的几个版本啊？"

安心听到柳如月的话一愣，开口道："这玩意儿还有其他版本啊。不应该都是方师先生为徒报仇，只身挑战邪公子，被邪公子一招击败？"

柳如月摇了摇头，嗤笑道："隔壁七安镇的版本贼有意思，说方师先生在邪公子客栈吃饭不给钱，被邪公子给揍了。"

安心脸一黑，什么鬼。这是谣言啊。

柳如月见到安心脸黑，继续开口道："别急，还有别的版本啊。

五义镇的版本是：邪公子和方师先生共同看上一个女子，两人大打出手，最终方师先生败北。九河镇的版本是：邪公子和方师先生两大高手比试，大战三天三夜，最终方师先生一招惜败。还有……”

“停停停，别说了，你这都是听谁说的啊。”

柳如月听到安心的话开口道：“我亲自去隔壁镇打听的啊。”

安心白了眼柳如月，开口道：“不是你大早上的，跑了几个镇，就听回这几个虚构的故事啊。”

柳如月接着说道：“那可不止，我还听到大批江湖人已经齐聚江南苏城飞燕坞，准备本月十四日商讨你那把雷木剑的分配问题。”

安心一愣，开口道：“我不都说了吗？我不知道啥雷木剑，我也没用过那玩意儿啊。”

柳如月听到安心的话，开口道：“现在你知不知道都无所谓了，反正整个江湖都知道你有把雷木剑在苏城飞燕坞了。估计你现在出来解释说，那把剑不是你的，都没人信了。”

安心脸一黑，这群江湖人还带这么玩的啊，想着便开口道：“以后少打听这些新编的江湖事啊，多误导人啊。”

临近中午，客栈来了几桌客人。都是附近的江湖豪客，还有带着家人下馆子的当地百姓。因为安心的名气已经在附近一带传开了，安心客栈的名声也随之传播开来。

一开始所有人都畏惧安心的名声，不敢来这里吃饭，可早上新安镇上的人得知，安心为那不知名的壮汉得罪方师先生后，便觉得安心也没有传说中的那么可怕。几个胆大的江湖人便壮着胆子来这安心客栈瞻仰一下邪公子的容貌，顺便对付一下午饭。让这群江湖人没想到的是，这安心客栈的饭菜不仅便宜还异常可口，饶是见过世面的江湖人也不得不说声好。

安心站在柜台上，看着大厅里吃饭的人，满意地点点头，这才是客栈应该有的样貌。无论江湖地位，无论年长幼小，聚在一起讨论的是饭菜是否可口。

安心想着便大声对着下方食客说道："今天在场的诸位，每桌送一壶杜康。"

下方食客听到安心的话，一阵叫好。一胆大的壮汉举起酒杯对着安心开口道："安老板大气，某家敬你一杯。"

安心见状，一摆手，柜台上一个酒杯便飞到了安心手上，一道酒水从酒坛上飞到酒杯里。安心举起酒杯与那壮汉对视一眼，两人隔空敬酒，微微点头，便各自喝下杯中酒水。

安心喝完酒水将酒杯放下，开口道："望诸位以后多多光临本店，照顾我这小本生意。"

那和安心敬酒的壮汉喝完酒听到安心这么说话，连忙开口道："那是一定的，安老板客栈饭菜可口，让某家恨不得顿顿来吃。"

说着他放下酒杯朝安心施礼，安心点头回应。

其余食客听见安心和那壮汉的对话，也纷纷表示以后会再次来客栈消费。席间，昨天晚上住宿的两男两女江湖人，也从三楼厢房下来。他们找了个空桌坐下，要了份牛肉和酒水，便在一旁悄悄商量起了事情。安心听力很好，即便几人说得声小，安心也能听个清楚。

"师兄，你说我们还去不去飞燕坞了啊。"

"去，为什么不去？"

"可那雷木剑是假的啊。"

"我们本来就不是为了雷木剑去的，我们这次下山只是为了闯出个名声。飞燕坞现在聚集了大批江湖人，正是我们扬名立万的好时候。"

"可是……"

"没有可是，我们去就完事了。"

安心听了一会儿，就失去兴趣了。哎！这群江湖人啊。

…………

时间过得很快。那群食客很快吃完饭结账，结账的时候倒是不敢再和安心讨价还价。

那四名身穿白色轻衫的江湖儿女，结完账也匆匆离开，往江南赶去。结账的时候，几人都不敢直视安心。他们到现在依旧不敢相信，眼前这个人畜无害的掌柜是大名鼎鼎的邪公子。

裘生收拾打扫完客人留下来的残羹冷炙，从厨房和殷任一起端出早就准备好的饭菜。饭菜是四菜一汤，有荤有素倒是搭配合理。

安心坐在主位上，秦淮和柳如月坐在安心的左手边，裘生和殷任坐在安心的右手边。几人正在打算享用午饭时，楼梯口传来一阵嘈杂的声音。就见穿着红袍的独孤胜，扶着楼梯踉跄地走了下来。此时的他面色发白，气息紊乱，脚上更是软弱无力。

安心看着独孤胜，眉头一皱：这人怎么虚成这样啊！要不是安心心识通达，都以为这人昨晚没睡，趴在自己的房间里偷看了一夜的活春宫呢。

裘生心地倒是善良，见独孤胜如此羸弱，连忙起身来到楼梯口扶着虚弱的独孤胜。独孤胜也没反抗，顺着裘生的引导坐到了安心的对面。

独孤胜看着对面的安心，开口道："我真的有这么不堪吗？"

安心压根不想搭理他，自顾自地拿起筷子，夹起了一块牛肉送入口中。

一旁的秦淮见状，转头对着独孤胜开口道："独孤先生，名动江湖，江湖人称'天山快手剑'，自然是不弱的。"

独孤胜听到秦淮的话，转头看向了秦淮。秦淮长相妖媚，饶是没有刻意勾引人，也依旧让男人疯狂。但外面那群见过世面的江湖人对于秦淮即使是爱慕也不敢表现在脸上。

但独孤胜这种天天只知道一股脑子练剑的死宅男，见到这么漂亮的女子在一旁细声细语说自己如何如何厉害，立马就看痴了。

昨晚他一心盯着安心，倒是没有注意到这个狐媚女子，现在一看便惊为天人。

秦淮也注意到独孤胜看自己的眼神，眉头一皱，咳了一下。

独孤胜也意识到了自己的失礼，连忙回过神不敢再看秦淮。

独孤胜的表情哪里会逃过安心的眼睛。只是此时的安心压根不想搭理他，自顾自地吃着饭菜。众人见到安心的动作，也不搭理独孤胜，自顾自地吃起了饭菜。

独孤胜见众人没有人搭理自己，怒上心头，指着安心开口道："邪公子，我敬你是个人物，没想到你竟然如此侮辱我。"

安心看了眼眼前无能狂怒的独孤胜，继续吃起了饭菜。

独孤胜见安心没有搭理自己的意思，更是气得不行。秦淮见状，从竹筒里拿出一双筷子递给了独孤胜，开口道："独孤先生，有什么事还是先吃口饭再说吧！身体要紧。"

独孤胜看着秦淮递来的筷子，又是一阵愣神，不可置信地接过筷子，开口道："好，那我就先吃点。"

秦淮见独孤胜接过筷子，微微一笑，便没有继续说话，安静地吃着饭菜。

有了独孤胜的参与，午饭很快解决。也许是独孤胜真的饿了，就数他吃得最多。

裘生将碗筷收拾好拿到后厨洗刷，殷任回到后堂准备趁着晌午没人的时候休息一番，柳如月打算出去找一些工人，将原来的柳香坊改造一番。秦淮则来到柜台前，拨弄起了算盘。

安心还坐在原来的位置上，喝着茶。独孤胜则坐在对面死死地盯着安心，偶尔余光还瞥向了正在算账的秦淮。

秦淮算完账，拿了一个账本，来到安心身边，径直坐到了安心的腿上，看着一脸吃惊的独孤胜开口道："独孤先生，我刚刚算了一下，昨天你弄脏了我们一张桌子和一把椅子，还有昨晚的住宿和吃饭的钱，你一共需要支付五十二两银子。这样啊，我给你打个折，你支付五十两就好了。”

独孤胜听到秦淮的话，先是一愣，随即不可置信地看着秦淮。敢情你刚刚夸我厉害，关心我让我吃饭，就是为了和我算账啊。

秦淮看着发愣的独孤胜，眉头一皱嘲讽道：“独孤先生，你在江湖上这么大的名头，不会这点钱都付不起吧。”

独孤胜听到秦淮的话，脸一黑，看向秦淮，这女子哪有刚刚初见时那般让人惊为天人啊，分明是个为了钱财斤斤计较的小女人罢了。他也不费话，从怀里掏出一张五十两的银票放在桌上。

秦淮见到桌上的银票，连忙收起，起身回到柜台上，再也不理会江湖上有名的天山快手剑独孤胜。

安心看着秦淮将钱收好，看了眼虚弱的独孤胜，松了口气，开口道：“那谁，你钱也结清了，你还不走干吗？等我请你吃晚饭啊？”

独孤胜听到安心的话一愣，开口道：“你还没回答我的问题呢，我有这么弱吗？”

安心听到独孤胜的话，并没有说话，走到柜台前，接过秦淮递来的纸笔，挥毫写了几个字。

安心写完字吹干纸上的墨迹，将纸张叠好，来到独孤胜面前，开口道：“这里有你想要的答案，但是你得回去后方可打开查看。”

独孤胜看着安心递来的纸张，一把抓过收到怀里，对着安心开口道：“多谢，那我先告辞了。”

说着踉跄地往客栈外走去，临走前又转头对着安心说道：“我那把无鞘剑，放在了客房里，望安公子保管好，等我剑法大成再来拿回。”

说完头也不回地往远处走去。

秦淮见独孤胜走远，来到安心身边开口道：“你个坏胚子，以他的心性，要是看到你写的那句话，不得活活气死啊。”

安心点点头，开口道："所以，我让他回去再看啊。万一真气死在我们客栈，我还怎么做生意啊。"

独孤胜走了。客栈大厅只剩下了安心和秦淮。秦淮将账目算好后，看着在一旁喝茶的安心笑着调侃道："要是让那群江湖人看见大名鼎鼎的邪公子喝着不到三文钱一两的茶叶，一定大感震惊。"

安心撇撇嘴开口道："怎么，难道江湖上传言我天天喝着千金难求的悟道茶啊？"

秦淮走到安心的身边，坐下给自己也倒了一杯茶，抿嘴喝下一口，便吐了出来，开口道："怎么说，以你的身份最次也得喝那个五两银子一两的猴魁吧。"

安心听到秦淮的话，想了想点了点头，开口道："是得做出点符合自己身份的事了。要是让江湖人知道我喝的是这三文钱一两的茶末子，恐怕不久这茶末子会涨出天价了，这对那些爱喝茶的穷人可不是什么好事。等裘生中午休息好，便让他去市场上买些好的茶叶吧。"

秦淮听着安心的话，倒是没有反驳，这个世道的名人效应还是很可怕的。就像世人都知道天下第一的吴天理爱穿天衣阁的衣服，便夸赞天衣阁的衣服品质好，江湖人也以穿上一件天衣阁的衣服而感到自豪。却不知，那吴天理买天衣阁的衣服完全是因为，天衣阁离他所在的门派最近。

安心见秦淮发愣，便开口道："去将琴拿来吧，趁着中午没人的时候，弹上一曲，好消遣一下时间。"

秦淮听到安心的话，点头便上楼取琴。不一会儿，秦淮抱着一把古琴下了楼，调试了琴弦的松紧后，一曲《流水》倒是让人在这太阳高照的中午感受到了一丝凉意。

安心听着曲子陷入了回忆，在东岛的时候，自己也被师父逼着学过一些乐理知识，甚至还让东岛上一个以乐理入武的分岛主亲自教导他。奈何自己实在不愿意静下心来去学习那繁杂的知识。虽然自己最后凭借着过人的天赋也将那分岛主的手段学了个七七八八，但出入江湖后从没在别人面前卖弄过，因为他总觉得以乐理入武毕竟是小道。

一曲完毕，安心也从思绪中清醒过来，对着秦淮开口道：“弹得不错，我很爱听，我会一些乐理入武的知识，可以教教你。”

秦淮听到安心的话，先是一愣，随即想了想，摇了摇头，开口道：“你们东岛的乐声先生以乐理入武，想必你那知识是从他手中学来吧？”

安心点点头开口道：“是他，不过我和他不一样，他是将武学功法以琴声十六法的形式表现出来，方法极其复杂。而我的方法和他不一样，我是直接将内力灌入琴弦当中，每弹奏一次，内力便顺着琴声向敌人攻去。”

秦淮听到安心的话，脸都黑了，抱着琴头也不回地往楼上走去。这安心果然还是不靠谱，你哪是以乐理入道啊，明明是以武入乐啊。

安心见秦淮不搭理自己，挠挠头，疑惑道：“我的方法不好吗？我学完那乐声的琴声十六法后，亲自总结的规律，还在乐声面前展示了一番，他都夸我有想法呢！”

秦淮听到安心的话，一个踉跄差点没站稳，稳定身子后，头也不回地上了楼。

安心看着秦淮的样子，摇了摇头，转身将客栈大门关闭，也跟着上了楼。他一定要在房里好好和秦淮探讨一下乐理知识。

…………

下午，安心和秦淮整理了一下衣服，便下了楼。裘生已经将客栈大门打开，坐在板凳上休息。殷任已将晚上的食材准备好，在后堂练着家传剑法。柳如月将请来的工匠安排好后，也坐在板凳上大口喝着茶水。

安心看着大口喝水的柳如月，开口道：“淑女点，喝水小口抿着喝。”

柳如月白了眼安心，又灌了口茶水，开口道："老娘都要骂人了，淑女不起来。那群工人都不知道啥理解能力，我和他们讲解了半天硬是没听懂我的意思。"

秦淮听到柳如月的话，开口道："师妹，消消气，有什么事还是让裘生去沟通吧。"

柳如月听到秦淮的话，点点头，喊来了裘生。她拿出纸笔，在纸上构思出了自己对柳香坊的改造想法，并讲解给裘生听。

…………

半个时辰后，安心都蒙了。

他对着已经改了二十多遍方案的柳如月开口道："小月啊，要不柳香坊改造的事，你就别管了，让裘生一个人全权负责吧。"

秦淮听到安心的话，连忙附和："是啊，师妹，这改造柳香坊的事还是让裘生一个人负责吧。"

柳如月听到两人的话，先是一愣，随即脱口而出："那怎么行啊，以后要住那边啊，裘生一个人怎么行啊。"

说着便低下头，继续修改着那张已经无法下笔的设计图。

又经过半小时的修改，柳如月一拍桌子，对着裘生开口道："算了，太复杂了，我怕你记不住，还是用第一套方案吧。"

裘生："……"

晚上客栈只有一桌客人，是一对年轻的情侣。女子黑发如瀑，肌肤如脂，眉若轻烟，清新淡雅，杏眸流光，水色潋滟，挺翘的鼻下是粉色的樱唇，容颜算不上倾城倾国，看上去却舒服。她背着一个包裹，看包裹的样式应该是张古琴。男子皮肤白皙，一身浅蓝色的锦缎长袍，腰束玉带，手拿一把玉箫，倒也显得风度翩翩。

两人找了个靠窗的位置，要了几份时令的素菜。

柳如月看了眼两人，一脸激动地走到柜台前对着安心和秦淮小声说道："看这两人的装扮，应该是被江湖上称作'乐仙侠侣'的言语生和洛半夏。”

安心听到柳如月的话，看了一眼，撇撇嘴：“不就两个刚入鱼跃初期的小情侣吗？起个这么高端的外号干啥啊？”

秦淮白了眼安心，一脸羡慕地看着那对情侣，小声地对着安心说道：“你个只知道武功的直男，一点都不懂浪漫，这两人的爱情故事可是感动了整个江湖。那女子名为洛半夏，本是昆仑的外门弟子。那男子叫言语生，原是闽城的一富家公子哥。两人一南一北，本是无交集的一对陌生人，可老天恰恰给了两人相遇的机会。两人在杭城游玩的时候相遇，一见如故，很快就陷入了爱情。两人交往中，竟然发现双方都爱好乐理。可好景不长，洛半夏和言语生的事情很快传到了昆仑派。昆仑派向来严禁门下弟子有男女之情。昆仑派掌门无心仙子找到两人后，让两人分开，可洛半夏和言语生哪肯分开啊，誓要同生共死。无心仙子看到两人的决心，便杀到闽城言家，威胁言语生离开洛半夏。言语生不肯就范，即便无心仙子杀了他父母，也依旧选择了和洛半夏在一起。最终无心仙子也被两人感动，成全了这一对神仙眷侣。”

秦淮说着便流下了眼泪。

安心听完秦淮的话，不禁一愣，小声开口道：“不是，这个故事感动在哪里啊？不就是一个不顾自己爹娘死活的自私男，和一个违背门规的心机女的恋爱故事吗？难道这就是感动整个江湖的故事吗？这江湖人也太容易被感动了吧！”

秦淮和柳如月听到安心的话，都气炸了，这是一个为了爱情奋不顾身的故事啊。江湖上不知道有多少少男少女也想像这对神仙眷侣一样有着奋不顾身的爱情啊。

安心见到两人的表情，看了眼正在吃饭的“乐仙侠侣”，小声说道：“别羡慕了啊，这对情侣已经貌合神离了。”

秦淮和柳如月听到安心的话，一愣，秦淮拧着安心腰间的软肉小声开口道：“安心，你在胡说什么啊。洛半夏和言语生，是江湖上公认的模范情侣，怎么可能像你说的貌合神离？”

安心忍着疼痛，小声开口：“算了，说了你也不懂。”

柳如月气呼呼地说道：“那你倒是说啊。”

安心看着气呼呼的两人，开口道：“这可是你们让我说的，听了可别骂人啊。那女子身上有邀月宫的独门内功，但一身武学都出自昆仑，那男子又只练了大路货色的内力功法，所以那女子身上邀月宫的内功怎么来的，你们就可以发挥想象力了。那男子更是过分，身上竟然有五种不同的阴柔内力。”

柳如月和秦淮听到安心的话，都齐齐一愣，秦淮开口道：“那也不能说明啥啊，也许是机缘巧合下他们得到了别人家的内功心法啊，而且我也没听过那事可以提高内力啊。”

安心撇撇嘴，开口道：“自身修炼出来的内力，和别人不经意间留下的内力我还是能看出来的。而且你说他们是机缘巧合下得到别人家的内功心法，这事你自己信吗？至于那事，除了那些修炼欢喜功的魔教人可以通过行房获得对方内力外，其他功法确实不太可能通过这个手段提高内力，但也不可避免地会沾染一些对方的内功。你想想为啥我见到柳如月第一眼就说她没破元阴，而那个方师先生见到柳如月的时候就知道她背后有我撑腰。”

秦淮和柳如月听到安心的话，都惊讶得张开嘴，一脸不可置信地看向了那对令整个江湖都羡慕的神仙眷侣。安心的话实在让她们接受不了。

…………

安心几人交谈完，那对神仙眷侣也吃完了饭菜，走到柜台前。

那男人经过秦淮和柳如月身边时，不禁一怔，可随即又装作若无其事的样子跟在那女人身后。可秦淮和柳如月毕竟有武功在身，那男人动作即使做得再隐秘，也没能瞒过两人的眼睛。安心更不用说，自然也看出了男人细微的动作。

女人结完饭钱，要了一间上房，便和男人匆匆上了楼。

从他们淡定的表情中就知道，这两人还不知道这间客栈是安心开的。

安心见到两人离开，一脸玩味地对着柳如月和秦淮道："怎么说，现在还羡慕这对神仙眷侣吗？"

秦淮气骂道："什么'乐仙侠侣'，什么模范情侣，都是骗人的，男人都是大猪蹄子！"

安心："……"

柳如月则皱眉道："以后要不是亲眼所见，我再也不相信江湖上的故事了，只是现在我想不通的是为啥这两人会出现在这里啊？"

安心和秦淮听到柳如月的话，齐齐一愣，安心笑道："不愧是打听情报的，到这个时候还不忘自己的本职工作。"

柳如月听到安心的调侃，开口道："你难道就不奇怪吗？"

安心撇撇嘴道："我一个天下第三，去关心这些不入流的江湖人的事干啥啊，不过我倒是能猜到这两人要去哪里。"

柳如月听到安心的话，先是一愣，随即黑着脸开口道："那你说说，这两人要去哪里啊。"

安心开口道："东岛。"

柳如月听到安心的话，开口道："去东岛干啥啊？"

安心刚想回答，一旁的秦淮开口道："你说的可是乐声先生要招徒弟的事啊？"

安心点点头开口道："不然呢，乐声那家伙在我临走前就对整个江湖上放出话来，要招收一个有乐理天赋的青年做徒弟。算算日子，这个招徒大会应该快开始了吧。"

柳如月听到安心的话，开口道："这事我怎么不知道啊？还有这乐声是谁啊？"

秦淮笑道："乐声先生，是乐理第一人，以乐理入道。平时为人低调，名声也不显。不是喜欢乐理的人，根本不会有人关心他。你每天只知道关心江湖上鸡毛蒜皮的事，估计乐声先生的招徒大会都被你当作江湖上一个不知名的武夫招收杂役弟子的事来处理。”

柳如月听到秦淮的话，吐了吐舌头，开口道：“那师姐，你去参加那个什么乐声先生的招徒大会吗？你在乐理上的天赋这么好，一定会被那乐声先生收为弟子的。”

一旁的安心听到柳如月的话，点点头附和道：“其实，小月说得倒是没错，乐声那货实力还是不错的，你拜他为师倒也不亏。”

秦淮则摇了摇头开口道：“我对乐理只是感兴趣，没有乐声先生那么伟大，也不可能做到乐声先生以乐理入道的本事，拜乐声先生为师不合适。”

安心听到秦淮的话，想了想点点头，开口道：“确实，你拜他为师不合适。本来我和他同辈的，你要是拜到他的门下，以他的眼力见儿肯定一下子就知道你背后的男人是我，以后见面的时候这货肯定得调侃我一番。”

秦淮听到安心的话，脸都黑了，开口道：“你脑子在想啥啊，我不拜乐声先生为师，是因为我自知无法入得乐声先生的眼，哪有你想得那么多啊？”

安心听到秦淮的话，开口道：“你们别一口一个先生的叫他好吧，乐声才三十五岁啊，你都给人家叫老了。”

秦淮听到安心的话，一愣，开口道：“啊！乐声先生竟然这么年轻。”

安心点点头，道：“本来年纪就不大啊。不过有一说一，乐声的武学天赋还是很厉害的，已经达到了化龙境中期。要不是他所创功法不善杀伐，他在江湖上的名声不会这么不显眼。”

秦淮和柳如月都愣住了，秦淮不可思议道：“乐声先生竟然如此厉害，三十五岁竟然已经达到化龙境中期。为啥江湖上没有一点关于他修为境界的传闻啊？而且如此厉害的人排行榜上竟然没他的名字。”

安心听着秦淮的话，一脸不服气地道：“我十五岁就达到了化龙境后期，都没见你这么激动。”

柳如月看着安心的表情，笑道：“好啦，知道你厉害。话说你觉得那洛半夏和言语生，能否拜得乐声先生门下啊？”

安心听到柳如月的话，笑道：“早点睡吧，梦里什么都能实现。”

裘生洗刷完碗筷，走到大厅内，看着安心喝着茶，开口道：“老板，我去看看修缮柳香坊的工匠来了没。”

安心摇了摇头，开口道：“这个倒是不急，你去柜台上拿上二百两银票，去看看有没有好的茶叶，挑些最贵的，买些回来。”

裘生疑惑道：“客栈内不还有些茶叶吗？”

安心开口道：“客栈的茶叶次了些，我喝不习惯，你去买些好的回来。”

裘生听到安心的话，不再费话，点点头，从柜台上取了银钱，便往西街口走去。

裘生刚走，那对“乐仙侠侣”便下了楼。那洛半夏见到安心一人在客栈大厅坐着，开口道：“老板，能否给我们准备些早饭？”

安心看了眼两人，开口道：“很抱歉，厨师出去采购食材了，早饭做不成了。离客栈不远的西街口有几家卖早饭的，味道很是不错。你们可以到那边去吃。”

洛半夏听到安心的话，倒是没有纠结，转头对着身后的言语生开口道：“那我们拿上行李，吃完早饭就直接离开吧。”

言语生听到洛半夏的话，开口道：“半夏，距离乐声先生的收徒大会还有些时日，我们不如在这新安镇留段时间，看看这新安镇的风景。你昨天晚上不还说这家客栈的菜品做得好吗？正好留下来尝尝其他菜品。”

洛半夏听到言语生的话，皱眉道：“姓言的，我知道你在想什么，但请你注意一下言行。现在江湖上所有人都把我们绑在了一起，你做的那些破事，要是被别人知道了，会连累我的。”

言语生听到洛半夏的话，脸色逐渐变黑，开口道：“你竟然有脸说我，你和那邀月宫的弟子发生了什么，难道需要我多说？”

洛半夏听到言语生的讽刺，轻蔑地看了眼言语生，骂道：“你也配提我李哥哥，人家身世、武功、学问，你哪样能比得上？”

言语生听到洛半夏的话，怒气上头，抬起手，欲要打骂眼前看了就心烦的女人。

安心看两人的架势，连忙开口道：“两位，要打出去打，弄坏了小店的桌椅可是要赔钱的。”

言语生听到安心的话，脸色突变。刚刚只顾着和这个贱女人吵架，怎忘了旁边有人啊。洛半夏也愣了一下，显然她也忘记了安心的存在。两人对视了一眼，都从对方眼中看出了杀机。

安心看着两人，淡淡地开口道：“两位在杀人灭口这事上面倒是做得像个情侣。”

言语生冷哼一声道：“掌柜的，这可不怪我们，要怪就怪你运气不好，知道得太多。”

安心听到言语生的话，撇撇嘴，无奈道：“哎，你们做对苦命鸳鸯也是个好事啊。”

…………

殷任离开客栈往菜市口走去，疑惑平时憨厚老实的王叔，为啥到了约定时间还没将菜送来。可半路上他就遇到了王叔挑着担子，往客栈赶来，身后跟着一个十三四岁的男孩。男孩面色黝黑，一身粗布麻衣，手拿一把木剑。那剑应该有些年岁了，已经微微玉化。

殷任摸了摸男孩的脑袋，开口对着王叔说道：“王叔，这是你家孩子？长得倒是精神。”

那送菜的王叔听到殷任的话，轻轻踹了一脚小男孩，道：“我可没有这福气，这是卖烧饼老张家的老二。住在我家隔壁，知道我要给你们客栈送菜，非缠着我带他来见你们掌柜的。”

殷任听到王叔的话一愣，开口道：“见我们掌柜的干吗？他可不是个好说话的人。”

王叔无奈道：“你还是让张家小二和你说吧。”

那男孩听到两人的对话，一脸倔强地对着殷任说道：“我要拜你们老板为师。”

殷任听到男孩的话，先是一愣，随即说道：“不错，少年就得有少年的血性。”

王叔听到殷任的话，愣住了，他本以为殷任会说一句“白日做梦”的话，最不济也会劝这孩子放弃那常人不可触及的武学梦，怎么都没想到殷任会鼓励这孩子。

三人边交谈，边走路，很快就到了客栈门口。可还没进门，大门里就飞出了两个人。一男一女，正是乐仙侠侣。

殷任三人被飞出的两人吓了一跳，连忙伸头往客栈内望去，就见安心静静地坐在椅子上喝茶。

殷任看了眼那飞倒在地，晕过去的两人，眉头一皱，带着两人走进了客栈，开口道：“老板你这是？”

安心摆摆手开口道：“没啥，这两人想杀我，被我给打伤了。”

安心说完看向了殷任身后的一大一小，那一大一小满脸惊恐地看着安心，那王叔甚至都害怕得抖个不停。

殷任见安心看着两人，很有眼力见儿地介绍道：“这是卖菜的王叔，这几天我的食材都是从他这里购买的。食材新鲜，价格公道。还有这个是王叔隔壁家的小孩，跟着王叔一起来看看。”

安心听到殷任的介绍，笑着开口道：“王叔，以后咱们客栈的食材，就麻烦你了。您放心，跑腿费一分不会少你的。”

那王叔听到安心的话，也稍稍冷静下来，开口道：“安老板，谈不上麻烦。本来你们客栈照顾我的生意，我就非常感谢了，那跑腿费你就不要折杀我了。不瞒你说，来我这儿买菜的，殷任还是第一个主动结账的。别的人是能不给就不给，能拖就拖。”

王叔越说，心中的害怕也越来越小，到最后甚至觉得安心是个好人。安心点点头，倒也没接着说话。王叔见安心不说话，便跟着殷任将食材挑到后堂厨房，顺便帮着殷任整理后厨。

客栈大厅内，就剩下了安心和那小男孩。

安心疑惑地看着小男孩开口道：“你怎么不跟着你王叔啊？”

那小男孩听到安心的话，并没有说话，而是膝盖微屈，就要朝着安心下跪。可不知为什么，怎么都跪不下去，好似有股莫名的力量托着他。

安心皱眉道：“你是不是有事要求我？”

小男孩听到安心的话，点点头开口道：“是的，我想拜你为师，想和你学武功。”

安心不悦道：“新安镇那么多江湖人，为啥你要拜我为师？”

小男孩听到安心的话，回答道：“因为镇里的人都说你是这个新安镇最厉害的人，而我想成为最厉害的高手，所以得拜你为师。”

安心一愣，接着说道：“可我为啥要教你啊？”

安心的话一下子把小男孩给弄蒙了。是啊！他有啥理由教我啊？虽然以前听大人说，一些江湖高手喜欢随处收些徒弟。可他们却没告诉我，这些高手为啥收徒。

安心见到小男孩发愣，笑道：“我像你这么大的时候，就不爱学武，我当时就在想每天吃吃喝喝多好啊，为啥要去学武，当然，到现在我都没想明白我学武为了什么。”

小男孩听到安心的话，想都不想开口道："当然是为了行侠仗义。"

安心摆摆手道："这是所有人都知道的答案，包括现在江湖上的坏人。"

小男孩说道："我不知道别人学武是为了什么，但我学武的意义就是行侠仗义。"

安心笑道："行侠仗义可是个技术活啊，搞得好会成为人人佩服的侠客，搞不好可会成为人人欺负的软蛋。我认识一个江湖人，也喜欢行侠仗义，现在可惨了，江湖上谁有困难第一个就想到他。他有个江湖朋友，老婆临产，都是找他帮忙付接生的钱。"

小男孩不屑道："那又怎么样，江湖人可不能见死不救，掏钱帮助朋友是应该的。"

安心撇撇嘴道："可他那朋友，老婆生完后，立马就花了五百两银子买了一栋豪华院落。"

小男孩一愣，不再接话。

安心看小男孩不说话，继续道："现在还想行侠仗义吗？"

小男孩听到安心的话，抬起头倔强地看着安心道："要的。"

安心点点头，开口道："这样吧，我让殷任教你一些基础的武功，你学成后，去游历两年江湖。要是两年后你依旧要行侠仗义，我便教你一些深奥的武功。"

安心说完话，殷任和王叔也忙完后厨的事，走了出来。

殷任显然是听到了两人的谈话，对着小男孩道："小家伙，你家里人要是同意，你从明天开始，每天吃完午饭，便来客栈找我。"

小男孩点点头，刚想说话，一旁的王叔率先开口道："他家里人能同意才有鬼了。老张为了这个不听话的儿子，都气得晕过去了。我们普通老百姓，就希望自己孩子好好活着，有个吃饭的活计，结果这孩子学也不上，老张托关系给他找的活计，也不好好干，每天就知道玩弄他那把破剑。老张实在拗不过他，花了棺材本，给他找了个江湖人，想让他跟着别人学上几招，结果这孩子还嫌人家武功差劲，学了两天就不学了，现在老张都气晕在了床上。”

安心和殷任听到王叔的话，不禁一愣，齐齐看向小男孩。就见小男孩站在一旁将那把木剑握得紧紧的，眼神里充满倔强。

殷任摇了摇头，道：“我教不了你，也不会教你。”

小男孩听到殷任的话，一下子就失控了，对着众人咆哮道：“我不要你教，世界这么大，我就不信找不到一个教我功夫的师父。”

说着便小跑出去。

一旁的王叔看着小男孩小跑出去，连忙和安心他们打过招呼，追了出去。

安心和殷任看着王叔和小男孩离开，都愣住了，对视一眼，无奈地耸耸肩。

殷任无奈道：“这孩子的世界可不大啊，连逃跑的方向都是家的方向。”

安心道点点头：“是啊，估计以后他的江湖也就新安镇这么大了，从菜市口跑到这里也算来了场江湖游。”

殷任点点头，突然他好像想到了什么，指着门口晕过去的“乐仙侠侣”，开口道：“老板，这两人咋办啊？”

安心撇撇嘴道：“把这两人扣下，找牙房写个信给昆仑，让他们拿钱赎人。”

第四章　谣言

殷任将“乐仙侠侣”两人弄到三楼厢房。让安心没想到的是，平时老实巴交的殷任竟然在男女性别上有着区别对待。对待言语生的时候，殷任拎着对方的后颈，直接上了楼。中途言语生被殷任粗鲁的动作弄醒了，被殷任一巴掌又拍晕过去。而对待洛半夏的时候，殷任的手脚则不老实，啥地方都摸了个遍。就这上楼的工夫，殷任硬是换了十几个动作，使得晕死过去的洛半夏不经意间都发出“嗯哼”的声音。

经过十来分钟的摸索，殷任将两人的气穴封住，跑到楼下大厅，和安心打了个招呼便往牙房跑去。

临近中午，众人纷纷回到客栈。裘生将十多包茶叶摆在桌上。秦淮和柳如月，拎着大大小小的包裹，从西街口回到了客栈。两人将物品放好，坐在长凳上，不顾形象地捶着发酸的小腿。

殷任回到客栈后，和众人打了个招呼便一头扎进了后厨。

安心看着裘生带回来的茶叶，挑挑拣拣，最终拿出一款清明芽尖，开口道：“以后我就喝这个茶了。”

裘生看着自己老板手上拿的茶叶，嘟着嘴开口道：“老板你倒是好眼光，一下子就挑了个最贵的。这茶叶要二十两银子一两，每喝下一口都是金钱的味道。”

安心没有说话，一旁的秦淮开口道：“这茶叶倒是勉强符合你的身份，其他茶叶也不退了，就放在客栈内。要是以后遇到身份高贵的客人，拿出来款待，倒也不会丢了你的面子。”

安心听到秦淮的话，点点头，将所有茶叶都放到柜台后面的货架上，开口对着众人说道：“咱们客栈这几天收益倒是不错。中午忙完了，让殷任做几个好菜犒劳大家。”

众人点点头，表示同意。

…………

几人交谈间，客栈陆陆续续来了几桌客人，都是附近的江湖人和带着家人的普通百姓。由于安心的存在，几桌客人显得格外和谐，就连平时吆五喝六的江湖人，都在安心的注视下，静静地品尝着美食。就算偶尔和别桌客人交流，都是交谈着饭菜的咸淡。临近未时，几桌客人才吃完结账。

按照往日的惯例，裘生收拾了客人遗留下的碗筷，众人便开始了自己的午饭时间。六菜一汤倒是丰富。

几人很快吃完饭，裘生将碗筷拿到后厨洗刷，殷任到后堂趁着没人的时候休息一番。安心则把客栈大门关闭，带着柳如月和秦淮上了三楼厢房，松一下劳累的筋骨。

…………

临近申时，裘生将客栈大门打开。门一打开，就见外面站着一个中年妇人。中年妇人长得倒是美艳动人，一身素衣将那玲珑的身材显得凹凸有致，手持一把镶着宝石的女子剑。

裘生对于江湖人的打扮已经见怪不怪了，即便面前是美艳不可方物的妇人，也依旧面色不改，他开口道：“客官，你是打尖还是住店？”

那中年妇人看了一眼裘生开口道：“找人的，我想问一下裘生是在这里吗？”

裘生听到美艳夫人竟然是找自己，先是一愣，随即开口道：“我就是裘生，你找我干吗？”

那中年妇人听到裘生的话，也是一愣，随即仔细地盯着裘生的脸看个不停，嘴里喃喃道：“真像啊。”

裘生被中年妇人看得心中发毛，便开口道：“客官你找我有什么事吗？”

那中年妇人听到裘生的话，立马清醒，开口道：“我是你姨妈。”

裘生一愣，随即摇了摇头，开口道：“客官，你可别开玩笑了，我可没听我娘说过她有个姐姐或者妹妹。”

那中年妇人听到裘生的话，道：“让我进去再说吧。”

裘生听到中年妇人的话，点点头，他也觉得将人拦在门外有些过分，于是便侧开身子，让人进了客栈大厅。

恰好此时，安心三人下了楼梯。

安心看见中年妇人先是一愣，随即开口道：“没想到这牙行送信的速度倒是有些手段，信上午刚送，下午就来人了。”

中年妇人听到安心的话，抬头看向说话之人，随即吓得宝剑都掉在了地上。她连忙捡起宝剑，稳了稳心神开口道：“你是邪公子安心。”

安心听到中年妇人的话，一愣。

咋回事啊！我让殷任在信中不都告知我的信息了吗？为啥这个昆仑来的人还是吃惊啊？安心也不多想，开口道：“我在信中已经说好了价格，你要是没意见的话，就交钱把人带走吧。”

中年妇人听到安心的话，疑惑道：“什么信，邪公子你在说什么？”

安心听到中年妇人的话，疑惑道：“你不是来赎那个‘乐仙侠侣’的吗？”

中年妇人听到安心的话，皱眉道：“敢问邪公子，你说的‘乐仙侠侣’是谁啊？”

安心一愣，随即看向一旁的秦淮和柳如月，两人齐齐摇头表示看不懂现在的情况了。

安心看到两人的动作，脸一黑，开口喊道：“殷任，你去把那对狗男女带下来。”

在厨房的殷任听到安心的话，连忙放下手上的活计，来到大厅。

殷任看了眼大厅的几人，都是充满了疑惑的表情，搞得殷任也不禁疑惑起来，开口道：“老板，你们干啥啊？一个个疑神疑鬼的。”

安心开口道：“你别管，上去把那对狗男女带下来。”

殷任听到安心的话，点点头，上楼将两人带下来，扔在地上。

安心看了眼两人，对着中年妇人道：“这女人是你们昆仑派的人对吧？”

中年妇女听到安心的话，看向洛半夏，皱眉道：“看功法内力应该是我们昆仑派的，但我们昆仑弟子众多，我也记不全啊。”

安心疑惑，开口道：“你等等啊，你怎么可以不认识这人啊？”

中年妇女更加疑惑道：“不是，邪公子你过分了啊。我不认识这人，难道很奇怪吗？”

安心听到中年妇女的话，脸都黑了，开口道：“看你武学境界，应该是昆仑派掌门无心仙子吧？”

中年妇女点点头道：“是啊，不过这和我认识这人有啥关系啊？”

安心听到无心仙子的话，脸更黑了，对着一旁的秦淮开口道：“秦淮，你将江湖上的‘乐仙侠侣’的故事讲给无心仙子听。”

秦淮听到安心的话，点点头，将那洛半夏和言语生的故事娓娓道来。

无心仙子听了秦淮的故事，脸都黑了。为啥这个故事里我是那个不讲人情的大反派啊？想着便开口道："邪公子，这故事你也信啊？虽然说我昆仑派有不许弟子有儿女私情的规矩，但那是针对内门弟子的。我堂堂昆仑派掌门怎么可能会为了一个外门弟子去杀人啊？"

安心疑惑道："那这故事怎么来的啊？"

无心仙子叹了口气，看向了地上躺着的两人，开口道："那这得问这两位啊。"

说完，手上一道青光打向了两人。随着青光进入两人的体内，洛半夏和言语生也幽幽醒转。两人看着周围的环境和人，一时没反应过来，揉了揉自己发晕的脑袋。

无心仙子见两人醒转，看向了洛半夏，开口道："我看你武学内力，好像出自我们昆仑派，你应该是我们昆仑的人啊。"

洛半夏听到无心仙子的话，顺着声音看去。可就是这么一看，全身汗毛竖起，不可置信道："掌……掌门，怎么是你？"

一旁的言语生听到洛半夏的话，也一下子清醒，一脸不可置信地看向无心仙子。

无心仙子看到两人的表情，也不费话，开口道："'乐仙侠侣'怎么回事，给我讲讲。"

洛半夏听到无心仙子的话，一下子就慌了，连忙开口道："掌门，这不关我的事，都是言语生干的！"

言语生听到洛半夏的话，连忙开口道："臭女人，你胡说八道，明明是你干的！"

无心仙子见两人吵架，吼道："别吵，你们一个一个地说。洛半夏，你先说。"

两人听到无心仙子的话，齐齐闭嘴，洛半夏揉了揉自己没有眼泪的眼睛，开口道："掌门，你要为我做主啊！我在杭城遇到这人后，被他用花言巧语骗掉了清白，我只能将错就错，跟了这人，不是要刻意违背门派规矩的。"

无心仙子冷哼一声说道：“我不是问这个，我问的是那‘乐仙侠侣’的名头怎么来的。”

洛半夏听到无心仙子的问话，开口道：“这更加不关弟子的事，都是言语生干的。他将我带回闽城见他的父母，他父母了解到我是昆仑的弟子，知道我们门派不允许和别人有男女之情，所以不允许我们在一起。言语生一气之下就杀了他父母，后来他为了掩盖杀人的事实，对外宣称……”

洛半夏说不下去了，但无心仙子可不管她，接着她的话说道：“对外宣传，我威逼你们分开，杀了他的父母对吧？后来我见你们两人誓死要在一起，大为感动，就成全了你们。”

洛半夏听到无心仙子的话，连忙点头道：“是的，这个借口都是言语生编的，和我半点关系都没有。”

可洛半夏话刚说完，一旁的言语生吼道：“别信她的，她在说谎！这女人是我在杭城遇到的没错，但我没骗她。是她看我有钱，非得和我在一起，后来硬是要和我去闽城见我父母。到了闽城后，这个女人爱慕虚荣，天天缠着我给她买奢侈的首饰，可我平时零花钱都是我父母管控的，她知道后就让我杀了我父母夺取家产。我不肯，这心肠狠毒的女人就在我父母的食物里下毒。这个‘乐仙侠侣’也是她花钱找外面的江湖人传播的，说这样对自己的江湖名声有好处。我当时都觉得这女人疯了，竟然敢用无心仙子的名头，结果她说无心仙子高高在上，怎么可能会关心我们这点破事。”

无心仙子听到两人的话，脸都黑了，我这是当了背锅侠啊。

安心几人听到两人的话也都张大了嘴巴，不得不说这群江湖人挺会玩的啊。

安心摇了摇头，开口道：“看这事闹的。该说不说，这两人还挺有想法的啊。”

无心仙子听到安心的话，脸更黑了，啥玩意儿挺有想法的，合着背锅的不是你啊。她也不费话，就要结果两人，被安心一把拦了下来，他开口道："我是开客栈的，见不得死人，你把这两人带走吧。等到了外面随便你处置。"

无心仙子听到安心这么说，也不敢再动手，点点头道："那就麻烦邪公子，将这两人找个地方关押起来，等我忙完这一切，再带走两人。"

安心让殷任将两人带到后堂，对着眼前的无心仙子开口道："你不是为了这两个人来的，那你来这里干吗啊？"

无心仙子听到安心的话，开口道："我来找我甥儿啊。"

安心疑惑道："你的甥儿是谁啊？殷任？"

"不是，是裘生。"

众人听到无心仙子的话齐齐一愣，看向裘生。

柳如月更是不可置信道："裘生，你竟然有这么大的背景，那你为啥以前还会被那群江湖人给欺负啊？"

裘生摊摊手，开口道："其实我也不知道，我有这么一个姨妈，我妈没和我讲过啊。"

无心仙子听到裘生的话，摇了摇头，开口道："你不知道是正常的，因为你妈也不敢和你说。这是一件非常辛酸的往事，故事有些长我就不说了。"

众人脸齐齐一黑。啥玩意儿故事有些长，你就不说了啊。我们都打算吃瓜了，你搁这儿卡壳了。

安心撇撇嘴道："你这人在江湖上肯定没有朋友，而且想削你的人肯定很多。"

无心仙子听到安心的话，点点头道："是啊，我作为昆仑派的掌门，位高权重，敌人自然是不少。"

安心摊摊手无奈道："你可算了，保不齐那些敌人都是你自己得罪的，要知道，话说一半，得挨雷劈的啊。"

无心仙子一愣，找了个位置坐下，开口道：“好吧，那我就长话短说。那是一个风雨交加的夜晚，我妹妹对我师父，也就是我们的娘说她要出去闯荡江湖……”

“停停停！”

安心打断无心仙子的话开口道：“说重点。”

无心仙子听到安心的话一愣，随即想了想，开口道：“好吧，重点就是，我妹妹和我妹夫在外面勾搭在了一起。被我师父知道后，逐出了门派，两人就在新安镇开了这间客栈。后来两人由于客栈太忙，劳累致死。”

裘生听到无心仙子的话，一愣：“等等啊，既然我娘是昆仑派的人，为啥没见她使用武功啊？而且为啥不教我个一招半式啊？”

无心仙子听到裘生的话，开口道：“那没办法啊，当年我娘让我妹妹在外面不要暴露自己的武功，也不要外传自己门派的功法。我妹妹脑子不太好使，我娘让她做啥，她就做啥，一点都不会变通。其实就算真的教上你昆仑的功法，我娘也拿你没啥办法啊。”

众人听到无心仙子的话，一愣。安心实在是听不下去了，开口道：“你先等等啊，你不是说你们昆仑派内门弟子不能有儿女之情吗？那你妹妹怎么会和裘生他爹搞在一起啊？”

无心仙子听到安心的话，摆摆手道：“唉，这你就不懂了吧，那门派规矩是制定给外人看的，哪有规矩立给自己人的啊？你们想想，要是我们家也严格按照门派规矩，这昆仑派掌门不就落到了外人手上了啊？”

安心听到无心仙子的话一愣，继续说道：“合着你们门派规矩都是定着玩的啊。”

无心仙子摇了摇头道：“那不是，要是一般的内门弟子敢在外面瞎搞，最轻也得废除经脉，将人弄成傻子。这是为了防止自己门派的功法流传到江湖上。邪公子，你是东岛的弟子，这样的规矩你应该能理解吧。”

安心撇撇嘴道：“这事别问我啊，我们东岛没这条规矩。我东岛的武学，大部分都是从别的门派打劫，啊呸，借过来的。除了少部分武学不让外传，其他的倒没有硬性规定。而且我们东岛的总岛主也不可能由着一个家族控制。”

无心仙子一愣，随即想了想开口道：“算了，不讨论这个了，反正各派有各派的规矩。我今天来，其实就是想带走裘生，教他功夫，等我死后继承昆仑派。”

众人听到无心仙子的话，齐齐看向了裘生。

裘生见众人看向自己，想了想开口道：“我天赋不好，年纪也大了些，学武的话，可能不太行了。我怕继承昆仑派，下面的人不服啊。”

无心仙子听到裘生的话，摆摆手道：“这没事，你先练些基础的功法和招式，等我临死时，就将所有内力都传给你。我还会在门派内找个天赋不错的女弟子，与你结婚，这样就能压得住下面的弟子了。”

裘生听到无心仙子的话，并没有说话，而是看向了一旁的安心。

安心见裘生看向自己，想了想开口道：“方法是行得通的，怎么选择还是看你自己啊。”

裘生听到安心的话，低下头沉思了良久，也没说话。

无心仙子见到裘生这样，开口道：“放心吧裘生，我也不会逼你。我今天会留在这里，你考虑一晚上，给我个答案。”

裘生听到无心仙子的话，点点头。

安心见到裘生的动作，开口道：“裘生，你先安排无心仙子到客房休息。等晚上忙完了，让无心仙子和我们一起吃饭吧。“

裘生听到安心的话，点点头，领着无心仙子上了三楼客房。

…………

晚上饭点，客栈陆陆续续地来了几桌客人。显然这几桌客人是认识安心的，几人吃饭间不断地打量着安心。安心也不恼火，对着大厅的众人开口道："你们是新安镇的人？"

那几桌客人显然没想到邪公子安心会对着他们说话。

一个壮汉壮着胆子对着安心抱拳道："我们是隔壁镇的，听说邪公子您在这边开了间客栈，特地来这里瞻仰邪公子的尊容。"

安心听到壮汉的话，点点头，笑着道："好啊，没想到，我这小小的客栈生意竟然做到了隔壁镇去了，看来我真是个做生意的好手啊！"

众人听到安心的话，连忙附和。惹得秦淮和柳如月在一旁对着安心翻白眼，你可要点脸吧。

客人吃完饭，便各自散去。裘生收拾完碗筷，和殷任将晚上的饭菜端了上来。无心仙子也很自觉地从楼上下来，与众人一同吃饭。

吃饭间让众人没想到的是堂堂昆仑派的掌门竟然是个话痨，而且是贼八卦的那种，给众人说了很多上层江湖人士不可告人的秘密。像什么"邀月宫的圣子喜欢男的""北海女帝和天下第一的昊天理有一腿"，还有"东岛九文先生的三弟子偷看他二师姐洗澡"。其实也没说很多，因为当无心仙子说到第三件事的时候就被安心给削了。

众人吃完饭，裘生照旧将碗筷收拾好，无心仙子则坐在安心对面品着茶。虽然已经被安心削了，但无心仙子身体内那颗八卦之心依旧，她忍不住对安心产生了好奇。

"邪公子，你是不是因为在东岛人缘不好，才没去争那个东岛总岛主之位啊？让你大师兄得了便宜。"安心听到无心仙子的话，脸都黑了。事可能是这么个事，毕竟在东岛的时候，各个分岛的岛主还有洞主，几乎人人都挨过自己削，自己人缘不好也情有可原。可你说出来，就不对劲了啊。

无心想着也不费话，默默地将茶杯里剩下的水以内力凝聚成了一把狼牙棒，恶狠狠地看向了无心仙子。

无心仙子看到安心的动作，脸也黑了。一个时辰内，你对人家要做两次坏事，也不怕累坏了自己身子。

无心仙子连忙开口道："邪公子，注意两派影响！"

…………

"唉……唉……往哪儿打啊？再打我可得反抗了啊！"

…………

经过半小时的打闹，安心揉了揉自己发酸的胳膊，搂着秦淮和柳如月上了楼。众人见状也纷纷去休息了。

第二天清晨，安心被一阵嘈杂的吵闹声给吵醒了。他与同样被吵醒的秦淮和柳如月对视一眼都感到疑惑。他们各自整理好仪容，准备下楼查看。

刚到楼梯口，就见无心仙子和一中年妇人在门口吵架，顶着黑眼圈的裘生在一旁劝慰这两人。那中年妇人也是风韵犹存，一身华丽七彩绸缎衣将高贵的气质显现得淋漓尽致。

客栈门口和大厅内围满了吃瓜群众。

安心在人群中找到嗑着瓜子的殷任，开口道："怎么大早上就吵起来了？还有，和无心仙子吵架的妇人好像是邀月宫的人啊。我揍过她们家的圣子，她身上的功法我记得。"

殷任听到安心的问话，点点头，也不隐瞒，开口道："这事说来也巧，无心仙子早上没事做，对我和裘生讲起上江湖上的事，刚好说到邀月宫的宫主为了巩固自家门派的江湖地位，和星虚宫的无星道人勾搭在了一起。说得正起劲的时候，这邀月宫的人恰巧来到咱们客栈。后来……就是你现在看到的这一幕了。"

安心听完殷任的话，脸都黑了。这无心仙子果然是缺少江湖的毒打啊！想着便看向了门口吵架的两人。

"怎么，做了还不让人说了啊？别以为我看不出来你最近功力突然上涨，你敢说你后面没人给你撑腰？”

“无心臭娘儿们，你瞎说什么啊！看我不撕烂你这张臭嘴！我功力上涨是因为，我平时勤加练习！”

“呵呵，就你这个天赋，再怎么练习都不可能进步得这么快啊。咋啦！突然开窍了啊？”

“啊呸，老娘天赋本来就不差。”

安心听了一会儿实在听不下去了。这两人好歹是江湖上赫赫有名的两大派的掌门，咋像两个泼妇一样在骂街啊。这么多人看着呢，好歹也顾及一下形象啊。

安心连忙避开人群，走到无心仙子两人身边，开口道：“给我个面子，别在这里吵架，丢人。”

“闭嘴。关你屁事！”两人齐齐说道。

安心一愣，随即摇了摇头，倒也没过多计较。显然两人吵架已经吵到了忘我境界，任何人的劝阻都已经听不进耳朵了。可现场的吃瓜群众都震惊了，这世上竟然还有人敢让邪公子闭嘴，便齐齐安静下来。现场就剩下两女人吵架的声音。

无心仙子和那中年妇人，显然发现了现场有些不对劲，立马停止了争吵，看向四周，就见到安心在一旁无奈地摇头。

两人毕竟是混迹江湖的前辈，很快就反应过来。

无心仙子对着安心解释道：“邪公子，刚刚我可不是让您闭嘴，我是让他闭嘴。”

说着无心仙子指向了人群中一黑矮的中年男人。

一旁的中年妇人，听到无心仙子的话，也立马附和道：“对对，我刚刚也是让他闭嘴的。刚刚我都听到了，就他话最多。”

被无心仙子指着的男人，一脸不可置信地指着自己。

无心仙子看到那男人的动作，连忙开口道：“说的就是你，一直在旁边啰唆个没完。”

那男人听到无心仙子肯定的回答，立马急了，嘴里发出“阿巴阿巴”的声音。

一旁的裘生捂脸，无奈道：“姨妈，别说了，他是隔壁卖鱼的丁叔，是个哑巴。”

无心仙子听到裘生的话，脸一黑，连忙开口道：“唉，姨妈年纪大了，耳朵不好使喽，听错了啊。”

一旁的中年妇人也连忙附和道：“是啊，人一旦上了年纪，不管功夫练得怎么样，耳朵都不灵光了。”

安心听着两人的借口，无奈地摇了摇头，对着众人说道：“都散了吧，没戏看了。”

说着也不理会众人，回到客栈大厅内。围观群众听到安心的话，也很自觉地散去，很快大厅就剩下了安心六人。

安心让裘生将大门关好，让众人坐下，对那中年妇人道：“邀月宫的宫主你来这里干吗？想为你们的圣子报仇啊。”

那中年妇人听到安心的话，先是一愣，随即开口道：“不是啊，我又不傻，犯不着为了弟子来和你作对。不过我今天来就是为了解决此事的。”

安心听到中年妇人的话，皱眉道：“那为啥我听人说，你放出话来，只要我到了邀月城，你们邀月宫就会倾尽全宫之力来围杀我啊？”

中年妇人听到安心的话，脸一黑，开口道：“邪公子，您别误会啊，这事真不是我干的，都是那邀月宫的圣子范刀传出来的笑话。“那年你替我将范刀给教育了一顿后，这人就跑到我身边来告状。我当时就想，邪公子你教育他是为了他好，这人怎么能不识好歹呢，还跑到我身边告状。我将他骂了一顿，后来这事我就没再管。可没想到的是，这范刀被我教育后，不仅没有反省自己，竟然还在暗处使坏，利用他的圣子身份在全宫大放厥词，说‘只要安心到了邀月城，一定要尽全宫之力把安心杀了’。我得知这件事后，备感生气，就将那范刀的圣子之位给剥夺了，奈何谣言已经被人传到了江湖去了。最近得知您在这个新安镇开了间客栈，我特意大早上来给您道歉的。您可千万别被江湖上流言蜚语给欺骗了啊！放心大胆地在邀月城玩，所有消费都由我邀月宫买单。”

中年妇人边说，边从怀里掏出一张一千两的银票放在桌上，移到了安心面前。

安心看着桌上的银票，满意地点点头，将银票收进了怀里，开口道：“唉，你说你，这么客气干吗？都是小辈闹着玩的，咱们做长辈的怎么能和小孩子计较呢，以后不许再提这事啦。”

中年妇人脸都黑了。没你这么占便宜的啊！你邪公子不管在江湖上有多么厉害，怎么说都是我晚辈，你一句话，就给自己升了个辈分啊？要点脸吧！虽然这么想，她嘴里却说道：“还是邪公子您大人有大量啊。”

就这样两人就这件事达成了协议。一个不追究小辈在外面放出的大话，一个保证了某人在邀月城的“人身安全”。

可一旁的话痨无心仙子听不下去了，开口对着中年妇人道：“邀心，你够不要脸的啊！这件事我也知道，我记得‘只要邪公子敢踏上邀月城，就倾尽全宫之力围杀他’这句话是你在接受《江湖月刊》采访时说的，当时还上了《江湖月刊》的头条呢！我看啊，怕不是这新安镇离你们邀月城近，你得知邪公子在新安镇开了间客栈后，害怕邪公子真的得知这条消息后，一气之下杀到你们邀月城，特意到这里赔礼道歉的吧。”

无心仙子越说越起劲，竟然没看见一旁脸越来越黑的安心和中年妇人。

安心已将无心仙子的祖宗十八代骂了个遍，就你话多啊？就你聪明，还给人家心理活动做了分析。你说的这些事难道我们不知道吗？

要不是看在裘生的面子上，我又要削你了。

安心没有动手，可一旁的中年妇人坐不住了，站起来对着无心仙子骂道："就你话多，看来很多年没和你动手了，长本事了啊！正好我今天就来见识见识你这几年的长进。"

无心仙子听到中年妇人的话，也是恼火，一拍桌子，拿起宝剑就要上前和中年妇人比试。

眼见两人就要动手，裘生急了，连忙看向了一旁淡定的安心，开口道："老板，快出手阻止两人啊！"

裘生话刚说完，就被一旁的殷任按坐在长凳上，开口道："裘生啊，我劝你不要多管闲事。这世上还有什么比看两个女人打架更过瘾的事呢？况且还是两个江湖上鼎鼎有名的美女。"

说完又对着一旁的安心开口道："老板，你这里有留影石吗？借我一个。"

安心听到殷任的话，一脸可惜道："唉，被我忘在了东岛，早知道有这个场面就带出来了。"

殷任和安心的对话，惹得在一旁不知道怎么办的秦淮和柳如月一阵鄙视。

正要动手的两妇人听到安心和殷任的话，齐齐断了动手的念头。没想到这邪公子和那胖子两人年纪不大，思想倒是很成熟。

无心仙子冷哼道："今天在邪公子的客栈，打坏东西不好，先放你一马！"

那中年妇人听到无心仙子的话，也冷哼道："是我放你一马！来日有机会再来教训你这个嘴上没门的泼妇。"

安心听到两人的话一愣，随即开口道："不碍事的，你们打吧，弄坏东西也不要你们赔偿。正好趁着这个机会让我这个江湖后辈长长见识，看看前辈是怎么交手的。"

尽管安心一再保证两人砸坏客栈东西不需要赔偿，但无心仙子和邀月宫的宫主邀心仙子还是没有动手。安心和殷任备感可惜，毕竟这种见识江湖前辈交手的机会并不多。

聊完正事的邀心仙子，最终还是告辞离开，临走之前还偷偷对着无心仙子放了句狠话。

这次无心仙子倒是没有过多地计较，转头看着远去的邀心仙子感慨道："她也不容易啊，一个人撑起邀月宫这么大的担子，遇到强一点的高手都不敢得罪。"

安心听到无心仙子的感慨，撇撇嘴道："知道别人不容易，你还在背后说别人坏话，也不怕遭雷劈。"

无心仙子听到安心的话，脸一黑，开口道："我又没说错啊，她本来就和那无星道人不清不楚啊。上层江湖人士都在传他们两个有一腿，听说都发生了那种关系。"

安心无奈道："唉，这江湖上的谣言你也信啊。我刚刚看到邀心仙子的元阴并没有破损，说明江湖上说的那种荤段子都是假的。"

无心仙子听到安心的话，一时语塞。可安心接下来的话，倒让她备感震惊。

"要是说江湖上传闻她和无星道人不清不楚，我倒是有些相信。不过我猜，应该是无星道人这个老杂毛主动招惹她的。"

无心仙子听到安心的话，先是一愣，随即白了眼安心，开口道："你可拉倒吧，无星道人无论是武功还是江湖地位，都不是她这样的人可比的，这世上哪会真的有'江湖高手爱上农家女'的故事啊。"

安心撇撇嘴道："无星那老杂毛，脑子里天天就想着怎么打败吴天理坐上天下第一的宝座。可吴天理那身剑法实在是有些不讲理，无星好几次找吴天理打架都败在了他手上。无星也知道用寻常的方法没办法打败吴天理，所以要找些邪门歪道的方法提高自身的武学。"

无心仙子听到安心的话，疑惑道："这件事和邀心有啥关系啊？"

安心摇了摇头道："鼎炉。"

无心仙子听到安心的分析，不可置信："怎么可能，这世上比她功夫强的女子最起码有七个，就算真如你所想，无星道人也不应该找她啊。"

安心听到无心仙子的话，疑惑道："你先等等啊，我印象中女子比她强的好像只有六个吧。北海女帝、吴天理的老婆殷有情、无星他自己的女儿、我师姐、塞外第一宫的圣女，还有女子年轻第一人的无瑶仙女，哪来的第七人啊？"

无心仙子听到安心的话，咳了咳嗓子，一脸期待地说道："还有我啊，我感觉我比邀心厉害多了。你觉得呢？"

安心听到无心仙子的话，一本正经道："你们境界一样都是鱼跃境后期。不过单看内力波动，你好像真不如她啊。话说我记得你好像在江湖上的排名也不如她吧？"

无心仙子听到安心的话，脸都黑了。男人，都不知道说点好听的。想着不禁"哼"的一声撇过头去。

安心可不理会无心仙子的内心想法，继续分析道："你看看这些排在邀心前面的女子，吴天理的老婆就不用说，无星那老杂毛还没这么想不开，去招惹她。北海女帝、塞外第一宫的圣女，还有我师姐，这背后都有大势力撑腰。虽然说无星不怕她们背后的势力，但招惹后不一定能讨得好。至于她女儿，我想无星应该没动过这种歪点子吧。"

无心仙子听到安心的话，不服气道："那不还有年轻女子第一人无瑶吗？我可听过她的事迹啊。年仅二十岁就达到了化龙境中期，再怎么说无星第一个应该想到她吧。"

安心听到无心仙子的话，并没有说话。

倒是一旁的秦淮开口道："怕不是那无瑶仙子和某人有些不清不楚的关系，让那无星道人不敢下手。"

无心仙子听到秦淮的话，眼睛突然亮了起来，连忙追问道："谁啊，这事我怎么不知道？来来，喝点水，好好和我说说，这么大的瓜我竟然不知道。"

边说，边给秦淮倒了一杯茶，一脸期待地看着秦淮。秦淮看着一脸期待的无心仙子，都愣住了。不是，我刚刚吃醋的语气你听不出来吗，还要问？你再问下去，我怕你走不出这个客栈啊。

无心仙子看着秦淮不说话，更加急切道："和我说说呗，那无瑶仙子和谁不清不楚啊。放心，我不会和外面人讲的，我不是嘴大的人。"

秦淮听到无心仙子的话，脸一黑。你还不是嘴大的人啊？她也不理会无心仙子，默默低下头。

秦淮不说话，一旁的柳如月倒是开口道："这有什么可隐瞒的啊，还不是那位啊。"

说着朝安心努努嘴。

无心仙子顺着柳如月努嘴的方向看去，只见安心一脸黑线地坐在那边喝茶。

可无心仙子即便看到安心脸黑，依旧感兴趣道："邪公子，你和我讲讲你们的事呗，你们发展到了哪个境界啊？有没有那个啊？和我说说呗，我保证不和别人说。"

安心听到无心仙子的话，也不费话，又用茶水凝聚成了一根狼牙棒，还是带刺的那种，看向了一脸期待的无心仙子。

无心仙子看到安心的动作，脸色立马拉了下来，连忙开口道："还来，昨晚都折腾了两次……还要对我做坏事。哎……哎……那里不能打。"

…………

经过半个时辰的打闹，安心终于收了手。

无心仙子揉了揉屁股，站了起来。运功，将自身伤势止住，白了眼安心，开口道：

“为了这点小事，就打女人，一点都不男人。算了，不计较了。等下吃完饭我就要回昆仑了，裘生你跟不跟我回去？”

众人听到无心仙子的话，看向顶着黑眼圈在一旁不说话的裘生。

裘生见众人看向自己，连忙摇头道：“我不去，在这里挺好的。”

无心仙子听到裘生的话，想了想开口道：“算了，不逼你了啊。我这里有两套昆仑道基础功法，你先练着。等我快要死的时候，你来昆仑一趟，我将一身的内力都传给你，到时候你继承不继承昆仑派再说吧。”

说着便从怀里掏出功法，放在裘生的怀里。裘生看着怀里的两本书，开口道：“姨妈，我一点武学基础都没有，你给我这个也没用啊。我又看不懂。”

无心仙子白了眼裘生，开口骂道：“你个憨货，你们客栈的人，哪个不会武功啊，你不懂难道不会问啊。嘴长在脸上，就是为了吃饭的啊？”

裘生听到无心仙子的话，疑惑道：“这个不是昆仑派的武功吗？应该不让外传啊，他们怎么教我啊？”

无心仙子听到裘生的话，恼道：“都和你说过了，规矩是定给外人的。你真把这个功法外传出去，难道我能杀了你不成？你是我们家族的独苗，我还等着以后你给我养老呢。况且这个功法是基础功法，你们客栈的人都看不上的。”

裘生听到无心仙子的话，将两本基础功法小心收好，开口道：“好吧，姨妈，你在这边再住几天吧。”

无心仙子听到裘生的挽留，摇了摇头道：“我没法久待，昆仑还有一大堆事等着我去处理啊。你在这边好好活着，这功法你练个基础的就行，一切有我呢。”

中午，客栈来了几桌客人，都是附近的江湖人。这些人身上倒是没有啥钱，点了几个寻常菜品，便津津有味地吃了起来，边吃边商讨着早上看到的江湖纷争。也许因为安心在新安镇的表现并不像他们想象中的那么可怕，所以聊起天来倒是百无禁忌。安心也不愿意偷听他们的闲言碎语。

临近未时，这群人也吃完了饭，裘生收拾完碗筷，便和殷任将午饭端了进来。殷任的饭菜做得可口，让一直嘴上说着要保持身材的无心仙子，连干了三碗饭菜。

吃完饭，裘生也没急着收拾碗筷，走到大门前和无心仙子告别。

殷任从后堂拎出已经虚弱无力的“乐仙侠侣”跟着走了出来。安心、柳如月和秦淮三人想了想，也出来送别。

无心仙子看着裘生眼中的不舍开口道：“你好好待在这里，不要想着出去闯荡，这里比外面的世界安全很多。等我将昆仑的一些复杂的事都搞定，再来看你。”

裘生听到无心仙子的话，点点头道：“姨妈，要是你遇到了困难，记得写信给我。”

无心仙子听到裘生的话，点点头并没有说话，拎着虚弱的“乐仙侠侣”转头向着昆仑派的方向走去。

“走了，你好好照顾自己。”

裘生听到无心仙子临别前的关心，眼睛一下子就红了起来。

安心看着裘生的样子，无奈地摇了摇头道：“哎，你好好学学你姨妈给你留下的功夫吧！她也不容易。”

裘生听到安心的话，没有说话，只是默默地点点头。众人回到客栈，裘生将碗筷拿到后厨洗刷。殷任从裘生那边要来了无心仙子给他的功法，研究了起来。这功法是个基础的纳气功法，对于殷任来说理解起来太过简单，却非常适合没有武学基础的裘生。秦淮和柳如月一左一右在大厅内伺候安心喝茶。

安心喝着茶看着客栈外的人来人往，说道："我有段时间没出客栈，竟然没发现这新安镇有了些变化。这些寻常百姓倒是卸下了那不中用的刀剑。"

一旁的柳如月听到安心的话，笑道："这还得感谢你安大公子赏脸来到新安镇啊。"

安心听到柳如月的话，疑惑道："怎么说？"

柳如月笑道："你来新安镇后，并没有做什么坏事，而且还为了一个不知名的江湖人，和方师先生翻脸。这新安镇的人也是好笑，你做了一件好事，就觉得你是个大好人，可以守护这新安镇的安全。现在这个新安镇的人很少出现欺凌的情况了，那些爱欺负人的恶霸自从你来了后，也收敛了不少，主要怕哪天你出门撞见他们欺男霸女，一个不爽宰了他们。"

安心听到柳如月的话，先是一愣，随即开口道："这群人想什么呢？我和那方师先生闹翻完全是因为他想坑裘生，我恶心他一下罢了。又没真想过为他们出头。"

几人交谈间，恰好裘生也将碗筷洗刷完毕，来到大厅。

裘生听到安心说的话后，大为感动。抹了抹发酸的鼻子，对着安心他们开口道："老板，我去看看柳香坊的工匠改造得怎么样了。"

说着也不等安心他们回答，一溜烟地跑了出去。

柳如月看着裘生离开的背影，感叹道："裘生这孩子，心思敏感，你对他好他都记在心中。他听到你这句话，估计晚上又会感动得睡不着了。"

安心撇撇嘴道："谁叫他运气好，遇到我这个老板啊。"

一旁的秦淮听到安心的话，白了眼安心："要不下午，我们陪你在这个新安镇逛逛。天天闷在客栈内有啥意思啊？"

一旁的柳如月听到秦淮的话，眼睛都亮了，连忙附和道："是啊，自从这个安心客栈开业后，你还没离开客栈吧？"

安心听到两人的话，点点头："好呀，正好活动活动身子。"

说着便伸了个懒腰，站了起来。

秦淮见安心答应，连忙起身从柜台上取了些银票对着柳如月开口道："师妹，前天胭脂坊说，今天会到几个新的色号，我们陪安心散心的时候顺便去逛逛吧。"

柳如月听到秦淮的话连忙点头。

…………

临近傍晚，安心三人终于回到了客栈。客栈大门前，柳如月和秦淮，开开心心讨论着新买的衣服。安心则将一堆大包小包的商品扔在地上，倚着门口的石狮子休息。也许发现安心没有及时跟上来，柳如月和秦淮停止了聊天，看向已经歇菜的安心。

秦淮看着一脸生无可恋的安心，开口道："有这么累吗？你好歹是个高手。我们两个陪你散心的人都没觉得累，你为啥累成这个样子啊？"

安心听到秦淮的话白了眼两人，对着客栈内喊道："裘生，殷任，出来帮忙啊！"

正在干活的裘生和殷任听到安心的喊话，连忙放下手上的活计走了出来。看见安心正倚着石狮子，大口喘气，地上摆着一堆包裹，不禁愣了一下，随即便反应过来，连忙上前扶住安心走进了客栈大厅。安心找了个位置坐下，吩咐裘生将外面的包裹拿进来。

秦淮和柳如月则一脸嗔怪道："不就让你拿点东西嘛，有这么虚吗？东西又不多。"

说着看向已经来往四趟还没将东西全部拿完的裘生，开口道："裘生小心点，里面的东西都是限量的。"

殷任在一旁看着安心的样子，不禁疑惑道："老板，你们不会在外面遇到了高手吧，还和别人交了手？"

安心听到殷任的话，连忙摆手道："要是遇到高手就好了，那还没这么累。殷任啊，我和你讲啊，以后有老婆了，千万别和她去逛街，这活计比练武还累。本来下午这两人说要陪我散心，可走到西街口后，这两人就变卦了，直扑胭脂铺而去，关键还对着几个一模一样的红色纸张，问我哪个好看。逛完胭脂铺，我本以为就能散心了，结果这两人又扑向了天衣阁的分店。对着两件布料相同、款式相同，就衣领处花纹有些不一样的衣服，问我哪个好看。我说都好看，这两人就说我不懂情趣。逛完天衣阁又去了首饰店，后来又去了……反正太多了。”

殷任听到安心的诉苦，都蒙了，连忙看向一脸无辜的秦淮和柳如月。

柳如月不满道：“又不是没给你买东西，你个大男人抱怨什么。”

安心听到柳如月的话，更是气急，从怀里拿出一个做工不好的佛珠，没好气地扔在了桌上，开口道：“你说的是这玩意儿吧。这是店家看你们买了十五件首饰，做活动，加一文钱送的吧。”

就在安心抱怨间，裘生终于将所有包裹搬回了客栈。殷任看着堆满桌子的包裹，不禁向安心投去同情的目光。

安心看着桌上大大小小的包裹，不禁喃喃道：“我师父果然没骗我啊，女人只会影响男人修炼的速度。当时我还觉得师父夸张了，现在想想，太有道理了。女人何止会影响男人的修炼速度，还会影响男人的寿命啊。”

…………

与此同时。东海一座无名小岛上，一间装潢富丽的厢房内，一个穿着紫衣，搂着两个美丽侍女的老人打了个喷嚏，嘴里喃喃道：“也不知道谁在骂我。算了，不想了。”

说完摇了摇头，喝下一旁侍女递来的酒水，笑着道：“都说，女人是江湖禁忌，今天我九文就要见识一下这江湖人人忌惮的禁忌。”

第五章　琴师

晚上，客栈并没有客人。

安心看着空荡荡的大厅，摇了摇头对着众人开口道："哎，看来我还是不适合做生意啊。都到饭点了，还没人来。"

殷任撇撇嘴道："老板，你可拉倒吧。这年头，开这种小客栈还能挣大钱的，你数头一家了吧？你总不能想着和黄鹊楼、五方斋这样的酒楼一样天天人满为患吧。"

一旁的裘生听到殷任的话，点点头，道："是啊，老板，你这才一个晚上没营业，你就自暴自弃了啊？你让外面那些没背景、没人气的小酒楼的老板怎么想啊？而且我觉得这晚上没客人也是很正常的，新安镇的人又不富裕，总不能顿顿下馆子啊。好多人家，为了省些银钱都不吃晚饭的啊。"

一旁的秦淮听到殷任和裘生的话，调侃道："怕不是你们老板心疼我和你们柳姐今天花了他二百两银子，想要从晚上的客人口袋里赚回来吧？"

柳如月听到秦淮的话也附和道："就是，他肯定是这么想的，我都没见过像你们老板这样小气的人。"

安心听到几人的调侃，脸都黑了。我就说了句我不适合做生意，你们的话题怎么上升到了性格方面来了啊。还有我哪里小气了啊，你们逛街买东西付钱的时候，我眼睛都没眨一下啊。他开口道："算了，今天早点吃晚饭休息吧。殷任你去把晚饭端上来吧。"

殷任听到老板的话，点点头，招呼裘生一起到后厨将晚饭端了过来。就在安心几人准备吃饭时，门口传来了一个男人的声音。

"哟，来得早，不如来得巧啊。赶上你们饭点啦，加双碗筷大家不介意吧？"

众人循声望去，就见一个青年男人站在门口正笑盈盈地看着大家。青年男人倒是不修边幅，头发随意用一根树枝盘着，络腮胡子将他那清秀脸庞显得有些老气。他身穿粗布麻衣，一根麻绳系在腰上，那麻绳上还别着一根竹笛。

裘生见到来人，连忙起身开口道："客官您是打尖还是住店啊？"

那青年男人听到裘生的话，摇了摇头开口道："我来蹭吃蹭喝的，顺便再蹭住几晚。"

裘生听到青年男人的话，先是一愣，随即他便想起安心来之前那群蹭吃蹭喝的江湖人，连忙开口道："抱歉啊，客官。小店不接受赊账，你还是走吧。你要是饿的话，我倒是可以送些早上剩下的包子给你垫垫肚子。要是晚上没处睡的话，出了新安镇，不到三公里有个破庙，倒是可以给你遮风挡雨。"

青年男人听到裘生的话，笑道："你真是个好人啊，你这么善良，一定有很多人欺负你吧？"

裘生听到青年男人的话，不悦道："我好心要帮你，你为什么要说我坏话？"

青年男人见到裘生的表情，连忙解释道："小兄弟你误会了，我只是觉得，这个世道像你这样的好人并不多，而欺软怕硬的坏人却比比皆是。你刚刚是怕我被你们老板打，才故意赶我出去的吧？"

裘生听到青年男人的话一愣，开口道："你怎么知道？"

青年男人刚想解释，坐在主位的安心开口道："你个蹭吃蹭喝的，不应该这么快到啊。"

青年男人听到安心的话，并没有急着回答，而是走到安心桌对面坐下，看着桌上的饭菜，开口道："菜不错啊，快点吃吧，我都饿了。"

说着不客气地从竹筒里给自己拿了双筷子。

安心看着青年男人的动作，对发愣的裘生开口道："裘生，你去后厨拿个碗给他，顺便从柜台上拿壶杜康过来。"

裘生听到安心的话，立马清醒过来，虽然不明白眼前的人是谁，但看样子应该和安心认识。也不费话，就要跑去拿个干净的碗。可还没出大厅，就听到安心传来的声音。

"算了，你给他拿个碗就行，酒就不用拿了。"

裘生听到安心的话，点点头，转身就扎入了后厨。

安心看着对面的青年男人开口道："你先等等啊，我从东岛带了一坛五色酒，我上去拿。咱们晚上好好喝上一顿。"

说着也不等青年男人回答，径直上了楼。客栈大厅内，就剩下四人。

柳如月看着青年男人疑惑道："你是东岛的人？"

那青年男人点点头，笑道："是啊。"

柳如月接着问道："和安心是朋友？"

青年男人点点头，道："在东岛上唯有和他聊得来，算是朋友。"

柳如月听到青年男人的话，惊讶道："他竟然有朋友啊？我听说他在东岛把所有人都揍了一遍啊。"

青年男人开口道："是啊，他也把我揍了，不过这不影响我们是好朋友的事实。"

柳如月还想问些问题，被一旁的秦淮打断道："请问您是乐声先生吗？"

青年男人听到秦淮的话，疑惑道："你认识我？不应该啊！我在江湖上名号不显，应该很少有人知道我的长相吧？"

秦淮听到青年男人的回答，连忙起身恭敬道："我平时喜欢弹奏一些乐曲，对乐声先生有些关注。虽然江湖上您的信息有些少，但我听人描述过，乐声先生有一把竹笛子从不离身。刚刚您进门，我看到您腰间别的竹笛，就怀疑您的身份。"

乐声听到秦淮的话，连忙开口道："小姑娘，你不用站起来，我今天就是来蹭吃蹭喝的，而且我年纪没比你们大多少，你叫我乐声就好了，乐声先生这个称号倒是把我叫老了。"

秦淮听到乐声的话，点点头，并没有说话。

几人交谈间，裘生将盛满米饭的碗放在了乐声面前。

安心也拿着一个不显眼的酒坛下了楼，开口对着乐声说道："你运气倒是好，这坛酒我从我师父那儿偷，啊呸，拿来的时候没仔细看年份，现在一看竟然是他珍藏了二十多年的老酒。"

乐声听到安心的话，立马来了精神，开口道："是吗？那得好好尝尝啊，来，倒满。"

说着便将空碗递到安心面前，安心看着乐声递来的碗，开口骂道："你个憨憨，这玩意儿是五色酒，你拿个空碗让我给你倒满。也不怕天打雷劈啊！"

说着也不费话，对着柜台方向一招手，五个瓷酒杯便凭空飞到了桌上。安心打开酒坛的封泥，顿时一股浓郁的酒香带着点点药香，充满了整个大厅。单单闻到这股香味，众人便齐齐精神起来。

安心将五个酒杯斟满，分给众人，随即举起酒杯开口道："这五色酒是是由世上五种剧毒之物和五种大补之物共同混合酿造而成，寻常人喝了可以稍稍提升一下身体素质，化龙境以下的练武之人喝了可以提升自身内力。大家来尝尝。”

众人听到安心的话，连忙看向身前的酒杯。酒水微黄，淡淡的酒香和药香从杯中蔓延开来。殷任连忙喝下杯中酒，瞬间感觉自身内力上了一层，身上的剑气不受控制地蔓延开来，好在安心及时发现，护住了众人。

殷任感受到自身变化，惊讶酒水的功效，连忙收住心神，控制好自身散发出的剑气，一脸激动道：“好厉害的酒水，竟然将我实力提升到了鱼跃后期。要是再多喝上几杯，我不得成为一个化龙境的高手？”

安心白了眼殷任，开口道：“你要是不怕死，尽管喝。这玩意儿化龙境以下的人最多只能喝上一杯，要是多了我怕你暴毙而亡。五色酒虽好，但可不要贪杯。”

殷任听到安心的话，点点头，不再说话。他也知道这种逆天的酒水，自然有它的禁忌。

柳如月和秦淮看着殷任境界有所突破，互相看了一眼，也连忙喝下杯中酒水。两人境界虽然有所突破，但并没有像殷任一样出现内力泄漏的现象。

裘生看着眼前的酒水，并没有喝下，而是开口道：“老板，我可以把我这杯酒水存起来，留给我姨妈喝吗？她是鱼跃境后期，喝了应该有效果吧。”

安心摇了摇头道：“这玩意儿保留不了多长时间，你存下来，即使等到她过来，也没啥用了。你喝了吧。”

裘生听了安心的解释点点头，不再犹豫，将杯中酒水一饮而尽。

安心见众人都喝下酒水，晃了晃酒坛对着乐声开口道：“行了，剩下的都是我们的了。”

乐声笑道：“这玩意儿，对我们来说除了名声好听点，其他的没啥帮助，还不如喝那杜康酒。”

安心听到乐声的话，骂道："爱喝不喝，你个蹭吃蹭喝的还有脸挑三拣四。"

说着也不等乐声回答，喝下杯中酒水。乐声见安心喝了，摇了摇头，也喝下酒水。两人推杯换盏，一顿饭很快吃完。

裘生见时候不早了，便将客栈大门关闭，将碗筷拿到后厨洗刷。

安心则对着乐声开口道："你的收徒大会都要开始了，怎么有空跑到我这里来啊。"

乐声听到安心的话，连忙抱怨道："那个收徒大会，可算了吧。压根是谷天那杂毛为了在江湖上巩固他的位置弄出来的噱头。"

安心听到乐声的抱怨，一愣，连忙开口道："来说说，到底咋回事啊？"

众人听到乐声说收徒大会有隐情，都齐齐来了兴趣。

乐声刚想开口，殷任连忙说道："乐声先生，你先等等啊，我去拿点东西你再讲！"

说着不理会众人投来的疑惑眼光，一头扎到了后厨。不一会儿，便和裘生一人拿着一个果盘走了出来，果盘里是切好的西瓜。殷任将果盘放在桌上，给安心他们一人分了一块西瓜，也给自己拿了一块后，找了个凳子坐下，对着乐声开口道："乐声先生，你可以讲了啊。"

乐声看到殷任这一系列的动作，脸都黑了。你们当个笑话听听得了啊，还真当自己是个吃瓜群众啊。

他开口道："安心，我能揍你这个厨师不？我正好想讨教一下'藏剑身'的厉害。"

安心听到乐声的话，连忙开口道："当然不能啊，你在想什么呢？你要是打伤他，明天的饭你来做啊？"

说着便啃了一口西瓜。

乐声无奈，摇了摇头道："其实收徒大会这个事，压根就是谷天那杂毛自己弄出来的……

“哎哎，你们有没有听我讲啊？话说你们要吃瓜就好好吃，能不能不要吧唧嘴啊？你们这样我很没面子的。”

安心听到乐声的话，抬起头，擦了擦嘴上留下的西瓜汁，咽了咽口中的西瓜开口道：“你讲你的，我们吃我们的，不影响你讲故事。”

乐声听到安心的话，脸都黑了，你们把我当成说书先生了啊。想着也不费话，径直从果盘里拿了一块西瓜啃了起来，边吃边说道：“谷天那狗东西，还没从九审之渊回来，就派人到岛上找我，让我弄个收徒大会，但时间得定在他成为总岛主之后。我当时虽然疑惑，为啥收徒还要挑时间啊，可也不敢不给他面子，就答应了下来。可没想到他当上总岛主后，就把我叫过去，和我说，最近他被人敲诈了五千两银子。这个收徒大会要改一下规则，不仅不给我拨银两，还说要让前来报名的江湖人每人交二十两报名费。我当时都蒙了，哪有没收成弟子前，就收人钱财的啊？所以我断然拒绝了他的要求。”

安心听到乐声的话，眉头一皱开口道：“然后一气之下，你就跑了出来？”

乐声啃了一口西瓜道：“那倒不至于，我还没那么缺心眼。谷天见我不答应，也就算了，但关键是他让我趁着这个收徒大会，弄出个‘乐理排行榜’。说以我在乐理上的地位，弄出来的排行榜一定很有权威性，江湖上的人肯定也会信服。本来我听到这个点子，就猜到他想造势，稳固一下自己总岛主的地位。想了想，便答应了下来，商量了几个细节便出了总岛。后来我越想越不对劲，谷天那小子没给我拨钱啊。我回去准备问他要些银两，结果听到他和王宇那小子在商量‘乐理排行榜’的事呢。我觉得这时候进去打扰他们不好，就在外面偷听他们谈话。可就这么一听，我就直呼好家伙，怪不得谷天能当总岛主呢，就那份心机可不是一般人能比拟的。”

安心听到乐声讲到高潮，又停了下来，立马递上一块西瓜，开口道："你都偷听到了什么啊？快讲给我们听听。"

乐声接过安心递来的西瓜，大口啃了一口道："当时谷天吩咐王宇，要将我要搞排行榜的事，在江湖上传播开来，越多人知道越好，争取让每个喜欢乐理的江湖人都知道。王宇当时还问谷天为啥要这么做。谷天就回答他，以我在乐理方面的名声做的排行榜，肯定会受到所有喜欢乐理的江湖人信服。想上排行榜的人肯定很多，到时候派人偷偷地找到几个不出名但有钱的乐理人，问问他们愿不愿意出些钱，上排行榜。这群人肯定会乐意。当时王宇还问他，为什么他就这么肯定，这群人会出钱上排行榜。结果谷天来了句，一般学乐理的江湖人，武功不高，名声也不高，天天就知道吹拉弹唱，被大部分江湖人看不起。这时候突然有个权威的排行榜出现，这群人不得削尖脑袋都想上榜。我让他们花点钱，拥有个好名声，不香吗？当然了，为了保证排行榜的权威性，前十名不能出现岔子。十名往后的，谁出钱高，谁就在前面。等这个排行榜定下来，我们东岛就会成为'乐理排行榜'的开创者，江湖名声又会再上一截，我那五千两的损失也补回来了。每次排行榜重新排的时候还能捞上一笔，简直是一举三得啊。王宇当时听到谷天的话，问他为啥他就这么能肯定，那群出钱上榜的人不会泄露消息。谷天却说，他们都是文化人，最顾自己的名声了。你要是花钱买上榜，会到处说吗？我跟你说啊，他们不仅不会说，而且会在江湖上大肆宣扬这个榜单的权威性，说自己是如何刻苦努力学习乐理知识才上的榜单。"

众人听到乐声的话，都张大了嘴巴。

一旁的殷任不禁开口道："老板，你江湖实力排在第三名，不会也是花钱买的吧？"

安心听到殷任的话，脑子里一片糨糊，开口道："我现在好像也不太能确定了，毕竟我和天机阁的天机老人认识，还请他喝过酒。"

一旁的柳如月开口道："我觉得，天机阁应该不会砸自己的招牌吧，毕竟他们就是靠出排行榜和打听消息发家的。"

乐声听到几人的谈话，脸都黑了，开口道："你们能不能给我点面子啊，我在说'乐理排行榜'的事呢，你们竟然在讨论天机阁的武力排行榜。"

安心听到乐声的抱怨，立马回过神来，开口道："哦哦，不好意思啊。话说，你是不是偷听到谷天的那番话后，就一气之下出了东岛。"

乐声点点头道："是啊，我就想，我出岛，他们找不到我，看看这个排行榜他们怎么弄。"

一旁的秦淮听到乐声的话，连忙起身恭敬道："乐声先生，大善，洁身自好，我为天下所有乐理人，谢过先生。"

说着就要向乐声行礼。

乐声见到秦淮的动作，连忙阻止，开口道："不是，小姑娘是不是想多了？我气愤的是，这种捞钱的活计，竟然不分我一杯羹，简直是太过分了啊！我的乐声岛都快穷得揭不开锅了，谷天那狗东西，还要做出这种卸磨杀驴的事情来。"

安心听到乐声的话一愣，开口道："那你到我这里来，不会想让我做个中间人，好跟谷天商量分成吧。"

乐声听到安心的话，点点头："还是你聪明啊，一下子就猜到了我的来意。我和你说啊，我特意挑了这个时间节点来的，就是准备坐地涨价。我就不信这排行榜没我还能弄得起来。"

安心听到乐声的话，脸都黑了，开口道："我也要分成。"

众人："……"

安心和乐声在友好商讨中，最终达成了协议。等乐声拿到分成后，将所得银两的七成分给安心。两人最终签字画押，并以天道发誓，结束了这场友好的交谈。

裘生看着满大厅损坏的桌椅，不禁摇了摇头，拉着殷任，收拾起了这友好交谈后的一片狼藉。

乐声揉了揉被打肿的脸，对着安心开口道：“晚上我睡哪里啊？”

安心听到乐声的话，开口道：“三楼除了左手边第一间，其他的你随便找一间休息。”

说着也不等乐声回答，搂着还没从震惊中反应过来的柳如月和秦淮，上了楼。

乐声听到安心的话，点点头，一瘸一拐地也跟了上去，临上楼之前对着正在打扫的裘生和殷任开口道：“抱歉啊，两位小兄弟，这么晚了给你们添麻烦了啊。”

正在打扫的殷任，听到乐声的话，放下手上的笤帚，开口道：“乐声先生，不是我说你啊，你咋这么欠呢？还问我们老板是哪个狗东西敲诈了东岛总岛主的五千两银子，这个用脚指头想都知道的答案，你还要问，活该你挨揍。”

乐声听到殷任的话，尴尬地一笑，也不敢接话，扶着楼梯上了楼。

…………

早上安心早早起来，在秦淮和柳如月的伺候下洗漱完，便下了楼。殷任正在和送菜的王叔聊着家常。

安心和两人打了声招呼，便疑惑道：“怎么没看见裘生啊？”

殷任听到安心的问话，白了眼安心开口道：“老板，你还有脸说啊？昨天你们打架将大厅内的桌椅都打坏了，裘生一大早就去东街口买桌椅了啊。”

安心听到殷任的话，挠挠头不好意思道：“哎，这都怪乐声那家伙，早点签字画押不就好了吗？还非得打过一场再说。”

殷任听到安心甩锅，脸都黑了，开口道：“老板，昨天是你先动的手，我们都看见了。”

安心听到殷任的话一愣，随即开口道："胡说，明明是乐声先动的手。他以音波攻击我，只是你们没发现而已。你们没见到他讨价还价的时候唾沫都喷到我脸上了吗？这就是他先动手的证据。"

殷任听到安心的话，并不接话，反正他看出来了，这人已经不要脸了。

一旁卖菜的王叔听着两人的谈话，不禁嘿嘿直笑，不过笑声有点大，一下子就吸引了正在讨论"谁先动手"的安心两人。两人齐齐看向王叔，王叔也察觉到了安心他们的目光，笑道："我听那群江湖人说安老板你们都是高高在上的人物，不过我今天看你们吵架的样子，倒是和我们这群普通人没啥区别。"

安心听到王叔的话，尴尬一笑，开口道："对了，王叔，你这边有燕窝卖吗？"

王叔听到安心的话，开口道："安老板，你说的这些东西，太贵重了，寻常百姓也不可能吃这些遥不可及的东西，我这边也没敢进货。要是安老板需要的话，我倒是可以帮忙采买一些，不过我没有那么多钱去采购。"

安心听到王叔的话，点点头，从怀里掏出一张一百两的银票递给王叔，开口道："王叔，那就麻烦你帮忙采购一些。"

王叔看着安心递来的银票，连忙开口道："安老板，你银票数额太大了。那最贵的云城燕窝，也只要一两银子一斤。"

安心听到王叔的话，摇了摇头道："王叔，你帮我多买些，这东西也易保存。买些放在客栈内，存放起来四五年都不会坏。我这边来了个朋友，人穷还特讲究，每天早上都得喝上一碗燕窝羹。"

王叔听到安心的话，点点头，和安心、殷任打了声招呼，便拿着空扁担往西街口走去。

王叔刚走，乐声恰好下楼，看见安心两人便开口道："安老板，大气啊。"

安心听到乐声的话，没好气道："都不知道你这个毛病是怎么养成的，早上非得要喝一碗燕窝，怪不得你的乐声岛常年亏损严重。"

乐声摇了摇头道："我这人也就这点嗜好了。"

…………

临近中午，裘生才回到客栈，后面跟着几个搬着桌椅的脚力。他吩咐几人将桌椅摆放好后，给了几文钱，便打发几人离开，然后开口对着安心说道："老板，这些桌椅都是用鸡翅木定做的。以后你打架的时候一定要牢牢记住，一张桌子成本是十两银子，一张椅子的成本是四两银子。"

安心听到裘生的话，脸都黑了，这裘生胆子是越来越大了啊。明知道开客栈的少不了磕磕碰碰，还买这么贵的桌椅。

…………

中午，客栈来了六桌客人，除了两桌是附近的江湖人，其余四桌，安心非常肯定都是赶往东岛参加乐声"招徒大会"的江湖人。你要说为啥安心就能这么肯定，因为这四桌人无论从打扮还是气质，无一不在模仿着乐声那放荡不羁的样子。

不过这群人显然没见过乐声真正的模样，四桌人进了客栈，只是看了一眼乐声，就自顾自地点起了酒菜，显然是把乐声当成和他们一样的模仿者。

这四桌人是不同时间进客栈的，身上背的乐器也各不相同。但四桌人无一例外，都是头发凌乱，穿着都是粗布麻衣，腰系麻绳。

这四桌人虽说穿扮简陋，但花起钱来无一不是一把好手，菜点的都是名贵菜品，酒也是要的好酒。

安心看了眼那四桌客人，悄悄走到乐声身边，小声说道："是不是你们这些爱乐理的人都这么邋遢啊。"

乐声听到安心的话，脸都黑了，小声回答道："我但凡身上还剩一两银子，都会去买身好的衣服。真搞不懂这群人好的不学，非得学我穿衣打扮。”

时间很快过去，那两桌附近的江湖人，早早地吃完饭结账走人。

那四桌乐理人，倒是吃得很小心。挑挑拣拣，已经半个时辰过去了，那菜也才动了一半。

也许是单单吃饭过于无聊，其中一桌的一位长相清秀的女子站了起来，对着柜台上正在算账的秦淮开口道：“老板娘，有酒有菜，但依旧单调点，我是否可以在您客栈里弹奏一曲助助兴？”

秦淮听到那女子的声音，点点头道：“客官，请自便。”

那女子听到秦淮答应，便从行李中取出一把琵琶，自顾自地弹奏了起来。弹得倒算马马虎虎。安心在一旁听得没有任何感觉，一旁的乐声倒是眉头直皱。

不一会儿一曲《琵琶行》被女子完整地弹奏出来，惹得同桌之人一阵叫好。那女子也是谦虚之人，对着客栈众人说道：“小女子乐理之道还不成熟，望大家海涵。”

话刚说完，旁边一桌一瘦高男子站了起来，开口道：“既然姑娘为我们献上一曲《琵琶行》，小生不才，愿给大家弹奏一曲《高山流水》助助兴。”

说完也不等众人回答，从行李中取出一把古琴，自顾自地弹了起来。嗯，完全都不在调上。

一曲完毕，安心听得是云里雾里，这玩意儿也能叫《高山流水》？可现场的众人倒是很给面子，一阵叫好。

不一会儿，四桌客人便纷纷献上了自己的绝活，将整个客栈变为了大型卖艺现场，气得一旁的乐声干脆封闭了耳识。

…………

这顿午饭，四桌人差不多吃了有两个时辰，其中一个半时辰在卖弄自己的手艺活。

在他们结账走人后，安心呼出一口气，对着众人说道：“以后谁也不许在咱们客栈内弹奏乐曲，耳朵里都长茧子了。"

众人听到安心的话，连忙点头表示同意。

见客人走后，重新开了耳识的乐声说道："不是，就这样的货色，竟然有脸去参加我的'招徒大会'啊？我记得安心刚和我学了两天就比这群人要弹得好吧。"

安心听到乐声的话，咳了咳开口道："低调低调，都是我天赋异禀，没有办法，和教的人关系不大。"

众人："你还能再贱一点吗？"

由于那四桌客人的耽误，中午众人只是草草地吃了顿回锅饭。裘生将碗筷洗刷干净后，便跟着殷任到后堂学习他姨妈给他留下来的功法。柳如月则看着进度缓慢的柳香坊改造，一脸头大，决定亲自监督管理。秦淮怕自己的师妹又做出一些天马行空的设计，影响工匠的施工进度，也跟了过去。客栈大厅内只剩下乐声和安心两人，两人喝着茶，聊着关于乐理的高深知识。

"不是，就这群货色，万一上榜了，这个榜单是不是太不专业了啊？"

"你不要想太多了啊，江湖上除了几个真正热爱乐理的人，其余的都差不多这样的，所以不要有压力。"

"就这个水平，得花多少钱才能上榜啊，低了我可不干啊！"

"这个你放心好了，谷天能将这事安排得明明白白的。"

晚上，客栈内来了一个客人。这人一身白袍，身后背着两把宝剑，长得倒算帅气。点了一盘卤牛肉和一壶杜康酒。不过众人觉得这人应该脑子有些问题。进客栈的时候，鬼鬼祟祟，不停地观察着附近人的动向。吃饭的时候，还对着安心的方向冒出一句莫名其妙的诗句。

"北冥有鱼……"

安心压根不搭理他，这人也不气恼，对着乐声的方向又来一遍。

乐声也不搭理他，只是默默地脱下布鞋，一个精准的抛物线，直接打在了白袍青年的头上，开口骂道："王宇，你是不是有病啊？我们是东岛的人，你背道家的诗文干啥啊？"

那王宇，显然没想到平时温文尔雅的乐声先生，会有这么大的脾气，连忙捡起扔向自己的布鞋，来到乐声和安心旁边，将布鞋还给乐声，开口道："安师弟，乐师兄，你们怎么不对暗语啊？"

安心看了眼王宇疑惑道："暗语，什么鬼啊，我怎么不知道啊？"

乐声听到安心的话，解释道："还不是谷天总岛主搞出来的政策，说我们东岛弟子遍布各地，为了相互确认弟子的身份，特意搞了一个暗语册子。暗语每天都不一样，而且五花八门，有各个学派的经典名句，也有武学功法的句子。"

安心听到乐声的话，都蒙了，开口道："这玩意儿有啥用啊，还弄得这么复杂，这谁记得住哪天是哪句啊？"

乐声开口道："所以现在东岛弟子每次出去办事的时候，都会随身携带一本暗语册子。"

安心白了眼乐声道："那有啥用啊，要是被人截杀了，被人拿了册子，不还是一样吗？"

王宇听到安心的话，连忙从怀里掏出一把册子递给安心道："安师弟，这个问题谷天师兄已经考虑过了，所以将册子的名字命名为《东岛诗句大鉴赏》。即便有弟子遇到了不测，被人夺得了册子，也不会觉得这是个暗语册子。"

安心听到王宇的话，接过那本《东岛诗句大鉴赏》，随便翻了几页看了眼，又还给王宇，开口道："无聊。"

王宇见安心将册子还给自己，连忙摆手道："安心师弟，这册子就是特意带给你的，万一你需要确认东岛弟子的身份，可以通过暗语来确认。"

安心白了眼王宇道："那我师兄，看这玩意儿吗？"

王宇摇了摇头道："谷天师兄说，他是东岛总岛主，不需要这个，东岛的每个弟子他都记在心中，也没人敢在他面前假扮东岛弟子。"

安心听到王宇的话，一愣，开口道："不是！你这么好骗啊，他说你就信啊。你难道不知道，到了化龙境的高手通过别人身上散发的气息，就可以确认这人练的是哪家功夫吗？"

王宇听到安心的话一愣："呃……我确实不知道啊，我才鱼跃境中期，连化龙境的门槛都没摸到。"

乐声摇了摇头道："话说，王宇你今天过来，来干什么啊？"

王宇听到乐声的话，连忙对着乐声施礼说道："请乐声师兄为了东岛大局，速回东岛。"

乐声白了眼王宇道："滚犊子，让谷天亲自来找我。"

王宇听到乐声的话，也不生气，开口道："乐声师兄，谷天师兄日理万机，恐怕没时间过来。这次我也是偷偷出岛，请你回去，为谷天师兄解燃眉之急。"

乐声和安心听到王宇的话，脸都黑了。刚刚还在想谷天那人是不是有病啊，派出这么个玩意儿来和我们谈判。这明显是来送钱的啊，估计谈判的时候散发出一丢丢化龙境的威压，这王宇都得害怕得说不上话了。

乐声无奈道："王宇啊，你要是不能做主，还是去请你谷天师兄亲自来一趟吧，再次也得请个长老来和我谈啊。"

王宇听到乐声的话，一脸严肃道："乐声师兄，我觉得，不管怎么样，乐声师兄作为东岛之人，都不该在这个时候弃岛而去。不管是我，还是谷天师兄来，都是一个目的，请你回去主持'收徒大会'。"

乐声听到王宇的话，脸都黑了，这人好赖话听不懂啊。我劝你回去是因为你没资格来谈，你又不可能拍板拿出钱来分成。

他也不费话，一巴掌将王宇拍出了客栈，开口骂道："你那晚和谷天商量的破事我都知道了。我是个正直的人，绝不会做出有辱乐理之事，愿你们好自为之。"

王宇趴在地上听到乐声的话，眉头一皱，想了一会儿，开口道："乐声师兄，那都是误会。那是谷天师兄开的玩笑，我保证那排行榜一定做得公平公正。"

乐声冷哼道："你拿什么保证？你一个总岛的普通弟子，拿什么保证？"

说着便转过头去，不理会王宇，对着一旁的安心开口道："安心师弟，我觉得这人会做出有损我东岛利益的事。我们将此人囚禁起来，等谷天岛主来处理。"

说着趁人不注意，朝着安心眨眨眼。安心立马会意，开口对着王宇道："王宇，我以东岛入室弟子的名义，将你囚禁起来，等候总岛主发落，你没意见吧？"

…………

与此同时。东岛总岛，一个装潢大气的大厅内，谷天正在盘算着拿出多少分红给乐声合适。突然肚子"咕咕"地叫了起来，便起身看了眼外面的天色。

对着门口喊道："王宇，去给我拿点酒菜来。"

可等了一会儿，那关闭的大门，迟迟没有动静。

谷天眉头一皱，放出神识查看了一番，竟然没有发现王宇的身影。

他疑惑地走出大厅，随便找了一个弟子问道："师弟，你知道王宇师弟哪儿去了吗？"

那弟子听到谷天的问话，连忙施礼恭敬道："岛主师兄，王宇师弟早上和我说过，收徒大会即将开始，乐声师兄竟然跑到安心师弟那边游玩，实在是太过分了，他要去新安镇将乐声师兄请回东岛，为师兄您减轻负担。"

谷天听到那弟子的话，先是一愣，随即微笑道："王宇师弟倒是善解人意，你以后要多向王宇师弟学习，为我们东岛尽心尽力。"

那师弟听到谷天的话，连忙应道："为东岛赴汤蹈火，在所不辞。"

谷天笑道："这话严重了，要是哪天真的要你赴汤蹈火，我也会冲在你前面。行吧，你先去忙吧。"

说着和那弟子，互相施了一礼，便走入了大厅。

那弟子看着谷天离开的背影，默默地握紧了拳头，嘴里喃喃道："谷天师兄大善啊！"

谷天回到大厅，脸色立马变得铁青，哪里还有刚刚和那弟子说话时的和善模样。将门关好后，他对着空气骂道："王宇，你个王八犊子，谁让你擅自去找那两人的啊！那两人哪有一个是好人啊，就你，抖机灵，还为我减轻负担？本来我拿出三成的收益就能解决的事，现在好了又得大出血了啊。你要是武功能和两人抗衡也就算了，你一个弱鸡，过去，不就等于去送筹码的吗！"

…………

安心将王宇的气穴封闭，让殷任将他拉到后堂捆绑好。殷任是个老手艺人了，对于捆绑的各种技巧已经烂熟于胸，很快就忙完了活计，回到了大厅。

裘生已经将晚上的食材摆放好了，依旧是四菜一汤，并没有因为乐声的到来而刻意加菜。

几人吃饭间，客栈大门传来一阵急切的敲门声。裘生刚想开门，被安心拦了下来。

乐声皱眉道："奇怪，一个不入流的姑娘竟然被三个鱼跃境初期的人追杀。什么仇怨需要这么赶尽杀绝啊？"

乐声的话刚说出口，那敲门的节奏愈加快了起来。

安心听着敲门的声音，开口道："别多管闲事了，好好吃饭。"

可有过被追杀经历的殷任却站了起来，开口道："老板，我想管这个闲事。"

安心看了眼殷任，想了想，点点头道："可以。"

殷任听到安心的话，将客栈大门打开。就见一穿着华丽绸缎服饰的姑娘，顺着门打开的惯性，一下子扑向了殷任。

殷任反应不及，被那姑娘扑了个满怀，那姑娘也不介意被一个大男人抱着，开口道："求求你们，救救我，有人要杀我！"

殷任将那姑娘扶好，开口道："嗯，你放心！有我在，你就安全了。"

说着也不等那姑娘反应，径直踏出了客栈大门。

殷任走后，众人齐齐看向那小姑娘。小姑娘大概二十岁，生得倒是标致，一头秀发将那圆圆的脸蛋衬得可爱，脸颊绯红，也许刚刚被人追得有些狼狈，小口吐着气，但这动作却是让人看得心疼。小姑娘一身华丽的绸缎服饰，已经被泥点弄脏，腰系一根价值不菲的腰带，腰带上挂着一个玉佩。

也许是感觉到了众人的目光，小姑娘两只手指不停地在腰前转动，紧张地说道："你们好，我叫轩辕蝶，蝴蝶的蝶。实在抱歉打扰你们吃饭了。"

秦淮看见轩辕蝶那楚楚可怜的模样，起身将她拉到空位上坐下，开口道："小姑娘，饿了吧，先吃点吧。"

轩辕蝶听到秦淮的话，连忙开口道："我不饿。"

话是这么说，那肚子却发出了不一样的意见。

秦淮笑道："吃一点吧。"

说着眼神示意了一下裘生，裘生立马会意，从后厨里拿了一个空碗放在了轩辕蝶的面前。

安心看了眼轩辕蝶，开口道："吃饭吧。"

说着便自顾自地吃起了饭菜。

众人见状，也跟着吃了起来，或许是轩辕蝶的表现实在是太让人怜惜了，秦淮和柳如月不断地给轩辕蝶碗里夹菜，使得轩辕蝶碗里的饭菜都要溢出来了。

就在众人吃饭间，殷任从外面回到了客栈，将客栈大门关好。见众人已经吃了起来，也不介意，回到自己座位上，吃起了晚饭。

…………

由于吃饭人口的数量增加，晚饭很快吃完。

安心看着轩辕蝶开口道："拥有轩辕这姓氏在这个世道可不是什么好事啊。"

轩辕蝶听到安心的话，点点头道："是我打扰诸位了，等明天早上，我就离开。"

安心点点头，开口道："嗯！你要是长时间待在我这里确实不合适，我倒是无所谓，只是怕你会更危险。"

众人听到两人的谈话都是云里雾里，唯有乐声一脸看热闹的表情看着轩辕蝶。

安心看着裘生开口道："裘生，你带轩辕姑娘去三楼厢房休息。"

裘生听到安心的话，一脸为难道："老板，刚吃完饭，就去休息，是不是不太好啊。"

安心听到裘生的话，眉头一皱道："当然了，也可以不休息。"

说完，客栈大门如同鬼魅般自动打开。

安心对着轩辕蝶开口道："轩辕姑娘，你是上楼休息还是出去到别处去啊。"

轩辕蝶看着安心，并没有说话，对着一旁的裘生开口道："公子，麻烦你带我去厢房。"

裘生听到轩辕蝶的话，点点头，并没有说话，领着轩辕蝶径直上了楼。

等两人走远，乐声对着安心开口道：“就这一晚上，你的麻烦也是不小啊。”

安心摆摆手道：“是啊，没办法，殷任这孩子就是实在。”

众人听到乐声和安心的对话，立马就发现事情不对劲，柳如月疑惑道：“不就一个江湖仇杀吗？你们两个化龙境的高手搞得这么神秘干吗？”

安心听到柳如月的话，并没有说话，倒是一旁的殷任眉头紧皱喃喃道：“轩辕，轩辕，为啥这个姓氏这么熟悉啊？”

乐声听到殷任的话，笑道：“你家祖先一剑斩了别人家的气运，你当然熟悉啊。”

殷任听到乐声的话，立马惊醒开口道：“竟然是皇族的人啊？”

秦淮和柳如月听到殷任的话，这才反应过来，这个世道的皇族可是姓轩辕。或许是江湖人长期以来养成了看不起朝廷官府的习惯，大家竟然一时都记不起当今皇帝姓甚名谁。

柳如月开口道：“不就是一个皇室的人，有必要搞得这么紧张吗？当今皇族没落，想来追杀她的人也不是什么名门大派。”

乐声听到柳如月的话，摇了摇头道：“要是追杀其他皇族的人，你们救了倒是没啥。哪怕当今皇帝被追杀，你们安老板都不会这么头大。关键看这个姑娘的年龄和姓名，应该是那个皇家想和天剑派吴天理孙子联姻的九公主吧？”

众人听到乐声的话，齐齐一愣，柳如月开口道：“这个是怎么回事啊？为啥江湖上一点传闻都没有啊？”

安心听到众人的疑惑解释道：“其实，你们没听过，倒也正常。这事得从去年中秋节说起，皇家派人送礼物到我们几个顶级门派来，请我们的人参加他们的中秋晚会。那年总岛主之位还是由我师父担任，本来皇家邀请，我们东岛是不愿意去的。不过该说不说，皇族送的礼物实在是让人心动，于是我就代表东岛去一趟圣城参加他们的中秋大会。我本以为中秋大会就是吃吃喝喝的，结果那皇帝老儿或许还想着振兴他那微弱皇族的气运。结束筵会后，竟然一一找到我们门派的后辈弟子，问我们愿不愿意娶一个公主回家，还说只要我们能看上的，就立马将人送到我们门派。我们几个自然知道这个皇帝老儿打的什么主意，断然不会同意。不过没想到，这吴天理的孙子是个老色鬼，虽然已经有两房妾室，但还想着美事。便在公主群里挑挑拣拣的，最后看上了九公主。”

安心说完，给自己倒了杯水，喝下继续说道：“那皇帝老儿见到吴天理的孙子看上了自己的九公主，立马派人和吴天理联系，请求联姻。吴天理也是个老江湖了，自然看出了皇帝老儿的弯弯肠子，可奈何自己的孙子在我们这些门派面前已经答应了娶九公主。所以吴天理就想到了一个损招，说自家的亲戚刚刚身死，家中不适合马上成婚。要求过一年后，双方再完成联姻。皇帝老儿自然是不乐意的，可奈何吴天理的实力太强，不得不答应下来。”

殷任见安心停下来，便追问道：“推迟一年成婚有啥意义啊，最终不还得联姻啊？”

安心刚想回答，一旁的乐声抢先答道：“一年，能发生很多事，比如九公主不幸遇难。”

众人听到乐声的答案，都齐齐震惊，柳如月不可置信道：“你是说刚刚追杀轩辕蝶的，是天剑派的人？”

乐声摇了摇头道：“也有可能是其他门派的人，毕竟江湖上可没多少人希望皇族再次崛起。不过可以肯定的是，应该是那次参加中秋大会的门派干的。”

第六章　秘密

众人听到乐声的话，眉头紧皱，他们自然知道，能参加那个中秋大会的断然不是什么小门小派。

殷任摇了摇头对着安心开口道："老板，对不起，给你添麻烦了啊。"

安心摆摆手道："无所谓，你救那姑娘是应该的，你家祖先灭了她家的气运，你救她一命也算合情合理。"

柳如月则皱眉道："安心，你能感受到，刚刚追杀轩辕蝶的是哪派的人物吗？"

安心摇了摇头，开口道："不知道，他们练的功法过于寻常，估计是哪个大派刻意秘密培养的人，专门干点见不得人的事。毕竟明面上那轩辕蝶是吴天理孙子指定的妾室，不敢大张旗鼓地灭杀。"

安心见几人担心，又开口道："没事啊，你们早点睡啊。就当那轩辕蝶是来我们客栈住店的客人，不必担心。不管是谁，还没有人敢和我当面作对的。对了，殷任，你晚上和裘生也到三楼客房找个空房间睡下，今天晚上别睡后堂了。"

殷任听到安心的话，点点头，并不说话。

秦淮疑惑道："你不和我们上去一起睡吗？"

安心摇了摇头道："我和乐声在这里喝喝茶，晚上不管听到什么动静，都不要出声。"

众人听到安心的话，虽然有些紧张，但没再说话，而是径直上了楼，在楼梯口遇到了正下楼的裘生，被殷任一把拉住也跟着上了楼。

…………

子时，已经和乐声下了六盘棋的安心，看着已经被扒得剩下一条内裤的乐声，嘴都咧开了，开口嘲讽道："琴棋书画，你除了琴能胜我一筹，其他的都不中用啊。"

乐声听到安心的话，脸都黑了，开口骂道："滚犊子，你从哪里学的新玩法啊，五个子连在一起就算赢。有种，玩围棋啊！"

安心撇撇嘴道："唉！玩不过就是玩不过，哪来那么多借口啊。"

乐声刚想说话，不禁眉头紧皱，对着安心开口道："来了！"

安心点点头，道："你在这边反省一下棋局，我马上就回来。"

说着不等乐声反应，竟然消失在了原地，就连那客栈大门都没有开启。

…………

安心来到客栈房顶，只见两人已经站在了那边。一人头发花白，一身紫袍长衣包裹住了身子。头戴黑罩，只将两个眼睛露在外面，背着一把古朴宝剑。另一人，身穿星辰道袍，手持拂尘，要不是也戴着一个黑罩，必然是仙风道骨的老神仙样貌。

安心看着两人的装扮都愣了，开口道："不是，你两个在干啥啊？玩变装，你们戴个黑罩，不会就以为我就认不出来吧！"

两人听到安心的话，先是一愣，随即齐齐将黑罩拿开，显出真容。白发老人精神抖擞，星辰道人仙风道骨。白发老人看着手上的黑罩，对着那星辰道人开口道："无星，你说，你是不是有毛病啊？都八月份了，让我戴这玩意儿，是要热死我啊。"

无星听到白发老人的话，没好气地道："不是你说，要低调的吗，能怪我？"

安心听着两人的谈话，脸都黑了，开口道："你们是不是年纪大了啊，你们两个的武功气息，我又不是没见过，再怎么隐瞒，都遮不住啊。还有这世上就你们两个知天境，你要我怎么装作认不出你们的样子啊？"

白发老人听到安心的话，咳了咳开口道："安心啊，你说你为啥要多管闲事啊？那九公主本来就是一个牺牲品。"

安心摆摆手，看向了一旁的无星道人，开口道："这可不关我的事啊，都是三百年前那虚海道人的后辈觉得这九公主有着和他一样被追杀的经历，心生感慨，要救了那个九公主。"

无星道人听到安心的话，冷哼一声，撇过头去。

白发老人倒是点点头，看向无星道人，开口道："无星，我和你说过多少次了，虚海道人的后辈，不能动。虚海后人对我有救命之恩，你要是再对他动手，小心我一剑斩了你。"

无星道人刚想说话，安心则抢先回答道："别吹牛了，你要是真能一剑斩了他，早就斩了啊，还等到现在。"

无星道人听到安心的话，连忙点头道："就是，就爱吹牛。还有那人不是我派人追杀的，是我那大弟子偷偷干的，后来我才知道的，不过我那大弟子已经被安心派人当着我的面杀了。真是一点面子都不给啊。"

白发老人听到无星道人的话，点点头道："行了，别抱怨了，早点回去休息吧。"

说着便消失在原地，无星道人见白发老人离开，对着安心开口道："我也走了，对了你有空就去星虚宫一趟，看看我那花痴女儿。一天天跟个神经病似的，对着你的画像发呆。"

说完不等安心回答，也消失在了黑夜当中。

安心见两人离开，摇了摇头，回到了客栈大厅，就见乐声已经穿好衣服，喝着茶。

乐声见安心回来，开口问道："这么快就回来了啊。"

安心摆摆手道："怎么，你以为会真的动手啊？你也不想想，要是真动手，就我们的实力，一时半会儿也拿对方没办法，本来这事就得干得偷偷摸摸的，要是打起来，不就是告诉整个江湖，他们不要脸，追杀九公主啊。"

乐声听到安心的话，点点头开口道："那九公主也是可怜，堂堂一个公主，被人当成联姻的工具，关键还给人当了'妾'。"

安心摇了摇头，开口道："关你屁事，人家要你可怜，早点睡吧。谷天应该得到王宇擅自出岛的消息了，明天估计就到了，你做好谈判的准备吧。"

说着不理会乐声，径直上了楼。乐声无奈也跟了上去。

…………

早上，安心洗漱完毕，便和柳如月、秦淮齐齐下了楼。众人已经吃起了早饭，是大早上卖菜王叔送来的燕窝。

安心来到座位上坐下，开口对着正吃早饭的轩辕蝶开口道："你早点回圣城吧，白天没人敢追杀你。"

轩辕蝶听到安心的话，点点头，没有说话。

乐声看着轩辕蝶的样子，摇了摇头开口道："轩辕姑娘，有些事，外人终归靠不住的，还是得靠自己。"

轩辕蝶听到乐声的话，眼睛一下子红了起来，开口道："我知道，可我没的选择。"

秦淮和柳如月见到轩辕蝶哭泣，又是一阵安慰。

…………

早饭很快吃完，轩辕蝶也离开了。众人看着轩辕蝶离开的背影，都不禁摇了摇头。安心和乐声将轩辕蝶送走后，便回到客栈大厅。

殷任拉着裘生到了后堂修炼武功。毕竟以裘生的资质，正常途径没个四五十年压根都到不了鱼跃境。柳如月拉着秦淮又去祸祸改造柳香坊的工匠了，女人都是善变的，昨天晚上柳如月做梦，又想到一个新的设计方案。

临近中午众人忙完手上的活计，回到客栈大厅，准备迎接中午的客人。

安心对着乐声开口道："我给你的卖惨说明书，你都背下来了没啊？别到时候，等我师兄过来，你就哑巴了。"

乐声听到安心的话，点点头道："都背下来了，放心好了。他要是给少了，我就一哭二闹三上吊，保证安排得明明白白，不过到时候你得拦着我点，戏不要做得太过，不然就有点假了。"

安心点点头，表示同意。

…………

中午，客栈来了五桌人，都是新安镇和隔壁镇的江湖人。几桌人都是客栈的老顾客了，在客栈内也随意了很多。聊起了很多江湖趣事，几人谈到兴起，一胆大的壮汉对着安心开口道："安老板，你认识西北四侠吗？"

安心听到有人问话，开口道："谁啊，没听说过。"

那人听到安心的回答，点点头道："是这样的安老板，那西北四侠，已经在江湖上传出话来，要在三天后，来我们新安镇挑战你，还邀请了很多江湖人前来观看比武。"

安心听到壮汉的话，先是一愣，随即开口道："我又不认识，他们挑战我干吗？是不是脑子有毛病啊？"

壮汉想了想，和同桌人对视一眼，开口道："安老板，刚刚我们在这边分析了一波，我们觉得，他们挑战你是为了提高自己的江湖名声。众所周知，他们四人也就是鱼跃境后期，您已经是化龙境后期了，无论怎么看都不可能赢你。但安老板，你高高在上，可能不知道我们底层江湖人的艰辛。其实这场比武，无论结果如何，只要你接了，他们就赢了。”

安心一愣，开口道：“别瞎说，我虽然没达到天下无敌，但也不可能败在四个鱼跃境手上啊。”

那壮汉摇了摇头道：“安老板，你误会了，我说的不是打斗结果输赢。比武，别谈四个鱼跃境的人，就算四百个，我也相信安老板有能力取胜。我说的意思是他们输了，但因为对手是你，目的也就达成了。我们底层江湖人，在外面对于比武输输赢赢其实并不在意，在意的是自己的名声。要是那西北四侠和我比武，即便赢了，在江湖上也兴不起多大的浪花来。但和你比武就不一样了，输了，也是输在天下第三的手上，这并不丢人。如果有心引导一下，江湖上还会传播这西北四侠勇气可嘉，挑战你的事迹。”

安心听到壮汉的话，点点头倒是没有说话。

一旁的乐声听到两人的谈话，淡淡地开口道：“老虎从不和老鼠搏斗。”

安心听到乐声的话，白了眼乐声，随即露出一脸玩味的笑容开口道：“这是把我当成敲门砖了啊，这西北四侠好样的啊。”

说完对着那几桌客人开口道：“诸位，在下有个事，请大家帮忙。”

那几桌江湖人，听到安心的话，连忙回应。那刚开始提醒安心的壮汉，起身开口道：“安老板，你有事请吩咐。”

安心听到壮汉的回答，开口道：“麻烦诸位，和身边的江湖人说，要挑战我可以，每次两千两银票，概不还价，比武期间生死勿论。”

众人听到安心的话，立马应承下来。

大家都是老江湖了，自然知道安心话里的意思。你来挑战我可以啊，先给两千两银票，再把命留下。只要你敢来，我就敢收。到时候名声没捞到，命给你送走了。

那壮汉开口道："安老板，这事我们一定帮忙传到江湖上去。其实说实在的，自从安老板来了这新安镇后，新安镇和谐了很多。我们虽然是江湖中人，其实也不喜欢打打杀杀。每次和人发生冲突，都怕哪天遭到别人报复。本来我还怕这件事过后，有更多的江湖人效仿那西北四侠来找你比武。我们虽然爱看这些热闹，但要这群江湖人天天烦你，把你气走，离开这新安镇，那就不划算了。我们可不愿意回到天天带着刀剑和别人讲道理的生活。"

安心听到壮汉的话，点点头开口道："这事，麻烦大家尽快传播，争取在那西北四侠来到咱们新安镇之前就传出去，毕竟我也不太爱做出伤人性命的事。"

众人听到安心的话点点头，表示吃完饭就将消息说给自己江湖朋友听，并让自己的江湖朋友帮忙宣传。

一顿饭很快结束。裘生送走客人，将客栈大门关闭，将客人遗留下的碗筷洗刷干净，和殷任把中午的饭菜端到大厅。

众人刚坐下，安心眉头一皱，看向了同样皱眉的乐声，两人对视一眼，齐齐看向了客栈大门。

安心对着一旁正在夹一根青菜的殷任没好气道："殷任，看看你干的好事，净给我惹麻烦。"

殷任听到安心的话，都蒙了。自己咋啦，我可啥事没干啊？刚想开口，就听安心对着裘生说道："裘生，去开门。有人来了。"

裘生听到安心的话，看着紧闭的大门，也没费话，直接起身开门。从这段时间的接触，他已经知道安心的本事了，已经不会说"这个点怎么会有客人"这种傻愣愣的问题。

大门打开，就见外面站着五个人。为首的是一位留着长胡须的中年男人，身披一件红色长袍，腰系紫金腰带。裘生只是看了眼中年男人，就觉得此人身份高贵。中年男人旁边站着一个姑娘，长相甜美可爱，身穿七彩绸缎，正是早上刚离开的轩辕蝶。

两人身后跟着三人。一人白发苍苍，身穿一身儒衣长衫，浩然正气萦绕于身。安心和乐声明白这是儒家手段，若没有万书藏于身根本不可能有这样的气度。一人满脸络腮胡，身穿劲装青衣，腰系一把弯弧长刀，脸色冷峻，一股生人勿近的模样。还有一人，面白无须，静静地站在众人后面，毫无存在感可言。

众人看着客栈门口的五人，齐齐一愣。啥情况啊？这是干啥来啊？

就在众人疑惑间，为首的中年男人朝着安心鞠躬施礼，开口道：“安公子，感谢昨晚仗义相救。”

安心看着眼前施礼之人，开口道：“你不必感谢我，不是我要救的，是这人要救的。”

说着指着一旁的殷任。

那中年男人听到安心的话，顺着安心所指方向看去。可就这么一看，便死死地盯着殷任，不说话。

殷任被人这么盯着，也是难受至极，对着中年男人开口道：“你看我做什么，感谢的话，就不用说了。”

那中年男人听到殷任的话，开口道：“我们两家，哎，算了。不提了，都是先辈的纷争，现在计较也没啥用。”

安心听到中年男人的话，点点头道：“都进来吧，一个皇帝，被我拦在客栈外面像什么样子。”

中年男人听到安心的话，点点头，拉着轩辕蝶径直踏入了客栈大厅。其余三人也紧跟其后。

安心看着五人，开口道：“你们这时候来，应该不单单是为了感谢吧？说吧，什么事？”

中年男人听到安心的话，点点头，道：“安公子，我也不隐瞒了，我今天来就想知道昨晚追杀我女儿的是不是天剑派的人。”

安心听到中年男人的话，先是一愣，随即开口道：“你问这个有啥意义啊？是的话，你拿天剑派也没办法啊，也只能乖乖地将女儿送过去联姻啊。”

中年男人听到安心的话，一脸失落道：“是啊，我问这个有啥意义啊，我什么也改变不了。”

安心看着中年男人的样子，刚想安慰几句。可身后白发老人听到中年男人的话，开口道：“陛下，还是问清楚的好，要是正是那天剑派干的，老朽愿一人前往天剑派问责。”

中年男人听到白发老人的话，先是一愣，随即摇了摇头，道：“孔老，算了！天剑派高手众多，你去了意义不大。”

可白发老人却摇了摇头，道：“老朽年事已高，早该去见那些先贤，我不怕死。这件事关系到皇家颜面，我哪怕拼死都得问个清楚。”

安心听着两人的谈话，刚想开口，一旁的乐声却抢先说道：“以儒家之道，修得化龙境初期。这点实力，别谈去天剑派问责，就连踏入天剑派都是困难，我劝你们要是没有别的想法还是回去吧。”

乐声刚说完，一旁的络腮胡壮汉，站出来开口道：“某家，也愿意陪孔老先生去天剑派走一趟。”

那白面无须男，也站出来开口道：“咱家也愿意陪孔老先生走一遭。”

中年男人听到几人的话，大为吃惊。要不是这几人实力不咋的，他一定会大为感动。他开口骂道：“你们别闹，孔老先生化龙境初期也就算了，你们两个鱼跃境后期，去凑什么热闹啊。”

说着转头对着安心开口道：“安公子，我说实话吧，今天想来问个清楚，其实就是为了要不要解除和天剑派的联姻。要是真是天剑派干的，我这女儿嫁过去也没什么用，还得天天防着各种手段，要是哪天被人毒杀了，这联姻也没什么意义。我当时也是昏头了，竟然想到靠联姻这种不靠谱的关系来增加皇家气运。”

中年男人没有继续说下去。

乐声却开口说道："我觉得你想多了啊。你们皇家虽然没落，但还没达到灭亡的地步。当今世道，江湖势力错综复杂，相互制衡。你们皇家反而是安全的，毕竟谁也不会做出头鸟。你们嫁个公主过去，好像没啥用啊。别人不会因为你们背后有天剑派撑腰，就会怕你们，反而会嘲笑皇家苟且偷生。"

众人听到乐声的话，点点头。中年男人看了旁边正值美貌的轩辕蝶，对着安心等人开口道："诸位打扰了，我知道怎么做了。"

安心听到中年男人的话，点点头，对着一旁的殷任开口道："殷任，你愿不愿意帮这群人啊？"

殷任听到安心的话，疑惑道："我怎么帮啊，我也没这个能力去天剑派帮他们退婚。"

安心笑着将殷任拉到身边，在他耳朵边说了几句。

殷任听到安心的悄悄话，沉思了一会儿，点点头，一溜烟跑到后堂，拿出一本册子和一封信递给中年男人，开口道："这是我家'藏剑身'的功法，你拿这个去和天剑派取消婚约，他们会答应你们的。至于这封信，你也带过去，不然别人会怀疑你这功法来路不正。这件事过后，我们两家互不相欠。"

中年男人看着殷任递来的功法和信件，一脸不可置信地看着殷任。

刚想开口，安心却道："拿着吧，一般的宝物，吴天理是看不上的，只有这剑法他可以看上眼。对了，你们不要想着抄录一份，这东西只要你敢学，那就别怪我不讲人情……"

中年男人听到安心的话，点点头将功法和信件收入怀中，对着殷任开口道："谢了，我以天道发誓，这本功法，在送到吴天理手上之前，绝不会有人查看。"

殷任点点头，道："嗯！我相信你。"

…………

五人离开了客栈。殷任将饭菜重新热了一遍，便端了上来。众人吃完饭，裘生将碗筷拿到后厨洗刷。

乐声笑着对着殷任开口道："这功法送过去，你就不心疼？"

殷任开口道："不心疼是假的，那也没办法。这可能就叫缘分吧，我家太爷灭了他们家气运，我又救了轩辕蝶。总不至于救了轩辕蝶，又把人家姑娘送过去等死吧。"

乐声笑道："哈哈，你倒是想得开！不过你放心好了，你那本功法，吴天理还会给你送回来的，而且是原封不动地送回来。"

殷任听到乐声的话，一愣，随即反驳道："怎么可能，我那功法，不谈天下无双，那也是名动江湖。吴天理作为剑道第一人，怎么可能不心动。"

乐声笑道："他要是心动了，可就不是天下第一喽！你家老板巴不得那吴天理去看看你那本功法。"

殷任疑惑，看向正在喝茶的安心。

安心笑道："众人只知道吴天理天下第一，却不知道，吴天理的剑招只有一剑，可就是这一剑却天下无敌。如果吴天理看了你那本'藏剑身'，不对，甚至都不用看，只要对那本功法产生了兴趣，他就不是天下第一了。当然了，说这些你可能不理解。高手对决，任何情绪都会影响招式的威力，何况是对自己的剑招不信任的想法。"

众人聊了一会儿，便各自忙碌起来。临近晚饭点，客栈门口来了一个人。此人戴着一副面具，看身材就知道是个男人，鬼鬼祟祟不停地朝着客栈内张望。

正在门口接待客人的裘生，看到来人，也不惊讶，开口道："客官，你是打尖还是住宿啊？"

面具男人听到裘生的问话，开口道："小二啊，我问你，你们老板还有乐声哪儿去了啊？我怎么没看到他们啊？"

说着又伸长脖子朝着大厅不断打量。裘生见到面具男的样子，不禁用手指戳了戳他的胳膊。

那面具男不耐烦地打落了裘生的手指，开口道："别闹，找人呢。"

裘生捂脸道："那啥，我们老板和乐声先生在你身后。"

面具男一愣，随即转过头望去，就见安心和乐声一脸玩味地看着自己。

面具男率先开口道："晚上好啊，安师弟，乐师弟。没想到在这里遇到你们，你们忙你们的，我就路过。"

说着就要离开。安心听到面具男的话脸都黑了，开口道："师兄，你一个总岛主，不在东岛待着，说在这新安镇偶遇我们，你当我们是傻子啊。你是不是打算趁着我们不在，好将王宇劫走啊？"

面具男听到安心的话，先是一愣，随即将面具摘掉，开口道："师弟啊，你怎么能这么想师兄我呢？我是那种人吗？有事咱们进去说，外面这么多人，看到了不好。"

说完，便径直踏入了客栈大厅。安心和乐声对视一眼，也跟了进去。

安心对着裘生开口道："晚上咱们不营业了，把门关好。"

裘生点点头，将客栈大门关好。谷天进了客栈，如同进了自己家一样到处打量，开口道："师弟啊，要不你和我回东岛吧，你这都过的什么苦日子啊？桌子还是鸡翅木的，买个黄花梨能花多少钱啊？"

说完也不客气地坐了下来，拿起茶壶自顾自地喝了一口，开口道："你看看，这茶叶是人喝的吗？以你的身份怎么都得喝那价值千金的悟道茶啊。"

安心听着谷天的话，脸都黑了，开口道："师兄，要不你给我买吧。"

谷天开口道："唉，师兄是东岛总岛主，怎么能给你买这些呢？

要是让岛内其他弟子知道了，不得说你我闲话啊？”

安心听到谷天的话，一脸黑线，开口道：“那你啰唆个啥啊？”

说完对着大厅众人开口道：“裘生、殷任、小月，还有秦淮，你们先到后堂去玩玩，我们三人有重要事情商谈，你们先避开。”

四人听到安心的话，点点头便出了大厅。

…………

客栈大厅内。谷天和乐声面对面坐着。

安心坐在两人的中间，开口道：“我今天作为中间人，主要是协调两位之间的矛盾。你们两个畅所欲言，但不可以打架啊。”

谷天听到安心的话，点点头，率先开口道：“乐师弟，我理解你的心情，也知道那天晚上，我和王宇师弟的话被你听了过去，但我作为总岛主，你要理解我的苦……“

谷天话还没说完，却被安心打断道：“唉！来了啊，乐声你看这个臭不要脸的，要卖惨了啊，都是套路啊！”

谷天听到安心的话，脸都黑了，开口道：“师弟，我这个怎么能叫卖惨啊？要知道东岛是我们的家，我作为你们的……”

“唉！又来了，这个臭不要脸的要占我们便宜了啊。”

谷天的话，再次被安心打断。谷天是一阵无语，我啥时候要占你们便宜啊。

乐声听到安心的话，开口道：“就是，别以为做了个总岛主，就不知道自己是谁了。还想占我们便宜，想都别想。”

谷天黑着脸，开口道：“唉，怎么能这么说你们的师兄呢。现在东岛不是困难吗？等度过这个困难期，我再补偿你们乐声岛。”

安心听到谷天的话，开口道：“要画饼了啊，都是惯用手段啊，一听就是老江湖了啊。”

乐声连忙附和道：“话说，咱们东岛，好歹江湖排名第三，啥时候缺过钱啊。”

谷天看着安心和乐声这一唱一和的，脸都黑了，连忙开口道："当然了啊，为了弥补乐声师弟的精神损失，我会从这次收益中拿出一部分给到乐师弟，你看两成如何？"

乐声见谷天终于讲到正事上面了，连忙和安心对视一眼。就见安心点点头，示意乐声回应。

乐声一下子站了起来，来到谷天身边，一把抱住大腿，哭诉道："谷天师兄，我老惨了。我们乐声岛的情况你是了解的，常年收入为负数，我作为一个分岛的岛主，你看每天这都穿的啥啊？都没见一件好衣服。"

谷天见到乐声的样子，脸直抽抽，刚刚我卖惨的时候，都没你这么夸张啊。他连忙伸手就要扶起乐声，开口道："乐声师弟，有话好好说，我能理解你的苦处，我们好好说话。"

乐声见到谷天的动作，立马用手甩开谷天伸来的手，继续哭诉道："谷天师兄，我一直把东岛当成自己的家。你当总岛主的时候，我也一直支持着你。你作为总岛主，不应该像我们的公仆一样，照顾我们的生活吗？我现在生活都没得保证了，你看这像话吗？"

谷天听到乐声的话，一脸黑线。刚刚还说我占你们的便宜，你这样好像在占我的便宜啊。我堂堂一个东岛的总岛主，竟然被你说成是你的仆人。是我谷天拿不起刀了还是你乐声飘了啊，他开口道："乐声师弟，有话好好说，我一定给你足够的精神补偿。"

乐声听到谷天的话，连忙起身，坐回了自己的位置，一脸严肃地对着谷天说道："说吧，你要给多少？"

谷天看着上一秒还在在哭诉卖惨，下一秒就一本正经谈论价格的乐声，都蒙了。你这都不掩饰一下吗？目的就这么明显？想着伸出三根手指头，说道："三成如何啊？乐声师弟，三成已经是我最大的诚意了。我们东岛平时开销大，到处都在用钱。"

乐声听到谷天的话，并没有说话，而是看向了一旁的安心。安心刚想开口，耳朵里就传来了谷天用秘法出来的声音："师弟啊，我私下给你两成，你别帮乐声这个狗东西。"

安心听到谷天的话，将口中刚想帮乐声再争取利益的话咽了回去，咳了咳开口道："乐声师兄，可以了，我觉得这个数差不多了。这个排行榜，又不需要你做什么，只要你人坐在那边喝喝茶就行了。"

乐声听到安心的话，先是一愣，随即不停地给安心使眼色。这人怎么突然变卦了啊？昨天不还说，没有五成绝对不能松口啊。安心无视乐声投来的信号，坐在中间稳如老狗。

乐声看着安心不搭理自己，都急了，不断地朝着安心使眼色。

谷天看着乐声的样子厉声说道："乐师弟，我劝你以大局为重。不要趁着咱们东岛处于新老总岛主交接时段，搞什么花花肠子。"

乐声听到谷天的话，急道："你别瞎说，我不是那样的人。安师弟，你倒是说句话啊？"

安心听到乐声的话，咳了咳开口道："我师兄说得对，如今我东岛，正临危难之际，我们个人不该为了私人利益而去破坏整个东岛的发展。乐师兄我觉得三成够了，要是再多要，你就有些不识抬举了。"

乐声都蒙了，当时是你自己说的低于五成绝不松口的啊，现在又说出这种话来，咋好人都让你做了，坏人都让我来当啊。你思想觉悟啥时候这么高了啊。乐声开口道："谷师兄，再加点，我乐声岛穷在整个东岛都是闻名的，你这样我很难办事啊。"

谷天严肃道："乐师弟，我不是和你讨价还价，要知道我们谁不是省吃俭用。你要是想搞特殊，我这个总岛主第一个不答应。"

乐声看着谷天样子，又看了眼安心吊儿郎当的模样，想了想开口道："好吧，三成就三成，不过这事得签字画押。"

谷天点点头表示同意。就这样，三人就"乐理排行榜"收入分配达成了一致意见。

安心很满意这次做中间人的经历，趁着乐声不注意也和谷天签下一份保密协议。

事情圆满解决，安心到后堂将所有人都叫了出来，包括已经饿了一天的王宇。王宇见到谷天，一把抱着谷天大腿，哭诉道："岛主师兄，我老委屈了，你都不知道昨天我是怎么熬过来的。对了！我要状告乐师兄和安师弟，这两人……"

王宇说了一半便说不下去了，因为他用余光瞥见安心和乐声在一旁吹拳头。

谷天压根就不用等王宇把话说完，就知道他接下来要说什么，不过他压根不想搭理他，开口道："王宇师弟，一切都过去了，明天早上咱们就回东岛。"

王宇听到谷天的安慰，点点头，不再说话。

殷任从后厨端来了晚饭，几人酒足饭饱后，谷天对着安心开口道："师弟，我们三人明天就回东岛了，你和我们一起回去不？"

安心摇了摇头道："算了，我不回了。我回去，岛里有人会动歪心思的。你好好当你的总岛主，需要支援的话，我会通知你的。"

谷天点点头道："对了，我听说西北四侠要挑战你。需不需要，咔嚓？"边说边做了个抹脖子的动作。

安心摇了摇头道："这不是什么大事。我已经放出话来了，挑战我每次两千两，生死勿论。"

谷天听到安心的话，想了想开口道："师弟啊，你要我怎么说你啊？你这个方法不对，不利于可持续发展啊。你应该这么说：每次挑战二百两，点到为止。这样的话，会有很多江湖人来找你比武的。每个月接三个活，轻轻松松白嫖六百两银子。搞得好的话，还会有回头客啊。"

安心听到谷天的话，先是一愣，随即开口道："可算了吧，有句话叫老虎从不和老鼠搏斗。”

谷天开口道：“唉，你想得片面了不是？老虎不和老鼠搏斗的前提是这老鼠没多少肉啊。你想想能拿出两百两银子的江湖人，能是一般的老鼠吗？再说了，每次打架不仅能得到两百两的银子，等到比武的时候，肯定会有大批的江湖人来看热闹吧，到时候你这客栈的收益不也得跟着噌噌地往上涨。”

安心摇了摇头，道：“师兄，我还是要点脸的啊，做不出这种欺负弱小的勾当。”

谷天摇了摇头，道：“师弟啊，平时叫你多学点知识，你就是不听，不就要面子嘛，这还不简单？你在江湖上传播，你接受别人比武，不是为了钱财，而是为了指点底层江湖人的武功。至于为啥收二百两银子，主要是告诉江湖人‘世上没有免费的午餐’这个道理。你把这些话往外一说，钱挣到了，面子有了，名声也妥妥的。”

众人听到谷天的分析，都纷纷张大嘴巴。就这份心机，怪不得能当总岛主呢。我们都在想办法怎么解决麻烦的时候，别人已经能够把劣势当成优势来挣钱了。

安心看着谷天，一脸幽怨地说道：“师兄啊，你为啥不早点过来啊？哪怕早来半天，也好啊。”

谷天摇了摇头，道：“平时让你多读书，你就是不听。等明天回去，我寄些书籍你看看。”

安心摆摆手道：“算了，我从小就不爱读那些玩意儿，太没挑战性。主要看一遍就记下来了，没有意思。”

谷天想了想，开口道：“好吧，随便你吧。对了，还有件事得和你说一下，吴天理的八十大寿还有一个月就要到了，到时候你要不要参加啊？”

安心摇了摇头，道：“不去，一个生日会有啥好玩的？都是江湖人的虚伪交集，没啥意义。”

谷天听到安心的话，从怀里掏出一张纸条，开口道："你看看这个吧，估计这次吴天理寿宴不会太平了。"

安心接过谷天递来的纸条，看了一眼，随即便用内力将纸条化为粉灰，不可置信道："这消息，真的吗？"

谷天点点头道："应该错不了，我让东岛秘卫多次确认了。而且不仅是我们东岛发现了端倪，据秘卫汇报，他们在调查的时候，还发现星虚宫、北海城、天机宫、西北第一宫的人也在调查，估计得到的消息和我们差不多。"

安心一皱眉，开口道："我们东岛有弟子遭殃吗？"

谷天摇了摇头道："这倒没有，我排查过。"

安心点点头道："那你什么态度？"

谷天想了想开口道："到时候看热闹吧，星虚宫肯定会把事搞大，其他的势力要是没弟子遭殃的话，我估计也会和我们一样都是看热闹。"

众人被两人的谈话搞得云里雾里，柳如月不禁开口问道："你们在说什么啊？搞得这么神秘。"

谷天听到柳如月的问话，并没有说话，身上气势陡然上升，一股威压直接将柳如月压得喘不过气来。不过这气势升得快，泄得也快。柳如月也感受到了身上的威压消失，一脸惊恐地看向谷天。

这时候她才意识到，不管谷天再怎么亲切，他也是东岛的总岛主。而且她可不信刚刚谷天散发出威压的时候，安心没办法阻止。她不再说话，默默地低下头。

安心看了眼柳如月，淡淡地开口道："你们不要多问，这事，听了对你们可没好处。"

第七章　大义

安心几人聊完正事，便各自去休息了。谷天压根不需要安心来安排住宿，径直跑到三楼找了个空的厢房进去休息。王宇师弟则站在客栈大厅内，等待着安心给他安排房间休息，可安心压根不搭理他，搂着秦淮和柳如月径直上了楼。

王宇都愣了，用求助的眼神看向殷任他们，殷任瞥了王宇开口道：“后堂杂物间那边还有个床位，要不你和我们挤挤？”

王宇听到殷任的话，脸一黑，开口道：“我堂堂东岛弟子，怎么可能睡杂物间？”

殷任听到王宇的话，点点头，拉着裘生就往后堂走去。临走前还将后堂与大厅的大门给锁上，留下王宇一个人在大厅凌乱。

…………

早上，裘生从大厅方桌上叫醒了睡得正香的王宇，并打开了客栈大门。殷任则将燕窝泡发好，放在锅里熬煮。

谷天和乐声也先后下了楼，如同到了自己家一样，自顾自地喝起了茶水。众人在大厅内，等了一个时辰后，安心才慢悠悠地搂着秦淮和柳如月下了楼。谷天看着安心的样子，开口道：“师弟啊，你这样不行的，还是要早睡早起。我曾经在一本书上看过，人要在酉时末戌时初睡觉才能活得长久。至于房事，一个月三次就可以使男人保持冷静的思考。”

安心听到谷天的话一愣，开口道：“一个月三次，你搁这儿养生呢，吃完早点滚蛋。你学武功就是为了偷听不成？别以为我不知道，昨天晚上神识在我房间里飘荡了很久吧？”

谷天听到安心的话，老脸一红，开口道：“师弟，你误会师兄了不是，昨晚我是查看外面有没有敌人而已。”

安心白了眼谷天，你说我就信？

…………

众人吃完早饭，谷天带着乐声和王宇离开了安心客栈。客栈又回归到了往日的平静。殷任带着裘生到后堂练武，柳如月又拉着秦淮去祸祸对面柳香坊改造的工匠。安心一个人坐在大厅柜台后，看着路上的人来人往，觉得甚是无聊。

临近饭点，柳如月拉着秦淮准备回客栈。可刚准备踏出大门，柳香坊门口就来了一辆豪华的马车，马车后面跟着两个骑着马匹的壮汉，那豪华马车的马用的是西北小良驹。这种马对于江湖人来说其实是不耐用的，因为此马过于稀少价格又贵，说白了就是性价比太低。这辆豪华马车一共用了三匹小良驹，一看就知道这马车的主人是个冤大头，被人骗了。

马车车身用黄花梨木头打造而成，马车上面还镶嵌着各种各样的宝石，在阳光的照耀下显得格外土气。

柳如月和秦淮见到马车后，先是一愣，随即大喜，对着马车齐齐喊道：“师姐，是你吗？”

柳如月和秦淮的话刚说出口，马车的车帘子便缓缓打开，一个微胖的贵妇人从马车上走了下来。贵夫人身穿锦衣华服，头戴金钗玉佩，面容倒是清秀，约莫三十岁的模样。

贵夫人对着柳如月和秦淮开口道：“柳师妹，秦师妹，好久不见。”

柳如月和秦淮听到贵夫人的话，连忙上前，拉着贵夫人的双手开口道：“陈师姐，你怎么来了啊，姐夫呢？有没有跟着过来啊？”

贵夫人听到两人的话，想了想开口道：“柳师妹，秦师姐，我和你们姐夫吵架了，我来你这边透透风。”

柳如月一愣，开口道：“姐夫竟然敢和你吵架？他胆子肥了啊！”

贵夫人笑道：“我们进去说吧。”

说着便自顾自地走进了柳香坊。柳如月和秦淮一愣，随即拦着贵妇人，将柳香坊改造与两人和安心交往的事和贵妇人简单说了一下。只是讲述过程中将安心的身份隐瞒了下来，主要怕邪公子的名号吓到师姐。反正安心第一次出江湖去阴姹宫时，师姐也不在，她也不知道安心长什么样子。

贵妇人听到柳如月和秦淮的叙述，开口骂道：“你们两个啊，怎么能随便和人交往啊？万一那男人和你们姐夫一样不靠谱怎么办？不行，我得去那客栈看看那人是个什么样的品性。”

说着也不管两人的劝阻，对着马车后面的两个壮汉吩咐道：“张三，李四，你们跟我一起去这个客栈看看。”

…………

坐在柜台前的安心，自然知道了街道上发生的一切，无奈地摇了摇头。安心看着贵妇人和两个壮汉走了进来，刚想说话，那贵妇人却率先开口道：“你看看这是个什么客栈啊，桌子竟然用鸡翅木，弄个黄花梨的能有多少钱啊？”

安心都蒙了，这句话为啥感觉是如此的熟悉啊？想着便开口道：“你是阴姹宫的大师姐吧，你不用客气，把这里当成自己家一样。”

贵妇人听到安心的话，刚想说话，柳如月和秦淮急匆匆地跑回了客栈，开口对着贵妇人道：“师姐，我们上楼去说好不好啊？”

贵妇人听到两人的话，摇了摇头道："那可不行，我还没考验好你们的情郎呢！我跟你们讲啊，你们赶快和这人分手，这人我打眼一看就不喜欢，又穷又抠的，关键还不上进，这么年轻就只知道守着一个客栈浪费人生。"

柳如月听到贵妇人的话，连忙开口道："师姐，你别说了，再说下去，我怕你走不出这个客栈。"

贵妇人听到柳如月的话一愣，随即开口道："这还是个黑店不成？你说你啊，长点心吧，和个客栈老板交往也就罢了，怎么还干起了黑店的活计啊？我打眼这么一看啊，你们肯定经常敲诈勒索客人的钱财吧？你看看都到饭点了一个客人都没有，做生意啊，还是要脚踏实地的好啊。"

贵妇人的话刚说完，门口来了两个江湖人，对着安心开口道："安老板，我们又来打扰了。还是两斤牛肉，一壶杜康。"

安心点点头，让裘生通知后厨的殷任。

贵妇人没想到打脸来得这么快，刚说客栈没有客人，两个江湖人就来客栈吃饭。可贵妇人也是经过大风大浪的人，很快就调解好尴尬的情绪，开口对着安心道："小伙子啊，你年纪轻轻怎么能窝在这个小小的客栈里面呢？我们阴姹宫虽然不是什么名门大派，但在江湖上也是鼎鼎有名的。你要娶我们阴姹宫的弟子，怎么说也得在江湖上有点名声，看你这个样子，应该是不懂武功吧？我夫家在江南一带有些名气，可以帮你引荐一些江湖上的好手。你去学个一招半式，等有些名气，再回来娶我家柳师妹和秦师妹。"

安心听到贵妇人的话都蒙了，一时都不知道说啥好。不仅仅是安心蒙了，就连柳如月、秦淮，还有一旁吃饭的江湖人都一脸不可置信地看着贵妇人。不是，堂堂邪公子的江湖名声还不响亮啊！

柳如月实在忍不住了，刚想劝一下贵妇人，让她不要这么作死。万一把安心惹火了，你家那点江湖地位，估计不够看啊。

可还没说话，贵妇人自顾自地喝了口桌上的茶水，皱眉道："这茶……"

"你是不是要说，这茶叶，也配叫茶？弄点悟道茶能值几个钱啊？"

安心忍不住打断了贵妇人的话。

贵妇人一愣，随即对着柳如月和秦淮开口道："你们看看，我就说这小伙子不靠谱，竟然说大话。我刚刚就在想你这个穷掌柜为啥要喝二十两银子一两的清明芽尖。几文钱一斤的茶末子它不香吗？果然老话说得没错，'喝茶穷三代'。都这么穷了还想着那个价值连城的悟道茶。"

安心听到贵妇人的话，脸都黑了，你这是不按套路出牌啊。

秦淮看着安心越来越黑的脸，拉着贵妇人到一边，在她耳朵边说了几句悄悄话。就见那贵妇人的脸色从疑惑到震惊再到冷汗直冒。贵妇人听完秦淮的悄悄话，对着安心露出一个比哭还难看的惨笑，开口道："安……安公子，久仰大名啊。"

安心看着贵妇人的样子，摇了摇头，"呵呵"一声，不再理会贵妇人。

…………

中午，客栈的客人吃完饭，裘生将碗筷洗刷完，和殷任将中午的饭菜端了上来。由于今天有三个客人，殷任特意加了两个菜。几人纷纷坐下，唯有跟在贵妇人身后的两个江湖人一直站在贵妇人的身后，特敬业。安心看了眼两人，摇了摇头，并没有说话，自顾自地吃起了饭菜。

几人很快吃完饭，裘生正要将碗筷和剩余饭菜拿到厨房清理，被贵妇人身后的两人在厨房门口拦了下来。

裘生被两人的动作弄得吓了一跳，对着两人开口道："你俩要干啥啊？我和你说，我可不好欺负啊！"

那两个壮汉看到裘生这个样子，立马变得委屈巴巴道："小兄弟，能否把剩下的饭菜留给我们啊？我们一天都没吃饭了啊。"

裘生一愣，开口对着两人说道："你们一天没吃饭？这么辛苦啊。"

两个壮汉听到裘生的话，一脸无奈，拉着裘生进了厨房，不顾形象地大口吃着剩饭剩菜，边吃边说道："可不是吗？我和你说啊小兄弟，咱们当保镖这一行可辛苦了，主人吃饭我们看着，主人睡觉我们守着，主人拉臭臭，我们还得帮喊加油。别看我家主人人模狗样的，那都是靠我们这群肮脏的人给衬托出来的。"

裘生看着两人狼吞虎咽的样子，开口道："这么辛苦，换个活计干一下啊。"

两个壮汉摇了摇筷子，咽下口中的食物开口道："哎，小兄弟啊，不是我们不想换啊。主要这家老板给的钱还算丰厚，我们都是上有老，下有小的人。我们换个活计倒是轻松，可会苦了老婆孩子。"

裘生一听，立马同情心涌上，开口道："你们倒是辛苦啊。"

裘生被两个江湖人忽悠得一愣一愣的。要知道这年头哪个底层的江湖人活得潇洒啊。裘生也不想想自己以前过的什么日子，还可怜别人。与此同时客栈大厅内，气氛异常紧张。

贵夫人由于开局嘲讽值拉满，安心一直冷眼看着她，导致她现在大气都不敢喘一下。

柳如月实在是受不了大厅的气氛率先开口道:"师姐，你刚刚说你和姐夫吵架是怎么回事啊？"

贵妇人听到柳如月的话，刚想说话，却不经意瞥见安心那张冷冷的脸，把一肚子的委屈又憋了回去。

秦淮在一旁看到贵妇人的表情，又看了眼脸上写满不开心的安心，摇了摇头道："安心，这个是我师姐陈澜，你对人家态度好一点。"

安心听到秦淮的话，想了想开口道："算了，和女人计较没啥意义。今天早上的事就当没发生吧。"

安心话刚说完，那陈澜一脸激动地开口道："安公子啊，你是真男人啊，不像我家老沈，就爱和我计较一些鸡毛蒜皮的小事。"

众人听到陈澜的话，先是一愣，随即特感兴趣地看向陈澜，毕竟发生在别人家的惨案，这群人特爱听。

柳如月率先提问："师姐和我们说说呗，到底发生了什么事，让你离家出走啊？"

陈澜叹了口气："唉，这事说来话长，我们夫妻之间具体发生了什么我也记不清楚，只是觉得老沈对我是越来越不重视了。就比如三年前的正月十八，午时，我要吃江南五香阁的粽子，老沈这人竟然没给我去买，关键还骂我。"

众人齐齐一愣，一旁的殷任忍不住开口道："不是，啥玩意儿啊，一月份你要吃粽子，你不是作吗？这玩意儿好像还没上市啊。"

陈澜听到殷任的话，先是一愣，随即眼睛立马红了起来，哭诉道："老沈也是这么骂我的，可我这不是作啊！我也不是非得要吃那个粽子，只是想知道老沈关不关心我。老话不是说，世上无难事，只怕有心人啊？"

殷任开口道："这玩意儿，可不是有心就能办成的啊。"

柳如月听到殷任的话，开口道："殷任啊，你还是年轻。这根本不是粽子的问题，是态度问题。"

殷任眉头一皱，没有说话。

陈澜继续开口道："还有，两年前，六月十一。老沈抱着大大小小的包包回到家，我以为是老沈给我买的礼物，结果老沈却说，买这些包是用来贿赂江南阁各个堂主的老婆。我当时就不开心了，老沈竟然给别的女人买包包。"

秦淮听到陈澜的话，开口劝慰道："师姐，我觉得这个事，姐夫做得没错啊。他买这些包给江南阁各个堂主的老婆，是想让这群女人在各自相公面前多说说姐夫的好话，也是为了生意在江南各地方便运转啊。”

陈澜摆摆手道：“师妹啊，我不是不讲理的人，其实我怪的不是他给别的女人买包，而是怪他，忘了那天是我们交往后第一次吃面条的九周年纪念日。”

众人齐齐一愣，柳如月率先开口道：“太过分了，这种纪念日姐夫竟然给忘了，简直是过分了啊。”

安心和殷任原本就在震惊中，听到柳如月的话，更是张大嘴巴。

安心忍不住开口道：“不是，啥玩意儿啊？吃个面条还搞出个纪念日来了啊。”

在场的女人听到安心的话，先是一愣。柳如月不满道：“你们男人就是粗心，什么事都不放在心上，哪有我们女人心思敏感啊，将爱情中的点点滴滴都记在心中。”

殷任听到柳如月的话反驳道：“老板娘，那你记得你和我们老板是啥时候第一次吃面条的吗？”

柳如月开口道：“我们还没一起吃过面条啊。不是，你管我干啥啊？我们现在在给我师姐分析问题啊。师姐还有啥事，你继续说。”

陈澜听到柳如月的话，点点头继续哭诉道：“还有两年前的八月十七，辰时，我肚子不舒服，老沈竟然让我多喝热水。两年前十一月十二日，未时，我让老沈给我买个包包，那包包也不过才一千两银子，他竟然以需要运转拒绝我的合理要求。还有一年前四月三日……九月十二日……最过分的是前天，老沈竟然让我生孩子。要知道我为了保持身材做了多大努力啊，每天控制饮食，注重锻炼。这老沈让我这个时候生孩子，不是要把我这段时间的努力白白浪费了吗？”

众人听到陈澜的诉苦，纷纷一愣，就连一旁的柳如月也忍不住开口道：“师姐，姐夫让你生个孩子好像也不是过分的要求啊。你们都结婚九年了，连个孩子都没有，姐夫这么大的家业以后谁来继承啊？”

陈澜摇了摇头道：“柳师妹啊，你不懂，生孩子这事不仅会使人发胖，而且极其痛苦。江南阁烟安堂堂主的老婆就是生孩子难产死了。”

柳如月听到陈澜的话，开口道：“可那也是小概率事件啊，大部分人不还是顺顺利利地生下孩子了吗？”

陈澜摇了摇头，开口道：“柳师妹啊，这可不是小概率事件。你看看这是我找人调查的，上面记载的都是孕妇生孩子的死亡事件。”

陈澜边说边从怀里拿出一个小册子递给了柳如月。

柳如月接过册子，认真地翻看起来。不一会儿，就见柳如月一拍桌子，站了起来开口道：“师姐，姐夫竟然让你生孩子，太过分了，这和叫你去死有啥区别？师姐，你就在这边住下，等哪天姐夫想通了，来这里乖乖认错，你再和他回去。”

安心听到柳如月的话，一脸疑惑，到底那册子里记载的是啥啊，让柳如月态度反转来得这么快啊。

想着也不费话，从柳如月手上拿过册子，自顾自地翻看起来。

就见上面就写着：

××年××月××日，江南阁烟安堂堂主老婆，因难产而去世，生产过程中，仆人听到其撕心裂肺的惨叫声。

××年××月××日，苏城一农户家，其老婆因生三子，不堪生活重负，上吊自杀。

××年××月××日……

安心看了一会儿，脸都黑了，开口道：

“不是，你是不是有病啊！每天这个世上出生的孩子，不知道有多少，你们不看那些成功案例，天天研究那些不幸的案例，当然越看越不想生啊。”

安心的话，一下子将客栈的气氛搞冷场了。

柳如月看着安心开口骂道："你一天天就知道做晚上的'人身捣师'，哪里会管我们女孩子的死活啊？这一件件事好歹发生在我们身边啊，被你轻飘飘地说成小概率事件。你要点脸吧！"

安心看着柳如月，摆摆手道："不是，这本来就是小概率事件啊。你自己想想，平时也只有这些别人家不好的事被你们拿出来讨论，像别人家好的事，你们也不提啊。"

柳如月听到安心的话一愣，随即翻脸道："你的意思是说我们女人八婆喽！"

安心摆摆手，道："我没说，你自己要这么理解，我也没办法！"

一旁的陈澜听到安心的话，一脸愤恨地道："老沈，每次和我发生矛盾的时候，也总会说，你自己要这么理解，我也没办法。难道天下男人都只会这么一句吗？"

安心刚想开口，一旁的殷任开口反驳道："说这句话，主要是因为吵架吵不过你们女人，不然谁会来这么一句啊。"

"吵不过，说明是你们错了啊。"柳如月听到殷任的话，立马反驳道。

安心皱眉道："吵不过是因为你们女人会翻旧账啊，就像你师姐，明明嘴上说着夫妻间有些事记不清了，可说起发生争执的事情，能精确到发生事情的某年某月某日甚至某个时辰。而我们男人向来宽容大度，从来不会把夫妻之间的争吵放在心里。"

陈澜听到安心的话一脸愤恨，也不管安心的身份开口道："你们连吵架这种事都没放在心里，你们男人心中哪有我们女人啊。哪像我们女人，每次吵架后，都会总结经验，认真反思，到底是哪个环节出了错，会给你们男人有还嘴的机会。"

"喀喀！"

一旁的柳如月听到陈澜的话，立马清了清嗓子，开口提醒道：“师姐，注意用词。”

…………

就在众人争吵间，客栈外来了三个人。

为首的男人，约莫三十五岁，身材消瘦，一身紫色绸带长衫，腰系金丝镶边腰带，头戴一顶财主帽子，是个标标准准的商人形象。男人身后跟着两个壮汉，看打扮倒是和一般的江湖人无异，一人手持九环大刀，一人手持伏魔棍。两人的武功一般，是不入流的江湖人。

为首的男人在客栈门口鬼鬼祟祟地朝着客栈大厅内望去。

不一会儿，他便发现了目标，脸上的表情立马化为悲伤，边喊边走到客栈大厅内：“老婆，我来接你回家了啊！”

众人听到声音，齐齐放弃了讨论，循着声音看向客栈大门。就见那紫袍男人，一个滑跪直接来到陈澜身边，动作之流畅让安心和殷任这种江湖高手看了都瞠目结舌。而跟在紫袍男人身后的两个江湖人也好似见怪不怪的，任由自家主人这么跪着。

陈澜看着跪在一旁的男人，冷哼一声，就转过头去。

一旁的秦淮和柳如月见到男人后，齐齐开口道：“姐夫好。”

中年男人见到自家老婆不理会自己，又听到秦淮和柳如月的话，一脸尴尬地看向秦淮她们回应道：“两位师妹好。”

陈澜或许觉得让自家男人在外人面前跪着有失面子，又转头对着中年男人开口道：“你起来吧，别这样。让人看到了，还以为我平时在家的时候，经常欺负你呢。”

那中年男人听到陈澜的话，点点头，扶着桌子站了起来，揉了揉发痛的小腿，尴尬地朝着安心开口道：“你们好，我叫沈万商，是陈澜的相公。”

安心听到沈万商的话，点点头，道：“安心，这个客栈的老板。这是我家厨师，殷任。”

安心边说边指向一旁的殷任。沈万商也顺着安心所指的方向朝着殷任，点头致意。

殷任看着沈万商的样子，开口道："老沈啊，你刚刚滑跪的动作如行云流水，一看就知道练了很多次了。我愿尊称你为'华贵人'。"

沈万商听到殷任的嘲讽，尴尬一笑，开口道："都是自家老婆调教得好，没什么值得骄傲的。"

陈澜听到自己相公说的话，厉声说道："我可没这个本事来调教你啊。都结婚九年了，你竟然还有能力反驳我，是我这个做媳妇的不称职啊。"

沈万商听到陈澜的话，尴尬一笑，连忙开口道："媳妇，你这说什么话啊，我对你的爱如同滔滔江水连绵不绝，我怎么会忍心反驳你呢！"

陈澜冷哼一声开口道："前天某人不是说，我不生孩子，就要休了我吗？我可不敢接受你这个连绵不绝的爱意啊。"

沈万商刚想回答，一旁的殷任开口道："老沈啊，我听说你是江南这边的首富。你说你啊，都这么大的人了，还怕老婆，也不怕别人看笑话啊？"

安心听到殷任的话，连忙附和道："是啊，这男人一旦硬不起来，就永远硬不起来了啊。"

柳如月听到安心和殷任的话，立马反驳道："关你们屁事啊！这是我姐夫的家事，你们管得太宽了点吧？虽然你是邪公子但也没权利管我姐夫的家事啊。"

沈万商和他身后的两个江湖人，听到柳如月的话，一脸震惊地看向了安心。

沈万商连忙拱手道："原来是邪公子啊，怪不得我听到安心这个名字觉得耳熟，久仰大名啊。"

安心摆摆手道："唉，别价，你别久仰大名了啊，我可不敢让你这样的人久仰，我们男人的脸都让你丢光了。"

殷任也在一旁点头道："就是，都这么大的人了还怕老婆。"

柳如月听到安心和殷任的话，一脸愤恨道："你们两个过分了啊。走，师姐我们上楼去，让姐夫在这里好好想清楚。"

说着也不等陈澜反应，拉着陈澜和秦淮的手径直上了楼。

沈万商看着柳如月的动作，连忙想上前阻止，被殷任一把拉回了原地，开口道："老沈啊，你想一直这么软下去啊？我和你说啊，男人该硬的时候就得硬。"

沈万商听到殷任的话，稍稍犹豫了会儿，点点头。

殷任拉着沈万商坐下，对着他身后的两人开口道："你们自己去后厨弄点吃的，你们主人的安全我来保障。对了，去后厨时把裘生喊出来。"

那俩江湖人听到殷任的话，先是一愣，随即将目光看向沈万商。

沈万商皱眉道："你们两个像木头戳在这里干吗？还不按照殷公子的话来做。"

那两个江湖人听到沈万商的回答，点点头，一头扎进了后堂。

安心饶有兴趣地说道："老沈啊，没想到你在家对自己的媳妇这么㞞，在外面对人倒是硬气啊。"

沈万商摇了摇头道："这没办法啊，我媳妇急了，可以打我。这群低级的江湖人给他们十个胆子也不敢对我出手啊。"

安心一愣，开口道："这么说你怕你老婆是因为，你打不过她？"

沈万商听到安心的话，想了想开口道："这只能说是大部分原因，还有部分是因为我不想让她受委屈。我们结婚时候，我一穷二白。那时候……"

"停。"

安心打断了沈万商的回忆，开口道：“你们的事我们不感兴趣，我就想问是不是只要你有抗衡你媳妇的武功，你就能在你媳妇面前重铸你男人之风？”

沈万商想了想，点点头。

殷任看到沈万商点头，和安心对视一眼，开口道：“好，你媳妇武功不高，我教你一些武功，保证让你三天内，能打败你媳妇。不过不能白教，承惠二百两银子。”

沈万商听到殷任的话，眼睛都亮了。他虽然不相信殷任有三天能教会他打败媳妇的本事，但他相信安心有这个能力啊。他一脸激动地拍了一下桌子，开口道：“只要你们能让我三天内打败我媳妇，我给你们两千两。”

安心一愣，开口道：“成交。”

殷任看着一脸激动的沈万商，开口道：“我们组建个联盟吧，就叫重铸男风联盟，你们看怎么样？”

安心和沈万商对视一眼，点点头。

就这样，殷任拉着两人和刚从后堂出来一脸震惊的裘生，跪在客栈大厅内歃血为盟。当然了，歃血为盟的形式，其实很多地方做得不到位。最起码并没有歃血，主要是因为裘生和沈万商怕疼。

…………

与此同时。客栈三楼厢房内，柳如月和秦淮一脸好奇地看着自己的师姐。

陈澜被两人看得有点心慌，开口道：“师妹，你们这么看我干什么啊？我脸上有东西吗？”

柳如月一脸稀奇地问道：“师姐，你怎么把姐夫驯服得如此服服帖帖啊？传授我们几招呗。”

陈澜一愣，开口道：“这有啥好传授的啊，不听话就打啊。”

柳如月一愣，开口道：“没了啊？”

陈澜疑惑道："这不就是最好的方法啊。"

柳如月摇了摇头道："不是，有没有别的招式啊，这招对我和秦师姐没啥用啊。主要安心的武功太高了啊，我们根本打不过啊。"

陈澜摆摆手道："师妹啊，其实最重要的是我家老沈足够爱我，才会让我肆无忌惮地打骂，听我的话。其实想想，以老沈现在的地位，真的要把他惹火了，在外面花点钱找个厉害点的江湖人，来对付我，其实还是很简单的。"

柳如月听到陈澜的话，点点头道："姐夫人还是很不错的。不过安心那几个人，一肚子的坏水，我怕姐夫被他两人带歪了。"

陈澜笑道："放心好了，我家老沈我还是了解的，他不敢。"

安心都蒙了，他从没看过如此羸弱的男人，这才蹲了几分钟的马步，就喊着受不了。殷任看着沈万商的模样，也是直摇头，这世上竟然有人武学资质比裘生还差。

安心忍不住开口对着沈万商道："老沈啊，你就没想过找个功夫好点的江湖人，将你媳妇收拾一顿。"

沈万商累得喘了口气，开口道："怎么没想过，早就想过了。不过我是做生意的，最讲究面子，要是干这事，被有心人知道了，肯定会戳我脊梁骨。说我在家都管不住女人，还能在外面干出什么大事啊。"

安心听到沈万商的话，点点头，道："现在问题来了，以你的资质，三天内，寻常方法是肯定不可能打败你媳妇的。现在只能有一个方法，就是我给你强行灌输一点内力，这方法对你身体倒是没有害处，但是你这辈子武学境界最多也只能达到鱼跃境初期。"

沈万商听到安心的话，眼睛一亮开口道："那这种方法需要这么辛苦吗？"

安心摇了摇头道："这倒是不需要！"

沈万商点点头，开口道："那就用这种方法吧，反正我看我媳妇的本事，这辈子也就那样了。”

殷任听到沈万商的话，一脸疑惑道：“对了，老沈啊，等你能打败你媳妇，你打算怎么办啊？”

沈万商想了想，开口道：“当然是先削一顿再说啊。你们不知道我这九年是怎么过来的。别看我每天在外面过得风光，可回到家，我就㞞得和孙子似的。每次吵架，她就会仗着武力，强行给我说服。即便我不想惹事向她认错，她也会揪着不放，还问我哪里错了。”

安心点点头道：“真是委屈你了啊，行吧，那就开始给你传内力吧。”

…………

与此同时，客栈三楼走廊内。柳如月一直探着个脑袋，向下看。她到现在还疑惑，这几个人到底打的什么主意。由于武功弱，无论怎么查看，都看不清大厅内的状况，于是便气呼呼地走进了厢房内，对着陈澜开口道：“师姐，你就这么放心姐夫啊。”

陈澜摆摆手道：“我相公我还是了解的。以我对他的了解，这个时候他应该在劝安心他们要讨好女人呢。”

秦淮听到陈澜的话，皱了皱眉，她总觉得事情不对劲。安心怎么可能会听别人劝呢？要是自己的姐夫在劝安心他们，现在楼下绝对已经打起来了。

想着忍不住开口道：“师姐，要不我们下去看看吧，总觉得事情有些不对劲。”

陈澜看着秦淮着急的样了，无奈地劝慰道：“秦师妹，你就放心好了，你姐夫我还是了解的，出不了岔子。”

…………

客栈大厅。殷任看着表情坚定的沈万商，开口道：“老沈，刚刚我老板说的，你都记住了没啊？”

沈万商一脸认真地点点头：“记住了，无论用什么方法，先把我媳妇劝回家，等到家后再削她，让她知道什么叫男人雄风。”

安心听到沈万商的话，点点头，指着楼梯口的方向开口道：“去吧。”

沈万商一脸坚毅地上了楼，可刚到楼梯转角处，又对着安心开口问道：“安公子，为啥你非得要我到了家再收拾我媳妇啊？我现在感觉我身体充满了力量，现在就可以削她了。”

安心回答道：“主要你现在还不能成熟地运用你体内的内力，我怕你打坏我客栈。”

沈万商听到安心的回答，点点头，坚毅地踏上了三楼厢房。

安心看着沈万商的背影，不禁动容，看了眼手上的两千两银票，默默收入了怀中。可想了想，又从怀里掏出一张十两的银票，递给一旁的殷任，开口道：“辛苦了啊！来，这是给你的辛苦费，给自己去置办一身好的衣服。”

殷任接过安心递来的银票，一把收入怀里。一旁的裘生看着两人的动作，开口对着两人说道：“老板，殷任，你们这么干也不怕引起两个老板娘不满。”

安心无所谓道：“不碍事的，我们什么都没干啊！又不是我非得上赶着让老沈学武功的。”

裘生无奈道：“可这样，你也会引起老沈家的家庭矛盾啊。”

安心摇了摇头道：“可算了吧，男人一天硬不起来，就永远硬不起来。即便老沈学了武功，我敢保证他也不敢对他媳妇出手。就像你，心地善良。即便有我撑腰，刚刚在后厨还不是被两个江湖人忽悠得做起来饭来了。”

裘生听到安心的话，一脸尴尬道：“那我不是看他们可怜，才给他们做了顿饭啊。”

…………

几人交谈间，沈万商一脸讨好地扶着陈澜的手朝楼下大厅走来，身后跟着秦淮和柳如月。

陈澜来到楼下大厅，对着众人开口道："诸位，我家老沈向我道歉了，我也就回去了啊。"

秦淮和柳如月听到陈澜的话，连忙上前拉着陈澜的手开口道："师姐，你要不再住两天吧，我们一年没见了，怪想你的。"

陈澜摇了摇头，拉着两人开口道："师妹，我家老沈都说了，我不回去他也不回去。他天天日理万机的，我哪能真的让他担心啊。我回去，我家老沈才能安心工作啊。"

沈万商听到陈澜的话，连忙点头附和道："夫人说得对，我回去后保证让你活得明明白白的。"

陈澜听到沈万商的话一愣，觉得老沈这话说得怪怪的，可也不多想，和老沈一起告别了众人，上了马车。沈万商将自家老婆扶上马车后，趁人不注意，朝着安心眨眨眼。

安心看到沈万商的动作一愣，随即小声对着一旁的殷任开口道："完犊子了，老沈这人不愧是做商人的，他和裘生不一样，懂得隐忍，估计他回家后真的会削他老婆。"

…………

第八章　来客

安心众人送走沈万商夫妇，回到客栈大厅。

秦淮从怀里掏出一张地契，递给安心开口道："这是柳香坊的地契，刚刚在楼上陈师姐给我们的，说这个柳香坊以后就送给我们了。"

安心接过秦淮递来的地契，心里五味杂陈。没想到陈澜对我们这么好，还将柳香坊送给我们，我还收老沈钱，教他武功对付她。简直……是大赚特赚啊。

想着安心忍不住偷笑起来。

至于你要问良心会不会痛，安心一定会回答关我屁事，是老沈自己要学的。

…………

几人聊了会儿天，便到了客栈晚上营业的时间。裘生将客栈的桌子收拾得一尘不染，殷任到后厨准备今天晚上的食材。秦淮和柳如月坐在柜台后等待客人的到来。至于安心嘛，坐在椅子上喝着茶。晚上客栈来了三桌客人，都是附近镇上的居民。几人都是老熟人了，对于安心也没那么害怕，吃过饭后，他们对着安心开口道："安老板，那西北四侠，自从你放出话来后，还是往这边来了。据说还带着一大批看热闹的江湖人过来了，预计明天就到，安老板你这边还是早做准备吧。”

安心一愣，啥玩意儿啊，开口道：“不是吧，这世上真的会有人不怕死啊？我都放出话来了，还敢来挑衅我。是不是我两年没出江湖，世人忘了我的手段了啊。”

几人一愣，这才回忆起两年前邪公子在江湖上的种种事迹。不能说震惊了整个江湖，但可以说走到哪儿杀到哪儿。每到一个城市不惹点祸事出来，都不是邪公子的风格。

他们记得邪公子干得最轰动的事，就是一招灭了由星虚宫撑腰的六朝帮后，一人独自上了星虚宫，和天下第二的无星道人大战了三天三夜都没分出胜负。至于后来事情是怎么解决的，众人就不知道了。只知道从那以后安心便坐实了天下第三的名头。要知道当年的安心才十六岁。

众人可不觉得安心做了这客栈老板，就忘了以前的杀人手段。众人也不说话，默默地吃着桌上的饭菜。

客人吃完饭，裘生将碗筷收拾干净，和殷任将晚饭端了出来。众人也很快吃完。

安心开口道：“你们今天没啥事就早点休息吧。”

柳如月听到安心的话，一脸疑惑道：“那你呢，你不会要去杀了那个所谓的西北四侠吧？”

安心一愣，开口道：“怎么可能，就那四人，好像还不值得我出手啊。”

柳如月疑惑，刚想继续询问，被一旁的秦淮拉上了楼。殷任见两位老板娘上楼休息，也拉着裘生到了后堂杂物间。

安心看着人都走远，对着门口说道：“出来吧。”

安心话刚说完，一道青烟悄然从地上冒出，一个身穿黑袍的男人从青烟中走了出来。安心看了眼黑袍男人开口道：“你去杀了那个西北四侠，在他们到新安镇之前给杀了。利落点，别让人看出是东岛做的手脚。”

黑袍男人听到安心的话，点点头消失在青烟当中。

安心看到黑袍男人消失，一个腾挪来到客栈房顶，对着不知道什么时候来到的白发背剑老人开口：“你为啥每次来都出现在我客栈房顶啊？让别人知道了，还以为我邪公子请不起你一顿晚饭。”

白发老人听到安心的话，并没有说话，从怀里掏出一本册子，以内力飞给了安心，开口道：“别使这种小手段了，对我没用。‘藏剑身’虽好，但我的剑不比它差。”

安心一个挪手便稳稳地接住老人飞来的册子，嘿嘿直笑道：“皇室和你家解除联姻了吗？”

白发老人白了眼安心，开口道：“我本来就不乐意这桩婚姻，他们来解除，当然会答应了啊。”

安心点点头，便没有看向老人，对着被乌云遮住月亮的黑夜，喃喃道：“我记得，我十六岁那年，你和无星道人两个知天境的高手，一起向我出手。可我看得出，无星那老杂毛是真的想杀我，你却是想让我在高手过招的时候，稳定武学境界。我从你的剑法中也领悟到了自己的剑法。我们……”

老人听到安心的话，低下头开口道：“我们应该是最后一次见面了。”

安心一愣，对着老人开口道：“你竟然知道？那你为啥还要办八十大寿？”

老人无奈道：“你们东岛能顺着线索摸到情况，我作为天剑派的掌门，为啥不能知道。至于为什么要办八十大寿。我总得给天下江湖人一个交代吧。”

安心听到老人的话，点点头，道：“我可以保住你后代子孙的一点血脉。”

老人摇了摇头，道："不用了。"

老人的话说得很决绝，刚说完不理会安心在原地消失了。

早上，安心一瘸一拐地回到客栈。正好碰到卖菜王叔和殷任在聊家常。两人看着安心的模样，都以一种奇怪的眼神看着安心。

安心被两人看得心里发虚，开口道："你们干吗这么看我啊。"

王叔一脸坏笑道："安老板还是要注意身体啊，晚上还是不能操劳过度。"

安心都蒙了，你在说什么奇奇怪怪的东西，我才十九岁还听不懂啊，想着也不理会两人径直回到三楼厢房。

王叔看着安心走远，小声对着殷任开口道："小殷啊，你们老板早上也这么辛勤耕种吗？"

正在上楼的安心耳力是多么好，即便王叔说得再小声还是一字不差地落到了安心耳朵里。安心一个踉跄差点摔倒。我明明是昨晚站在屋顶一夜没睡腿麻了才会出现这种状况啊，为啥会被你们说得像是我做多了少儿不宜的事情啊？

…………

中午众人忙完客栈的生意，安心才被秦淮喊醒下楼吃饭。裘生已经将饭菜准备好。众人吃完饭，柳如月率先对着安心开口道："安心，你昨晚是不是去杀了西北四侠啊？"

安心听到柳如月的话，摇了摇头道："没有，昨晚是吴天理来找我的。"

边说边从怀里掏出一本册了递给殷任，继续说道："这本《藏剑身》吴天理没看，我也没看。你收好了，早上王叔在旁边我不方便给你。"

殷任看着安心递来的册子，没有收下，开口道："老板，这东西，留着你练吧。里面的内容我已经全部背下来了，你给我也没啥用了。"

安心摇了摇头，将册子硬塞到殷任怀里，开口道：“我一身武学皆由自己领悟而成，我自认为我的功法不比‘藏剑身’差。这东西还是你收好吧。”

殷任听到安心的话，点点头，没再说话，只是将册子收入怀里。

一旁的柳如月好奇道：“这本《藏剑身》要是放到外面，一定会引起江湖人的厮杀哄抢，怎么到了你们高手手上连看都不带看的呀？”

安心听到柳如月的话，笑道：“怎么，你很感兴趣啊？”

柳如月点点头道：“我当然感兴趣啊，这本秘籍可是能练到知天境的武学。”

一旁的殷任听到柳如月的话，将怀里的册子放到柳如月桌前，开口道：“老板娘，要是感兴趣，也可以练的。”

柳如月看着眼前的册子，又看了看殷任，想了想，将册子推回殷任面前开口道：“不用了，我想了想，无论功法有多好，也得看谁练习。我资质一般，就算练了也没啥用。”

殷任看着被柳如月递回来的册子，又看了眼秦淮，开口道：“老板娘，你呢？”

秦淮毫不犹豫道：“不要。我本来就不希望打打杀杀，练了没什么用。”

殷任听到秦淮的话，将册子收入怀里，笑道：“我太爷爷要是知道，他所创功法三百年后，一群人不感兴趣，一定会从棺材里跳出来。”

柳如月笑道：“哪有你这么编排自己家祖先的啊。”

安心突然想到什么事，对着殷任说道：“对了，我有件事一直很奇怪啊。我记得我十五岁入江湖的时候，你家还算是武林的泰山北斗。你老爹当时应该已经达到了化龙境初期了吧？好像过了一年后，江湖上就传出你老爹死亡的消息。我当时还好奇为啥一个正值中年的化龙高手会突然去世，还特意找到天机老人打听了一下。结果那老头说里面涉及的人太多，让我不要打听为好。”

殷任听到安心的话，脸色变得铁青，开口道：“其实我也不知道我父亲怎么死的。我父亲死的那天我在青楼玩，等我回到家后，我父亲已经死了，我母亲也自杀了。我打听了很久，却得不到一点杀害我父亲凶手的信息。”

安心点点头看着殷任一脸懊悔的模样，开口道：“等下次我遇到天机老人，我帮你问问。”

殷任听到安心的话，并没有说话，只是重重地点点了头。

…………

众人聊了会儿家常，便各自忙碌起来。殷任拉着裘生到后堂学习武功。柳如月拉着秦淮，到胭脂铺去试试刚出的几款胭脂，安心则坐在大厅内自顾自地喝着茶水。

…………

安心喝着茶，突然眉头紧锁，看向客栈门口，就见客栈大门前不知何时站了个老和尚。和尚慈眉善目，一件宽松的黄色佛袍将那肥胖的身躯包裹起来，和尚脚上并没有穿鞋，但脚上一尘不染。

安心看到来人，眉头一皱开口道：“你来这里干什么？”

那和尚露出一副憨态可掬的模样，开口道：“安施主，怎么，不欢迎和尚我到来？也不知道请老衲进来喝杯茶水。”

安心一脸不情愿道：“别，老话说：道士上门福缘至，和尚敲门没好事。”

那和尚听到安心的话，笑道：“这种迷信安施主也信啊，老衲这不是没敲门嘛，用不着害怕。”

说着便走到安心对面坐下，自顾自地拿了个空茶杯，以暗器的手法飞到安心面前，便稳稳地停下。老和尚这一手看着简单，却是大有学问。对于内力和手法的控制需要极其苛刻的功力。安心摇了摇头，轻轻一抬手，就见桌上茶壶里的茶水竟然从壶口处飞出，以一道优美的弧线落入茶杯中。

茶水刚满，那盛满水的茶杯，又如同流星般稳稳地飞到老和尚面前。令人惊奇的是，那茶杯里的水竟然未洒落半分。

老和尚看着眼前的茶杯，对着安心开口道："茶满送客走，你好像是半点都不欢迎我啊。"

安心一愣，开口道："自信点，把好像去掉。"

老和尚听到安心的话，摇了摇头，将杯中的茶水倒掉一半，放在桌上。安心都蒙了，你这个操作够骚啊。我不欢迎你，你强行让我欢迎你。他便开口道："和尚，你来我这里干吗？"

老和尚听到安心的话，笑道："有个朋友让我来向你客栈的厨师借一样东西。"

安心眉头一皱，开口道："和尚，你不会想要'藏剑身'的功法吧？"

老和尚摇了摇头道："我是受朋友之托，来向殷施主借过去看看的。"

安心开口问道："你那个朋友是谁啊？"

老和尚摇了摇头道："不可说！"

安心点点头道："和尚，我们有三年没交过手吧。"

老和尚笑道："三年零四个月十二天。"

安心道："走吧，让我见识一下你这三年有没有长进吧。"

老和尚听到安心的话，一愣，笑着开口道："为了一个厨子没必要和我过招吧？"

安心点点头道："确实没必要过招，我直接打死你就好了，反正我看你也不舒服。"

老和尚听到安心的话一愣，随即点点头道："我知道了，是老衲打扰了。"

说着便起身往大门外走去。“站住。”

老和尚听到安心的声音停了下来，转头对着安心开口道：“安施主，喊老衲什么事？”

安心开口道：“我家厨子的老爹是你杀的吗？”

老和尚摇头，道：“老衲不杀生。”

说完便往客栈外走去。老和尚刚走没多久，殷任从后堂里探出脑袋，对着安心开口道：“老板，刚刚是不是有客人啊？”

安心摇了摇头道：“没有，一个路过的乞丐，来讨口水喝的。你忙你的。有客人我会叫你的。”

殷任听到安心的话，“哦”的一声回到了后堂，继续教裘生练武。

安心一个人坐在客栈大厅，觉得有些无聊，便将大门关闭，走到后堂，看看裘生练武受苦的样子。安心来到后堂，就乐了，就见裘生顶着个洗脸盆在蹲马步，姿势要多狼狈就有多狼狈。安心看着裘生狼狈的样子，忍不住从厨房拿出一个西瓜，和殷任一人一块，边吃边看着裘生蹲马步。

安心看了一会儿裘生练武，就没了兴趣。主要裘生这人太没意思，安心和殷任两人都在旁边吃瓜了，脸上竟然没露出半点愤恨的表情。

裘生练了会儿马步，便开始忙碌起晚上招待客人的事情。

临近饭点，裘生将客栈大厅的桌子擦拭得一尘不染。柳如月和秦淮也拿着大包小包回了客栈。

晚上客栈来了三个人。

三人明明穿着同样的服饰，都是血色长袍配上黑羽佩剑，却坐了三张桌子。

一人身高有两米多，一身腱子肉也是练得清晰明朗。可奇怪的是，如此健壮的身体却配上了一张娃娃脸。

一人却是侏儒形象，脸上好似涂了层白面似的，将那张长满褶子的脸显得瘆人无比。

还有一人，明明长着络腮胡子，胸大肌却是丰满无比。在安心看来，这人的胸大肌比秦淮练得好。

三人都要了一坛糟糠酒和一份不要任何加工的带血牛肉。

裘生虽然惊讶于三人的行为，但并没有多问，一头扎进了厨房。江湖上奇奇怪怪的人多了，裘生也算有过一些见识。一些江湖人为了表现自己的生猛，就爱在别人面前吃些生肉。

很快裘生拿着一份生牛肉走到大厅，刚想将牛肉放到离他最近的胸大络腮男面前，却听到一个瘆人无比的声音："小二，先给我上菜，不然我宰了你。"

裘生循声望去，就见那侏儒男人一脸阴恻恻地看着裘生。

裘生看了眼安心，就见安心摊摊手，朝着那侏儒男人努努嘴。裘生立马会意，转头就要将牛肉送到侏儒男面前，却听到娃娃脸壮汉和胸大络腮男同时威胁裘生的声音。

"小二，你要是不先给我上菜，我拧断你的脑袋。"

裘生一愣，刚想说话，就见安心一拍柜台，对着三人骂道："三个刚入鱼跃初境的血衣堂弟子，一个个打扮得人不像人鬼不像鬼的。给你们脸了啊？爱吃吃，不吃滚蛋。你让你们堂主上官鸿过来吃饭，看看他敢不敢为难我家小二。"

三人听到安心的话一愣，齐齐看向安心。那娃娃脸壮汉对着安心开口道："阁下是谁？怎敢直言我堂主名讳。"

安心骂道："啊呸，上官鸿算什么玩意儿。他爹妈给他取名字不就是让人叫的啊？难道是用来让别人给他立牌位的啊？"

三人听到安心的话，齐齐一愣。三人都是老江湖了，已经从安心的话里听出安心不是个简单人物。

大胸络腮男心思活跃，从安心的语气中知道安心没把血衣堂放在眼中，又结合安心的年纪，很快就想到了安心的身份，一脸不可置信道："你是邪公子？"

安心一愣，这人怎么才知道我的身份啊？江湖上不该早就传出我在新安镇开客栈的事啊？不过想想血衣堂所在的地理位置，便释然了，便开口道："是我，怎么了？"

三人听到安心的话，齐齐张大嘴巴。大胸络腮男虽然猜到安心的身份，但亲耳听到安心承认，却依旧感到震惊。

安心见到三人的表情，倒是见怪不怪，开口道："说说吧，你们血衣堂不好好在荒山待着，跑到这里来干吗？"

三人听到安心的话，下意识地想隐瞒，被安心一个眼神瞪得不敢说话。

大胸络腮男率先清醒过来，对着安心开口道："不敢欺瞒邪公子，我们得到一则消息，江南苏城北部有人发现了一只鸵雀。我们这次出来就是想去江南试试运气是否能找到那只鸵雀。"

安心皱眉道："就是吃了能百毒不侵的四脚鸟。"

三人听到安心的话，齐齐点头，安心疑惑道："不是，那玩意儿飞得贼快，就凭你们几个，就算看到了，也抓不到啊。"

三人一愣，那胸大络腮男壮着胆子问道："邪公子见过鸵雀？"

安心点点头道："不然你以为我和春秋派的掌门交手不受他的毒物影响，为啥啊？"

三人听到安心的话，齐齐震惊。那娃娃脸壮汉开口道："敢问邪公子，那鸵雀是否真如传说中那样有着只闻其声、不见其影的速度？"

安心听到那壮汉的话，想了想，开口道："没那么夸张，我作为公认的轻功天下第一，也只是追了它一天一夜。"

三人一愣，被安心这番话给装到了，那侏儒男人一脸可惜地说道："看来我们是没机会了。"

安心惊讶地看着一脸失落的三人，不禁开口道："不是，你们失望啥啊，就凭你们三人的本事，本来就没机会得到那玩意儿。就算你们三人侥幸得到了，那玩意儿也不是你们能享用的啊。那东西本身就剧毒无比，没有强大的内力护体，别谈得到百毒不侵之身，就那东西自身的毒，就能搞死你们这样的渣渣百余次，你们一个个搞得还像错失了一千两银票似的。"

三人听到安心的话，本来失落的脸上更加失落了。

安心看着三人失落的表情，嘴角露出一丝淡淡的笑容，对着三人开口道："虽然你们是得不到鬿雀了，但我这里有一个好消息和一个坏消息带给三位，你们先听哪个？"

三人一愣，不可置信地互相对视几眼。从邪公子嘴里出来的消息肯定是大消息。那侏儒男迫不及待地问道："邪公子，我们先听好消息。"

安心点点头道："好消息就是，三位今天的酒菜钱，我做主给你们免了。"

三人一愣，这算什么好消息啊，这点酒菜钱，对于我们算什么啊。

那胸大络腮男黑着脸开口道："敢问邪公子，那坏消息是啥啊？"

安心笑道："坏消息就是，你们这群渣渣竟然敢威胁我家小二，每人不赔偿一千两谁都别想走。"

说完抬手一挥，那客栈大门竟然自动关闭起来。

安心看着被老手艺人殷任捆得结结实实的三人，不禁一愣，殷任到底觉醒了什么奇奇怪怪的能力，这捆绑技术这么精湛啊，还知道给别人嘴里塞东西了。

众人看着三人，柳如月不禁对着安心开口道："你刚刚不是搜过了吗？这三人身上加起来总共就八十九两银票。你把他们捆起来也没用啊，还不如杀了得了。”

安心摇了摇头道：“你看你见识短了吧，他们虽然没钱，但血衣堂有钱啊。上官鸿那老东西，连牙齿都是镶金的。”

众人听到安心的话，一愣，柳如月疑惑道：“血衣堂离这边有几千里，就算现在写信给血衣堂，也得要个把月才能拿到钱啊。”

安心摆摆手道：“你们太不了解上官鸿这个人了。这三个渣渣都能得到魆雀的消息往苏城这边跑，上官鸿怎么可能得不到消息啊，估计这人现在就在新安镇默默地守着呢。”

殷任听到安心的话，开口道：“新安镇就咱们一间客栈，这个上官鸿不来这里，会去哪里躲着呢？”

安心摇了摇头道：“这我就不知道了，上官鸿这人特矛盾，虽然平时喜欢在外人面前显摆，但对自己特抠搜。我和他打过架，你知道这人看着穿的人模狗样，里面竟然穿着一件满是补丁的内裤。”

殷任一楞，疑惑地对着安心开口道：“老板，你们打架归打架，脱人家衣服干啥啊？还看人家内裤，你不会有啥奇奇怪怪的爱好吧？”

安心听到殷任的话，脸都黑了，开口道：“滚犊子，那是我们打架的时候，罡气弄坏他衣服不小心看到的。”

殷任听到安心的话，点点头，道：“老板，那你说那上官鸿都这么抠搜了，会不会为了保住钱财，不来赎人啊。”

安心听到殷任的话，不确定道：“这个应该不可能吧，毕竟像血衣堂这种中等门派，培养一个鱼跃境的弟子，也不容易。”

众人听到安心的话，点点头。

…………

众人简单地吃完晚饭，将三人拉到后堂安置好，便各自睡了下去。

夜晚，一片乌云遮过月亮。

殷任被一阵窸窸窣窣的声音吵醒了，起身看了眼连睡觉都不敢打呼噜的裘生，便觉疑惑。仔细听着声音的来源，竟然发现在后堂。殷任听到声音来源后，立马就乐了。那三个人竟然在自己的捆绑加持下，还能发出声音，看来自己的捆绑技术不够先进，得出去看看他们是怎么发出声音的。想着便悄悄地下了床，将杂物间的大门打开。

就见一猥琐老头，正在给三人松绑。听到开门声后，那老头便循声望去，与殷任两人四目相对，甚是尴尬。殷任一愣，随即清醒过来，开口吼道："你是谁？竟然敢跑到我们客栈来截人！"

说着便要上前制住眼前的猥琐老头。可那猥琐老头的身手也不简单，躲过殷任身上的剑气，一个闪身便来到客栈屋顶。刚准备逃走，迎面飞来一只布鞋不偏不倚地砸中了猥琐老头的脸。

那飞来的布鞋明明看着力道不大，却将猥琐老头从房顶上打了下来。

猥琐老头从屋顶上摔落下来，也不恼，掸了掸屁股后面的灰尘站了起来，露出一排镶金的牙齿，对着屋顶方向喊道："安公子，你好歹也是天下第三的高手，也太不地道了啊，你玩不起，搞偷袭。"

话刚说完，一个穿着白色内衬的少年踮着一只脚，不知何时出现在了他面前。

猥琐老人见到眼前的少年，先是一愣，随即开口道："你怎么轻功又见长了啊，出现的时候都没发出一点声音。"

第九章　化龙

安心看着眼前猥琐老头开口道："上官老头，你晚上到我这个客栈来，不会不想给钱，想半夜偷偷劫走你这三个血衣堂的弟子吧？"

上官鸿听到安心的话，一时语塞，结巴道："你……你胡说，我上官鸿，在江湖上也算鼎鼎有名，怎么可能做出这种事来？"

安心白了眼上官鸿，开口道："可算了吧，你是什么人我还是知道的。你应该知道你弟子犯了啥事栽到我手上了吧？这样吧，我也不讹你，你给我三千两，我放人。"

上官鸿摇了摇头道："我可真不知道这三人犯了啥事，我只是远远看见这三人不知死活地进了你客栈，我就知道完犊子了。"

安心点点头道："看来你对你手下弟子还是很了解的嘛，竟然猜到三个徒弟会在我这里惹事。"

上官鸿听到安心的话，一愣，随即开口道："不，我是对你太了解。我们上次见面你二话不说就要薅我的大金门牙，我这三个徒弟落你手上，你会放过他们？"

安心听到上官鸿的话，脸都黑了，开口道："你可别说了啊，想起你那两个大门牙我就觉得恶心，薅出来的时候还带着两根菜叶子，差点恶心死我。还有，你这三个弟子，可不是我要为难他们，是他们不知死活，先威胁我客栈伙计，我才把这三人扣下。”

上官鸿听到安心的话，一愣，随即开口道：“安公子，那你要多少赔偿才肯放了我这三个徒弟？”

安心听到上官鸿的话，眼睛一亮，开口道：“三千两银票，概不还价。”

上官鸿听到安心的话，摇了摇头道：“小了，小了，格局小了，我给你五千两。”

安心一愣，伸出手开口道：“那敢情好啊，拿钱。”

上官鸿看着安心伸过来的手，一把拉住，小声对着安心说道：“来，来，安公子我们这边详说。”

说着不等安心反应，拉着安心来到客栈大厅。

安心疑惑地开口道：“上官鸿，你要搞啥，这么神秘？”

上官鸿看了一眼四周没有旁人，小声开口道：“安公子，你应该知道我们血衣堂做的是什么生意吧？”

安心点点头道：“知道啊，不就是做些帮人杀人的勾当啊，又拿不上台面。”

上官鸿听到安心的话一愣，开口道：“唉，你狭隘了不是，这活计怎么能上不了台面啊，我还打算做大做强呢，成为江湖杀手市场的龙头门派。”

安心一愣，开口道：“那先提前恭喜上官掌门取得成功，不过你还是先把我的五千两银子给我再说吧。”

上官鸿听到安心的话，摇了摇头，道：“安公子，你看你格局又小了吧。我血衣堂这么大的招牌，会欠你五千两银票？这样吧，我吃点亏，五千两，我给你我们血衣堂两成的分红。”

安心听到上官鸿的话一愣，开口道：“啥玩意儿？我要你们血衣堂两成分红干啥啊？你赶快乖乖给钱就完事了。”

上官鸿摇了摇头，道：“唉，没想到堂堂天下第三的邪公子，格局竟然这么小。算了，我和你好好唠唠我们血衣堂未来的规划，以及你这两成未来的收益。”

说着自顾自地坐下，开口道：“安公子，血衣堂这个生意的前景绝对广阔。你要知道有人的地方，就有江湖；有江湖的地方，就有恩怨；有恩怨的地方，就有我们血衣堂的生意。我已经计划，将生意做到底层江湖上去了。这群底层的江湖人，本事没多少，但惹事的本事倒不小，是个非常好的用户群体。我要价不高，一次五十两。每个月接个一百单绝对妥妥的。除去人工成本，每月净赚三千两，一年就是三万六千两银子。你如果拥有两成，单每年分成就七千二百两。这还是底层江湖的生意。还有那些鱼跃境的江湖人，哪个没十个八个仇人，到时候这又是一大笔生意。”

安心听到上官鸿的话，一时都蒙了，脑子一时没反应过来，开口道：“那化龙境和知天境的高手，这个生意你怎么办啊？”

上官鸿听到安心的话，白了眼安心，开口道：“邪公子，你傻了啊？这种级别的高手，我们怎么可能接到单子，要是被这个级别的高手知道我们接了杀他们的单子，他们会第一时间来灭了我们血衣堂的。我都规划好了，凡是要杀之人背后有大背景，这生意我们都不做。生意要细水长流。”

安心摇了摇头，从上官鸿的话中清醒过来，开口道：“那也不对啊，你怎么能保证，每个月有那么多生意来做啊。”

上官鸿听到安心的话，笑道：“唉，没有生意，可以制造生意嘛。我从血衣堂里找些个不入流的废物弟子，混在各大城市底层江湖圈子里，当搅屎棍，还怕没生意吗？”

安心最终还是抵抗住了上官鸿的诱惑。主要他觉得想法是好的，但就凭上官鸿的武功，早晚会把自己给作死。

至于上官鸿许诺的五千两银子，安心想想就气。对着跪在地上、捂住血流不止的嘴的上官鸿开口道：“啊呸，身上就一千两银票，还好意思吹牛。剩下的钱我也不要了，这排大金牙齿留着抵债吧。”

上官鸿跪在地上，一脸委屈地看着安心。这货四年没见，怎么还是个说动手就动手的性子啊，大金牙又被他薅了一遍。他捂住嘴巴说道：“安公子，你好歹也是江湖上排在第三的高手，你怎么好意思敲诈我这个六十多岁的老头啊？”

安心一愣，随即开口道：“瞧你这话说的，格局小了不是。六十岁算什么啊？吴天理八十岁都被我敲诈过，你应该庆幸这是你和天下第一的吴天理唯一一次享受同等待遇的机会。”

上官鸿听到安心的话一愣，开口道：“你也敲诈过他？”

安心听到上官鸿的话，连忙做出一个嘘声的动作，小声开口道：“这事可是江湖秘密，你可别告诉别人听啊。我曾经因为穷，特意做了一个假的秘境，将名门大派各大优秀弟子，吸引过去，一网打尽，然后一个个匿名敲诈，这其中就包括了吴天理的儿子。”

上官鸿听到安心的话一愣，随即好似想到了什么，一脸惊恐道：“你等等啊，这么说，三年前，那个在十万大山内，搞出假秘境，敲诈各大门派的匿名黑衣人，真的是你啊？”

安心一愣，开口道：“你怎么会知道这事啊？我当时敲诈的都是名门大派，就是看出这群名门大派不敢往外说自己弟子脑子不好使，被人弄个假秘境就忽悠过去了，自家门派还被人敲诈勒索了。”

上官鸿听到安心的话，白了眼安心，开口道：“你可算了吧，想得倒是美，人家北海城女帝是个狠人啊。事情发生后，第一时间就向江湖通报了此事，并明里暗里都在暗示这件事是你干的。当时这事轰动了整个江湖，也不知道当时你在干啥，连这事都不知道。”

安心听到上官鸿的话一愣，尴尬一笑道：“啊，这北海女帝这么狠啊，都不怕丢人啊？我当时做完敲诈事后，在十万大山里面躲了一阵子，就是想让别人不要注意到我。竟然没想到这北海女帝还是怀疑我，这个敲诈实在是太失败了。”

上官鸿看着安心一脸失落的样子，开口道：“你别说了，这事江湖上大部分人都猜到是你干的，因为除了你，没人能干出这样的事来。就连你师父九文先生，当时对外解释的时候都说‘应该可能不是我徒弟干的’。”

安心听到上官鸿的话，一脸气愤道：“这个老头，怎么能这样啊。他竟然不相信我的能力，敲诈这事我怎么可能会留下证据啊？应该一口咬死不是我干的。”

上官鸿听到安心的话，脸都黑了。也不管自己的嘴巴有多疼，站起来，走到后堂。他现在一点都不想听安心说话，只想带着三个徒弟赶快离开这里，不然以安心的人品保不齐还会发生什么幺蛾子。

…………

上官鸿最终还是带着三个徒弟走了，安心也没有过多地为难他们。

见四人走远，安心对着殷任开口道：“上官鸿是化龙境初期，你和他交手感觉怎么样啊。”

殷任想了想，摇了摇头，道：“他虽然是化龙境初期，但我感觉比我爹要强。我的‘藏剑身’，一般的化龙境初期是躲不掉的，但他却能轻松避开。”

安心点点头道：“那你好好想想为啥他能轻松避开你的‘藏剑身’，想明白了你就能突破化龙境。”

殷任一愣，开口道：“你直接告诉原因得了，还要让我想，你这不多此一举吗？”

安心摇了摇头道：“哎，这玩意儿真不能告诉你。自己领悟和别人告诉你是两回事，早点睡吧。”

殷任听到安心的话，挠挠头，也不再费话，转身回到杂物间。

安心见殷任离开，一个腾挪来到客栈房顶，对着不知何时出现在屋顶的黑衣人开口道：“你应该也听到了上官鸿的想法吧？你回去将这个想法告诉我师兄，让他秘密弄一个组织，干这个买卖。这行当，我觉得能挣钱。记得回去和师兄说的时候，帮我要五成的分红。”

安心站在客栈屋顶，望向东方，越想越后悔。自己为啥只要五成的分成啊，明明可以多要点啊。可想了想，反正自己随时可以问师兄借钱用，也就释然了。

…………

早上，安心在柳如月和秦淮两人历时一个时辰的伺候下，终于不情不愿地起了床。三人来到客栈大厅。裘生早早地将客栈大门打开，坐在客栈大厅内发呆。

安心看到裘生的样子，开口道：“裘生，你怎么没和殷任一起学武啊？”

裘生听到安心的话，立马清醒过来，转头对着安心开口道：“老板，今天卖菜的王叔家中有点事，没有送菜过来，殷任去西市口自己去买菜了。”

安心点点头道：“那我来教你武功吧，反正作为老板，看你闲着我不舒服。”

裘生听到安心的话，脸都黑了，开口道：“老板，你武功高强，我这点微末把戏就不劳你大驾吧。“

安心摆摆手道：“不碍事的，我最喜欢教人成才了，甚至还特意总结了一套教武功的方式。我在东岛的时候就一直建议我师父推广我的教学方式。”

裘生听到安心的话，眼睛一亮，开口道：“什么方式，能让我不要这么受累吗？“

安心听到裘生感兴趣，开口道：“方式很简单啊，学不会就揍，一次学不会揍一次，两次学不会揍两次，以此类推，直至学会为止。”

裘生听到安心的话，脸都黑了，开口道：“老板，你这个教学方式，你师父应该没答应吧？”

安心点点头道：“当然没答应。这个老头就是太倔，要是事事都听我的话，也不至于被我大师兄夺去总岛主之位。关键不听也就罢了，还道德绑架我，用他长辈的身份让我学我不喜欢学的东西。有时我就在想，他让我学这些东西，是不是因为他年轻的时候学不会，想在我这里找点儿存在感。”

一旁的柳如月插嘴道：“那你大师兄，应该不会什么事都听你的吧？”

安心想了想开口道：“我大师兄最起码遇到大事的时候会和我商量。”

柳如月一愣，继续问道：“那你和你大师兄总有意见不统一的时候吧？”

安心听到柳如月的话，想都没想开口道：“唉，瞧你这话说的，一家人说什么两家话。我的意见不就代表了我大师兄的意见？”

众人：“……”

临近中午殷任才一脸气呼呼地背着一篮子菜回到了客栈。

安心看着殷任的模样，开口道：“怎么这么晚才回来啊？”

殷任放下菜篮子，摆摆手道：“别提了，买菜的时候遇到卖烧饼老张的二儿子，就是上次和王叔一起来送菜的那小子。这孙子还没放弃他那个异想天开的武侠梦，非得缠着我教他武功。”

安心听到殷任的话，开口道：“你不会在那边教了他武功吧？”

殷任点点头道：“我也没办法啊，老张拗不过他儿子，也跟着求我，还给我付了今天所有买菜的钱，我只能教了他一会儿武功，不过这孩子没救了，教了半天啥也没学会。“

安心一愣，疑惑道：“不对啊，这孩子我见过啊，看根骨和智商，虽然不出色，也没你说的那么差劲。”

殷任无奈道：“这孩子算废了，我当时也觉得奇怪，为啥教了半天，这孩子硬是没理解。后来我偷偷找老张，才知道原因。这孩子天天在西街口，逮到一个江湖人就向别人请教武学上的知识。在我之前已经请教了十七个江湖人了。这群江湖人也是，明明自己的功夫都练不到位，还非得教别人，每个人教的都是自己生搬硬套的武学知识。现在那孩子已经学了十七种错误的武学基础知识，已经掰不过来了。”

安心听到殷任的话，点点头，道：“哎，就是可怜了那卖烧饼的老张了，每天早起晚归的做烧饼，弄了点钱，都被自己这个败家儿子给玩没了。”

…………

众人聊了会儿家常，便各自忙碌起来。中午客栈来了一个客人。来人约莫四十岁，满脸络腮胡，但看着却非常干净。身穿一身紫衣，却头戴一顶蓑帽。来人手持一柄宝剑。那宝剑不长，比寻常的剑短了些，但从宝剑的剑柄能看出这剑并不一般。

安心看了眼来人，嘴都咧开了，连忙开口道：“软饭男，你怎么来了啊？”

软饭男，哦不，紫衣男听到安心的话，脸直抽抽，刚想反驳两句，就听到安心继续开口道：“你老婆是不是不要你了，把你赶出北海城了吧？难道江湖传闻你老婆和吴天理有一腿这事是真的？”

紫衣男脸都黑了，开口道：“你这么毒舌，就不怕哪天被人打死啊！”

安心摆摆手道：“吴天理和无星两人联合都没弄死我，我怕啥啊？”

紫衣男听到安心的话，摇了摇头道：“果然老话说得没错，‘好人活不久，祸害活千年’。”

安心听到紫衣男的话，也没计较，开口道：“话说，你来我这里到底干吗？什么事情能让你这个常年不出北海城的人，不远千里来找我？”

紫衣男并没有急着回答，而是将那柄宝剑放到桌上，将头上的蓑帽摘了下来，对着一旁的裘生开口道：“小兄弟，给我上一壶烧刀子，一盘清蒸八宝鱼，还有三个时令蔬菜。”

裘生听到紫衣男的吩咐，并没有急着到后厨让殷任做菜，而是看向一旁的安心。

安心见裘生看向自己，开口道：“去吧，让殷任多做一道时令蔬菜送给他。”

裘生点点头，一路小跑到厨房。紫衣男看着裘生离开的背影，对着安心开口道：“昆仑派的弟子竟然在你这边做小二，你这个客栈有点意思啊。”

安心白了眼紫衣男，笑道：“少见多怪，虚海道人的后辈还在我客栈当厨子呢。”

紫衣男听到安心的话一愣，随即自言自语道：“‘虚海道人’的后辈，我想你那厨子应该不喜欢别人这么称呼他。每个人都是独立的个体，谁也不想成为别人的影子。”

安心听到紫衣男的自言自语，斜眼瞥着紫衣男，开口道：“‘北海女帝’的丈夫，你还没说来我这里到底干吗？”

紫衣男听到安心的话，脸都黑了，放在桌上的手轻轻握紧，可想了想又松开手，开口道：“没啥事，准备去参加吴天理的八十大寿，路过这里，顺便来看看你。”

安心一愣，开口道：“距离吴天理八十大寿还有段时日，你这么早就出发啊？对了，你夫人呢，她怎么没跟你一起过来啊？”

紫衣男摇了摇头道：“我特意早走了，想一个人出来看看这外面的风景。”

安心一愣，开口道：“你不会和你夫人闹矛盾了吧？”

紫衣男摇头，随即一脸认真地对着安心开口道：“安心，我问你一件事，你知道我叫什么名字吗？”

安心听到紫衣男的话一愣，随即仔细回想，可怎么想都记不起眼前中年男人的名字。

紫衣男见安心一脸思索的模样，开口道：“唉，果然还是那女人的影子啊。我叫岳鹏，山岳的岳，大鹏展翅的鹏。”

安心听到岳鹏的话，并没有说话，倒是一旁的柳如月，一脸震惊道：“你是飞柳剑岳鹏。”

岳鹏听到柳如月的话，一愣，随即抬头看向柳如月。他怎么都没想到，这个站在安心身后一直不说话的女子竟然认识自己，便笑道：“你认识我？”

柳如月点点头：“我听我师父讲过你的事迹。您一人一剑闯荡江湖，剑法飘逸，疾恶如仇。我师父曾经说，您算得上他们这一代江湖的扛鼎人。”

听完柳如月的话，岳鹏刚想回答，客栈门口又来了一人。

来人是名少女，十八九岁年纪，一张鹅蛋脸，眼珠子黑漆漆的，两颊晕红，周身透着一股青春活泼的气息，肤色胜雪，眉目如画，竟是一个绝色丽人。少女走进客栈大厅，见到安心等人后，开口道：“请问，裘生在这里吗？”

少女吐语如珠，声音又柔和又清脆。

安心听到少女的声音，抬头看了眼来人，疑惑道：“你找裘生干吗？”

少女听到安心的话，也不隐瞒，开口道：“我叫李婉儿，是裘生的未婚妻，我想来看看他。”

安心等人听到少女的话，齐齐一愣。裘生这小子平时看着挺老实的，咋也学会了闷声发财了，什么时候搞了个这么漂亮的媳妇，也不和我们分享一下。可想了一会儿，安心总觉得不对劲，裘生这么老实，正常途径怎么可能会有媳妇，想着又看向那少女，开口道：“昆仑派的弟子，你是无心给裘生找的媳妇？实力倒是不错，竟然达到了鱼跃境初期。”

李婉儿听到安心的话，点点头道：“你是掌柜的安心吧，我听师父提过你，说让我小心你，说你不是个男人，喜欢打女人。”安心听到李婉儿的话，脸都黑了。

倒是一旁的岳鹏听到李婉儿的话，嘴都咧开了，对着安心嘲讽道：“打女人的男人，是世上最弱的男人。”

安心白了眼岳鹏，回敬道：“话虽这么说，但如果连女人都打不过的男人，那算什么？”

岳鹏听到安心的话，脸直抽抽，开口道：“你没完了是吧？”

安心刚想再嘲讽几句，裘生和殷任两人从后厨内端来饭菜摆放到桌上。

岳鹏看着眼前的饭菜，点点头，对着殷任开口道：“小伙子，饭菜做得不错，武学天赋也很不错。有没有兴趣加入我们北海城，保证一进去就是核心弟子。”

殷任听到岳鹏的话，并没有接话，而是对着一旁的安心开口道：“老板，有人要挖墙脚，你解决一下。”

说完，头也不回地扎进了厨房。

安心听到殷任的话，对着一旁的岳鹏道：“你这个没出息的，你的权力都被你媳妇架空了，还在为北海城着想。说吧，挖我厨子的墙脚，是不是你媳妇让干的？”

岳鹏听到安心的话，也不否认，开口道：“我媳妇喜欢收集顶尖武学，‘藏剑身’我媳妇自然是没打算错过。不过以前有星虚宫盯着，现在又有你罩着，这本武学怕是得不到了啊。”

安心听到岳鹏的话，冷哼一声，并不说话。

…………

两人交谈间，一旁的李婉儿一直围着裘生打转。还不时用她那小手戳戳裘生的脸蛋，惹得裘生脸蛋发红。

李婉儿打量了一会儿裘生，嘴里轻声喃喃道：“果然师父说得没错，人长得老实，面皮也薄，以后我可以当家做主。”

裘生被李婉儿的动作给弄蒙了，一时之间竟手足无措。

李婉儿看到裘生的模样，开口道：“喂，我和你说啊，以后我就是你未婚妻了，你以后一定要对我好。什么好吃的好玩的，都得先给我，听到没？”

裘生听到李婉儿的话一愣，一脸惊讶地看着李婉儿，开口道：“姑……姑娘，你是不是发烧了啊？”

李婉儿听到裘生的话，小嘴一撇，不满道：“你才发烧呢，你全家都发烧。我是我师父给你找的未婚妻，李婉儿。要不是我师父说你人老实，会疼人，吃苦耐劳，我才不愿意做你媳妇呢。”

裘生听到李婉儿的话，开口道：“你师父是谁啊。”

李婉儿听到裘生的话，疑惑道：“你不是昆仑派的弟子吗，怎么连掌门都不认识啊？”

裘生一愣，眼神无助地看向安心。安心感受到裘生的眼神，无奈地摇了摇头。这无心仙子为了裘生也是煞费苦心，竟然厚着个老脸忽悠一个未出江湖的雏儿。

安心对着李婉儿开口道：“李姑娘，裘生你看了可满意？”

李婉儿想了想开口道：“还算不错。”

安心点点头道：“满意就好，你们今天晚上就同床吧。”

众人听到安心的话，齐齐一愣，李婉儿更是手足无措道：“那……那怎么行啊，我今天还是第一次见到他啊，怎么可以睡在一起？”

裘生更是被安心的话吓了一跳，刚想拒绝，却发现怎么都说不出话来，身体更是动不了。

安心可不管裘生，继续忽悠道：“李姑娘，想必你武学天赋在昆仑派也算是顶尖的吧？”

李婉儿听到安心的话，想都没想，开口道：“那当然，在昆仑派，除了我师父，没人能打得过我。”

安心点点头道：“那你可知道，为什么你师父这么早要给你找个相公？”

李婉儿摇了摇头，道：“这个我不知道，但我知道我师父肯定不会害我的。”

安心听到李婉儿的话，笑道：“你师父何止不会害你啊，还是用心良苦啊。你应该听过，内力的最高手段，就是阴阳协调，生生相息。众所周知，女子为阴，男子为阳，只有体验阴阳相交才能体会到真正的阴阳协调。你师父为了你，也算煞费苦心啊，还特意给你找了个相公，来让你亲自感受一下阴阳协调。”

李婉儿听到安心的话，张大了嘴巴，歪着个脑袋想了一会儿开口道：“可是，可是我还小啊。我师姐曾经说过，只有到了二十多岁才能嫁人，嫁人后才能同床啊。”

安心听到李婉儿的话，开口道：“唉，瞧你这话说的，你师姐二十岁有你这般实力不？”

李婉儿摇了摇头。安心看到李婉儿的动作，开口道：“那不就是了，你天赋比你师姐好，你师姐说的话当然对于你不适用啊。当然了，你也可以听你师姐的话，等到你二十多岁的时候再和裘生成亲，到时候再同床。唉，只是可惜了你师父的一片良苦用心啊……”

安心说完，做出一副无奈的样子。

李婉儿听到安心的话，看了一眼动都不动的裘生，想了想，开口道：“好吧，那我今天晚上就留在这个客栈吧。”

安心听到李婉儿的话，点点头，这孩子终于被自己忽悠瘸了，连忙开口道：“李姑娘，你先上三楼厢房，你先调整自身内力，养好状态，晚上才能更好地感受阴阳协调的妙用。午饭我一会儿让人给你送到房里去。”

李婉儿听到安心的话，点点头，径直上了楼。

众人看着李婉儿的背影，都齐齐地张大了嘴巴，好一会儿才反应过来。

岳鹏看着安心，开口道：“你这么做良心不会痛吗？”

安心听到岳鹏的话，连忙捂住胸口，开口道：“你这么说确实有点痛了。不行，你刚刚打我厨子的主意，不拿出个一千两银子，来弥补我心痛的感觉，我不会放你离开的。”

岳鹏听到安心的话，脸都黑了，白了眼安心，开口道：“你要点脸吧，我们男人的脸都被你丢尽了，仗着自己阅历丰富，忽悠一个未出江湖的雏儿。”

安心白了眼岳鹏，开口道：“哎，我这怎么能叫忽悠呢，我这是让这孩子亲身体会一下江湖险恶。”

一旁的柳如月实在是听不下去了，开口道：“安心，万一裘生不同意怎么办？”

安心想都没想开口道：“他还有脸不同意？就他这样的，又穷，又老实，武学又差劲，正常途径压根找不到老婆的，好不容易有个傻子送上门来，他还有脸拒绝？顶多以后裘生像这位一样，被自己媳妇压在下面呗。”

安心边说边指着一旁吃得正香的岳鹏。

第十章　标杆

岳鹏吃完饭便出了客栈大门，安心也没有出口挽留。

柳如月看着岳鹏走远，无奈地摇了摇头道："没想到江湖上赫赫有名的飞柳剑岳鹏，竟然沦落到被女人压着的地步。"

安心摇了摇头道："那也没办法，北海女帝的强势又不是一天两天了。他自己选择的，含着泪也得接受。"

秦淮听到安心的话，看向一旁动不了的裘生，开口道："裘生以后会变成这样吗？"

安心摇了摇头道："不会，他会比岳鹏更惨。"

众人："……"

就在几人交谈间，殷任从厨房内走了出来。看见一动不动的裘生，一脸疑惑地望向众人。安心见殷任疑惑，便将李婉儿的事和殷任说了一遍。殷任听到安心的话，点点头，二话不说走进了厨房。不一会儿便端了一个菜盘出来，上面摆满了各种珍馐美味。不等安心几人反应，便端着菜盘上楼。

安心疑惑，拦住了殷任，开口道："你要干啥啊？想吃独食啊？"

殷任白了眼安心，开口道："你在想什么呢，我去给那李婉儿送午饭啊。”

安心听到殷任的话，看了眼菜盘上的菜，开口道：“那干吗送这么好的饭菜啊？还有我最爱吃的八宝蒸鸭。”

说着便要动手将菜盘上的八宝蒸鸭端下来，留作众人的午饭，却被殷任阻止，对着安心小声开口道：“老板，你干吗？我在这上面下了药啊，就是那种让人欲罢不能的玩意儿。”

安心听到殷任的话，脸都黑了，开口道：“不是，你要干吗？”

殷任看了眼一旁的裘生，开口道：“老板，你光忽悠不行的，得做出点实际行动才能成功。像裘生这样的，就算把他和那个李婉儿扔到同一个床上，他都能和人家姑娘聊一晚上的天。”

安心听到殷任的话，咳了咳，开口道：“这样不好吧，毕竟……”

“老板，为了裘生的幸福，只能这么干啊，但凡那个姑娘在外面多接触一个男生，都不会看上裘生的。”殷任无奈地开口说道。

安心听到殷任的话，开口道：“那裘生这边怎么办啊？”

殷任听到安心的话，不在意道：“老板，不用在意，我想裘生会理解我们的。要知道自古老实人是娶不到老婆的，只能做接盘侠啊。裘生是老实人中的老实人，不使用点手段，压根连备胎都当不成啊。”

安心听到殷任的话，看向一旁的裘生，开口道：“不是，你误会我的意思了，你光给李婉儿下药怎么行啊，你得给裘生也下啊。”

殷任听到安心的话，一愣，随即开口道：“放心好了，药管够。”

说着也不等安心回答，端着饭菜径直上了楼。柳如月和秦淮，在一旁看着安心和殷任两人的对话，都惊讶地张大了嘴巴。

秦淮捂脸道：“你和殷任早晚要挨雷劈的。”

安心摆摆手道：“关我屁事，都是殷任干的。”

两女：“……”

中午，众人干脆没有吃饭，毕竟裘生的事最重要。秦淮和柳如月实在是看不下安心和殷任的手段，干脆直接去逛街放松心情了。

殷任将客栈大门关闭，对着安心开口道：“看时间应该差不多了啊。”

安心点点头道：“嗯嗯，那裘生那份药，你准备好了吗？”

殷任听到安心的话，从怀里掏出一包药粉，对着安心开口道：“这玩意儿，不是出入江湖必备吗？哪个江湖人手上没有一两包啊？”

安心点点头，对着裘生手指一点，那裘生一时得了自由，竟然摔落在地，刚想说话，就见殷任抓住时机一把将药倒入裘生口中。裘生被殷任投到口中的药粉给呛到了，刚想咳出来，被安心一把捂住嘴。殷任也见机将一壶茶水灌入裘生的嘴里，那药粉顺着茶水被裘生咽了下去。两人虽然是第一次配合，但依旧做到了行云流水。殷任看着裘生将药粉咽了下去，满意地点点头。趁着裘生不留神，一把拉着裘生的脖子，一个跃步飞上了三楼。

此时的安心客栈大门紧闭。

安心和殷任，一胖一瘦两人坐在客栈门口。主要两人都是正人君子，别人小夫妻在客栈内探讨人生，自己在里面就不太合适了。

新安镇已经不是安心刚来时候的新安镇了，街上已经没有那拿着刀剑和老板讨价还价的江湖人了，但路上依旧人来人往，好不热闹。有为了一文钱和卖糖葫芦的小贩讨价还价的抱着小孩的妇女，有刚从老板那边拿到工钱的为自家孩子添了一件新衣服而和同伴炫耀的苦力。

……

殷任看着来来往往的人，突然忍不住笑了。

安心见到殷任在一旁莫名其妙地傻笑，开口道：“你笑个屁啊。我们两个蹲在门口像两个二傻子一样，你还有脸笑得出来。”

殷任听到安心的话，摇了摇头，道："老板，你不觉得，那抱着孩童的妇女，为了一文钱和卖糖葫芦的小贩在大街上大吵大闹，很好笑吗？还有那个壮汉只不过给自己的孩子买了一件粗布衣服，竟然还好意思拿出来炫耀。"

安心听到殷任的话，白了眼殷任，开口道："你还有脸说别人，也不知道谁前段时间为了躲避星虚宫的追杀，还打扮成乞丐。"

殷任尴尬一笑，开口道："那不是为了活着吗？"

安心点点头道："如果你这么说，那中年妇女可比你好多了，人家为了一文钱和小贩斤斤计较可是为了能更好地活着。至于那壮汉，炫耀的可不是衣服，而是和别人炫耀他已经能更好地活着呢！"

殷任听到安心的话，并不说话，想了想，又开口道："老板，你会为了一文钱和别人斤斤计较吗？"

安心听到殷任的话，一愣，开口骂道："你脑子是不是有病啊，问出这么傻的问题。我怎么可能为了一文钱和别人斤斤计较啊？"

殷任听到安心生气，气呼呼道："不是，只是刚刚听你说的话一套一套的，还以为你真的知道他们的真实想法呢。"

安心白了眼殷任，开口道："滚犊子。我只是觉得，他们挣上一文钱和我挣上一百两一样不容易。我虽然不会为了一文钱和别人计较，但我可是会为了一百两和别人好好唠唠。"

殷任听到安心的话，感慨道："还是你们高手挣钱容易啊。"

安心摆摆手道："比你想象中还要容易。"

…………

两人聊了会儿天，看了看时间，觉得差不多了，推开门回到客栈大厅，就见李婉儿和裘生早早在大厅内等候。此时李婉儿一脸愤恨地坐在椅子上。裘生则像个小媳妇一样站在李婉儿的身后，低着头不说话。

李婉儿一见到安心他们，就开口骂道："你们两个无耻之人，竟然使出这种下三烂的手段。"

安心听到李婉儿的话一愣，这姑娘不是被自己忽悠成功了吗？即使被殷任下了药，也不过是个水到渠成的事情啊。怎么会有这么大的反应啊？他开口道：“李姑娘，饭可以乱吃，话却不可乱说，我们怎么无耻啊？和裘生同床可是你自己答应的。”

李婉儿听到安心的话，啊呸一声，道：“你还有脸说，裘生已经把所有事都告诉我了。我只是没想到我师父竟然会忽悠我，堂堂天下第三的邪公子也竟然会欺骗我一个未出江湖的女孩，还有这个胖子，更不是个好人，竟然随身携带这种下三烂的药粉。”

安心听到李婉儿的话，老脸一红，忍不住在心中将裘生祖宗十八代骂了遍。我为了你都开始欺负起未出江湖的雏儿了，你却背后捅我刀子，是你裘生飘了，还是我邪公子拿不起刀了。

安心没有接话，倒是一旁的殷任开口道：“李姑娘，反正该发生的已经发生了，你想怎么样啊？”

李婉儿听到殷任这种泼皮无赖的话，脸涨得通红，开口道：“哼，我也不是扭扭捏捏的人。我既然和裘生发生关系，自然以后就是裘生的媳妇了，我也不要什么，只是要你们两个给我一个承诺。”

安心听到李婉儿的话，开口道：“李姑娘，请说。”

李婉儿开口道：“我刚刚和裘生聊过了，他非得留在这边当小二，我觉得也行，他武功不行，现在回昆仑会被人算计。你们都是高手，你们得答应我要好好教裘生武功，最起码要达到鱼跃境初期。”

安心和殷任听到李婉儿的话，齐齐一愣，随即对视一眼，都从对方眼中看出了不可思议，殷任忍不住开口道：“李姑娘，教裘生武功到鱼跃境初期，就是你要我们给你的承诺？”

李婉儿听到殷任的话，开口道：“怎么，你们不答应？”

殷任摇了摇头，道：“不是，别说帮裘生达到鱼跃境初期，就是达到鱼跃境中期，都没啥问题。只是我们比较奇怪，你为啥不给自己要点好处，比如帮你达到鱼跃境后期，或者要一份功法。我想裘生应该都告诉你我们的身份了吧？”

李婉儿听到殷任的话，看了眼后面的裘生开口道：“不用，昆仑的掌门以后是他当，又不是我来当，你们将他武功基础打好，加上我师父说以后将一身功力都传给他，我想以后就能镇住昆仑吧。”

裘生听到李婉儿的话，眼睛立马红了起来，将手抬起，刚想放到李婉儿的肩上，可想了想又缩回了手。

李婉儿看到裘生的样子，一把拉过裘生的手，放在自己的肩上开口道：“你给我在这边好好学武，我每隔一段时间就来看你，要是发现你偷懒，我跟你没完，听到没？”

裘生听到李婉儿的话，并没说话，只是默默地点点头。

李婉儿看了眼裘生的样子，开口道：“木头。”

安心和殷任看着李婉儿和裘生两人，不禁感慨，年轻真好啊，年轻的时候眼中只有对方。

李婉儿不厌其烦地交代着裘生每天需要干的事情，像每天学习两个时辰武功，每天睡前半个时辰看一些关于谋略的书籍，等等。裘生也很有耐心地听着李婉儿的话，虽然没听进去多少，但李婉儿每讲一件事，裘生都在一旁很认真地点头。

李婉儿交代完一切，看了眼众人，又看了眼客栈外面，开口道：“时间还早，我得回昆仑了，我是偷偷跑出来的，得尽早回去。”

裘生听到李婉儿的话，鼓起勇气，拉住李婉儿的手，开口道：“能不能别走。”

李婉儿听到裘生的话，笑道：“门派内错综复杂，我回去后，得和师父早早地安排一些事情，以免你以后继承昆仑派的时候发生意外。你在这边按照我所吩咐的做好每件事就好。”

说完也不拖沓，在裘生不舍的目光下出了客栈大门。

安心和殷任对视一眼。这都叫什么事啊？千里迢迢从昆仑来到新安镇就是吃顿中饭？

李婉儿刚踏出客栈大门，客栈就进来了一人。

那是一名妇人，妇人约莫三十岁，秀雅绝伦，说不尽的温柔可人。妇人身形苗条，长发披于背后，用一根红色的丝带轻轻绾住，一袭白衣，在夕阳映照下更是粲然生光，只觉她身后似有烟霞轻拢，当真非尘世中人。妇人与李婉儿擦肩而过，那妇人的气质不禁吸引住李婉儿的目光。妇人好似感受到李婉儿的目光，朝着李婉儿看去，露出温和的笑容。这微笑甚是迷人，让身为女子的李婉儿也不禁看呆。妇人脚步并没有停留，径直踏入客栈大门。

李婉儿见妇人进入客栈也是摇了摇头，向着昆仑的方向赶去。

安心看了眼妇人，眉头一皱，开口道："你们夫妻俩搁我这儿玩接力啊，你丈夫刚走，你又过来了。"

那妇人听到安心的话，先是一愣，随即开口道："怎么，你个开客栈的不欢迎我啊？"

安心摆摆手道："这倒不是，只要是给钱的，我都欢迎。"

那妇人听了安心的话，笑了笑倒是没有说话，而是看向了一旁的殷任，开口道："剑气敷于身，你就是那虚海道人的后辈吧？"

殷任听到妇人的话一愣，随即下意识地躲到安心身后。

那妇人见到殷任的动作笑道："你怕什么，你们老板在这边，我还能拿你怎么样啊？"

殷任听到妇人的话，从安心身后探出脑袋，开口道："呵呵，我从你和我们老板交谈就知道你是北海城的人。你又能看出我所练的功法，我要是猜不出你是北海女帝，我就是个傻子了。江湖上谁不知道北海女帝喜欢收集高强的武功心法，我家传的'藏剑身'你能不心动？"

那妇人听到殷任的话，点点头，道："我叫念奴儿，不过江湖人很少有人知道这个名字，大家都喜欢叫我北海女帝，可是我却不太喜欢这个名字。不过你放心好了，我虽然喜欢收集高强的武功心法，但我还没傻到在你们老板面前抢夺。”

安心听到北海女帝的话，先是一愣，随即开口道：“你们夫妻两个是不是都有病啊，来我客栈都先介绍一下自己的名字。我又不关心你俩的名字，只关心你俩吃饭给不给钱。”

北海女帝被安心的话给弄蒙了，她显然没想到安心会来这么一句，一般人听到自己介绍真名的时候怎么都会给个面子说上一句好名字，可这安心却不按常理出牌，想着便开口道：“我要不是打不过你，早就揍你了。”

安心摆摆手道：“你来干啥啊，别告诉我说参加吴天理的八十大寿，以你们夫妻俩的脚力，从北海城到天剑派顶了天一天的时间就到。”

北海女帝听到安心的话，摇了摇头道：“没有，吴天理八十大寿还早，我只是不放心我家那口子，所以跟在他后面看看。”

安心一愣，开口道：“不是，你这么彪悍，还怕你那口子在外面瞎搞啊？这江湖可是好事不外传，坏事传千里。你那口子只要敢在外面瞎搞，江湖上马上就会传出他风流不羁的趣事来，还是那种精确到某时某日在哪个地方和哪个女人用的什么姿势的趣事。”

北海女帝听到安心的话，瞪了眼安心，开口道：“你胡说什么，我只是担心他的安全而已。”

安心白了眼北海女帝，开口道：“呵呵，他的武功可不比你弱，你这个借口是不是有些牵强？”

北海女帝听到安心的话，笑了笑并没有说话，而是看向安心身后的殷任和裘生。

殷任立马会意，拉着裘生往厨房走去，临走前，对着两人说道：“我去准备晚上的食材，你们慢慢聊啊。”

北海女帝看着殷任他们离开的背影，便自顾自坐下，很自然地拿起桌上的茶壶，给自己沏了壶茶水。

安心也没怪罪北海女帝这无理的行为，将客栈大门关好，坐到她对面，开口道："你要是讲你们夫妻之间那些恩怨情仇就算了，我可不爱听你讲那些鸡毛蒜皮的事。"

北海女帝听到安心的话，先是一愣，随即反应过来开口道："我家那口子还和你说这些事？"

安心无奈地摆摆手道："听口气怨气还不小，要不是我反讽过去，估计都能听到些不该听的细节。"

北海女帝冷哼一声，开口道："不提这事了，我这次来确实不是顺着我那口子来的，而是特意来找你的。"

安心一愣，随即开口道："别价，姐姐咱们俩年龄不合适，况且你都结婚了。"

北海女帝听到安心的话，脸都黑了，开口道："呵，年龄不大，思想倒是很成熟啊。说正事，吴天理儿子干的事你知道了吧？"

安心皱眉，想了想一脸严肃地点了点头。

北海女帝看到安心点头，继续说道："不瞒你说，我暗自调查过了，我们北海城不仅有弟子遭殃，还有三个化龙境的高层直接参与到那事了。"

安心听到北海女帝的话，皱眉道："你和我说这些干吗？"

北海女帝听到安心的问话，开口道："安心，我想让你们东岛帮一下天剑派，那事虽然大，但终归没有扩散开来。"

安心听到北海女帝的话，一脸不可置信道："你让东岛帮天剑派，我没听错吧？你们北海城可是有弟子遭殃啊。"

北海女帝摇了摇头，道："你没听错，我不是说了吗？我们不仅有弟子遭殃，还有三个高层直接参与其中。弟子遭殃固然悲哀，但那事一旦捅出来，我北海城那三个高层也活不下去了。我没必要为了几个弟子，牺牲三个化龙境的高手，我得权衡利弊。"

安心一脸震惊地看着北海女帝，随即笑道："怪不得你能当北海城的主人呢，比起岳鹏那天天只知道将儿女情长挂在嘴上的人，你确实强多了。”

北海女帝摇了摇头，道：“我只是更为理性一些而已。不说这些，还是聊聊正事吧。星虚宫肯定会借着这个机会向天剑派发难，我们北海城压根阻止不了星虚宫。如果你们东岛能给星虚宫施加压力，我想就能将这事的影响压到最低。”

安心听到北海女帝的话，开口道：“你要说这事，直接到东岛找我师兄商量就好了，你和我说这些没用，我又不是东岛的总岛主。”

北海女帝笑道：“这事我又不能大张旗鼓地去你们东岛商量，可我要是偷偷摸摸去，以你师兄的性子，我怕不是还没到总岛就会被人劫杀了吧。”

安心冷笑一声，对着北海女帝开口道：“呵呵，所以你就算计到我头上来了，怕不是你知道以我那师兄的性子，会非常乐意看到星虚宫和天剑派相互斗争，所以你直接找到了我。若是我直接让东岛给星虚宫施压，我那师兄的位置可是坐不稳啊。我们东岛的情况你可比我清楚，但凡我有一点参与东岛大事的想法，我们东岛有些人会动歪心思的。”

北海女帝听到安心的话，先是一愣，随即摇了摇头，开口道：“你真是一点都不可爱啊，真怀疑你是不是真的只有十九岁。”

安心笑道：“我十五岁出东岛，游历江湖，那两年多的江湖游可不是旅游度假的。”

北海女帝听到安心的话，先是一愣，好像想到了什么事，随即自嘲道：“我家那口子，要是有你这份觉悟就好了，也不至于什么事要我来动歪心思。行了不和你聊了，我得去找那西北第一宫的圣女聊聊这事了。”

安心笑道：“不留下吃个饭再走？”

“不了，看见你就头疼，走了！”

北海女帝说完，便往客栈大门走去。每走一步，那客栈大门便会自动打开一点，等她走到客栈大门前，那客栈大门便全部舒展开。北海女帝回头看了眼安心，眼神复杂，随即又回头往远处走去。

安心看着北海女帝离去的身影，不禁冷哼一声，随即对着厨房开口道："裘生你可以出来打扫桌椅了，人走了。"

安心话刚说完，裘生小跑到大厅，拿起抹布整理起了桌椅。

正在忙碌食材的殷任听到安心的话，也跟着走到大厅内，凑到安心身边开口道："那北海女帝怎么走了啊，都这么晚了，不留下来吃个晚饭啊？"

安心白了眼殷任，开口道："人家有忙不完的事，哪有空吃饭啊！"

殷任听到安心的话开口道："当掌门都这么累吗？连吃个晚饭的工夫都没有啊？"

安心撇撇嘴道："那倒不是，她算个个例吧。"

临近饭点，秦淮和柳如月一脸兴奋地拿着大包小包回到了客栈。

安心看着两人兴奋的状态，一度怀疑这两人压根不是因为自己和殷任坑害李婉儿而感到不舒服去购物放松的，而是自己单纯地想去购物。晚上客栈一个客人都没有，众人只能无奈地将客栈大门关好，提前吃晚饭。

吃完晚饭，当秦淮和柳如月得知北海女帝来过客栈后，一阵牢骚，直埋怨安心为啥不将北海女帝留下来吃晚饭。

安心看着满脸崇拜的秦淮和柳如月，不禁开口道："不是，北海女帝你们有啥好崇拜的啊？崇拜她还不如崇拜我，我不管是武功还是江湖地位，都是她无法比拟的。"

秦淮白了眼安心，开口道："那能比吗，北海女帝是我们所有女性都崇拜的对象，无论从气质、武功、地位还是格局，无一不是我们女性江湖人的标杆。"

安心听到秦淮的话，不禁一愣，弱弱道："不是，一个城府极深的心机婊被你们说成江湖标杆，是不是有些夸张啊？"

柳如月听到安心的话，骂道："你懂个屁，你不要因为你们东岛和北海城是竞争关系，就对人家有意见。"

安心不屑道："呵呵，北海城虽然江湖势力排在第六，但我们东岛还真看不上眼。真搞不懂你们啊，明明都在我身边混了一段时间了，有些道理怎么还是不明白啊，你们所看到的北海女帝形象，不过就是她刻意在江湖人面前展示的样子。她哪有你们说得那么好啊？你们觉得她气质好，可哪里知道就她那扎头发的红绸带都是用价值千金的冰蚕丝制作而成的。你们觉得她武功高，可你们哪里又知道这女人有不下于四个高手给她灌输内力。至于你们说的地位高，呵呵，如果她相公的父亲不是北海城前任城主，这北海城的城主也轮不到她头上来。还有你说她格局大，这个我只有笑笑了，为了三个本来就保不住的化龙境高手，各种算计。"

柳如月和秦淮听到安心的话，脸都黑了，她们发现不管是谁，在安心眼中都是那么不堪。

安心也没管两女人心中的想法，继续开口道："就拿我师兄来说吧。我那师兄平时总是表现出不拘小节、节俭、大方，但小月，你可记得那天你在我师兄面前插嘴，差点被他的威压给震慑了。至于节俭，做到他这个地位，怎么可能会节俭啊？我师兄早饭喜欢就着一盘鱼肉喝碗粥，可这看似最平常的一份早饭，众人却不知道那盘鱼肉用了上百条江海刀鱼，每条只取鳃肉，辅以各种名贵食材熬煮而成。至于那碗粥，更是每月由专人千里迢迢从黑河边取上好精米熬煮而成。至于大方，更是无稽之谈。每次赏手下的钱财宝物，又不用从他私人宝库里掏出来，自然表现得大方。"

众人听到安心的话，都愣住了，在一旁听得津津有味的殷任忍不住开口道："老板，你这么编排你师兄，不太好吧。"

安心摆摆手道："这没啥，反正他也听不到，我和你们说这些，只是告诉你们，看任何东西不要被其表面现象给迷惑了，那些你们以为高高在上的人物所展现出来的东西，不过是他们想给你们看到的东西，世上大部分的美好，也不过是你们自己臆想出来的。"

第十一章　神医

众人聊了会儿天便各自休息去了。

临散场之前，安心好像想到了什么事，对着殷任开口道："明天你教裘生功夫时，可以狠一点，李婉儿都达到了鱼跃境初期了，裘生还没入流呢。这么下去，人家姑娘再怎么不谙世事，也会生出别的想法的。"

殷任听到安心的话，点点头。

…………

早上，安心早早地洗漱完毕，搂着秦淮和柳如月下了楼。裘生早早地将客栈大门打开，和殷任在后堂学起武了。

安心走到后堂，看了一眼，随即摇了摇头回到客栈大厅，嘴里喃喃道："哎，其实做小白脸也挺好的，最起码不用这么受苦。"

秦淮听到安心的话，笑道："耐心一点，裘生学武的时候年纪大了，自然进度有些慢了。"

安心摆摆手道："哎，只是看着难受啊，要不是怕裘生以后武学根基不稳，我恨不得现在就把他武学内力灌到鱼跃境中期。"

一旁的柳如月笑道："你总不至于拿你修炼的进度做参考吧？要是江湖上人人都拿你的武学进度做参考，那这世上所有江湖人都得拿砖头往自己脑袋上砸。”

安心摇了摇头道：“哎，所以东岛上的同辈弟子都不太喜欢我。要不是我经常晓之以理，动之以拳，和他们讲道理，告诉他们就算联合起来欺负我，也是没用的，他们保不齐会联合起来打压我。”

秦淮和柳如月听到安心的话，白了眼安心。

三人交谈间，殷任和裘生也结束了早上的功课，端起早就准备好的早饭来到大厅。众人刚吃完早饭，客栈就来了客人。

来人是一名女子，身穿淡黄连体素衣罗裙，头戴一竹帽，背着一盖得严严实实的竹篮，显得格外神秘。女子身上散发出一股淡淡的药香味，让人闻之甚是喜欢。众人看向来人，都是一愣。主要大家都好奇这女子到底长什么样，需要把自己裹得如此严实。就连安心都忍不住放出神识看向那女子。只是这么一看，安心都蒙了，这女人竟然是神医阁的人。

…………

神医阁，听名字就知道干的是行医救人的行当。可神医阁的人在江湖上向来神秘，倒不是因为神医阁地处偏僻，又不与外人接触，主要原因是神医阁治病救人的费用实在太高，一般人压根付不起治疗的费用，所以在底层的江湖中神医阁向来都是遥不可及的。

当然对于像东岛这种大势力来说，神医阁顶多算一个收费贵一点的医馆。但不得不说神医阁担得上“神医”二字，传闻神医阁的阁主有“起死人活白骨”的能力。

当然了，安心对于传闻是不屑一顾的，主要是因为他作为神医阁阁主的儿子还是知道点内部情况的，那都是他那个生意做得比医术还要精明的老爹自己在江湖上自吹自擂的效果。

安心对于神医阁的人向来不感冒，主要是因为没啥感情，自己六岁的时候就通过父亲的人情往来拜入了东岛九文先生门下。他还记得自己当时是不愿意去的，是被自家老爹下了蒙汗药，连夜送到东岛的。

…………

安心看着眼前包裹严实的女人，开口道："客官可是要住店？"

那女人听到安心的话，点点头，开口道："一间上好厢房，不要靠窗户的。到中午的时候麻烦小二将一碟时令蔬菜和一壶烧刀子送到房间内。"

安心听到女人的话，点点头，眼神示意一旁的裘生将客人带到三楼厢房。裘生立马会意，领着女人上了三楼厢房。

裘生一脸神秘兮兮地对着众人开口道："那女人好像有点问题啊。"

安心一愣看向裘生，开口道："怎么说？那女的除了包裹严实了点，也没啥毛病吧？估计长得丑，不敢见人。"

裘生摇了摇头道："老板，我不是这个意思，刚刚上楼的时候，我想帮那女人拿竹篮子，可刚碰到她的竹篮子，就被她一把推开，还一脸警惕地看着我。"

众人听到裘生的话，不以为意，殷任更是不屑道："估计那竹篮子里面装的是金银财宝之类的玩意儿，对你警惕点也是正常的。这些都是跑江湖的惯用手段了，值钱的东西放在最不起眼的包裹里，可以迷惑一些动歪心思的江湖人。"

裘生听到殷任的话，想了想摇了摇头，道："不是的，要是这样我倒不会说这个了，我刚刚摸了一下那竹篮子，我觉得里面可能有活物。"

众人听到裘生的话，齐齐一脸狐疑地看向裘生。倒是一旁的安心开口道："没啥，一只狐狸而已，不用担心。这事别管了，要是客栈有啥损毁，我找神医阁赔。"

众人看着一脸郁闷的安心，不禁露出疑惑的表情，这人咋夙了啊，不应该啊。谁要是把他东西弄坏，哪怕价值十两银子，他都能让人赔偿一百两。安心见到众人疑惑，也不费话，将自己是神医阁少公子的身份说了出来。

众人听到安心的话，一脸吃惊。

柳如月一脸吃惊地看着安心，开口道：“不是，你竟是神医阁的少公子，这么说你家应该很有钱。”

安心摆摆手道：“唉，瞧你这话说的，自信点，把应该去掉。我家很有钱。”

众人听到安心的话，齐齐黑线，殷任忍不住开口道：“老板，你家都这么有钱了，怎么还这么爱钱啊？”

安心听到殷任的话，并没有说话，而是推开椅子站了起来，将双手放在后腰，背对着众人，摇了摇头，开口道：“哎！你们不懂，我也不想的。这事主要怪我老爹，我老爹贪财，我怀疑我贪财这个毛病就是遗传他的。”

众人听到安心的话脸更黑了，你这锅甩得绝了！

柳如月白了眼安心，开口道：“对了，你既然是神医阁的少主，那你知道那姑娘来这里干啥啊？还有你说的狐狸是咋回事啊？”

安心听到柳如月的话，转过身来，摆摆手道：“我哪知道那姑娘来这里干啥啊，我六岁就离开神医阁了，我哪还能管得上阁里的事情啊？至于竹篮里的狐狸，倒是没啥，那是神医阁独门手段。神医阁每个弟子进入内门后都会领取一个寻药狐狸，这狐狸除了可以帮主人寻找草药外，其他没啥作用。”

柳如月一愣，开口道：“你这么说，那姑娘应该是神医阁的内门弟子。那就奇怪了，神医阁的弟子，一般都是外门弟子在江湖上行医走动。内门弟子向来在各地的神医阁坐诊，这女子怎么会跑到这新安镇来啊？”

安心白了眼柳如月开口道：“你问题真多啊，怎么啥事都得问一下啊？我作为神医阁的少主都没这么多问题，你一个阴姹宫的弟子管这个闲事干啥啊？”

柳如月听到安心的嘲讽，立马闭嘴不说话，一旁的秦淮倒是笑道：“估计是柳师妹打听情报的毛病又犯了。”

…………

众人聊了会儿家常，便各自忙碌起来。柳如月又拉着秦淮去霍霍对面修缮柳香坊的匠人。殷任拉着裘生到后堂趁着空闲练起了武功。安心则拉了一张椅子在大厅内悠闲地喝着茶水。正当安心喝茶喝得正无聊间，那包裹严实的女子从三楼厢房走了下来。见安心一人坐在大厅内无聊地喝着茶，先是一愣，随即打量了一下四周，见四周无人，便走到安心对面坐下。

安心见到那包裹严实女人的动作都蒙了。我认识你吗？你就坐我对面？

那包裹严实的女人见到安心疑惑的眼神也不说话，自顾自地将头上的浣纱竹帽掀开，露出一副绝美的容颜。女子笑盈盈地看向安心，并没有说话。可那笑容却让安心的心脏怦怦直跳，热血沸腾。女子美貌动人，饶是安心这种见过大世面的高手，也忍不住心动。单论容貌而言，安心觉得唯有女子第一人的无瑶仙子可与之媲美，哪怕柳如月和秦淮都稍逊一筹。

安心定了定心神，一脸疑惑地看向女子，开口道：“客官，请问有什么能帮你的吗？”

女子听到安心的话，先是一愣，随即笑道：“安心，你不认识我啦？”

安心一愣，随即想了想，开口道：“我认识你吗？不过不认识没关系，晚上我们可以深入交流一下，这样一回生二回熟，不就认识了？”

女子听到安心的话，一脸嗔怪地看向安心开口道：“你都成了天下第三了，怎么还和小时候一样皮啊。”

安心听到女子的话，仔细地打量眼前的女子，确实是自己不记得的人，想着便开口道："哦，我记起来了，真是好久没见啊。现在白天不方便，咱们晚上找个机会好好聊聊。"

女子听到安心的话，脸都黑了。啥叫白天不方便，晚上好好聊聊啊，有啥事需要晚上聊啊？还有你这疑惑的表情分明是记不得我了啊，她开口道："我是印雨。"

安心听到女子的话，先是一愣，随即回想起一段不堪的童年。自己四岁的时候，那时候还没开始学武。老爹带回了一个胖嘟嘟的女孩，从那以后安心便吃不饱喝不暖了。原因无它，那胖嘟嘟的女孩实在太凶猛了，但凡看见安心手上拿着吃的，也不管好不好吃上去就先咬上一口，这一口过后就啥也不剩了。后来安心实在气不过，晚上偷偷摸摸地跑到人家小女孩房里，给熟睡的女孩浇了一盆洗脚水。

从那以后两人便有了一段长达两年的互殴时期，两个小屁孩打的是有来有往。当然了，一般情况下都是安心反抗，小女孩殴打。当年的小女孩经常以体形获胜，现在想想那胖嘟嘟的小女孩好像就叫印雨。

印雨看到安心发呆，用手在安心眼前晃了晃，开口道："怎么，有没有想起了什么啊？"

安心听到印雨的话，立马清醒，默默地点点头，将杯中剩余的茶水用内力凝聚成一根长棍，一脸笑盈盈地看向印雨，笑道："嗯，想起来了。"

…………

经过半小时的打闹，印雨一脸愤恨地看了眼安心，揉了揉屁股，一瘸一拐地走上了楼梯，临近拐弯口对着安心开口道："你这么记仇，会找不到老婆的。"

安心摆摆手，笑道："没事，这个你就别担心了。"

印雨听到安心的话，哼了一声，转过身去，径直上了三楼。

…………

临近饭点，众人忙完手上的活计回到客栈。裘生将桌椅擦拭干净后，客栈便迎来了一批客人。这批客人有整整十二人。一群人搀扶着一位脸色惨白的壮汉，不断地嬉戏打闹。

安心第一次见到客栈来了这么多客人，嘴都咧开了。他看向为首的壮汉，不禁一愣。这不是那个被方师先生坑得家破人亡的那位吗？怎么会虚成这样，不应该啊。

他对着那壮汉开口道："我记得你，你怎么虚成这样啊？我上次见你虽然有内伤，但气血还算充足，要是没啥意外活个几年还是没问题的。"

那为首的壮汉听到安心的话，立马挣脱众人的搀扶，向着安心方向郑重地行了一礼，开口道："劳烦安公子挂念，我这不是运气不好，发生了点意外嘛。"

安心开口道："那你不在家好好休养，还跑到我客栈吃饭。"

那壮汉听到安心的话，摇了摇头道："我找了个郎中，那郎中说我伤了筋脉，引起了内伤，已经活不过三天了。我想着怎么不是个死啊，我无儿无女，那攒下的钱财，我又带不走，还不如约上好友在最后时间放纵一回。"

安心听到壮汉的话，点点头，并没有说话。没想到这壮汉虽然过得挺惨，活得倒是明白，临死前还不忘把银钱送到他的口袋里。

这群人将客栈的两张桌子并在了一起，叫了些酒菜。也许是好久没下馆子了，又有个冤大头来买单，点的都是平时舍不得吃的好酒好菜。那壮汉也不介意这群酒肉朋友所点之菜的价格，一个劲地喝着闷酒。

安心在一旁观察了一会儿，发现这群人有些势利眼。虽然请客的是那虚弱的壮汉，但却无一人给那壮汉敬酒。更不提无人会好心劝慰那壮汉少喝些酒，容易伤了身体。众人酒足饭饱后，看向那依旧在喝酒的壮汉。

壮汉见众人看向自己，勉强撑起一丝微笑，开口道："众位兄弟，要是还有事要忙，可以先行离开，我一人闲着在这边喝些酒水。"

这群江湖人听到壮汉的话，齐齐起身向着壮汉行礼，嘴上说着让壮汉好好保重身体，会好起来的客气话，却走得比谁都快，生怕自己晚走一步，需要留下来搀扶这个活不过三天的倒霉鬼。

…………

最终，只剩壮汉一人在客栈喝着闷酒。那壮汉看着平时称兄道弟的朋友留下的残羹饭菜，不禁摇了摇头，苦笑一声，便拿起酒杯，饮下那平时想都不要想的老窖酒。

一旁的柳如月看那壮汉一人喝酒，忍不住开口道："你这交的都是什么朋友啊，来的时候一个个把你拱在中间，吃饱喝足后就不管你死活了。"

壮汉听到柳如月的话，笑道："无所谓了，反正我也活不了多久了。"

柳如月听到壮汉的话，开口道："大白天说什么丧气话啊？你找的郎中靠谱不？就敢断定你活不过三天。"

壮汉听到柳如月的话，笑道："谢老板娘关心，我找的是西街口的周郎中，周郎中医术不算精明，但也是我能请得起的最好的郎中了。"

柳如月听到壮汉的话一愣，随即用求助的眼神看向一旁的安心。安心看着柳如月投来的眼神，看出她想让自己用神医阁少主身份，给这壮汉找一个好一点的神医。可想了想，他摇了摇头对着壮汉开口道："兄弟，你一人喝酒孤单了些，我来陪你喝一杯吧。"

那壮汉听到安心的话，先是一愣，随即哈哈大笑起来，开口道："能和邪公子一起喝酒，也不枉此生，来，邪公子，我敬你。"

说着拿了个空酒杯，给安心斟满酒水。

安心也没有矫情，坐在壮汉旁边的长凳上，举起刚刚壮汉斟满的酒杯，开口道："兄弟，祝你来世投个富贵人家。"

那壮汉听到安心的话，笑道："借邪公子吉言。"

两人碰完杯，便各自喝了下去。

壮汉喝完酒，从怀里掏出一张二十两的银票放在桌上，对着客栈众人笑道："走了，若是有机会，十八年后，还来这客栈喝酒。"

说着便颤颤巍巍地站了起来，昏昏沉沉地走到客栈大门。

…………

众人见壮汉离开，都不禁沉默下来。

秦淮忍不住开口道："安心，你应该有能力救他的，为啥见死不救？"

"救不了，他太穷了。就算我去给他找个神医阁的弟子给他治病，他也活不了，后续的医药费用也不是他能承担得起的。"

裘生听到安心的话，忍不住开口道："老板，那也比见死不救好吧？"

安心摆摆手道："哎，说了你也不懂。比等死更可怕的事是明明知道自己有活着的希望，却还要眼睁睁地等死。"

众人都被安心的话弄得云里雾里，一旁的秦淮忍不住开口道："安心，这话什么意思？"

安心摇了摇头道："我们东岛有个岛主叫李华珍，你们谁认识？"

一旁的柳如月听到安心的话，白了眼安心，开口道："李神医，李圣人啊。江湖上谁没听过李神医的故事啊？李神医不仅医术高明，还经常帮助穷人免费治病，被江湖人尊称'李圣人'。"

安心点点头道："嗯，那你们知道我老爹怎么评价这个李圣人吗？"

众人摇了摇头。

安心见众人的动作，开口道："我老爹曾经说过，李华珍医术不错，心肠也不错，治病救人也没错，但却是个地地道道的魔鬼，比阎王还可怕的魔鬼。"

众人听到安心的话，齐齐一愣，柳如月皱眉道："是不是你老爹和那李神医是同行才这么编排他的？"

安心摇了摇头道："我小时候也是这么觉得的，不过现在想想，我老爹说的一点毛病都没有。李华珍确实心地善良，每次遇到看不起病的穷人都会免费治疗。可你们想想，要是一般的常见病，哪里需要李华珍这样的高人出手啊。凡是要他出手的，哪会是小毛病啊。每次免费给人救治完，轻飘飘地写个药方，对着病人家属说，你按照这个方子喝上几个疗程保证能好。可他哪里会清楚，就那个方子上面的药材，别谈几个疗程，就是一服药，都是那群穷人负担不起的。你们说他先是给人康复的希望，却又让他们不得不活活等死，真的能算得上圣人吗？"

众人听到安心的话，不禁陷入了沉思。

安心可不管众人的表情，继续开口道："你们现在知道为啥神医阁从来不给穷人看病了吧！"

众人听到安心的忽悠，都齐齐认同。

唯有脑子稍微好使的秦淮白了眼安心，开口道："你说了那么多歪道理，和你不救那壮汉有啥关系啊？救那壮汉对你来说不就是喊个人，花点小钱的事吗？你不救就不救，哪来那么多大道理可讲啊？"

安心听到秦淮的话一愣，这秦淮果然脑子好使啊，我都说得这么有道理了，她竟然没上当，想着便开口道："好了，不开玩笑了。我不救他，主要是我和那壮汉非亲非故，没必要为了他白白花费我的银钱。而且帮人讲究礼尚往来，很显然让那壮汉欠我人情，对我没有任何好处。"

众人听到安心的话，先是一愣，随即"嘁"的一声便各自散开。

很显然这才是众人心中安心该说出来的话。

殷任和裘生将午饭端了上来。柳如月也跟着去了后厨将印雨所要的午饭端了上去。众人忙完，便吃起了午饭。

午饭进行了一半，突然从楼上跳下一道白影，直扑桌上的饭菜。安心眼疾手快，在白影还未着陆的瞬间，一把抓过。

众人被这突如其来了入侵者吓了一跳，齐齐放下手上的碗筷看向安心手上抓着的生物。

那白狐全身毛发似雪，唯有眉心处有一小缕红毛，两只眼睛骨碌骨碌直转，甚是可爱。白狐不断挣扎，想以此来挣脱安心的魔爪。

安心看了眼手上的白狐，咧嘴笑道："殷任，快去准备调料，我们吃狐肉火锅。我跟你们说啊，这寻药狐狸可是大补啊，男生吃了腰疼，女生吃了还是男生腰疼。"

"你敢！"

安心话刚说完，就听到一银铃般的女声喝道。

众人听到声音循声望去，就见楼梯口不知何时站了一绝美的女子。女子相貌出众，众人一时都看呆了，就连身为女子的柳如月和秦淮都忍不住多看了几眼。那女子一把从安心手里夺过狐狸，放在怀里，不断抚摸。那狐狸也是神奇，在女子的抚摸下渐渐地安静了下来。

女子见狐狸安静下来，对着安心开口道："你这人怎么不记打啊？你小时候吃了一只寻药狐狸，被你老爹吊在树上打了三个时辰都忘了啊？"

安心听到印雨的话，开口道："你竟然还有脸说这事，要不是你告状，我老爹能知道这事？"

印雨听到安心的话，也不恼火，开口道："天医阁的第三条规矩就是严禁杀害寻药狐狸，我举报你难道有错了啊？"

安心摇了摇头道："你说这话良心就不会痛吗？要是你没吃也就算了，那只狐狸你吃得最多，吃完了还委屈巴巴地跑到我老爹面前说是我逼着你吃的。你这行为老话怎么说来着？做什么还要立什么。”

印雨听到安心的话，白了眼安心，没有说话，转身抱着狐狸径直上了楼，临近楼梯转弯口时对着安心开口道：“对了，忘了告诉你，这狐狸我给它取了个好听的名字，叫‘安心’。”

说完刚想上楼，就听到安心的声音：“啊，这么巧啊，竟然和我同名同姓啊。那你别抱着它，抱我啊！我也想感受一下你那温暖的怀抱啊。”

印雨听到安心的话，一个踉跄差点摔倒，连忙稳定了一下心神，头也不回地上了楼。

众人见印雨走远，一脸诧异地看着安心。

柳如月一脸狐疑地看着安心开口道：“这个姑娘，你认识？”

安心也不隐瞒，点点头道：“她叫印雨，是我老爹的弟子，从四岁开始就在神医阁跟着我老爹学习。不过看资质应该不咋样啊，武学才到了鱼跃境初期。”

柳如月听到安心的话，一脸震惊道：“她就是印雨，医仙印雨？”

安心一愣，开口道：“不是，你认识她啊，她很有名吗？”

柳如月一愣，随即开口道：“你没听过她的事迹？”

安心摇了摇头道：“没有。”

柳如月见安心不像撒谎，开口道：“她三年前出神医阁，在西京郊区骊仙山上开了一间药堂。求医者无论疾病大小，每次只需一两银子。由于相貌出众，医术高明，被江湖人尊称为‘医仙’。据说有才子见过她后，当场写下‘佳人本是天上来，但见疾苦恋凡尘’来赞美她心地善良。”

安心听到柳如月的话，开口道：“不是，你是说她每次给人治病只收一两银子？”

柳如月点点头道：“是啊，怎么啦！”

安心摇了摇头道："没啥，还真是会打擦边球啊，神医阁第一条规矩就是每个弟子治病救人最低也需收取一两银子作为报酬。"

柳如月听到安心的话，先是一愣，随即开口道："哎，看来医仙果然如传说中的心善人美啊。"

安心都蒙了，这印雨怎么看都和"医仙"这个称号不搭边啊。而且听柳如月这么形容，这女人的江湖名声都快赶上李华珍和自家老爹了。

安心实在是想不明白，便开口道："为啥她的名声这么高啊，难道女人对江湖名声有加成作用？"

柳如月白了眼安心开口道："你这是对女人有偏见，江湖上传闻凡是找医仙看病的病人都是药到病除，从来没出过岔子。"

安心听到柳如月的话，眉头直皱，开口道："这怎么可能，神医阁的医术水平向来和武学实力挂钩，她一个鱼跃境初期怎么会有这么厉害的本事啊？就连我老爹也不敢说有药到病除这个本事。"

柳如月听到安心的话，摇了摇头道："反正江湖上从来没传出过有她治不好的病。"

安心想了想，沉思了一会儿，转身就上了三楼。不一会儿，安心在众人诧异的目光下，揪着印雨的耳朵下了楼。

印雨一脸要吃人的表情看着安心，可安心才不管印雨的表情，将印雨按坐在长凳上，说道："我有事问你，你给我如实回答。"

印雨白了眼安心，撇撇嘴，一脸气愤："你是不是有毛病啊，啥事不能等我吃完饭再说啊？"

安心可不理会印雨的话，开口道："我问你，你是不是修炼了隐藏实力的功法？"

印雨听到安心的话，白了眼安心，开口道："没有。"

"那你在骊仙山帮人治病的时候，是不是没有失败过？"

印雨听到安心的话，昂起头，一脸自豪道："那当然，我医术高超，只是一些经脉受伤的人，我怎么可能失败？"

安心皱眉道："你是说，你在骊仙山救治的都是经脉受伤的人？"

印雨："对啊，有啥问题啊？来来回回就是那十几个人，也不知道那十几个人是不是有毛病，动不动就和别人打架。"

印雨说完，好似想到了什么，挑眉对着安心继续道："不过该说不说，那十几人都是年轻帅气的小伙子，一个个比你都要帅。"

安心："好，最后一个问题，你在骊仙山开医馆的事，有没有在外面宣传过啊？"

印雨听到安心的问话，像看傻子一样看着安心，开口道："神医阁弟子在外面开医馆，哪有不宣传的道理？"

安心点点头道："我知道了，你上楼休息吧。"

印雨听到安心的话一愣，随即骂道："你是不是有毛病啊！拉我下来，就问这几个问题。来，我给你看看脑子。"

说着起身就要扒拉安心的脑袋。

安心一脸嫌弃地躲开印雨伸来的手："你脑子才有毛病！到现在还没看出问题啊！你回去让我老爹给你治治脑子吧。"

印雨听到安心的话，一脸气愤地看向安心，开口道："你给我解释清楚，哪里有问题啊？"

印雨的话，一下子引起了众人的兴趣，也都齐齐看向安心。

安心感受到众人的目光，摇了摇头，道："我问你，一般生病最多的是什么人？"

印雨答："当然是老人啊。"

印雨刚回答完，就意识到不对，一脸惊诧地看着安心。安心也一脸玩味地看着印雨。两人四目相对。

众人听到两人的对话，都是云里雾里。

柳如月忍不住开口道："不是，你俩干啥呢，玩啥文字游戏啊？"

两人听到柳如月的话，并没有回答，依旧对视着。

好半晌，印雨才开口道："你帮我查查是哪个势力干的。"

安心："不查，你回去找我老爹，让他查。"

印雨："别价，我好不容易成为内门弟子，有机会出来自己开医馆，要是被我师父知道了，我以后怎么出来啊。"

说完，印雨撒娇似的晃了晃安心的胳膊。安心感受到手臂上传来凹凸不平的摩擦感，不禁一愣。好家伙，竟然对我使用美人计了。

柳如月和秦淮看着两人的动作，一脸吃味。柳如月一个手刀直接分开两人，一脸玩味地看着安心说道："咋啦，两个还吃不饱啊？"

安心听到柳如月的话，撇撇嘴道："哎，我只是想挑战一下自己的软肋。你知道的，行走江湖最忌讳的就是有软肋。"

柳如月"啊呸"一声，白了眼安心，随即好似想到什么，开口道："你们两个说的话到底是什么意思啊？所有的话我们明明分开来都能听懂，可为啥连起来我们就听不懂了啊？"

安心摆摆手道："没啥，就是一个姑娘被人算计的故事。病人按理说应该有老有少，而这人开医馆却非常有意思，病人只有帅气的年轻人。"

柳如月皱眉道："这有啥，有可能是巧合罢了。"

安心撇撇嘴道："哪有那么多巧合啊？要是她开医馆没宣传过也就罢了，那来来回回十几个年轻人帅小伙，还可能是瞎猫碰上死耗子，遇到一个神医阁的医生。可宣传过就不一样了。她每次看病只要一两银子，哪怕是平民百姓只要努点力还是能挣到的，加上神医阁的名声，我想只要世上的人不是傻子，来她这边看病的人都会络绎不绝，哪里会如她说的来来回回就那十几个人。"

众人听到安心的分析都齐齐张大嘴巴。

柳如月不可置信道："你是说，这十几个人是有势力特意安排到医仙这边来看病的啊？可图啥啊？"

安心刚想回答，一旁的印雨撇嘴道："还能图啥，娶个神医阁内门弟子回去多划算啊，实力是鱼跃境，以后看病还不需要找别人，关键以后背后有神医阁撑腰。"

安心摆摆手道："哎，要是这势力只是打这个主意也就算了，可这个势力做事有些绝啊！你们想过那些真正前来求医的病人是什么下场吗？"

柳如月撇撇嘴道："还能什么下场啊，肯定是被那个势力赶回去，回家等死，或者找别的医生。"

安心一愣："不是。你得有多大的运气才能这么好好地活到现在啊。要是只是单纯地赶回去，印雨外面的名声会有这么好啊？这群真正上门求医的病人或者家属肯定会在江湖上说印雨的坏话啊。如果关于印雨的江湖传闻是真的话，这群上门求医的病人及家人应该已经……"

第十二章　乱局

众人听到安心的话，齐齐张大嘴巴。就连早就有心理准备的印雨也不禁低下头，虽然她早已猜到结果，但依旧心存侥幸，毕竟那群真正求医的人也是她间接害死的。

安心见到印雨失落的样子，开口道："你不必心存芥蒂，江湖上这种为了利益杀人的事比比皆是。何况如果那个势力真的有幸能把你骗到手，那对他们而言所有的付出都是值得的。"

印雨听到安心的安慰，更加失落了，开口道："你要是不会安慰人，就别安慰。真不知道我在那个势力眼中算什么？猎物吗？"

安心撇撇嘴："谁知道呢，也有可能只是个催命符呢！"

印雨一愣，随即看向安心一脸欣喜，道："这么说你要帮我查出那个势力？"

安心摇了摇头："你想多了，我的意思是我要向我老爹告状，你等死吧！"

印雨听到安心的话脸都黑了，开口道："千万别，这事要是让我师父知道了，肯定会把我弄回神医阁的。我可不想待在那个整天就知道看医书和练武的地方。"

安心听到印雨的话，一本正经道："那怎么行呢，这事可是关系到神医阁的名声。我作为少阁主，有义务告知我老爹。”

印雨“呸”的一声直接骂道：“你还有脸说你是神医阁的少阁主，我听师父讲，你这十三年都没给他寄过一封信件，就连上次出江湖都到家门口了，都没进去看一眼。”

安心听到印雨的话，先是叹了口气，随即抬头看着天空，露出一脸无奈的表情，开口道：“哎，这事我也挺无奈的。江湖上很少有人知道我的身份，就连我师兄也不知道，我们东岛错综复杂，他当这个总岛主已经很不容易了，要是知道我身后还有一股这么强大的势力，他肯定会……想方设法扣我零花钱的。我作为他的好师弟，怎么能让他为我劳心劳力呢。”

众人听到安心的话，都是齐齐一愣，随即像看变态的一样看着安心。

印雨皮笑肉不笑道：“呵呵，你和你师兄还真是兄弟情深啊。”

安心点点头：“那是，我这人最讨厌给别人添麻烦。对了，我还没问你，你来这个地方干吗？”

印雨白了眼安心，开口道：“当然是开医馆啊。我在骊仙山被那几个神经病烦死了，想重新找个地方开个医馆，正好听说你在新安镇开了间客栈，所以想看看能不能和你做个邻居。对了，你比我早到这地方，你有没有合适的地方啊。”

安心一脸认真地看了眼印雨，随后想了想开口道：“下午我让裘生帮你问问，有没有合适的地方。对了，你是不是要我帮你查一下是哪个势力派人坑你的啊？”

印雨点点头道：“怎么，你终于想通了帮我啊，还算个男人，我和你说……”

“我要你医馆收成的五成利益。”印雨话还没说完，便被安心打断。

印雨一愣，随即开口道：“不是，你说啥？”

“我要你医馆五成的利益做报酬。”

“不是，上一句。”

“你是不是要我帮你查一下是哪个势力派人坑你的啊？”

“不是，我没要你查，你想多了。”

“四成，不能再少了。”

“三成，最多了。”

“成交。”

经过一番交谈，安心和印雨最终达成协议，并签字画押。

印雨白了眼安心，开口道：“神医阁的规矩你又不是不懂，弟子在外面开医馆，都需要上交五成给总阁，你这么坑我，好意思不？”

安心摆摆手道：“一个愿打，一个愿挨，没办法。”

印雨：“别费话，你什么时候帮我查啊？”

安心听到印雨的话，点点头开口道：“放心好了，我下午就帮你查。”

说完，转头对着裘生开口道：“裘生，下午你去帮印雨找房子的时候，顺便帮我到牙房寄封信给天机阁，就写要买关于医仙的信息。记得在信封里塞上一张十两的银票，这是天机阁的规矩，对于这种低级江湖人的信息，天机阁一般都是收费十两银子。”

裘生听到安心的话，先是一愣，随即点点头。众人也是一愣，随即齐齐看向一旁将愤怒写在脸上的印雨。这傻姑娘还不如待在骊仙山被那个江湖势力坑，那势力最多骗你的身子，安心可是啥都骗啊。

印雨也察觉到众人的目光，指着安心的鼻子：“你……你……你给我等着！你这中间商赚差价，没你这么赚的啊。十两银子换我医馆三成利益，你倒是不亏啊，三天就能回本吧。”

安心弹开印雨的手，淡定道：“哎，瞧你这话说的，各有所需罢了，小赚‘医笔’而已。”

天下没有不散的宴席，众人吃完饭聊了会儿家常，各自散去，毕竟裘生忙完安心交代的事还得跟着殷任后面学武呢。裘生收拾完碗筷便从柜台上拿了十两银票还有几钱银子出了门。

殷任见仨女人在大厅内，以他那活了二十多年的无知的经验，立马就意识到不对劲，想都不想一溜烟跑到后堂杂物间休息。客栈大厅内，安心坐在主位上，看着印雨给秦淮和柳如月讲解如何保养皮肤，不禁头大，因为他一句都听不懂。什么睡觉时要用蛋清敷脸，什么决明子加醋泡脚可以使脚丫子白皙粉嫩……安心听了一会儿备感无聊，叹了口气便走到客栈门口透透风。仨女人聊得忘我，安心经过三人身后都没惊起半分波澜。

安心走到门口，看着街道上来来往往的人，嘴里喃喃道："这新安镇的人怎么比我刚来时多这么多啊。"

"那是因为你邪公子赏脸来新安镇。"安心话刚说完，就听见一个苍老的声音传了出来。

安心脸色大变，以他如今的实力，即便不刻意查看四周，周围的人和物也无法逃脱他的神识。猛然抬头望去，就见不知何时一白发长须的老人站在他面前。老人脸色枯黄，头发用一根树枝随意地别着，身穿一身洗得发白的粗麻长袍。此时老人面带微笑地看着安心，安心也看着老人。两人四目相对，周围空气好似变得黏稠起来。

可周围的人群好似没有注意到这一老一少，各自忙碌着手上的活计。

"咯咯。"

随着老人的咳嗽声响起，周围的空气又好似恢复了原来的平静。老人的咳嗽声并没有引起路上行人的注意。

安心看着老人开口道："你怎么来了啊？"

老人笑了笑："我来给你送答案来了。"

说着从怀里掏出一封信件，在安心面前晃了晃，继续说道："刚刚你客栈的伙计，把这封信放到牙房，我恰好在那边，看到是寄给天机阁的，我就拿了过来找你。”

安心一愣，开口道：“那牙房是你们天机阁的产业？”

“是啊。”老人点点头，回答道。

“我家伙计呢？”

“刚把信件放下，去西街口找房子去了。”

安心点点头，继续问道：“你怎么会在新安镇啊。”

老人笑道：“你到新安镇的第二天，我就到了。”

安心一愣，随即笑道：“你这隐气功夫还真是厉害啊，这么多天了我竟然没发现。”

老人摊摊手，笑道：“哈哈，这一点你可不如你大师兄。你大师兄一来这新安镇就发现了我，东岛的九审九渊果然名不虚传，练到第七层就已经有了循气望气的能力。”

安心笑道：“那是，不过这功夫可不好练，没有足够的智慧和隐忍能力可练不成。不过我大师兄也真是的，既然知道你在新安镇，也不和我说一下。”

“哈哈，和你说了干啥啊。难不成你要找我这个小老儿打架不成，论打架我可打不过你。”老人摇了摇头笑着回答道。

安心听到老人的话，并没有接话，岔开话题说道：“对了，你既然在这边，我有一件事想问你。”

“你要问谁在算计那个小医仙吧。”

“不是，这个是小事，都算计到鱼跃境初期的小女孩头上来了，想来不是什么厉害的角色。我想问的是，谁杀害了我那厨师的家人。”

老人听到安心的问话一愣。他并没有急着回答，沉思了一会儿，随即一脸认真地看向安心，问道：“你要帮你厨师？”

安心点点头。

老人看见安心点头，说道：“涉及的人和势力很多。”

安心："我猜到了，一两个人杀不了修炼'藏剑身'的化龙境高手。"

老人点点头："天机阁的规矩你懂的，天下没有免费的消息，这个消息我要四千两银子。"

安心听到老人的话，眉头一皱，并没有回答，转头一脸愤恨地看向了客栈的后堂，嘴里喃喃道："没出息的东西，上次救人就给我惹麻烦，这次又要让我大出血。"

说完从怀里掏出四张银票递给老人。

老人看向安心递来的银票，一脸疑惑道："这可不是你的性格啊。"

"拿着。"

安心一脸肉痛，狠狠地将银票放在老人的手里。

老人将银票收入怀里，说道："出手的一共八人，分别是小剑神李寒衣、铁血手王田、逍遥剑术武胜、西北第一宫的内门大师兄路无为、御龙帮的帮主涂山、江南阁的阁主洛天易、水月城城主司徒耀，还有一个无当寺的痴心和尚。"

安心每听到一个名字，身上的气势便陡然上升一截，听到最后口水都流了出来。前面三个什么"小剑神""铁血手""逍遥剑"，听名字就知道是名头大实力菜的弱鸡，安心是一点兴趣都没有。但后面几个无一不是江湖上响当当的一号人物。

特别是江南阁、御龙帮这种地头蛇，平时干的都是青楼、赌场、放高利贷等黑色交易。自己要是抄了他们老巢，顺便为殷任报仇，不得一下子就暴富了？以前这群地头蛇对自己没有半分不敬，自己也压根没理由敲诈他们，现在好了，理由够够的。

至于西北第一宫、水月城、无当寺，安心表示无所畏惧。他们的人杀了我厨师的老爹，我宰了他们，每个势力再拿出四千两的精神损失费合情合理吧。

一旁的老人看着安心沉思，摇了摇头："怎么样，很震惊吧。除了江南阁的洛天易和御龙帮的涂山，其余人无一不是正人君子。你要是为你厨师报仇，这江湖估计又得掀起一阵腥风血雨。"

安心白了眼老头淡淡道："不是，你怎么还在这儿啊，想我请你吃晚饭啊。我钱都给你了，你不走干啥啊？"

老头一愣："不是，你听到这消息就不感慨一下啊。这可不单单是八个人的事啊，那后面可是涉及成百上千的江湖人啊。"

"嗯嗯，你说得对。"

老头继续道："你要是贸然出手，江湖上又会掀起一片骚乱。"

"嗯嗯，你说得对。"

"你出手时候一定要慎重再慎重啊。要是可以，这件事还是算了吧，毕竟为了一个死人，再死上一堆人，不划算的。"

"嗯嗯，你说得都对，你可以走了吧。"

老头一愣，啥玩意儿我说得都对啊，你就这么急着赶我走啊，怕我赖在你客栈吃饭不给钱啊，我可是刚刚从你手上赚了四千两银子啊，想着便开口道："那个算计小医仙的势力的信息不要了吗？"

安心摇了摇头道："这个不急，咱们虽然关系好，但该走的流程还是得走一下。按照你们天机阁的规矩，不得先调查完后隔个十天半个月才用信件的方式将信息告诉买主吗？我不走后门，这事你就这么干。"

老头听到安心的话，都蒙了。"不是，啥玩意儿你不走后门，要是不走后门，那杀害你厨师家人的信息，你压根就得不到好不好？"

安心撇撇嘴，小声喃喃道："主要你现在给我这个信息，我一时消化不了啊，敲诈得细水长流啊。"

老头显然听到了安心的话，眼睛死死地盯着安心，开口道："你到底要干啥啊，我跟你说，你可别乱来啊。你要是贸然出手，对你们东岛也没啥好处啊？特别是西北第一宫和无当寺，这两个势力可不好惹啊。”

安心撇撇嘴，白了眼老头：“啥叫不好惹啊，我可不是主动招惹他们的，是他们将脸放在我面前让我踹的。你就一个卖消息的管我的闲事干啥啊？”

老头听到安心的话，先是一愣，随即摇了摇头，道：“哎，真不知道卖你这信息是对是错。算了，我不管了，以后的江湖是你们年轻人的江湖，走了。”

说完转身就欲离去。可好似又想到了什么，他转头将手上的信封飞给安心，淡淡道：“关于这信件的答案已经放在信封里面了。”

安心接过信件，并没有急着查看。他看着老人离开的背影，喃喃道：“我的钱哪有这么好挣！”

说完一个瞬身就来到客栈房顶，开口道：“出来吧。”

声音刚落，一个身影悄然出现在安心面前，正是之前的鬼面面具男。

安心对着眼前面具男开口道：“我上次提议的杀手组织，我师兄弄得怎么样了啊？”

面具男听到安心的话，开口道：“已经开始运行了，反响还不错，每天都有订单。不过现在刚刚起步，名声不显，竞争不过血衣堂。”

安心点点头道：“嗯嗯，现在机会来了，这次我们搞把大的。刚刚天机老人的话你应该也听到了吧，这可是个机会。让我师兄先在江湖上传播刚刚天机老人说的消息，记得一定得说这消息是从天机阁买来的信息，来源可靠真实。传播的时候记得让那组织同时对江南阁和御龙帮出手，下手一定得快、准、狠，弄完直接抄家。抄家的时候一定得仔细，这种做黑道交易的肯定会有地下室，不能放过任何一处地方。至于那三个没背景的江湖人，可以等江湖消息彻底传播开，再出手，这些人没背景，手上也没多少钱财，主要是用来增加一下杀手组织的名声。”

面具男听到安心的话点点头，开口道：“那西北第一宫、水月城，还有无当寺那边怎么办？”

安心白了眼面具男，开口道：“不是，你动点脑子好不好，这些势力你们要是敢出手，不就暴露了这杀手组织背后有大势力撑腰啊。要是有心人仔细寻找线索，肯定会发现背后势力是东岛啊。到时候我们东岛名声不就臭了吗？先别管这些势力，这些势力要是知道殷任背后有我，自然会主动来给我一个交代的。”

面具男听到安心的话，点点头刚想离开，又好似想到什么，开口道：“对了，安师弟，这个杀手组织谷天师兄命名为阎王阁，我是第一任阁主，以后我可能……”

安心淡淡回答道：“行了，我知道了，以后你就好好坐镇这阎王阁吧，我这边也没啥事，要是有事我会让鹰隼给我师兄传达消息的。对了，这次行动必须师出有名，你到后堂让殷任签个委托协议。”

…………

安心客栈后堂。忙碌了半天的殷任正在杂物间打着呼噜睡觉。姿势要多难看有多难看。

“啪啪！”

随着啪啪两声，殷任感觉脸颊有些疼痛，好似有人在梦中打了他两巴掌。殷任揉了揉了惺忪的眼睛，悠悠转醒，就见一戴着鬼面面具的男人，拿着一张纸和笔盯着他。

殷任被眼前的鬼面男吓得一个激灵，立马清醒过来，刚想说话，就被面具男死死地捂住嘴巴。就在殷任不知所措时，面具男将纸笔强行塞到殷任手上：“签字。”

殷任听到面具男的声音，下意识地在纸上写上名字。面具男见到殷任签完字，一个手刀直接将殷任打晕，动作如行云流水，没有半分拖沓。

…………

八月，天气渐渐转凉，枯黄的夕阳将整个新安镇照耀得格外美丽。路上的行人也渐渐稀少，毕竟要是再晚一点回家，就赶不上自己婆娘做的热腾腾的白米粥。客栈内传来仨女人嬉笑及点点呼噜声。

“咔嚓！”

随着一道狰狞的闪电划过天空，滂沱的大雨像是从空中倾倒下来，灌在这小小的新安镇。没来得及赶回去的路人，大骂了一句贼老天，便各自躲到附近的店铺避开这秋天难得一见的大雨。客栈内也很快挤满了前来躲雨的路人。

印雨看着客栈越来越多的泥人涌进来，眉头一皱，拉着秦淮和柳如月径直上了楼。安心站在屋顶看着倾盆大雨，并没有动作。奇怪的是，如此大雨却没有半分雨水浸湿安心的青衫。这雨也是个急性子，来得快去得也快。一人将手伸出门口，见没有雨水滴落在手上，便招呼着同行人，出了客栈，往家的方向赶去。随着第一人的离开，越来越多的人也相继离开。

…………

殷任从杂物间悠悠转醒，转了转脖子，摸了摸后颈，嘴里喃喃道：“没想到这觉睡了这么长时间，还落枕了。还有那梦好奇怪啊。”

说完摇了摇头走到客栈大厅，看见大厅内空无一人，地上到处可见的是满地的泥脚印。

殷任对着客栈内吼了两嗓子。秦淮和柳如月听到殷任的声音后齐齐下了楼，看着大厅内满地的泥泞，不禁眉头一皱。

“去弄点水我们将大厅打扫干净吧。这个样子晚上怎么迎客啊？”柳如月不满道。

殷任点点头，走到后堂拿出擦拭工具和一桶水，和柳如月、秦淮一起将客栈大厅打扫干净。刚打扫完毕，裘生便回到了客栈。

裘生在门口将脚下的泥泞擦拭干净后，踏入客栈，开口道："老板娘，老板呢？"

柳如月听到裘生的话，环顾了四周，也疑惑道："对啊，安心呢？刚刚就没看到他。"

"我在这里。"随着一个声音的出现，安心大步踏入客栈大厅。

柳如月看见安心出现，白了一眼："刚刚你去哪儿了？你不知道刚刚你不在，一群人跑到咱们客栈躲雨，把咱们客栈都弄脏了，我们好不容易才打扫干净。"

安心听到柳如月的抱怨，笑道："没事的，出门在外，难免会碰到点难处，能帮就帮吧，只要打扫干净了就行。"

说完转头对着一旁的裘生开口道："裘生，房子找得怎么样了啊？"

裘生眉头直皱摇了摇头："不知道为啥，这新安镇的房价好像最近一路猛涨，原本只要五十两银子的店铺现在需要一百二十两。"

安心一愣："不是，这么贵啊，这店铺不是一两就行了吗？"

裘生听到安心的话，低下头弱弱道："老板，你别说了，那是你运气好，碰到我贱卖。"

柳如月听到两人的谈话，笑道："哈哈，你老板两套房产来得都挺容易的，哪里会知道外面的行情啊。我昨天和秦师姐外出购物的时候，就听到西街口有人在谈论房价的事。他们都说因为老板你在这新安镇定居，新安镇的安全有了保障，再也没有以前那种拿着刀剑讨生活的日子了。隔壁镇县的人见到新安镇风气变好，都纷纷涌入了这新安镇，现在的房价自然水涨船高。"

安心听到柳如月的话，张大嘴巴，用手指了指自己："我还有这本事，还能让房价翻了番。"

一旁的秦淮笑道："是啊，你本事大着呢，西街口那边还算好的了，咱们客栈隔壁卖鱼的哑巴丁叔，那老破小的房子你知道有人出价多少吗？”

“多少啊。”安心疑惑地问道。

秦淮伸出三根手指，笑道：“整整三百两。丁叔两口子听到别人的报价，都高兴坏了。不过丁嫂也是个精明的人，她总觉得只要你客栈开在这里，房价还会上涨，所以一直没卖。”

安心一愣，开口道：“那这房价确实有些贵得离谱了，除了本来在新安镇的居民，只有那些在江湖上有些威望的江湖人才能买得起房吧。”

秦淮点点头：“是啊，现在一般能买得起这新安镇房子的人，都在江湖上有些名气。我听说七安镇的‘如意手’范天明昨天就花了三百两在东街口买了一套房产，五义镇的镇守王全义将五义镇的财产变卖也在新安镇安家落户，还有……”

安心打断秦淮的话：“你等等啊，这些人虽然我没听过，但听外号应该都算得上当地有声望的人吧，如果都跑到这新安镇来，那他们原本镇子不得更加落后啊？”

秦淮点点头：“是啊，而且随着这些人的入住，新安镇的治安也是越来越好了，价估以后的房计会越来越高。”

安心点点头，抬头看着客栈三楼，喃喃道：“这倒霉孩子。”

江南，横跨三省二十四市，其因水源丰富，植被丰富，被世人誉为“遍地是黄金”的人间天堂。当然了，这些只是世人觉得“他乡的月亮别样圆”的美好遐想。一些背井离乡的底层江湖人，来到江南这香车美女的天堂后，才发现，这江南依旧是那个江南，却不是他们的江南。对他们而言，来到这富庶之地，也只是换了个地方继续苟且偷生。那高昂的物价以及比那物价更可怕的保护费，已经让他们好久没喝过家乡的米酒了。

…………

江南阁，若是一愣头青听到这名字，一定会大赞取这名字的人有文采。可若是一个混迹江南的老油条见到江南阁的人，一定会当场跪下，恭恭敬敬地将身上的钱财放在头顶，任由来人取用。被人取走后，还得恭恭敬敬地说些感谢的话，拍拍来人的马屁。

据说曾经有个十五岁的游侠刚入江湖，因为身上没钱，闯入一江南阁的分堂，后来就没人看见他从大门出来。因为他拿着那堂主给的两千两银票直接从房顶飞走。不过，这段故事，不影响江南阁在江湖势力上的声名赫赫，毕竟世上只有一个安心。

…………

杭城素有人间天城的美誉。江南阁的总部，自然占据着杭城最好的地段。若是往常，江南阁总部附近一定会有各地江南阁的人员往返总部或是汇报消息，或是领取赏钱，或是派发任务，总之好不热闹。可今天的江南阁有些奇怪，一阵大雨过后，原本热闹的江南阁好似随着雨水的骤停也安静了下来。

王散人，一个江南阁烟安堂的小头目，因前天带领十二个人，截了朝廷的皇镖，今天被尊为神明的江南阁阁主点名表扬，并要他来总部进行封赏。原本应该早早到达，可一场滂沱大雨，让他不得不放缓了行程，到达江南阁的总部已经是日落时分。

王散人站在总部门口敲了敲了大门，等待着里面的人员来询问身份信息，等待过程中还不忘整理了一下衣服，嘴中不断地念叨着等下见到偶像提前想好的话术。

可过了好半晌，压根没人来给他开门。王散人以为自己敲门声太小，里面的人没听到，于是用了一些力道，使劲敲门。刚敲一下，那门边张开了一条裂缝。随着一阵风吹过，那门也缓缓打开。

王散人好奇，探个脑袋往里面望去，可就这么一望，他惊呆了。只见一个黑衣人向他隔着空气随意地轰了一拳。王散人这个有潜力有上进心的江南阁年轻骨干就这么没了。临死之前他好像听到有人对话。

“怎么回事啊？”

“没事，一个江南阁的弟子，被我解决了。”

“哦哦，既然没事，那就来搬东西。总岛主说了，凡是价值超过一钱银子的都得搬走。这棵树怎么办，价值肯定超过一钱银子了啊。我们怎么搬啊？”

“嘚嘚，注意身份。以后在外面不要叫岛主，要叫太上阁主一号。至于这树嘛，砍了带回去做成珠子，留给太上阁主二号盘玩，反正他开客栈闲得蛋疼。”

…………

与此同时，江南阁的各个分部都在上演着同样的戏码，蒙着面穿着夜行服的黑衣人讨论着各个物品的价值。

…………

御龙帮。

一个原本在圣城苟延残喘的混混组织，平时做些偷鸡摸狗的上不了台面的行当。

可三百年前，皇族气运被人拦腰斩断后，御龙帮领头人也不知道踩到什么狗屎运，竟然在一个无名的山洞内找到一本无上功法。

经过三百年的不断发展，御龙帮已经成为圣城最大的帮派，甚至在这天子脚下光明正大地做着黑色交易。升平坊作为圣城最大的青楼，背后自然有着御龙帮的影子。

最近一段时间，升平坊的生意异常火爆，来来往往的皆为圣城各大家族的年青一代的正人君子。其生意火爆的原因，源自升平坊高价从一胖子手上买了一个女人，一个很漂亮的女人。

那女子生得是楚楚动人，更难能可贵的是那女子的身份竟然是圣城一个有鱼跃境高手坐镇的王家。原本王家得知这一消息后，便第一时间派人去升平坊要人，被老鸨扇了两巴掌后，便断了这个念头。

后来这王家又花了大代价调查到是谁将人卖到升平坊后，也一下子断了为女儿报仇的想法。转头王家人就齐齐跪拜祖宗，将王无月的名字从族谱里划掉。

今天雨天刚过，王家族长的表侄子王贤，便约了几个好友，齐齐去升平坊看望那青梅竹马的表妹。可刚到升平坊的门口他们就惊呆了，就见几十个穿着夜行服的蒙面人抬着大大小小的箱子从升平坊光明正大地走了出来。

那群黑衣人碰到王贤几人先是一愣，随即在王贤几人震惊的目光中放下手上的担子，对着王贤飞扑而来。

…………

王贤晕眩之前好像听到一黑衣人对着同伴说着话：“咦！这人好像和那花魁练得是同一种武功，那花魁虽然被人废了，但我刚刚深入交流的时候还是察觉到了她身上原本的内力波动。”

第十三章　黄粱

晚上，临近饭点，客栈一下子来了几十个客人，将客栈大厅坐得满满当当。安心虽然不知道什么情况，但依旧掩饰不住嘴角的笑容，连忙让秦淮和柳如月帮忙招待客人。

这群人都是新安镇上的江湖人，不过与之前不同的是，现在新安镇的江湖人再也不会拿着刀剑随意卖弄江湖人的身份。

这群江湖人一一和安心打过招呼后，便和同伴找了位置坐下，点了些酒菜。聊着江湖发生的新鲜事。新安镇的消息也是够灵通的。一场雨后，那御龙帮和江南阁被灭的事便传了过来。这群江湖人嘴里也谈论着这事。

“那个阎王阁到底是哪方势力啊，我以前怎么没有听过啊，竟然能同时灭了御龙帮和江南阁。”

“不知道啊，不过该说不说，那阎工阁也是够厉害的，御龙帮和江南阁都有化龙境的高手坐镇，竟然还能同时对两方势力出手。”

“你们江湖阅历肤浅了不是，连阎王阁都不知道。我家祖先留下的书籍就有记载，阎王阁是三百年前成立的，据说当年就有十二位化龙境的高手坐镇，连当时天下第一的虚海道人遇到阎王阁的人都得退避三舍。”

“你就吹牛吧，你上次还说你家祖宗八代都是大字不识的农民，哪里会有书籍留下来啊？更何况就算有书籍留下来，你看得懂吗？”

“你知道个屁，我找隔壁的书生给我翻译的，那书上写得清清楚楚。”

“算了，大家别为难阿晨了，以他的水平，能编出这个故事就已经不容易了。你们知道这阎王阁为啥要去对付御龙帮和江南阁吗？”

“还能为啥啊，当然是眼红这两个土匪势力有钱呗。据说，那阎王阁简直比土匪还要土匪。江南阁总部院子里的一棵百年黄花梨树，都被阎王阁的人连根砍断带走了。”

“嗯，你只是说对了一部分，这里面还有更大的隐情。我一个朋友的老婆的情人傍上的富婆的相公是个鱼跃境的高手，他知道一些这宗灭门案背后更大的隐情。”

“哦，是吗？来，兄弟，干了这碗酒，和我们好好唠唠这里面还有啥玄机。”

“这事还得从三年前虚海道人家灭门说起。那段事我想大家都记得吧，殷天鹰一家被人杀害，留下一个只知道天天逛青楼的儿子。”

“这事我知道啊，前段时间不是还传出那殷天鹰的儿子被星虚宫的弟子给杀害的事吗？”

“你这个假消息太落后了，其实那孩子没有死，假死骗过了星虚宫的追杀。后来找到了天机阁，用身上所有的钱财向天机阁买到了杀害自己父亲的凶手。不过该说不说，这些凶手你们怎么都想不到是谁。”

“谁啊，快说说！”

“他们分别是：小剑神李寒衣、铁血手王田、逍遥剑术武胜、西北第一宫的内门大师兄路无为、御龙帮的帮主涂山、江南阁的阁主洛天易、水月城城主司徒耀，还有一个无当寺的痴心和尚。”

“啊，怎么可能！这里除了涂山和洛天易，哪个不是江湖上鼎鼎有名的大侠啊！”

“我一开始听到这消息的时候也不相信，可这是天机阁给出的消息，江湖上谁敢假传天机阁的消息啊。

“后来这殷天鹰的孩子得到消息后，用自家的祖传功法买通了阎王阁的杀手，让他们出手为父报仇。

“这阎王阁也是胆大，竟然答应出手帮忙解决小剑神李寒衣，铁血手王田、逍遥剑术武胜、御龙帮和江南阁。

“至于那西北第一宫路无为、水月城司徒耀、无当寺痴心和尚他们，阎王阁表示背后势力太强大，得加钱。”

…………

就在这群江湖人讨论得口水纷飞的时候，殷任端着酒菜走进了大厅，一脸不可置信地张大了嘴巴。不过他很快就清醒过来，看向一旁正在嗑着瓜子听着江湖人吹牛的安心。

将酒菜交给裘生后，殷任小跑到安心身边小声道：“老板，这怎么回事？”

安心听到殷任的问话，将瓜子壳强塞到殷任手上淡淡道：“关你屁事，赶快去做菜。这么多人呢，别想着偷懒。”

殷任一愣，随即笑道：“好！”

说完，便一头扎进了后厨。临走前看了眼手上安心给的瓜子壳，嘴里喃喃道：“谢了！”

…………

晚饭很快过去，这群江湖人也吃饱喝足，结完账走人。临走之前，刚刚和众人讲解灭门案背后隐情的壮汉趁人不注意，向着安心的方向晃了晃藏在长袍下方的腰牌，随后又快速收好，和众人一起吹着牛离开。

安心自然是注意到那壮汉的动作，笑了笑，对着客栈众人说道：“大家辛苦了，咱们开饭！”

殷任和裘生将饭菜端了上来，安心看着殷任一脸稀奇道：“这么快就摸到了化龙境瓶颈啊，你这速度快赶上我了啊！”

众人听到安心的话，齐齐一愣随即看向殷任。

殷任将饭菜放下，挠挠头道：“心生感悟，一不小心实力就有了长进，低调低调。”

众人齐齐黑线，你这胖子怎么说话风格越来越像安心了。

安心笑道：“夸你几句你咋还当真啦，你现在只是功法上有了进步，内力和心境压根还是鱼跃境后期的水平，距离化龙境还早着呢。”

殷任撇撇嘴道：“哎，老板，你当年遇到我这个情况的时候，是怎么突破瓶颈的啊？”

安心摆摆手道：“这事我真不知道，我压根就没瓶颈这个说法。”

殷任白了眼安心：“你可别吹牛了，你要是没瓶颈，都四年了还在化龙境后期？”

安心摊摊手：“哎，你不懂，吴天理那人有恩于我，我不愿意欠他人情，让他坐稳几年的天下第一，也算还他人情了。”

殷任听到安心的话，点点头，倒也没有质疑真实性。

一旁的秦淮开口道：“好了，不聊这个了，殷任本来资质就算得上江湖顶尖，突破化龙也是早晚的事，我们先吃饭吧。”

说完对着一旁的柳如月开口道：“柳师妹，你去楼上叫一下印雨一起吃饭吧。”

柳如月听到秦淮的话，点点头，走到三楼厢房领着印雨下了楼。众人吃完饭菜，裘生照例将碗筷拿到后厨洗刷。

柳如月和印雨聊起了新安镇最新的房价。印雨听到新安镇的房价暴涨惊讶地张大了嘴巴，开口道：“这新安镇的房价都快赶上有名门大派坐镇的城市了。”

安心一脸得意道："切，这说明在江湖人心目中，我比这些名门大派靠谱多了。现在新安镇的房价你也懂得，以你那点收入不吃不喝估计也得十年才能买得起店铺。我劝你早点回神医阁好好当个废物内门弟子算了，等我将来回去继承神医阁的时候我就把你嫁了。"

印雨一脸气愤道："啊呸，你可算了吧，你会医术吗？还想着回去继承神医阁。神医阁虽然没有你们东岛竞争那么激烈，但弟子之间也是看本事说话的。"

安心愣了一会儿，开口道："我其实也是学过医术的，不过是和李华珍学的。至于本事，放心好了，除了我老爹和李华珍这两人，其余人我还是比得过的。"

印雨一愣，倒是没有接着这个话题继续问下去，开口道："我下午听柳姐和秦姐说，对面柳香坊现在也是你的，要不你借我开医馆呗，每月给你五两银子的租金。"

安心想了想开口道："也行，反正都是给我挣钱，不过说好了，这五两银子可不包括那三成的费用。喏，这是天机阁调查的信息，你自己看吧。"

说完便从怀里将天机老人给他的信件递给印雨。印雨接过信件，连忙打开，查看起来。

不一会儿印雨皱着眉将信件递给安心，开口道："这事，有点麻烦。"

安心一脸疑惑，都能算计到印雨头上的势力，对于神医阁有啥麻烦的，便接过信件看了起来。"呃，这就是你说的麻烦？一个鱼跃境巅峰坐镇的家族有啥麻烦的啊？你要是给钱，我让殷任帮你去灭了。"

印雨摇了摇头道："你不在神医阁多年，有些事你不知道。这个黄家是你老爹三弟子黄心的家族。"

安心无所谓道："那又咋样啊，对我家厨师来说不就是几剑的事啊。”

印雨想了想摇了摇头，道：“我们一开始都想错了，我本以为那势力算计我，只是想把我娶回家，现在想想太天真了。这应该是我那黄心师妹的算计。”

安心听到印雨的话一下子来了兴趣，开口道：“神医阁现在也玩阴谋诡计啊。”

印雨白了眼安心：“有野心自然有算计。你老爹自从把你送到东岛后，就没对弟子提过你的信息，而且还让知道你存在的弟子不要对外宣传。所以你走后神医阁所收弟子压根不知道你少阁主的身份。而这黄心也是你走后，你老爹收下的弟子，自然也不知道你的身份。”

安心：“所以这傻姑娘就动了掌管神医阁的歪心思，而她最大的竞争对手就是同为我老爹徒弟的你们。”

印雨点点头，道：“是啊，神医阁的规矩你也懂的，第七条就是凡是神医阁之人，要是外嫁或者外娶其他势力的人，都会失去竞争高层的权利。”

安心撇撇嘴道：“哎，这姑娘脑子也是有问题，竟然想出这种方法来坑害你，吃力又不讨好。想掌握神医阁还是有很多捷径可走的，反正我老娘也不在我老爹身边，动点歪心思还是可以的啊。”

印雨捂脸道：“不是，你就这么编排你爹娘啊？你老爹什么性子你还不知道啊，天天只知道赚钱。况且黄师妹这个长相可能有点那啥，你老爹口味应该没那么重。不过，你要是吃得消我那黄师妹的吨位的话，我倒是可以向我那师妹透露你的身份。”

众人聊了会儿天，便各自散去。

至于那所谓的黄家，安心则表示不着急，毕竟是同门，让人家小姑娘再做会儿梦，毕竟这种都能把家人算计进去的小女生，现在就让人家梦醒了，有些过于残忍。

早上众人吃完饭，裘生便和殷任到后堂练武。也幸亏殷任的脾气好，不然就凭裘生那缓慢的进度，一般人真教不了。柳如月和秦淮则拉着印雨来到对面柳香坊参观，以后印雨就要在这边开医馆了。

安心则一人坐在客栈大厅内无聊地喝着茶水。

江南阁和御龙帮被灭的事已经传得越来越离谱，隔着大门安心都能听到路上的江湖人激烈讨论这件事的声音。

安心坐了一会儿，觉得无聊，刚打算起身回去睡个回笼觉，就见一老头站在了客栈大门，正是昨天来过的天机老人。此时的天机老人面色铁青，一脸愤恨地看着安心。

安心一脸玩味地看着天机老人，开口道："老头，大早上脸色怎么这么差啊，来喝点水。"

说着便自顾自地拿起一个空茶杯倒了半杯茶水，放在对面空座上。

天机老人想都不想就直接坐到安心对面拿起茶杯便喝了下去，开口道："你们东岛的人果然没一个好东西，我就赚了你四千两银子，你就让我们天机阁卷入了这场纷争。"

安心撇撇嘴道："注意两派影响。你作为天机阁的阁主怎么能瞎说呢？东岛还是有好人的啊。"

天机老人白了眼安心道："来，你给我从你们东岛找个好人出来，我给你分析分析。"

安心想了想："李华珍。"

"可算了吧，你老爹给他的评语你自己不知道啊？"

"乐声。"

"呵呵，这次搞的乐理排行榜，注水多严重你能瞒过我？"

"东岛战堂的雷杰。"

"呵呵，每次出手从来没留过活口吧。"

"……"

"别想了，你们东岛没一个好人。要是非得说谁是好人，估计只有你那师兄身边的王宇。不过那人还是个二傻子，你师兄让他干啥就干啥。”

安心摊摊手道：“喊，难道别的门派就比东岛好？”

天机老人听到安心的话，叹了口气道：“也是，要说这江湖上唯一一个好人，也只有天下第一的吴天理了吧。不过可惜了，算算日子已经活不过一个月了。”

安心想了想：“我家小二也算个好人。”

天机老人白了眼安心：“光是有菩萨心肠，没有雷霆手段，当不了好人。”

安心撇撇嘴，给天机老人添了一杯茶水：“老头，你也算不上好人吗？”

天机老人苦笑道：“好人，我可不敢承认。你们只知道我们天机阁消息准确，可却不知道我们为了拿到这些消息，背后做了多少牺牲和算计。光是深挖吴天理儿子那事背后的准确信息，我们天机阁一共死了七名鱼跃境高手，还有一名化龙境高手，不入流的武者更是数不胜数，而这些人的牺牲也不过只是为了完成我一句话下达的任务。”

安心听到老人的话，眼睛都亮了，开口道：“这么说天机阁已经查清了吴天理儿子那事背后所有参与的人了？”

天机老人点点头道：“差不多了，这吴天理八十大寿后，江湖上的高手得少上三分之一了，江湖的气运也会下降一大截。”

安心撇撇嘴道：“没那么严重，江湖依旧是江湖。没了吴天理江湖难道就不存在了吗？新旧更替每一分钟都存在，三百年前的虚海道人当年武功天下第一，前无古人后无来者，可那又怎么样，吴天理不还是被现在的江湖人誉为天下第一。”

天机老人摇了摇头道：“这场江湖动乱可不是你为你厨师报仇那么简单。这次事件过后，各大门派的实力将会重新洗牌，各门派的大战也会一触即发，到时候死的可不单单是那三分之一的高手，还有那些无可奈何的底层人。”

安心听到天机老人的话，无奈道：“事情已经发生了，无星道人也肯定会揪着这事不放，这又不是你说出大道理就能避免的事。”

天机老人听到安心的话，眼神突然变得犀利起来，严肃道：“安公子，其实西北第一宫还有北海城已经联合起来了，准备袭杀无星。为了江湖的大势，我想请你也共同出手。其实你出手也并非没有半分利益，无星一死，你便是天下第二。”

安心听到天机老人的话，脸色立马沉了下来，将天机老人的茶杯倒满茶水，淡淡开口道：“请吧。”

天机老人看着安心的动作，一时没反应过来，随即继续说道：“安公子，据我所知吴天理有恩于你，而那无星却和你有些仇怨。不管怎么看，你出手对你来说都是百利而无一害。哼，北海女帝说过北海城有三人参与其中，看来西北第一宫也是只多不少吧。拿我当枪使，你们也配？”

天机老人的声音越来越冷，说道：“要是江湖乱起来，不会有势力允许东岛坐在一旁看戏的。”

安心看了眼坐在长凳上满脸为整个江湖未来而着急的天机老人，淡淡道：“我和吴天理私下见过了，他儿子的事他已经知道了，他说他会在他八十大寿上给江湖人一个交代。”

天机老人听到安心的话，张大嘴巴看着安心，半晌才反应过来，不可置信道：“不可能，现在天剑派都是由他儿子全权打理，他怎么可能会知道这事？”

安心呵呵一笑没有回答，只是一直玩味地看着天机老人。

天机老人看着安心，沉默了良久，才吐出一句话：“哎，我们这群口中说着为了整个江湖着想，实际上却是为了保全自己的高手，活得真像一条狗啊。”

安心一愣，随即开口道：“你们天机阁也有人参与？”

天机老人无奈地点点头，缓缓地竖起了两根手指。

安心看着天机老人竖起的两根手指，不禁一愣，吃惊道："你们天机阁这么繁忙，竟然还有时间去参与其中，厉害啊！"

天机老人白了眼安心，开口道："你这嘲讽的技能是和你老爹学的吧，不说一模一样，那也是一脉相承。"

安心白了眼天机老人，开口道："你还是做好失去两个化龙境的高手的准备吧。"

天机老人点点头无奈道："哎，没办法了，只能在事情爆发前，让他们体面地离开。"

安心嘲讽道："其实啊，你可以废物利用，派那两人去杀无星啊。虽然成功的可能性根本没有，即使两人拼死一搏也伤不了无星半分。"

天机老人一愣，随即好像想到什么，一脸着急道："你这话什么意思？你是说即便两个化龙境的高手自爆，也根本伤害不了无星？"

安心想都没想直接道："当然啊，你作为天机阁的阁主，对江湖上的人的实力不应该最清楚吗？"

天机老人摇了摇头道："说实话，我是真不清楚。我们做排行榜，也不可能一个一个找上门去考验每个人的实力。我们是通过每个人武功境界、江湖事迹，及各种战斗结果等多方面考虑才出的排行榜。"

安心一愣："这么说我的实力也不一定是排在第三了。"

天机老人摇了摇头："不，你肯定是第三。在你出江湖之前，排在第四的水无痕曾经挑战过世上所有的化龙境的高手，无一败仗，但却被无星十二招击败。你能和无星大战三天三夜不分胜负，说明你比他强多了。"

安心点点头，刚想说话，天机老人却抢先问道："安心，在你看来，如果十二名化龙境高手共同出手，能否斩杀无星？"

安心一愣，好似想到了什么，一脸震惊地看着天机老人，开口道："西北第一宫和北海城竟然派了十二个化龙境的高手去截杀无星？"

天机老人点点头："昨天晚上安排的，约定好今天中午动手。他们两派各派六名化龙境高手动手，我们天机阁负责提供无星的行程。"

安心一愣，随即叹了口气，并没有说话。

天机老人看见安心的动作都蒙了，开口道："安心，你倒是说一下你的看法啊。"

安心看了眼天机老人："无星真正的实力，世上只有我和吴天理知道。他很强。"

天机老人白了眼安心，开口道："我自然知道他很强，我问的是十二个化龙境高手一起出手，到底能不能杀掉无星。"

安心听到天机老人的问话，将手伸到天机老人面前："世上没有免费的消息，这可是你们天机阁的原则啊。你不表示表示？承惠四千两。"

天机老人一愣，随即反应过来，摇了摇头，从怀里掏出昨天安心刚给的四千两银票，开口道："现在可以说了吗？"

安心接过银票，放进怀里，淡淡地说道："你早点回去准备给西北第一宫还有北海城的丧事人情钱吧。我也让我师兄早做准备攻打北海城。"

天机老人一愣，开口道："那十二人当中可是有岳鹏和薛贵那样成名已久的高手啊。"

安心点点头："嗯嗯，那你多准备点纸钱吧，不要让这样成名已久的高手到了阴曹地府，日子过得太过于凄惨。"

天机老人被安心的话震惊到了，不甘心道："就算是吴天理，也不可能在十二位高手共同出手的情况下全身而退吧？"

安心听到天机老人的话，压根不想搭理他，敷衍道："你年纪大，你说得对。就是不知道以前天下第一的虚海道人一剑灭了两千青衣卫，那两千人当中有多少化龙境，你们天机阁有没有记载啊？"

天机老人听到安心的话，脸色大变，连忙转身离开。可还没踏出客栈大门，那大门便如鬼魅般自动关闭。

天机老人转身，一脸愤恨地看向安心开口道："邪公子，你什么意思？"

安心撇撇嘴道："我作为东岛的弟子，西北第一宫和北海城的人高手死得越多，我自然越开心。"

天机老人听到安心的话，脸色立马变得铁青，开口道："邪公子，东岛想和三派开战吗？"

安心摊摊手道："你误会我的意思了，那十二人都是我们东岛的大敌，你要救他们，得给钱。"

天机老人愣住了，这孩子家里遗传基因也太强大了吧，情商又低又贪财，他开口道："你要多少？你要是狮子大开口，我宁可和东岛开战。"

安心撇撇嘴道："每个化龙境高手都是各方势力的宝贝啊，四千两一人不过分吧。"

"四千两，你怎么不去抢啊？"

"不是，你以为我现在在干啥啊？做慈善吗？"

"难道你们东岛真不怕和我们三派开战啊？"

"你们十二人刺杀无星道人，已经和星虚宫撕破脸。我们东岛可以和星虚宫合作一下，两派对三派，我们还是有信心的。"

…………

最终在一番交谈后，天机老人狼狈离去。

安心愉快地数起了一沓银票，嘴里喃喃道："一个狗仔门派，竟然这么有钱。"

安心将一沓银票放入了怀里，看到街道对面刚从柳香坊出来的印雨三人，开口道："柳香坊不错吧？"

"不错，只要再采购一些家具还有药材就可以开业了。"印雨满意地回答道。

安心点点头："你还打算和在骊仙山一样，一次看病收取一两银子？"

印雨沉默了一会儿，好似下定决心点点头："我没师父的治病手段，也不想有师父的铁石心肠。他只要钱不到位，即便别人跪着求着也不会给人看病。"

安心撇撇嘴："善良的人总是会被人利用，你要是有我老爹那态度，那黄家想要讨你开心也会好好考虑一下成本。"

印雨无奈地叹了口气："不说这个，吃完午饭我和柳姐还有秦姐准备去东街口挑一些好的药材，你借我些钱。"

安心点点头，从怀里掏出刚刚从天机老人那边赚过来的一沓银票，从里面挑了一张一百两的银票递给了印雨，开口道："给你，省着点用，我挣钱不容易。"

印雨没有接过安心递来的银票，而是死死地看着安心另一只手上的一沓银票，清了清嗓子，柔声说道："安安啊，其实我可以不开医馆的，我不想努力了。"

说着就要扑向安心。

安心一脸嫌弃地躲开，开口道："拿着钱滚蛋，我现在还对你小时候那胖嘟嘟的身影犯恶心呢。"

印雨听到安心的话，一跺脚"哼"的一声，抢过安心递来的一百两银票，直接回到客栈三楼。

安心看着印雨的身影，无所谓地摆摆手。

一旁的秦淮听到两人的谈话，调侃道："安大公子，这可不是你的风格啊。印雨这么个大美女，你就不动心？"

安心撇撇嘴并没有说话，大步踏入客栈。

…………

中午客栈来了不少江湖人。有些是客栈的老面孔，对于安心也没有初识般害怕，和同伴喝着酒讨论着江湖上发生的趣事。

安心坐在柜台后，无聊地听着这群江湖人胡吹海扯。这群人还是在讨论着昨天阎王阁灭了江南阁和御龙帮的故事，不过经过一天的发酵，故事的版本已经有了质的变化。昨天还是阎王阁收了虚海道人后人的武功秘籍去找两个势力报仇，今天已经改编成了御龙帮藏有前朝密藏的藏宝图碎片，阎王阁为了得到这两个碎片才对两方势力下手。

安心对于这种江湖上流传的故事已经见怪不怪了，毕竟他随手用的一个树枝都能被人吹成可斩杀化龙境初期的神兵利器。

就在众人讨论间，客栈又来了两个客人。来人是一男一女，男人剑眉星目，女子更是让人惊为天人，看一眼便觉得她旁边帅气的男人特别碍事。

两人都穿着西北第一宫的内门服饰。只是西北第一宫的人很少在江湖上走动，内门弟子更是从不出江湖，这群混吃等死的江湖人自然没有见过西北第一宫的内门服饰，只当是附近门派的两个弟子下山游历江湖。安心抬头看了眼两人，倒是没说啥。

那一男一女环视一周后，便死死地盯着安心，只是两人的眼神各不相同。男子死死地握着佩剑，好似下一刻那把印着兰花的宝剑就要飞驰而去结果了安心的性命。

女子则一脸复杂地看着安心，眼中既无奈又有喜悦。

裘生很有眼力见儿地招呼两人坐下。

两人见到客栈生意火爆，也不想节外生枝，便顺着裘生给的台阶找了个靠窗的位置坐下。两人的出现也破坏了这群底层江湖人喝酒吹牛的兴致，见饭菜也吃得差不多了，便结完账走人。

随着众人的离去，客栈的气氛也变得诡异了。

裘生站在那一男一女桌旁等待着两人报出想要吃的菜名。

柳如月和秦淮一直死死地盯着两人，回忆着这套服饰是哪个门派的服装。那一男一女则一直死死地盯着安心，安心则趴在柜台上无聊地拨弄着算盘珠子。

那珠子的拨弄声也成了客栈大厅内唯一的声音。

“老板，什么时候开饭啊？”随着一个声音传来，殷任擦着手走到客栈大厅。

“咦，还有客人啊。那我先到后厨忙了，裘生你一会儿将菜单报过来。”说着便要往后厨走去。

“你就是虚海道人的后人吧？”

一个清脆的女声传到了客栈每个人的耳朵，殷任停下脚步，循着声音看向说话之人，眉头一皱：“请问你是？”

“我是西北第一宫的圣女水玥，他是我们西北第一宫的内门大师兄路无为。”女子边说边指向一旁的男子。

殷任一愣，随即目光变得犀利，死死地看向那握着长剑的男子。经过一天的发酵，殷任自然已经知道了杀害自己老爹的全部凶手。路无为这么冠冕堂皇地出现，当然让他有些诧异。

路无为也察觉到殷任的目光，瞥了眼殷任，轻蔑道：“没错，你老爹的死，我是参与了，我今天来就是给你赔偿的。”说着从怀里掏出一张一千两的银票拍在桌上。

…………

路无为的动作把众人都给搞蒙了。安心一脸不可置信地看着路无为。这人脑子有毛病吧，我都不敢这么嚣张。你这样，小说里都活不过三章的。

第十四章　心境

不仅安心愣了，就连坐在路无为旁的水玥都张大了嘴巴。平时大师兄在宫里猖狂也就罢了，都出了江湖怎么还这个德行啊？你不会以为你西北第一宫大师兄的地位在安心这里还管用吧？殷任也一脸惊诧地看着路无为。虽然这人杀害了自己的老爹，自己这个时候应该表现出愤恨的表情，可为啥听他的话就这么想笑啊。

秦淮和柳如月见现在气氛有些尴尬，对视一眼，然后拉着一旁的裘生往后堂走去。

众人也没管三人的动作，继续着尴尬的气氛。

水玥实在是受不了，起身朝着安心施礼开口道："安公子，今天我们是代表西北第一宫来和你家厨师商讨赔偿事宜的。"

安心头都没抬，"哦"了一声，继续拨弄着算盘珠子。

殷任则愤恨地说道："杀人偿命天经地义，没什么好商讨的。"

"哼，想要我的命你也配，一个落魄的家族还能掀起什么风浪不成？"路无为听到殷任的话，愤恨地一拍桌子开口说道。

他显然是动了真火，那桌子随着他的掌力应声碎裂，桌上的银票也随之飘落在地上。安心看到桌子碎裂，眼睛立马亮了起来，算盘珠子也不玩了。你要是拍桌子我就不无聊了，他淡淡地说道："拍坏桌子一百两，概不还价。”

路无为一愣，显然是没想到安心会突然插上这么一句。“不就是一百两，我赔你。”

说着便从怀里掏出一百两银票，以暗器的手法飞向安心。不过路无为也是别有心机，在银票上留了一道暗劲，要是一般人，接触到这银票便会被这暗劲弄伤，那银票也会因此而碎裂。

可安心是谁啊，随手接过银票，白了眼路无为，然后就将银票收入怀里。路无为显然没想到安心能这么轻松地应付他的手段，刚想开口解释，就听到安心轻蔑的话传来：“你们宫主水无痕都不敢在我面前卖弄实力，你这点实力还是留着在你们门派逞强吧。”

路无为平时哪里受过这等委屈，指着安心开口道：“邪公子，别人怕你，我可不怕你。什么天下第三，我看狗屁，你要是实力真如江湖传闻的那么厉害，那东岛的总岛主也轮不到谷天来做。”

安心一听乐了，这人长得人模狗样的，脑子怎么这么不好使啊？不会真以为自己有着西北第一宫大师兄的身份，就可以为所欲为吧？

一旁的水玥也被自家大师兄的行为给吓傻了。怪不得自家老爹临走前将自己单独留下来交代：要是实在谈不拢就舍弃路无为吧。当时自己还在疑惑怎么会谈不拢呢，安心这么贪财，只要给足钱财，他肯定不会为一个厨师出头的。现在想想自己还是太年轻了，现在压根不是谈不谈得拢的问题。现在的问题是路无为肯定是回不去了。

路无为显然没意识到自己说错话，转头挑衅张着嘴巴的殷任：“我给你两个选择，一是给你一千两，这事就算了；二是一分钱没有，我宰了你。”

殷任听到路无为的话，也从震惊中清醒过来，看了眼威胁自己的二傻子，对着安心开口道：“老板，我去准备麻袋。”

安心点点头：“去吧，麻袋的质量不要太好，反正是一次性的。”

殷任点点头，转身就往后堂走去。

路无为被两人的对话弄蒙了，刚想说话，就见一旁的水玥迅速闪到一边，速度之快，就连作为轻功天下第一的安心都心生错觉：这女人轻功比自己还好。

路无为看着躲得远远的水玥开口道："师妹，你干啥啊？不就一个东岛的同辈弟子吗？名声虽高，但毕竟修炼尚短，能有多强？我们两个一起出手肯定能拿下他。"

水玥听到路无为的话，并没有接话，而是看向安心，开口道："我们西北第一宫额外出三千两，不，五千两，作为你的精神损失费，路无为的话绝不代表我们西北第一宫的态度。"

安心摇了摇头："不够。"

"那八千两。"

安心继续摇头："这不是钱的问题，我虽然贪财，但要是真把我惹火了，这些钱财我真看不上眼。"

水玥一愣，想了想开口道："你要什么。"

安心看着水玥的眼睛，一脸严肃道："压龙玉？"

"不可能，压龙玉是我们西北第一宫的镇宫之宝，即便你们东岛和我们开战，我们也不会交出。"

安心撇撇嘴道："何必呢？那玉对你们来说也只是好看了些，又没有什么特殊之处。"

水玥摇了摇头，刚想争辩，一旁的路无为冷哼道："呵呵，想拿我们的镇宫之宝，你也配？你怎么不将你们东岛的龙珠给我啊？"

安心听到路无为的话，并没有说话，走出柜台。

他缓缓地走到路无为身边，笑道："你想要龙珠？我给你，你敢拿吗？"

"有……有什么不敢的，只要你……你敢给，我就敢拿。"

安心点点头，从怀里掏出一颗如琥珀般剔透的珠子，珠子内部好似镶嵌了一条小龙。小龙张牙舞爪，像是下一刻要从珠子里跳出来。

路无为显然没想到安心会来这么一出，张大嘴巴开口道："你……你真打算给我龙珠？"

安心笑道："当然了。"

说着就把龙珠递给路无为。

路无为一愣，看着安心递来的龙珠，眼里满是贪婪，不过他尚存一丝理智，知道安心绝没安什么好心。但转念一想，自己是西北第一宫的大师兄，以自己的武功和地位，这世上还有什么事能让自己害怕的？想着便从安心手上接过龙珠。一旁的水玥刚刚还在疑惑安心为啥要将龙珠拿出来，可等到路无为从安心手上接过龙珠时，便一下子清醒过来。

看到正一脸兴奋地欣赏着龙珠的路无为和一脸玩味的安心，水玥的脸色立马变得铁青。

安心本来想要从西北第一宫拿到压龙玉这样级别的宝物，可光凭路无为辱骂他的理由还是远远不够的。毕竟是镇宫之宝，要是被安心这么随意威胁就交出来，无论对西北第一宫还是安心，江湖名声肯定都会大打折扣。这么轻易交出来，江湖人肯定会认为西北第一宫软弱无能，被安心随意玩弄，而安心也会被江湖人贴上"强盗""土匪""仗势欺人"的标签。现在好了，但凡路无为敢把这龙珠拿出客栈，安心绝对会对外宣传说西北第一宫的大师兄趁他不注意将龙珠偷走。

到时候安心当然会拿着这个借口跑到宫里大闹一场，光明正大地拿走龙珠和压龙玉。江湖人也只会说，邪公子只是以彼之道还施彼身。就算你解释龙珠是安心送给路无为的，但路无为算哪根葱，值得邪公子将镇岛之物送给他。

水玥想清其中的利害关系，便厉声喝道："路无为，赶快将龙珠还给安公子，这不是你能拥有的东西。"

路无为显然已经昏昏然了，听到水玥的话也不以为意，开口道："师妹，这是安公子给我的。我要是还给他，不就驳了他的面子吗？"

说完，也不管水玥，转头就向客栈外走去，临走前还对着安心轻蔑道："谢了，我觉得你很上道啊。以后两派对决要是我们遇到的话，我肯定会看在龙珠的面子上放你一马。对了，那地上的一千两银票别忘了帮我交给你那厨师。"

水玥看着路无为将龙珠带走，还说出那种自大的话，急得直跺脚。别人让你拿你就拿，别人让你自杀你怎么不自杀啊？你拿走龙珠后，你也保不住啊。关键还会因为你这么一拿，我们西北第一宫的镇宫之宝也会落到安心手上。

安心看着路无为越走越远，又看了眼一旁不知道在想什么的水玥，开口道："你怎么还不走啊，你大师兄都回去了。"

水玥听到安心的话，也从思绪中回过神来，白了眼安心："我不回了，麻烦，回去下午还得过来给你送东西来。"

安心一愣，随即说道："关键你在这里有些事我没法操作啊。"

"你能有啥事不好操作，不就是通知东岛我大师兄拿走了龙珠。你忙你的我又不会干预你，何况我也要通知宫里这次行程发生的事情。"

安心蒙了，重新审视眼前的绝美女人，说道："你这么聪明，为啥还会被北海女帝那个心机婊给利用啊？"

水玥听到安心的话，想了想开口道："你是指刺杀无星道人的事吗？"

"对啊，还能有啥事啊。"

"北海城拿出了避水珠，我才答应她出手的，而且出手的六人中有两人也是参与到吴天理儿子那事上来了，就算死了也无所谓。其他人的目的不是暗杀无心道人，而是刺杀失败后，将所有人灭口。"

安心一愣：“你知道暗杀会失败啊。”

水玥白了眼安心：“我见过你出手，你都这么强了，作为天下第二的无星道人能差到哪儿去啊。”

安心点点头：“行吧，你心中有数就行，我要通知东岛准备和你们西北第一宫开战了。”

“嗯，我也准备通知宫里准备应付东岛的这次报复了。”

说完两人对视一眼，找来纸笔写下各自要传递的信息，便齐齐来到客栈外面。

…………

不一会儿，两道身影出现在了客栈前的天空。随着身影的逐渐放大，这才看清是一白一黑两只飞禽。白色的是西北第一宫用来传递信息的白羽雕，安心做客西北第一宫时曾经诱骗眼前的小姑娘杀了吃过一只。肉紧实，不够入味。黑色的是东岛养的鹰隼，味道也一般。

两人将纸条放在各自门派的飞禽上，回到了客栈大厅。安心将几人从后堂叫了出来，裘生和秦淮两人将午饭端了出来，柳如月上三楼厢房喊印雨吃饭。殷任则拿着一个麻袋，挠挠头，对着安心投去疑惑的目光。

安心注意到殷任的表情，开口道：“先吃饭，放心好了，逃不掉的。”

殷任点点头，将麻袋收了起来，便和众人一起吃起了饭菜。

…………

由于水玥的加入，中饭的气氛明显不对劲，主要是印雨和水玥两人也不知道哪根神经搭错了，一见面就火药味十足。饭桌上两人更是纷争不止，明明鸡块有很多，这两人偏偏就夹到同一块上去了。最后要不是安心拍桌子，两人估计会当场打起来。

下午印雨拉着柳如月和秦淮两人到东街口采买药材。裘生洗刷完碗筷，便和殷任在后堂练起了武功。水玥和安心则坐在大厅内喝着茶聊着天。

“你中午怎么回事，怎么会和印雨吵起来啊？你们之前有仇怨？”

水玥摇了摇头：“之前我都不认识她，但也不知道怎么的，就是看她不爽。”

安心撇撇嘴：“你们女人还真是奇怪啊，明明之前都不认识，第一次见面就剑拔弩张。”

水玥也撇撇嘴道：“可能第一眼就觉得她是威胁吧。”

安心无奈地摊摊手，并没有说话。两个各自喝着茶水。

好一会儿，安心眉头一皱开口道：“咦，我大师兄怎么来了啊？”

水玥听到安心的话一愣，开口道：“怎么可能，你消息才传出去多长时间啊，他怎么会这么快赶到啊？”

安心摇了摇头，表示自己不知道。

就在两人疑惑间，谷天像到了自己家里一样，大步踏入客栈，手里还拎着个圆滚滚的包裹，看见安心后直接开口道：“师弟啊，你怎么这么不小心啊，龙珠竟然被人偷走了啊。”

说着便从怀里掏出一颗珠子，扔给了安心。安心随手接过珠子，疑惑道：“这珠子怎么在你这里啊，不应该在路无为手上吗？还有你怎么来了啊？”

谷天听到安心的话，一愣，随即看向一旁的水玥，又看了眼安心，想了想眉头直皱，开口道：“师弟啊，你要是看上了这个西北第一宫的圣女，直接和我说一下就好了啊，我帮你去和水无痕说媒，花不了几个钱，用不着拿出龙珠做聘礼啊！”

安心和水玥听到谷天的话，齐齐黑线。大师兄是不是误会了什么？

安心将中午发生的事和谷天说了一遍，谷天这才明白过来，开口道："这路无为也是的，拿了龙珠竟然没有第一时间回西北第一宫，而是跑到江南苏城的青楼大肆炫耀。他还口出狂言，说你也不过如此，拿出龙珠向他膜拜。我们东岛刚接手江南阁的产业，我恰好在那边'体验生活'，就顺手解决了他。"

说着便将手上的包裹放在桌上。

安心看着眼前的人头，都蒙了。大师兄啊，你是不是对我的实力有些误解啊，你都能随手宰掉的渣渣，他能从我手上拿到龙珠，你怎么想的？

谷天看到安心一脸便秘的样子，哪里不知道安心想什么，开口劝慰道："师弟啊，虽然西北第一宫不如咱们东岛，但想要灭了还是要费些手段的。两派开战可不仅仅是几个人你出一招我出一招这么简单，背后涉及的商业、粮草、信息争夺都得花费大量的人力物力。而且东岛和西北第一宫一旦开战，其他的门派也会参与其中，到时候江湖又会大乱一场。要是只是为了一个压龙玉，这场战争不值得啊。"

水玥听到谷天的话，点点头，连忙附和："就是，安心你想清楚啊，这可不是你一招灭六朝帮那么简单啊。我们西北第一宫的实力我还是清楚的，要是惹急了，你们东岛也会损失不少。"

安心听到两人的话，白了眼谷天，开口道："要是你不宰了路无为，哪里有这么多事啊？我一个人去一趟西北第一宫喝喝茶，讲讲道理，打打拳，过几天这压龙玉不就到手了吗？现在你把路无为宰了，西北第一宫肯定不会承认他们大师兄偷了我的龙珠啊。"

谷天摊摊手无奈道："这可不怪我，要怪就怪这人太嚣张。"

安心无奈道："哎，算了，可能压龙玉和避水珠就和我无缘啊。"

谷天一愣："你先等等，避水珠，北海城的避水珠。这里面关北海城什么事啊？"

安心无奈地解释道："北海城为了拉拢西北第一宫对付无星，将避水珠给了西北第一宫啊。”

谷天听到安心的话，一拍桌子，急道：“那你不早说，拿纸笔来，我现在就写檄文对西北第一宫宣战。”

水玥听到谷天的话都愣住了。啥玩意儿就宣战啊，不是说好了两派开战要花费大量的人力、物力不值当吗？现在知道我们西北第一宫多了避水珠，你态度咋转得这么快啊？他连忙开口道：“谷师兄，我们西北第一宫实力也挺强的，要不你再慎重考虑一下。路无为不是死了吗，你现在攻打西北第一宫不是也没有理由了吗？”

“路无为啥时候死了啊，他明明是盗取龙珠后逃到西北第一宫，被你们西北第一宫秘密藏起来了。现在你们西北第一宫要不交出龙珠，这事没完！”

说着谷天就对着桌上的包裹轻轻一点，那包裹就立马化为点点粉灰消失在空中。

水玥都蒙了，还能这么玩啊。怪不得你能当岛主呢，这翻脸比翻书还快啊。她开口道：“谷师兄，这样不好吧。有事咱们坐下来好好谈，不要打打杀杀。我已经给我老爹发消息了，估计他现在已经在赶往新安镇的路上了。”

说着便给谷天倒了一杯茶。

谷天接过茶水，开口道：“行，我就看在你的面子上给水无痕一个谈判的机会。要是遇到旁人敢拿我们东岛的龙珠，我肯定会直接开战，要是你老爹不拿出相应的补偿，到时候我可要黄了你的面子啊。”

水玥听到谷天的话，脸都黑了。你堂堂一东岛的总岛主，能和无星道人、吴天理这样的人物平起平坐，需要给西北第一宫我一个圣女面子。我这面子是用放大镜给放大的吧，你明明就是不想开战又想得到我们西北第一宫的宝贝吧。可她不敢反驳，开口道：“那就谢过谷师兄了。”

…………

几人有一搭没一搭地聊着天。客栈外来了两人。为首的中年人，面色红润，剑眉星目，身穿一袭金丝虎纹紫衣，手持一柄六尺剑。站在中年人后方的是穿一身白袍、手持一柄长枪的壮汉。两人站在门口，看着客栈内的三人。

水玥见到来人，连忙跑到中年男人面前："爹爹，薛叔，你们怎么这么快就来了？"

中年男人看着水玥，露出关爱的微笑，开口道："看到你发的消息，我就立马飞赶过来。路上遇到你出任务刚回来的薛叔，我们两个怕你在这边受委屈，就加快脚力一起过来了。"

说完朝着客栈内再次望去，就见安心和谷天已经坐到一排，齐齐将脚跷在了桌上，一副吊儿郎当的样子。这分明是两个准备敲诈勒索的流氓，哪里还有东岛总岛主和天下第三的气度啊。

水无痕看着吊儿郎当的两人，脸直抽抽。他现在才算真正见识到了东岛的核心人物——江湖上有名的两大流氓头子。听完水玥传达的最新消息，他便将水玥护在身后，和白袍壮汉踏入客栈大厅。

可谷天和安心好像压根不知道两人的到来，自顾自地晃着脚，聊着天。

"师兄啊，要是有人欺负我怎么办啊，说我这个天下第三浪得虚名。"

"师弟啊，忍忍算了，万一欺负你的人是西北第一宫的大师兄怎么办啊，咱们可打不过啊。"

"师兄啊，可是这人拿了我们的镇岛龙珠，还说以后看在龙珠的面子上饶我一命。"

"师弟啊，师兄这就得说你两句了啊，钱财珠宝乃是身外之物，不必看得太重。在这乱世命保住了才是重要。更何况塞翁失马，焉知非福。万一哪天天上就掉下一个压龙玉和一个避水珠呢？"

水无痕三人听到谷天两人的对话，脸都黑了。路无为可能是嚣张了点，对你出言不逊，确实是我们西北第一宫管教不严，但你说天上掉下一个压龙玉和避水珠就过分了啊。要宝贝都开始指名道姓了啊。水无痕想着也不费话，从怀里掏出一个环形玉佩放在桌上。玉佩雕文很有意思，是一只被锁链拴在柱子上的龙。那龙被雕刻得栩栩如生，好似下一刻便要挣脱锁链破玉而出。

“谷贤侄，安贤侄，好久不见啊。”

谷天和安心听到水无痕的话，对视一眼，便心有灵犀地齐齐放下脚，装作一脸惊诧的样子开口道：“见过水师叔。”

两人行完礼，谷天拱手道：“水师叔这么巧啊。我刚刚还在和我师弟夸奖西北第一宫的弟子人才辈出，让他以后见到西北第一宫的人要尊敬些。没想到您就来了。”

水无痕听到谷天的嘲讽，脸更黑了，你都随手干掉了我们西北第一宫的大师兄，还说要对我们西北第一宫的人要尊敬些，是不是有些过分了啊？他也不费话，开口道：“谷贤侄客气了，我们西北第一宫可比不上你们东岛，尤其最近东岛在你的带领下，那江湖名声又是节节高升。”

“水师叔谬赞了，谷天有此成就，都是您这些长辈教导有方。”谷天一本正经地回答道。

水无痕听到谷天的话，笑道：“谷贤侄啊，听说我那不争气的徒弟盗了你们东岛的龙珠，您看这事怎么解决？”

“哎，江湖人说什么盗不盗的，是借。不过啊，水师叔，那龙珠是我们的镇岛之宝，要是被人借去了，我们东岛怕是会被人笑话。这样啊，龙珠就不用你们还了。我听说你们西北第一宫有着压龙玉和避水珠两大至宝，要不你把这两样借我们东岛使使，充充牌面，等以后有机会我们东岛一定会原物奉还。”

水无痕脸都黑了，刚刚我女儿都和我讲了，龙珠明明已经回到你们手上了，还说得那么好听——不要我们还了。要不是我们理亏，就算你们东岛再强我也得和你们开战，便开口道："贤侄说哪里话啊，压龙玉不就在这里嘛，拿过去尽管使用就好了。至于避水珠，那是北海城借给我们西北第一宫的，我以后还要还回去，我这里可不能答应贤侄将避水珠借你。"

说着便将桌上的压龙玉推到谷天和安心身边。

谷天和安心看了眼压龙玉，对视一眼，互相点点头，便知道这已经是极限了。要是再过点，便要掀桌子了。

安心看着眼前的压龙玉，仔细地打量了一下，然后就顺手收进了怀里，开口对站在水无痕身后的白袍壮汉说道："你们刺杀无星的任务应该取消了吧？"

白袍壮汉一愣，随即反应过来，摇了摇头道："没有，天机阁通知消息的人被我给截杀了。"

安心也是一愣，看向白袍壮汉开口道："那不应该啊，以无星的实力你不太可能活着回来啊。"

白袍壮汉笑道："本来我们约定好了十二人一起出手，我和其他三人突然向反方向撤退，北海城的六人和我们宫的两个垃圾被无星十四招灭杀了。"

安心疑惑："无星没有追杀你们？"

白袍壮汉摇了摇头："这都得感谢北海城的岳鹏。其他五人是被一招灭杀，岳鹏在无星手里撑过了十三招，我们才有时间撤退的。"

几人听到白袍壮汉的话，都有些蒙。就连西北第一宫的水无痕都张大了嘴巴，不可置信道："岳鹏就这么死了啊？"

白袍壮汉点点头："他其实有机会逃跑的，只是不知道为啥非得要和无星纠缠。真是个好人啊，为我们争取足够的时间撤退。"

水无痕依旧不敢相信，继续道："这人脑子是不是被那个女人给弄糊涂了啊，我年轻的时候就和他说那女人不是个啥好人，让他注意点，他怎么就不信呢。”

白袍壮汉也是叹气道：“撤离后，我让那三人先走，准备离远点看看结果，被无星发现了，他也没为难我，只是让我有机会将这个带回北海城。”

说着从怀里掏出一把短剑，正是岳鹏的成名佩剑。众人看着白袍壮汉拿出来的佩剑，都齐齐沉默。

水无痕从白袍壮汉手上接过短剑，抚摸着剑鞘上的凹痕，最后手指停留在最后一颗黄色宝石上。开口道：“这颗黄宝石是我当年送给他的礼物，没想到再次见到这颗宝石却是以这样的方式。”

安心也打量了眼宝剑上的黄宝石，白了眼水无痕，开口道：“这岳鹏也是倒霉，一生都活在欺骗当中。这玩意儿也能叫宝石，这东西我记得在西北沙涂那边一抓一大把吧。你虽然和他所属敌对势力，也不要仗着别人不识货诓他吧。”

水无痕将短剑收入怀里，摇了摇头道：“你不懂，礼轻情意重。”

“哦，那我是不懂，但是要是谁给我送这玩意儿，我非得一巴掌拍死他。”安心撇撇嘴道。

谷天听到几人的对话，缓缓开口道：“岳鹏死了，北海城也差不多完了。北海女帝算计一生，可在我们看来其实压根上不了台面。”

水无痕也点点头道：“当时北海女帝找到水玥说明来意后，我就觉得这女人有毛病，为了三个化龙境的高手去做出可能失去六个高手的事。”

谷天想了想摇了摇头，道：“北海女帝不是脑子有病，而是脑子缺根弦。北海城的状况江湖人都知道，大体分为两派，一派是以北海女帝为主，一派以岳家为主。最开始岳鹏与北海女帝结为夫妻，两派也算和谐。可随着这女人越来越强势，以岳家为主的派系也开始越发不受掌控。我估计这次派去刺杀无星的六名化龙境高手都是岳家派系的，而北海女帝想保住的三人估计是自己派系的。”

水无痕听到谷天的分析，并没有说话，而是看向身后的白袍壮汉，白袍壮汉点点头道：“确实，被派去刺杀的六人都是岳家派系的，至于北海女帝想保住的三人是哪个派系的我就不知道了。”

安心听到两人的对话，无奈道：“这女人看来真的脑子缺根弦，这么好的棋，却硬生生地被她玩废了。估计她现在还在沾沾自喜岳家派系的高手凋零，自己的地位又进一步稳固了。可她哪里知道，北海城的敌人从来不是自己人，而是同为名门大派的我们。”

水无痕点点头：“哎，只是可惜了北海城，哪怕当年岳鹏接手北海城也好过现在外强中干。女人果然成不了大事，外面豺狼虎豹不去算计，天天算计家里人。”

谷天笑道：“水师叔，这事你怎么看啊？”

水无痕看着谷天的笑容，淡淡道：“既然北海城想找死，我不介意再添把火。不过这事你们东岛可不能看戏。”

谷天连忙拱手道：“全凭师叔做主，东岛一定会全面协助师叔。”

水无痕听到谷天的话，脸色立马变得铁青，斥道：“别给我绕弯弯肠子，什么全凭我做主，怎么想让我当坏人，你们东岛坐收渔翁之利。没这好事，想拿下北海城，拿出点诚意来。”

谷天听到水无痕的呵斥也不生气，看向一旁的安心。

安心想了想开口道：“我们东岛出六名化龙境高手，袭杀北海女帝。这其中包括我们战堂的雷杰和生死岛的寒余。”

水无痕听到安心的话，并没有急着回答，而是看向了一旁的谷天。谷天见水无痕看向自己，说道：“我师弟的话，便代表我的话。水师叔，我们东岛的诚意给出来了，你们的呢？”

水无痕点点头，开口道：“我们西北第一宫也出六名化龙境的高手，去北海城袭杀上一任城主岳无情。薛贵，这次还是你带队。”

白袍壮汉听到水无痕的吩咐，点点头。

第十五章　刹那

几人聊完正事，薛贵便离开了客栈。

四人坐在客栈内品着茶，再也没有聊起关于影响江湖的事，而是讨论起了底层江湖人天天谈及却又备感无聊的美食。如什么临城的石榴和柿子已经到了品尝的最佳时节，苏城螃蟹的蟹黄这个时节更加醇厚美味。若是吃螃蟹的时候来上点绍城的黄酒，那更是神仙难求。

江湖便是这样，底层江湖人津津乐道的江湖大事，对于这四人来说也不过是喝盏茶的时间就能商讨完的决定。

九月的天，夕阳落下得刚刚好。街上忙碌的人也结束了一天的疲劳，匆匆往家的方向赶去。印雨三人也在余晖落下的一刹那回到了客栈。

柳如月见到水无痕他们，先是一怔，却又好像觉得理所当然。她已经是个成熟的老板娘了，再也不是那个见到大人物，就爱随便插嘴说话的小女人。看到安心几人喝着茶也没有打扰，帮着秦淮一起收拾起了桌椅。印雨看到四人后，只是多看了眼，便直接上了三楼厢房。

水无痕自然注意到了客栈的众人，疑惑道："神医阁的人怎么也到了新安镇？"

"她准备在对面开医馆，先住在客栈内。"安心淡淡地回答道。

水无痕听到安心的回答，想了想开口道："安贤侄，我有一弟子，估计过几天会来你这客栈一段时间，麻烦你照顾一下。"

安心一愣："你也想打她的主意？"

水无痕也是一愣："怎么你们东岛也想打神医阁的主意啊？你们不是有李华珍吗？"

谷天听到两人的谈话，虽然不知道安心打的什么主意，但作为总岛主不管啥时候都得为东岛争取利益，便开口道："李华珍向来神龙见首不见尾，有个神医阁的弟子我们东岛会更加安稳些。"

水无痕想了想开口道："谷贤侄，这次你让让师叔呗。你们东岛又不缺医术高超者，但我们西北第一宫你了解的，几个医者实在是上不了台面，一个小内伤都要躺在床上三个月。"

水玥听到自己老爹的话，眼睛都亮了，连忙附和道："谷师兄，对的，这次你让让我们吧。大不了等北海城拿下来，我们多让出一分利。"

谷天听到两人的话，沉思了一会儿，刚想答应，就听到安心轻蔑道："不是，你们在想啥啊？我的意思是你们西北第一宫当着我的面打神医阁的主意是不是太不把我放在眼中了啊？"

众人一愣，齐齐疑惑地看向安心。水无痕脸色铁青，质问道："安贤侄，你什么意思？难道你想仗着实力强悍将神医阁划为东岛的势力？就是我们西北第一宫答应，其他势力也不会答应。"

安心白了眼水无痕，淡淡地问道："神医阁的阁主姓什么？"

水无痕想都没想："安道悬当然姓安啊。"

水无痕说完，脑袋一片空白，瞪大眼睛看向安心。

不仅水无痕吃惊，就连一旁的水玥和谷天都张大了嘴巴。

谷天更加不可置信道："师弟，我怎么没听你提及这事啊？"

安心摊摊手道："我六岁入岛，学的是东岛的本事，自然就是东岛的人，要是随便提及神医阁，岛里的人会有想法的。我没告诉你，倒不是想刻意瞒着你。只是想让你坐稳东岛总岛主之位。我若一开始就暴露我的身份，加上我的天赋，岛上那群人精难免有些其他想法。”

谷天点点头，倒也没继续说下去。

水无痕眉头紧锁，沉思了一会儿，开口道：“这么说你娘是任素素。”

安心点点头，叹了口气道：“是啊，就是那位奇门遁甲玩得贼溜的奇女子。”

…………

几人聊了会儿天，客栈也陆陆续续地来了几个客人，都是镇上的江湖人。谷天几人也没引起这些客人的过多关注，毕竟这些高高在上的人物，出现在他们身边，他们也认不出来。《江湖月刊》虽然偶尔会提及他们的事迹，可在那些报道中他们都是身高九尺、上天入地无所不能的神仙模样。

谷天几人也毫不介意，看着底层江湖人和自己的好友喝着酒，吹着牛，倒也乐在其中。

有个性格外向的江湖人借着酒兴，非要请客栈里所有的客人喝上一壶杜康。谷天和水无痕也放下身份，欣然接受这个本就不富裕、撒完酒疯以后还会更加贫穷的江湖人的好意。他们也学着其他江湖人站起来端起酒杯，给这个大方的江湖豪客敬了一杯酒水，说了些感谢的话。

江湖是什么？

少年说：御马渡江闯红尘。

青年说：吃喝玩乐度余生。

中年只是露出满是伤痕的后背，并不说话。

老人说：是深渊。

可江湖就是这么奇怪，明明老人已经告诫过这个江湖不属于你，可你依旧向往江湖，好似这江湖会有一片天属于你。

…………

北海城，这个以一个女人而闻名的城市，每天都在上演着年轻后辈只剑闯江湖的故事。可这些故事大部分只会在自家邻里之间闲暇时间互相调侃。这些故事中有一则故事却格外生动，响彻了整个江湖。北海城的人也经常会拿这则故事勉励要去江湖闯荡的后辈。

故事也很简单：一个农家女通过自己的努力，最终成为江湖人人敬仰的北海城女帝。

世人用简简单单的“努力”二字来形容这段成长史，却不清楚这两个字中蕴含的辛酸。

唯一清楚这当中辛酸的人此时正站在高楼上，倚着红栏望着北海城的大门口。这是个绝美的女人，她静静地看着大门，脸上没有流露出半分表情，看不出是喜是忧。其实没人知道她已经站在这里很久了，从中午一直站到了现在。

“别等了，他回不来了。”

一个声音传入女人的耳朵。

女人如同春雷乍动般惊醒过来，下意识地循着声音望去，就见两人不知何时站在她的身后。一人身穿漆黑长袍，戴着一瘆人的鬼面面具，全身笼罩在青烟当中，让人看得不太真实；另一人身穿青衣长袍，头戴紫金束冠，还有一道道若隐若现的雷电浮于周身。女人死死地看着两人，两人也看着女人。不过两人的表情如同女人看向大门的表情一样，不喜不悲。

…………

女人终究倒在了城楼上。这世间的繁华再也与她无关。

回顾她这一生，好似都在为了在这个江湖上能说上话而拼命，可这江湖便是这样，你得到的越多，你的对手便越强大。若是当年能和他服个软，或许如今的自己也不会这么累吧。

…………

新安镇。

送走客人的客栈又恢复了原本一派和谐的气氛。与平日不同，今晚吃饭的筷子又多了三双。安心倒是无所谓，反正又不要自己做饭。

殷任和裘生将饭菜端了上来，水无痕看着殷任开口道："你便是虚海道人的后辈？"

殷任放下饭菜，看向水无痕，点点头："嗯，你也是来借《藏剑身》的？"

水无痕摇了摇头，将手上的佩剑递到殷任面前："这把剑，你拿着，算我教导弟子无方给你的赔偿。"

殷任一愣，看着水无痕递来的佩剑，眼中充满了疑惑和不解。

"这把剑本来就属于你的。三百年前你家祖先一剑斩杀两千青衣卫便是用的这把剑。后来兜兜转转这把剑到了我手上，我现在也算物归原主了。"

说着，水无痕便将佩剑又向前递了一分。

殷任一时没有反应过来，看向一旁的安心。

安心见到殷任投来的目光，开口道："拿着吧，这剑若不是你家祖先用过的，压根和普通的剑没啥两样，还不如独孤胜留在咱们客栈的那把无鞘剑。"

殷任点点头，从水无痕手上接过佩剑，郑重地审视了一番，想了想便将宝剑挂在了柜台后方，随手写了几个字贴在了宝剑的下方：虚海道人佩剑，摸一次十两，租借一天一百两，损坏赔偿五千两，概不还价。

众人看着殷任的动作都蒙了，这人也太无耻了吧。

水无痕更是脸上的肌肉直抽抽，他现在恨不得一巴掌拍死眼前这个拿着笔扬扬得意的胖子。我还你家祖传宝剑就为了这？

唯有安心满意地点点头，对着殷任开口道："要是赚到钱了，你得分我一半。”

…………

众人吃完饭，便各自散去。谷天已经将这里当成家了，领着水无痕和水玥上了三楼厢房休息。印雨也没有过多停留，回到三楼厢房继续休息。

…………

早上，众人早早地吃了早饭。水无痕便和水玥告辞离开，临走前望着柜台后面挂着的宝剑，和宝剑下方的纸条，脸部又一阵抽搐。

几人送走了水无痕，便又回到了客栈。

自从水玥的到来便一直沉默寡言的印雨，又恢复了精神，将白皙的手递到安心面前开口道：“没钱了，借钱买银针和诊器。”

安心一愣：“不是，昨天不是刚给你一百两吗？这么快就用完了啊？”

一旁秦淮笑道：“印雨昨天确实用完了，买药材的时候都是挑好的买，现在还欠那东街口药材商十两银子呢。”

安心无奈，又从怀里掏出天机老人给的一沓银票，从里面抽出一张一百两的，想了想又放了回去，从里面抽出一张五十两的银票，一脸心痛地递到印雨手上：“给我省着点用。你要是再浪费钱财，以后把你给嫁了，我都回不了本。”

印雨白了眼安心，从安心手里抢过那五十两银票，对着秦淮和柳如月开口道：“秦姐，柳姐，还得麻烦你们了。”

秦淮和柳如月嗔怪道：“说什么呢，哪里谈得上麻烦啊，我和你秦姐也爱走动走动。”

…………

谷天看着三人离开的背影，对着安心疑惑道：“这神医阁的弟子，不会看上你了吧？青梅竹马？”

安心白了眼谷天：“关你屁事。滚回东岛，当你的总岛主去。”

说完便转头踏入客栈。

谷天一愣，连忙追进了客栈，边追边说："唉，师弟和我说说呗。我不急着回去，在你这边多住两天。还有你和我说说你那一沓银票是咋回事啊，要不放我这里保管，我给你算利息。"

殷任和裘生走在最后。看着这两个动动嘴便能影响整个江湖动向的师兄弟，不禁脸直抽抽。他们实在想不通都混到这个地步的人了，怎么还会为了钱财相互算计啊。

…………

大厅内，安心和谷天喝着茶聊着天。主要是谷天讲，安心听。也不知道谷天从哪里学来的一套说辞，非得让安心将从天机老人那边骗来的钱投入他最近想出来的东岛基金上去。搞得安心脑子里老是想着谷天那句"一年回本，两年翻倍"洗脑神句。

正当安心都打算掏钱买安静的时候，客栈外传来一声"阿弥陀佛"的佛号。安心和谷天两人立马停止交易，看向客栈大门。大门外站着一胖一瘦两个和尚。

胖和尚安心前段时间刚见过，瘦和尚面色如蜡，一脸苦相。一件不称体的僧袍就这么随意地披在身上。两和尚站在门口静静地等待着安心的邀请。

安心和谷天对视一眼，随即便装作没看见的样子，自顾自地喝着茶水。

两和尚都愣住了，东岛的人都这么埋汰人吗？我们无当寺虽然没你们东岛势力强悍，但好歹也是江湖上释门的魁首啊。想着胖和尚又加大了声音，道了声"阿弥陀佛"。

就见安心挠挠耳朵，继续和谷天喝着茶水。

胖和尚见两人是不打算请佛入门，便收起了那常年挂在嘴上的笑容，大步踏入客栈内，对装作没看到的两人说道："安施主，谷施主，老衲带着师兄来告罪了，望安施主能让我俩见见你家厨师。"

安心和谷天听到胖和尚的话，放下手上的茶杯看向胖和尚。谷天连忙装作一脸吃惊的模样开口道："原来是无当寺的痴笑和痴心两位大师啊。刚刚和师弟作息问道，竟然没看见真佛。痴心大师，你怎么站在门外啊！外面冷，赶快进来避避寒气。"

谷天虽然嘴上说着欢迎，但并不起身。

瘦和尚听到谷天的话，看了眼外面高阳当照的天空，不禁脸直抽抽，可也不反驳，大步踏入了客栈。两和尚也不客气，坐在了谷天与安心对面。

胖和尚刚想开口，就听到谷天对着安心说道："对了，师弟啊，我刚刚说的东岛基金，考虑得怎么样了？"

安心撇撇嘴道："不干。你那基金压根就不安全好不好，你都说了有十分之一的可能会血本无归，这和给你送钱有啥区别啊？"

谷天沉默。

胖和尚见两人停止了说话，刚想插嘴，就听到谷天的声音再次传出："师弟啊，那不是还有十分之九的概率会赚翻啊，江湖人要勇闯勇拼，信师兄发大财。"

胖和尚："……"

两和尚心性倒是不错，硬是等到安心交完钱，谷天将收据写好交给安心后，才讪讪地插上话。

胖和尚开口道："安施主，老衲的师兄犯了痴念，前来赎罪。"

安心点点头："哦，那就自杀吧。"

胖和尚一愣。怎么就自杀了？我师兄要想自杀何必跑到你这边来啊，自己在无当寺解决不就行了吗？他便开口道："佛说'知错能改，善莫大焉'，我师兄已经知错了，烦请安施主请殷施主出来。"

安心一愣，这和尚有点不要脸啊。这句话你用在原谅别人身上也就罢了，竟然还用在了自己身上啊，便说道："哪个佛说的，你把他给我找来，我和他讲讲道理。我们东岛没有这个说法。"

胖和尚脸都黑了，我哪里知道是哪个佛说的啊，书上就这么记载的。他运用内力大声开口道："烦请殷施主前来大厅。"

声音之大，一下子就吓到了正在练武的殷任。

安心也没想到这和尚突然来这么一出，眼中寒光乍现，冷冷地说道："和尚，上次你来我饶了你一命，你不会以为我的实力是江湖人吹嘘出来的吧？"

胖和尚听到安心发火，也不恼火，道了声佛号，说道："安施主的实力，老衲三年前已经见识过了，自然做不了假。可事情总要解决不是？老衲只是想请出殷施主，求得他原谅。"

安心听到胖和尚的辩解，只是冷哼一声，并没有说话，继续和谷天喝着茶。

可等了半晌，殷任压根没进大厅。

两和尚都蒙了，明明感觉后堂那边有两人啊，还有一人修炼的'藏剑身'，肯定是殷任没错。难道刚刚声音太小，殷任没听见？胖和尚又用内力开口道："烦请殷施主前来大厅。"

可又过了半晌，殷任依旧没来。大厅的气氛一下子就尴尬起来。

两和尚面面相觑，都从对方眼中看出迷茫。

安心和谷天则拿着茶杯挡住嘴巴，咧着嘴偷笑。

谷天忍不住用秘法给安心传音道："这虚海道人的后辈有点意思啊，有我们东岛的行事风格，有机会拉到东岛来。虽然实力弱了点，但好歹有个名声好听的祖宗，多少能加点名气。"

安心点点头传音道："行吧，不过得过段时间，殷任身上牵扯的人情太多了。虽然家族没落了，但一些势力还是不希望殷任好好活着。"

谷天想了想点点头，再也没有说话。

客栈后堂，殷任拿着藤鞭指导裘生练武，凡是动作不到位就是一藤鞭下去。显然殷任很享受这种教导人的快感，藤鞭拿在手上都没放下过，握柄处已经变得光滑无比。

裘生打完三套基础拳法，才得以喘口气，对着殷任说道：“殷任，我刚刚好像听到有人喊你啊。”

殷任挠挠耳朵，不以为然道：“是吗，我没听见。算了，想来也不是什么大事，有事老板会叫我的。”

“不是，我听见喊了你两次。”

殷任摇了摇头：“裘生啊，你现在也算半个江湖人了，有些事我还是得和你说说啊，混迹江湖你知道最重要的是什么吗？”

“是什么啊？”裘生不解地问道。

“就是别多管闲事。老板在大厅内，有啥事他会叫我的，用不着别人代劳，关键刚刚那人还用内力传话，我这个时候出去会影响老板发挥的。”

裘生疑惑道：“影响老板发挥啥啊？”

殷任白了眼裘生：“关你屁事，休息结束，继续练拳。”

…………

客栈大厅内，胖和尚欲言又止，黑着脸看着坐在对面的两人。你们偷笑就偷笑能不能不要发出声音啊？那茶杯都举了有一刻的时间了，也不嫌手酸。胖和尚很想去后堂拎着殷任的耳朵问问他是不是这么年轻就聋了，和尚我都说得这么大声了，你为啥就不来呢？可想了想，以安心的个性，保不齐自己一去后堂，这人就会诬陷自己拿了他家的什么宝贝。

这人可干得出来这事。想当年两人交手，自己身上的舍利子掉在地上，这人二话不说就收到自己怀里，非得说那是他掉地上的。我和他理论，结果他非让我拿出证据来证明那舍利子是我的。舍利子这玩意儿不是我们释门的，难道是你们东岛的啊？

安心见胖和尚脸越来越黑，也不管他有啥想法，对着一直没有说话的枯瘦僧人说道：“你们无当寺，虽然谈不上多厉害，但应该也不会缺个功法吧。”

枯瘦僧人，低下头道了声佛号，开口道：“老衲着相了，我们释门和道门的关系想必安施主也明白，道门出了无星这样的知天境高手，而我们释门却一直没有拿得出手的高手，老衲翻阅了无当寺的所有功法，却发现无一功法能修炼到知天境。”

安心一愣，开口道：“所以你就想尝试一下，看能否依靠‘藏剑身’修炼到知天境，好和道门抗衡？”

枯瘦僧人点点头，道了声“阿弥陀佛”，没有继续说下去。

胖和尚也是见缝插针开口道：“我师兄当年其实并没有想杀殷施主，只是想借看一下《藏剑身》而已。”

安心点点头，玩味地笑道：“痴心和尚，你也算救苦救难的大师了。我杀了你，必然会引起江湖上的闲话。这样，我让殷任将《藏剑身》拿出来给你瞧个明白，但我们得打个赌。”

枯黄僧人听到安心的话，不可置信地抬起头看向安心，开口道：“安施主，你这是？”

不仅枯瘦僧人疑惑，就连看热闹的谷天也投来疑惑的表情，更不提一直想插话的胖和尚。

安心可不管几人的表情，继续说道：“痴心和尚，我和你打个赌吧，就赌‘藏剑身’能否修炼到知天境。要是能，你参与杀害我厨师家人的事我就不管了。要是不能，你就自己了断了自己吧。我可不想背负杀你的罪名。”

胖和尚听到安心的话，连忙开口道：“安施主，你什么意思？我们怎么知道功法是否真假，要是你拿出一份假的功法出来，我师兄不得……”

“你师兄修炼天赋比你好，真假他一看便知，用不着拿你的想法来怀疑我。我要是不管不顾的，就凭你们两个，连和我说话的资格都没有。”

说完身上浮现出一道身影，那身影不大不小，刚好顶到了客栈大厅的屋顶。身影浑身血红，一道道血丝弥漫着身影周身，对着两和尚怒目而视，无形之间有一股威压直扑两人。两人即便是化龙境中后期的高手，也不禁浑身一颤。

枯瘦僧人顶着威压，艰难地开口道："安施主，收了神通吧，老衲答应了。"

安心听到枯瘦僧人的话，冷哼一声，便收了气势对着后堂喊道："殷任，来一下大厅！"

殷任听到安心的话，便疑惑地走了出来。两和尚见到殷任，连忙施礼，殷任也茫然地回礼。

安心对着殷任开口道："这个瘦和尚是杀害你父亲的凶手，不过没事，你要是相信我，先把那本《藏剑身》拿给这和尚看看。"

殷任听到安心的话，只是看了眼瘦和尚，便从怀里拿出一本册子递给了枯瘦僧人："这便是你心心念念的《藏剑身》。"

枯瘦僧人连忙施礼，接过《藏剑身》，一页一页地翻看起来。其间胖和尚也想凑过来看上几眼，被瘦和尚遮住了视线。直到枯瘦和尚翻到最后一页，将册子合上，还给殷任才开口道："殷施主，令尊虽非我直接杀害，但我确实难辞其咎。殷施主请放心，老衲不苟活。"

说完对着一旁的胖和尚开口道："师弟，我们走吧。"

胖和尚蒙了，连忙扯住枯瘦僧人开口道："师兄，你怎么能确定这本册子是真的，要是安心诓我们怎么办？"

枯瘦僧人笑道："册子是真的，'藏剑身'最多只能练到化龙境后期，和我们无当寺的释迦法门一样。是我着相了。"

胖和尚还是不敢相信，想从殷任手上抢过册子，被安心一个眼神瞪了回去。

安心淡淡道："世上没有哪一门功法可以靠修炼就能达到知天境的，星虚宫的星辰诀不行，天剑阁的剑心诀不行，东岛的九审九渊也不行，能达到知天境的从来不是功法而是人。”

枯瘦僧人听到安心的话，眼睛突然一亮，好似想明白了什么。浑身一震，身上金光乍现。就在此时，原本风轻云淡的天空突然出现一道金光直照客栈，一尊金色的佛像凭空出现在客栈上方，那佛像神态竟与此时的枯瘦僧人一模一样。

佛像的出现自然吸引了所有在新安镇的人，人们纷纷走到路上看着这难得一见的奇观异象。更有崇佛者，见到金佛后，立马对着佛像的方向三叩九拜。就连在后堂练武的裘生也对着佛像磕头，嘴里喃喃念叨着：求佛祖保佑李婉儿，保佑姨妈。

但新安镇中总有明白人，一白发素衣老头站在牙房前看着客栈上方的金佛，嘴里喃喃道：“痴心和尚竟然达到了知天境，释门当兴。”

坐在客栈大厅的人则是神态各异。胖和尚一脸欣喜地看着枯瘦僧人。谷天也微笑地看着枯瘦僧人，只是眼神中多了一分杀意。殷任则张着嘴巴并不说话。

安心则无所谓地坐着继续喝茶，好似面前发生的一切与他无关。

枯瘦僧人缓缓地闭上双眼，那道金光也随之收入身体当中。悬浮在空中的金色佛像化为一朵盛开的莲花，随着一阵风吹过，莲花也化为点点金光消失在空中。

枯瘦僧人睁开双眼，对着安心施礼道：“安施主，老衲悟了。”

安心点点头道：“嗯，朝闻道，夕死可矣。和尚还请遵守诺言。”

枯瘦僧人点点头并没有说话，倒是一旁的胖和尚看见枯瘦僧人点头急道：“师兄，不可。你踏入了知天，是我们释门的象征。怎么可以为了这件小事而真的圆寂。师兄，我们不怕和东岛开战。”

枯瘦僧人听到胖和尚的话斥道：“痴儿。”

随即好像觉得说话有些过重，笑道：“师弟，你以后就是无当寺的方丈了，以后做事不要莽撞了。”

说完对着一旁的殷任笑道：“殷施主，老衲欠你父亲一条命，只还你一条命总归对你来说不太公平。俗世间的买卖也不是一比一等价交换的，终归是要付些报酬的。老衲就按照俗世的买卖来还你一些吧。”

说着，也不等殷任反应，手上金光乍现，直接拍向了殷任的脑袋。一股绵柔的内力如同流水般灌入殷任的体内。殷任刚想反抗，就听到两道声音传入耳朵。

一个是枯瘦僧人的声音，一个是安心的声音。两道声音都传达了同一个意思：闭眼，运功感受。

殷任听到两道声音不由得闭上双眼，细细感受着这股绵柔的内力。枯瘦僧人的内力如同涓涓流水长绵不绝，没让殷任感受到半分痛苦。

随着时间的推移，殷任身上的气势也以肉眼可见的速度增长，一道道剑气也不受控制地飞出体外。可在场的都是高手，那剑气虽然刚猛无比，却也伤不了众人。安心只顾着防着枯瘦僧人下黑手，竟然一时忘了护住客栈大厅的桌椅，随着桌椅的坍塌，安心才清醒过来，可也没有打扰两人的传功。

直到中午饭点，枯瘦僧人才收手，一时不稳竟踉跄地往后倒去。还好安心眼疾手快，扶住了枯瘦僧人。枯瘦僧人此时面色发白，嘴唇更是没有一丝血色。

安心对闭着眼感受实力的殷任开口道：“殷任，磕头。”

殷任听到安心的话，立马睁开眼睛。先是以一股复杂的眼神看着眼前枯瘦的僧人，随即毫不犹豫地跪在地上磕了个响头。

枯瘦僧人见到殷任的动作，连忙挣开安心的手，颤颤巍巍地拉起了殷任，开口道：“殷施主，老衲不欠你了。”

殷任点点头，并没有说话。

枯瘦僧人见到殷任点头，笑了笑，转头对着一旁的谷天开口道："谷施主，老衲已经时日无多了，还请谷施主放过无当寺一马。"

谷天连忙施礼开口道："东岛绝不主动和无当寺开战。"

枯瘦僧人点点头，对着一旁不知何时已经哭成泪人的胖和尚开口道："师弟，送我回无当寺吧。"

…………

众人送走了这胖瘦和尚，回到大厅。

殷任刚想炫耀自己已经是化龙境中期的高手，就听到安心说："殷任，大厅内所有损坏的桌椅，还有今天中午没营业的损失，都算在你头上。"

殷任一愣，开口道："不是，老板我化龙境中期了啊。"

"哦，那为了庆祝你达到化龙境中期，那就赔三倍吧。你一个化龙境的高手应该不介意吧？"

第十六章　风声

中午，众人简单地吃了个午饭。确实简单，因为压根连个放菜的桌子都没了。殷任做好饭菜给每人端了碗盖菜饭，就这么简单应付了一下。

裘生吃完饭，从柜台木屑里翻找出几张完整银票，数了数，一共八十两，便揣进怀里走到安心身边开口道："老板我去买桌椅了。"

"嗯嗯，去吧。对了，我再给你两百两，这次买黄花梨的，都记在殷任账上。他是化龙境的高手，有钱。"安心随意地从怀里掏出一张两百两的银票递给裘生。

裘生接过银票，并没有急着出去，而是跑到殷任身边小声说道："殷高手，你惨了。你刚入化龙境，还没到江湖炫耀一番，就得被老板困在这里打一辈子工。以你现在的三钱银子一个月的工钱，不吃不喝得还到你孙子死吧。"

殷任听到裘生的话，举掌欲打，裘生一溜烟地跑了出去。殷任讪讪地放下手臂，看着裘生的背影笑道："这小子。"

印雨走到安心身边，开口道："柳香坊已经改成了药阁了，你这个神医阁的少阁主去写幅字做牌匾。"

安心点点头，刚想答应，可看到客栈内一片狼藉，开口道：

“自己去西街口找个书生随便写个。没看见我客栈都被这个人给砸了啊？”

边说边指着憨憨直笑的殷任。印雨瞥了眼殷任，“哦”了一声，便拉着秦淮和柳如月出了客栈。

“你傻站在这里干吗？去打扫啊！”安心对着一直傻笑的殷任开口骂道。

殷任一愣，随即欣欣然跑到后堂拿扫帚去了。

见众人走后，安心和谷天两人坐在客栈大门的石墩上，无聊地看着路上的人群。显然上午痴心和尚知天境的异象给了新安镇人很大的震撼，无论男女老少无一例外都在讨论着天赐宏佛的话题。

“你真的打算放过无当寺？”安心撑着下巴问道。

谷天白了眼安心开口道：“我只是答应了东岛不主动找无当寺开战，等明天痴心和尚死了，我就把今天发生的事传出去，星虚宫不会放过这群秃驴的。那胖和尚，总归对我们有些怨恨，我总不能明知道还要装作不知道啊。”

安心点点头开口问道：“北海城女帝应该死了吧？”

“嗯，昨晚传来的消息，估计江湖上很快就会传出西北第一宫联合东岛灭了北海城的消息。那女人实力太虚，两人各出了一招就灭了。对了，昨天雷杰和寒余撤退的时候遇到了一个特别有意思的人，你知道是谁吗？”

“别卖关子了，谁啊？”

“无星。”

“不是，怎么碰上无星了啊，那雷杰和寒余没事吧？”

“没事，无星没为难他们，只是带走了北海女帝的尸体。”

安心一愣，随即开口道：“不是，无星带走尸体干吗？这人是不是有啥奇奇怪怪的爱好啊？”

谷天摇了摇头道：“谁知道呢，我已经让人去查了。”

两人坐在石墩上沉默了一会儿，并没有说话，周围只有街道上对着客栈上空指指点点的嘈杂声，还有殷任打扫的声音。

谷天看着路人小声喃喃道：“师弟啊，做总岛主好累啊。还是这些人开心，知道得越少，觉得这世界越简单。”

安心听到谷天的小声喃喃，疑惑地转头开口道：“师兄，你刚刚说啥啊，我没听清。”

“没啥，你师姐前段时间回东岛了，拿了些武功秘籍，她已经踏入化龙境中期了。”

安心点点头：“哦，那你别为难她啊。”

想了一会儿又继续说道：“师兄，你参加吴天理的生日会的时候，看看能不能保他一个后辈吧。”

“嗯，好。”

…………

落日的余晖照耀在新安镇的每个角落。众人也陆陆续续地回到客栈。

裘生带着几个脚力将桌椅家具都摆放完，还细心地在柜台后面又买了一个货架，都是长长的格子，然后将水无痕给殷任的宝剑摆放在上面，还特意写了标签贴在下方。之后，他又从三楼一厢房内找出独孤胜留下的无鞘剑摆了上去。

印雨让匠人将柳香坊的牌匾换下，和秦淮与柳如月一同回到客栈。安心和谷天也坐回了客栈大厅。就在众人忙完后，客栈迎来了一个老熟人，正是身穿粗袍的天机老人。

天机老人也不客气，一屁股坐到了安心和谷天对面，对着两人开口道：“邪公子，谷岛主，你们真是好手段。”

安心和谷天看着怒气冲冲的天机老人一脸蒙，虽说我们东岛火江南阁和御龙帮时将你们天机阁拉下水，可是江湖上谁会为了两个地头蛇组织鸣不平呢。谷天开口道：“天机老人，你什么意思？”

“什么意思，谷岛主我记得没错的话，你今年才二十七岁吧，安心你也才十九岁吧。”

“不是，天机老人你什么意思，大晚上就是为了来查户口不成？”谷天皱着眉，死死地盯着天机老人。

天机老人冷哼一声开口道：“这个江湖终归是要交到你们年青一辈手上的，你也是最早接手大势力的年青一辈，可你却开了一个不好的头啊！

“我年轻时候的江湖，也有像你这么大就接收大势力的年轻人，像岳无情二十八岁接手北海城，你师父二十五岁接手东岛……可他们却没有一个像你这么心狠手辣的。

“你师父二十五岁接手东岛的时候，鱼跃境后期，东岛更是内忧外患，当年很多门派都有能力灭了你们。可当年却没一个门派动你们东岛，你知道这是为啥吗？”

谷天刚想解释，天机老人摆摆手继续说道：“我知道你想说什么，北海城被灭也有水无痕参与，可他多大啊，已经四十五岁了，眼中自然都是利益。你才二十七岁，活得已经比那水无痕还要圆滑，你就不累吗？水无痕像你这么大的时候可是在干着挑战各大高手的中二事。”

谷天低下头并不说话，倒是一旁的安心怒道：“老头，你什么意思？我师兄好歹是东岛岛主，做什么事轮不到你来指手画脚！”

天机老人听到安心的话，冷哼一声，开口道：“还有邪公子你，当年你十五岁出江湖已经是化龙境巅峰，天下人人知道你是天才。按理说各方势力如果全考虑利益的话，应该派出大量的高手对你围杀。任凭你一人实力再强，要是下定决心杀你，各方势力联合起来派出几百个高手来围杀你，还是做得到的。可无论是神剑阁、星虚宫，北海城，还是西北第一宫都没这么做，甚至还放任你随意胡闹。即便你灭了六朝帮，无星那人也只是单独追杀你，而没有拿出星虚宫的实力为难你。吴天理更是陪你完善了武学上的缺陷。我说得没错吧安心？”

安心点点头，倒是没有继续说话。

天机老人看着两人，叹了口气开口道：“我也不知道，今天为啥要来找你们说这些。按照我们天机阁的性质，按理说不该和你们说这些。可我就是不服，你们现在要是三十多岁，我自然不会说什么，甚至还会夸你们老成、精明。但你们两个都是年青一辈的领头人，江湖上年青一辈哪一个不拿你们做标杆啊。而你们呢，天天算计来算计去。你让那群以你们为榜样的年轻人怎么想，他们或许以为这个江湖就应该像你们这样，利益算计多于人情世故。”

安心看着眼前的老人，开口道：“老头，你到底想要说什么？”

天机老人听到安心的话，倒是没有急着回答，只是一直看着安心，缓缓说道：“别活得那么累。”

说完缓缓地站起身，走到大门前，松了口气，想了想又说道：“算了，这个江湖以后的事关我屁事。老头子半只脚都已经踏进棺材了。我走了，这新安镇我以后再也不想来了。”

说完便大步踏出客栈大门。众人见天机老人离开，都觉得莫名其妙。

这老头是不是有病啊？大晚上过来啥饭菜都没吃，给安心和谷天一阵说教，骂完就直接走了。

就在众人疑惑间，谷天缓缓站了起来，对着一旁的安心一本正经道：“师弟，我想将总岛主之位还给师父。”

…………

与此同时。七义镇，这个邻近新安镇的城镇。一间破旧的草庙。两人围着篝火烧了一锅鱼汤。鱼是从附近河里刚打捞上来的，自然是新鲜无比，熬煮的鱼汤也是鲜香扑鼻。

坐在篝火旁的两人，一人身穿星辰道袍，仙风道骨；另一人头发花白，身背一把古朴宝剑。就在两人商讨鱼汤的火候的时候，一身穿粗布长袍的老人走了进来。

那星辰道人开口道："怎么样，骂东岛岛主和天下第三的感觉如何？"

粗布长袍老人哈哈大笑道："爽。"

客栈内，众人听到谷天的话都大吃一惊。安心还好，其他人则张大嘴巴看着谷天。

安心对着众人说道："你们先去休息吧，我和我师兄好好聊聊。"

众人虽然对这种关系到江湖的大事很感兴趣，可他们有自知之明，很快就各自回到各自的房间。客栈大厅内，谷天和安心两人面对面坐着。谁也没有先开口。主要两人都是聪明之人，又曾长时间在一起生活。

安心自然知道，就凭天机老人那老狐狸拙劣的忽悠技术，自家师兄断然不可能上当。两人当时看着受教是给天机阁的面子，而且也不确定天机老人这次来到底受了谁的指使。

"师弟啊，你说我这么做对师父是不是不太公平啊？"谷天还是忍不住率先开口道。

"嗯，确实对不起他老人家啊。要不我把龙珠还给他老人家吧？"安心点点头回答道。

"算了，都到你手上了，再拿回去你也心疼。你把那把天山门的镇派宝剑给我带回去孝敬他吧。"

"嗯，好，你拿回去吧，我估计独孤胜应该被我气死了。"

"师弟啊，我还是有些不忍心啊。师父明明啥也没做错，他老了却还要背负骂名。"谷天流露出不忍的神情开口道。

"哎，师父唯一做错的事情就是教了我们两个不肖徒弟，可现在的情况也不得不这样做了。你应该听出天机老人的弦外之音了吧？"

谷天听到安心的话，点点头开口道："是啊，我以为咱们东岛的内奸会比其他门派少些，可现在就凭天机老人对我们东岛的了解，看来东岛确实到了不破不立的时候了。我这人又特别爱惜名声，这次清理门户估计会死很多人，要是我在位的时候干这事，岛里会有人不服我的。江湖上的人也会认为我是个十恶不赦的杀人狂魔。现在想来想去，也只有让师父再次坐上总岛主之位。他年纪大了，背些罪名应该不碍事的吧？”

安心一脸认真地回答道：“嗯，现在只能这样了啊。正好借着这次天机老人教训我们两个后辈，你趁此机会退出东岛总岛主之位。”

…………

与此同时。东岛一座无名的小岛，一装修清雅的小筑。一紫衣老人和一儒生长袍打扮的老人面对面坐着喝着茶水。

长袍老人一脸愁容地对着紫衣老人开口道：“师兄啊，你也不管管你那大徒弟，你知道他在外面干了啥啊？”

紫衣老人笑道：“他能干啥啊？”

“他和西北第一宫联手灭了北海城。那北海城又不是啥邪门外道，把它灭了，别的势力会以为我们东岛仗势欺人。

“这事也怪我，当时还觉得谷天这孩子做事大方得体，竟然一时糊涂帮他从你手上夺了总岛主之位，现在想想都后悔。”长袍老人一脸愁容地说道。

紫衣老人皱眉问道：“嗯，所以师弟，你今天来找我是干啥的？”

“帮你夺回总岛主之位。”长袍老人一本正经地回答道。

紫衣老人听到儒圣老人的话一脸感兴趣地疑惑道：“你要帮我夺回总岛主之位？这可不是个简单的事啊。我那大徒弟还好说，虽然聪明但武功平平，只是我那小徒弟可不是那么好对付的。”

长袍老人听到紫衣老人的话，摇了摇头道：“师兄，你太高估你那小徒弟了吧。不瞒你说，不仅仅是我，这次七十二岛三十六洞中有二十四个岛的岛主和十一个洞的洞主都对谷天这孩子有意见。他们要是集体向安心这孩子施压，估计安心这孩子也要想想清楚。”

紫衣老人一愣，随即笑道：“是吗？那师弟来和我讲讲他们当中有哪些人，我分析分析能不能对付得了我小徒弟。”

“暗龙岛龙奎，衫林岛夜飞，无声岛李睡睡……”

…………

紫衣老人听完长袍老人的话，点点头，沉思了一会儿，对着眼前的长袍老人开口道：“师弟啊，有件事我得和你商量一下。”

长袍老人一愣：“师兄请说，只要是我能办到的我肯定帮你办到。”

“借你命用一下。”

…………

紫衣老人看着眼前倒下的长袍老人，缓缓开口道：“师弟啊，你要是拿别的借口说事，我估计就心动了。可惜你非得拿北海城说事，难道你不知道那避水珠原本就是我们东岛的东西吗？”

谷天还是走了，还从货架上拿走了那柄无鞘的宝剑。虽然天色已晚，安心也没有挽留，毕竟有些事必须在黑夜中完成。

…………

安心坐在客栈大厅内，一个人默默听着狂风吹过门缝发出的呼叫声。随着风声而来的便是那倾盆大雨。雨水打在路上发出“啪啪”的声响。这一夜并不太平。

…………

七义镇一间破庙里，三人围着篝火回忆着刚刚那鱼肉的鲜美。随着雨水的落下，这三人也停下了刚刚的交流。

星辰道人率先开口道：“谷天和安心也是人才啊。只是可惜了，我们的后辈都没有能拿得出和他们两个比较的。随着我们的年龄越来越大，东岛的发展越来越好，早晚有一天这江湖会被谷天和安心两人给拿捏得死死的。”

那背剑老人白了眼星辰道人，淡淡道：“哦，那关我屁事。你把我从天剑阁叫过来就为了听你这个屁话？”

天机老人眉头一皱，插嘴道：“无星，你到底想干啥？我已经给谷天和安心两人洗脑，说服他们暂缓吞并江湖势力。”

星辰道人摇了摇头道：“正如你所说，你只是说服他们暂缓对江湖势力的吞并，而不是彻底断了他们吞并江湖的野心。”

说完，对着一旁的背剑老人开口道：“吴天理，我们做个交易吧。你儿子那件事我可以当作不知道，甚至可以帮你灭了想从中搞鬼的人，但你得和我一起去做了安心。

“你应该知道，等安心成为知天境会有多可怕。等我们死后，天剑阁和星虚宫将无一人能抗衡他。”

背剑老人一愣，眼神突然变得玩味起来，开口道：“无星，你不是一直想让安心做你女婿吗？怎么现在想杀他了啊？”

星辰道人无奈地叹了口气道：“他不听话，我能怎么办？”

背剑老人冷笑道：“我没兴趣。至于我儿子的事，既然发生了，我便给这个江湖一个交代。你要杀安心就你自己去吧，只是我要提醒你，你现在真不一定打得过安心。”

说完便起身踏入雨中。

随着背剑老人的离开，雨水竟如同骤停般停滞在空中。等看不见老人身影以后，雨水也随之倾倒而下。

…………

第二天早上，裘生早早地起了床，喊醒了正趴在桌上酣睡的安心。

安心揉了揉惺忪的眼睛，开口道：“雨停了？”

裘生点点头，将客栈大门打开。雨水好似洗刷了天空，使得空气中有股淡淡的清香。

安心伸了个懒腰，活动了一下筋骨，走到客栈外对着天空开口道："终于清静了。"

…………

众人吃完早饭便各自散去。印雨便去对面的神医阁分部坐诊。柳如月又去打听江湖上现编的故事。秦淮陪着安心喝茶。殷任又拉着裘生练起武来。

秦淮显然比柳如月聪明多了，从最近来的客人的身份推测便知道这个江湖发生了大事。但她没有询问安心关于江湖的半点事情，只是陪着安心静静地喝着茶。

可有时候事情往往就是那么不和谐，你越是不想知道，这江湖上的事越是往你耳朵里钻。大街上一群群的江湖人聚在一起，讨论着最近发生的大事。

北海城距离新安镇有些距离，一天过去，北海城被西北第一宫和东岛联手灭门的事才传了过来。

众人激烈地分析着东岛和西北第一宫为啥会出手灭了北海城，却没一个人谈到点子上。这群底层江湖人觉得大门派的战争往往牵扯着巨大的利益，压根就不知道这件事只是三个人喝茶时临时起意拍板决定的事。而发出命令的地点就是他们面前的客栈大厅。

…………

中午，众人回到了客栈，门口依旧聚集了大批的江湖人。可奇怪的是这群江湖人却没一人来客栈内吃饭。他们几人聊着比北海城被灭更劲爆的江湖大事。

"你知道吗？谷岛主联合西北第一宫灭了北海城后，觉得心中有愧，辞去了东岛总岛主之位。他师父九文先生拿回了总岛主的位置后，第一件事就是清除了东岛谷岛主的所有势力。"

"怎么可能，谷天是九文先生的徒弟，他怎么可能做出这样的事来？"

“骗你干吗？现在二十四个岛的岛主，十一个洞的洞主，还有两个长老的人头还挂在东岛城的城门口呢。”

“啊？这九文先生不是向来仁慈，怎么会做出这种事呢？”

“哎，这你就不懂了，连七义镇龙门帮的帮主当年继位第一件事都是先杀了他老爹的原有部下，更何况像东岛这种大势力，九文先生也怕谷岛主东山再起啊。”

“嗯，那你说安掌柜知不知道这件事啊？我听说他是站在他师兄这边的。”

“这个我就不知道了，九文先生也是他师父，怎么说他都会两不相帮吧。不过经过这事东岛的江湖实力也会大大削弱一番。我听一个朋友说那三十七人中有十五个是化龙期的高手。”

门口的江湖客说话并不小声，客栈的众人自然是听了个七七八八。只是他们都发现安心毫无情绪波动，便没有多问。

殷任很识趣地将午饭端了上来。众人吃完午饭，便聊起了天。

“这几天估计没啥客人，你们想干啥就干啥。”安心无聊地撑着下巴说道。

秦淮点点头开口道：“安心，我想和师妹回趟阴姹宫。我们已经很久没回去了，既然最近客栈不忙，你要不和我们一起回去吧。就当散散心。”

安心摇了摇头：“你们自己回去吧。我就待在客栈，万一有两三个客人呢。”

秦淮还想说些什么，就看到安心微微摇头，便没有继续说话。

柳如月则想了想开口道：“裘生，你去昆仑吗？我们回阴姹宫会路过昆仑，可以带上你。”

裘生听到柳如月的话，并没有说话，而是看向一旁的安心。

安心白了眼裘生开口道：“你现在好歹入了门，你回一趟昆仑也没啥危险，你看我干吗？”

裘生挠挠头：“不是，老板你误会我意思了。我就是想问你借些钱，买点东西给婉儿，还有我姨妈。”

安心听到裘生的话一愣，从怀里掏出一张五十两的银票拍在桌上：“滚蛋！”

“好嘞！”说着裘生便夺过五十两银票跑出客栈大门。

柳如月见裘生走远，对着安心开口道：“你真的不和我们一起回阴姹宫？你也不怕我和秦师姐遇到坏人。”

“就凭你们这点实力，鱼跃境的人压根懒得为难你们，没入鱼跃的人又不是你们的对手。怎么可能会遇到坏人啊？”

“哼！”

安心回过头对着殷任说道：“你化龙境中期了，要不要趁着这段时间客栈不忙，出去闯荡闯荡。”

殷任想了想开口道：“算了，我哪里也不去。我就待在客栈陪你吧。”

…………

下午裘生买了个马车车厢，将安心来客栈时带来的白马绑在车厢前面，又将秦淮和柳如月请入了车厢内，便驾着马车离开了新安镇。

临走前，安心送了他们每人一个刻着“东”字的玉牌，让他们随身保管好。要是路上真遇到不长眼的棘手之人，就将这玉牌砸碎，附近的东岛弟子便会前来相助。

送走了三人，印雨便去了对面神医阁。她虽然因为安心才来到这新安镇，却一直和安心保持着若即若离的距离。安心也欣然接受印雨这样的态度，毕竟要是从印雨口中说出点什么安心也会受不了。

客栈内就剩下安心和殷任。殷任坐在安心旁边陪着他喝着茶水，好似想到了什么，开口道：“老板，我想等裘生回来教他‘藏剑身’。”

“裘生没你的天赋，练起来要困难些。‘藏剑身’有些复杂，倒不如练一些简单的武功来打好基础。”

“哦，那就算了。对了老板，我现在也是化龙境中期，现在是不是可以去对付那什么小剑神李寒衣、铁血手王田、逍遥剑术武胜了？”

“呃。”

“怎么啦，老板难道我的实力还不行吗？”

殷任一脸疑惑地看向安心。“不是，实力自然没问题，只是你刚刚说的这些人，都被阎王阁的人给宰了。”

“啊，那江湖上怎么没传出这个消息啊？”

“可能是最近江湖上的大消息不断，像这种没有背景的人死了也没人关心吧。我当时还想拿他们宣传一波阎王阁呢，结果这几人的死都没掀起江湖上的一丁点风浪。一个个外号给自己取得那么响亮，啥也不是。”安心一脸愁容地回答道。

殷任听到安心的回答，也是一震，随即想了想开口道：“那杀害我父亲的便只剩下水月城的城主司徒耀了。老板，你知道他实力如何吗？”

“他也是化龙境中期。不过要杀他，你还得再等等啊。”

“为啥啊，都是化龙境中期，我又修炼‘藏剑身’这样的江湖顶级功法，不应该怕他啊。”

“这和功法没啥关系，和怕不怕也没啥关系，主要这人有点精明，自从江湖上传出杀你父亲的凶手名单，这人就抛下水月城躲起来了。即使以东岛的搜索能力，到现在也还没找到他。”

第十七章　家族

安心和殷任两人就在客栈内一直坐到了晚上饭点。果然如安心所想，东岛出了大变故，这群底层的江湖人也像是怕惹上什么麻烦似的，不敢进这间客栈吃饭。

当然了，安心对于此事表示无所谓，毕竟从这群穷光蛋身上是捞不到油水的，真正的钱财还得从那些江湖上有点身份的人身上给赚下来。

安心看了看天空，见时辰不早了，对着殷任开口道："殷任，关门。我们早点吃饭。"

殷任点点头，刚想关门，印雨硬生生地挤了进来。"你们怎么这么早关门啊，我那神医阁刚关门。"

印雨一脸疑惑地看着安心他们。

"不是，对面那房子不都整个租给你了啊，里面不是有卧室和厨房啊，你怎么还来这里蹭吃蹭睡啊？"

"我这么漂亮的一个姑娘，每天过来陪你吃饭，你还嫌弃，你是不是个男人啊？"印雨一脸气愤地看着安心开口骂道。

安心摇了摇头："那你就是把我当小孩哄了。你这种行为像不像隔壁卖鱼的丁叔哄他小孩啊？他家小孩明明想吃包子，丁叔就领着他家小孩跑到西街包子铺让他闻了一上午的包子味，还哄骗他家小孩说闻包子和吃包子是一个感觉。”

印雨听到安心的话一脸蒙，我不就是吃你个饭啊，你和我说隔壁小孩干吗？她想着便疑惑道：“安心，你在说啥奇奇怪怪的事啊，我咋听不懂啊？”

“你这都不明白啊？老板说他想睡你，你却非得说陪他吃饭就等于陪他睡了。”安心还没说话，一旁的殷任抢先回答道。

“没有没有，坚决没有。我不是这样的人啊，殷任别瞎说。赶快去做饭去。”安心连忙摆手打断了殷任的胡说八道。

“哦，那好吧，那印姑娘就当我瞎说啊。”

殷任白了眼安心，一溜烟便跑去了厨房。

印雨看着殷任的背影，转头狐疑地打量着安心，开口道：“不应该啊，安大公子要是对我有想法，完全可以凭借神医阁少主的身份来威逼我啊。”

“不是，你还真信殷任的话？”

“那安大公子你讲隔壁小孩故事是什么意思啊？”

“那段故事只是想告诉你，想吃饭得给钱，要是不给钱你就闻个味吧，估摸着和吃到嘴里的感觉一样。”

印雨：“……”

三人吃完饭，印雨非要睡她原来的厢房，被安心拎回了对面神医阁。主要这客栈晚上黑灯瞎火的，万一印雨晚上起夜摸错了房间怎么办。

…………

第二天早上，安心睡到了巳时才起了床，殷任已经将客栈大门打开，正准备着中午的食材。

安心来到客栈大厅，朝外面一看。嚯，好家伙，这神医阁的生意确实不错啊。

一群打扮帅气的年轻人正排着队等着印雨的治疗。安心打眼这么一看，无一例外都是昨天刚受的内伤，关键伤人的掌法是出奇地一致。

就在安心盘算着印雨得分多少银钱给自己时，殷任悄悄地走到了安心身边，疑惑道："咦，这群人怎么身上内力功法都是一样的啊，还有伤他们的内力也和他们所修炼的内力一样。"

"嗯，你刚入化龙境没多久，就能看出这点，非常好。"

"老板，这应该就是那黄家算计印雨吧。老板，你就一点不担心？"

"我担心个啥啊，这种送钱的玩意儿不应该越多越好啊？"

中午托印雨的福，客栈的生意好了起来。没错，就是上午那群还没来得及治病的年轻帅小伙子。显然他们是做过功课的，为了表现出相互之间不认识，都各自坐了一张桌子，点的菜也是各不相同。

这让安心忍不住将酒水饭菜的价格提高了三倍，他也不怕这群人嫌贵，反正这新安镇就他一间客栈。要是嫌贵不吃那就饿着吧。

这群年轻的小伙子自然有不服气的，有一浓眉大眼的小伙子刚想和安心理论，就被刚进客栈的印雨给吸引住了目光。这小伙子也是个聪明人，自然不想为了这贵得离谱的饭菜钱在印雨面前失了颜面，便只能在心中暗骂安心。

那群等待治病的帅气青年，吃完饭也没有急着出去。有些人趴在桌上休息，有些人偷瞄着椅着柜台的印雨。

安心倒是没有说什么，只是刚端着饭菜从厨房出来的殷任急了，这群人坐了满了大厅位置，让他们没多余的桌子吃饭。至于将饭菜端到二楼厢房吃，殷任才懒得动弹。

于是想了想他便对着大厅喊道："吃完饭的滚蛋，这里是客栈，要休息自己花钱住店。"

这群年轻人听到殷任的话，立马都兴奋起来了。他们初出江湖，家里的先生经常给他们讲些歪嘴龙王打脸不知死活底层嚣张江湖人的故事。他们好不容易通过了家族的层层筛选，出了江湖，便遇到了殷任这样的活宝。

当然了，当年家中先生和他们讲这些故事，就是想告诉他们为人要低调，这世道人外有人、天外有天。当年先生也只是打眼这么一瞧，就断定这群青年人没一个主角的命。可听故事的人自然会将自己带入歪嘴龙王的角色当中去，殷任则被当成了那个不知死活的底层嚣张江湖人。故事的结局是抱得美人归，所以他们更兴奋了。当然了，结果和他们想象得有点不太一样。

…………

殷任将最后一个年轻人像拎小鸡一样拎出去的时候，客栈外的人都震惊了。

有个眉清目秀的青年刚想说出自己的背景来吓唬吓唬殷任，可被他旁边眼尖的年轻人拦住。这胖子明显不是自己这群人能惹得起的，他们只要完成家里的任务就可以了。

…………

中午，安心三人吃着饭，印雨看了眼坐在神医阁前面的一群年轻人，嘴角突然上扬，在安心耳朵旁说了点什么。

安心听完印雨的计划，倒是没有急着回答，只是淡淡道："我要所有的收益。"

"行，所有的钱都给你。"

三人吃完饭，印雨便回到了对面的神医阁。而安心直接将客栈大门给关闭了，并吩咐殷任下午无论听到谁喊门都不要开。殷任虽然迷茫，但还是点点头。作为一个合格的厨师，不打扰老板赚钱是最基本的素养。

安心吩咐完殷任，便回到三楼厢房休息。殷任摇了摇头，也回到后堂的杂物间休息了。

…………

临近申时，安心才打着哈欠伸着懒腰开了客栈大门，就见眼前客栈大门前排了一条整齐的队伍。

为首的年轻人一脸虚弱，见到客栈大门打开，眼睛突然亮了起来，开口道："安老板，我们又来打扰了。中午的事是我们不对，还请安老板大人有大量，饶过我们。"

"哦，你说那事啊，我都忘了。对了，你们是来吃饭的呀，这个时辰有点早啊。不过小店向来以人为本，我现在就去叫厨师给你们做饭啊。"

"不不不，安老板，千万别打扰殷先生休息，我们就在门口等着。殷先生什么时候起来再说，我们不急。"那虚弱的青年连忙摆手开口道。

"咦，中午还没发现，我那厨师怎么下手这么重啊，竟然用了他家的独门功法对付你们。这功法可不是随便找个医生就能看好的啊，得用我家厨师的独家秘方才能治好。"

"啊，安老板果然慧眼如炬，刚刚印医仙也是这么说的。"

"哎，事不宜迟，人命关天，我赶快去叫我家厨师给你们看看。"

说完便不理会众人，慢悠悠地走到了后堂，半路上他还从货架上随手拿起殷任祖先留下的宝剑，舞了一个剑花。

过了半晌，安心一脸愁容地回到客栈大厅，手上还拿着三服药和一个信封："抱歉啊，我家厨师不知道去哪里了。不过这厨师或许知道你们要来，特意在后堂留了三服药和一封信件。"

说着也不理会众人，自顾自地将手上的信封拆开大声读了起来："老板，非常抱歉，中午出手对顾客有些重，用了我们的独门内功心法。这功法需要在一日内服用我家的独门药方，可惜我从家里出来得急，只有三服药。每一服可治疗一人。不过没有吃药的人也不用担心，如果一日内没有服用我家的独门药方，虽然会导致全身经脉紊乱，但如果三日内能得到药方，可保住一条小命。我已经赶回家多拿几服药了。”

安心读完，便将手上的信件用内力震碎，状似无奈地对着外面一群已经傻眼的年轻人开口道：“哎，我家厨师也是的，这出门在外怎么能不多带些药呢？你们看看，现在就三服药，你说给谁是好呢？”

安心话刚说完，排在第一位的年轻人立马急道：“我是第一个，当然有我一份。”

安心听完年轻人的话，点点头就想将一服药递给眼前的年轻人。

就听人群中一人喊道：“黄飞，你竟然好意思先拿一服药，不知道在这里我的辈分最大啊？”

声音急切，一听就知道是个“关心晚辈”的长辈。

安心将客栈大门关闭，不一会儿外面就传来各种各样的声音。先一堆大老爷们争吵的声音，不过这群人显然是肚子里没多少墨水，来来回回就是那几句问候对方祖宗的粗鄙之语。把安心都搞不懂了，这些人明明都是同一个祖宗，骂对方祖宗不就是骂自己的祖宗吗？

当然了，这一系列的声音也没坚持多久，很快就传来了打斗声。该说不说，这群弱鸡打架还挺有意思的，嘴里还给自己加特效。随着时间的推移，打斗声并没有如同安心所想的那样更加激烈，而是陷入一片寂静。

安心疑惑，感受了一下外面的情况，眉头微皱，顿感不妙，连忙打开客栈大门。就见门外突然出现一中年男人，一手给一个年轻人把脉，另一手拿着一沓银票。

中年男人头发梳得一丝不苟，用一条蓝色绸带将头发束起，留着八字须。若是不仔细看那中年男人微笑中的奸诈，常人一定会认为此人是个善良的邻家大叔。中年男人已经把完了脉，随意地在那年轻人身上点了几个穴道。那年轻人原本惨白的脸色便以肉眼可见的速度红润起来。

年轻人也是个实在人，感受了一下身体状况，便从怀里恭恭敬敬地拿出一张五十两的银票递给了眼前的中年人。那中年男人只是微微点头，刚想接过银票，就被一股内力隔开了。那银票也被一股莫名其妙的力道给拉扯着离开了年轻人的手。

中年男人一愣，随即转过头去，就见安心正咬牙切齿地盯着他。中年男人也不恼，拍了拍眼前的年轻人，示意他可以离开了。

那年轻人也是个聪明人，他已经从印医仙口中得知安大公子的身份，也知道这事他参与不了，便招呼几人拉着几个还没有治疗的年轻人连忙离开了现场。

这群年轻人刚走，现场气氛便尴尬起来。安心一脸愤恨地看着中年男人，中年男人则微笑地看着安心。要不是安心此时还顾及那仅剩的一点父子情谊，估计现在就得一边按着中年男人脑袋猛揍，一边问他为啥要破坏他的发财大计。

就在两人对峙间，印雨小跑到中年男人身边，开口道："师父，你怎么来了啊，是来看徒儿的吗？"

中年男人听到印雨的话，白了眼印雨开口道："不是，你有啥好看的？医术那么差，还挣不了几个钱，竟然还有脸打着我神医阁的招牌给别人看病。我来看我儿子的。"

印雨："……"

"都滚进来。"印雨刚想辩驳一下师父对自己的评价，便听到安心愤怒的声音。

"好嘞。"

中年男人听到安心的话，连忙将手上的银票揣进了怀里，小跑到安心身边，仔细地打量着安心，边打量还边给安心捏着肩膀："儿子啊，都十三年没见你老爹了，有没有想我啊？还有你怎么还这么瘦啊，是不是东岛的伙食不好啊？"

安心压根不想搭理这个移动按摩机，只是默默地坐到桌子旁给自己沏了一壶茶水。那移动按摩机也不恼火，只是默默地随着安心的移动而移动，给安心按着肩膀。印雨都蒙了，看着这对不知道谁是老子谁是儿子的父子，愣在了原地，半晌才反应过来，小跑到中年男人身后，低着头不说话。

安心见印雨回到了客栈，便用内力将大门关闭，开口道："坐。"

那中年男人听到安心的话，立马识趣地坐到安心的左边。印雨看见自家师父这模样，则摇了摇头，无奈地坐到了安心的对面。

"老爹，你咋跑到这新安镇来了啊？关键一来还抢我生意。"

"我这不是十三年没见你，想你啊！还有那生意可不是我想抢你的，那群年轻人中有人认出我来了，非得跪在地上求我给他们治病。要不是他们给的酬劳还算满意，我是绝对不会给他们治疗的。"

"哦，是吗？那你把刚刚挣的钱给我，我就相信你说的话。"安心瞥了眼中年男人淡淡道。

"那怎么行？你才多大，要这么多钱干啥啊？不过你放心好了，我就你这么一个宝贝儿子，等我死后，我的不都是你的吗？何况我赚这些钱还不都是为了你以后娶媳妇用啊，我这都是为你好啊。"

"呵呵，这些年你挣的钱，都够我娶七八个圣女了吧。我这媳妇得是用金子打造的才能让你这么劳心劳苦吧。"

"瞧你这话说的，你以后娶了媳妇，不得纳几房小妾啊？以你的身份，这小妾也最起码得是个圣女之类的人物吧？纳完小妾不得再找几个暖床的丫头啊，这也最起码是个公主之类的吧？这哪哪儿不要钱啊？我不得都给你准备充足了啊！"中年男人一脸愁容地解释道。

"哦，你要是这么说我就理解了，那你再多挣点吧。"

安心听到中年男人聊到他感兴趣的话题，立马就来了兴趣。

就在这时，殷任揉着惺忪的眼睛走了出来，看见安心正在招待客人，便开口道：“老板，这位客官需要吃些什么，我去做饭。”

安心摇了摇头：“不用，你也来喝点茶水。这是我老爹安道悬，他来看看我。”

“哦，原来是安神医啊，久仰大名。”说着便不客气地坐到了安心右边。

安道悬看着对面没有规矩的胖子，皱眉道：“你就是虚海道人的后辈？最近江湖上闹得沸沸扬扬的阎王阁屠杀江南阁和御龙帮的事就是你的手笔？”

殷任听到安道悬的话，刚想摇头否认，可想了想还是点头开口道：“是啊，他们杀了我的父亲，我得找人杀了他们，为我父亲报仇。”

安道悬点点头：“是为了《藏剑身》？”

“嗯。”

“那功法我见过，不错。”

安道悬的话刚说出口，殷任和安心便疑惑地看向他。安心也蒙了，自家老爹啥时候见过《藏剑身》啊？

安道悬也注意到两人的目光，也不卖关子开口道：“我曾经救过殷天鹰一命，他为了报答我，便让我抄录了一份‘藏剑身’的功法。现在那功法的副本还在神医阁的藏书阁里垫桌子呢。”

殷任一愣，安道悬好像明白殷任要说些什么：“我这么做倒不是看不起你家的功法，只是觉得……算了编不下去了，不骗你了，我就是觉得那功法啥玩意儿啊，和别的功法一点都不兼容。当时你老爹给我的时候，我还觉得稀奇，结果练了一次我就发现那玩意儿和我家祖传的圣道诀压根兼容不了。怪不得你老爹那么爽快地给了我，估计他早就知道结果了。”

殷任听到安道悬的话，心中已经在盘算着要不要掀桌子拍板凳，大声吼出“殷家功法不可辱”的时候，就听到安心的声音。

“老爹，你这个不兼容是因为你练得不对。我们家的圣道诀是阴阳生息的功法，而‘藏剑身’属于纯阳功法，而且是至阳的那种。你要是想兼容两种功法，需要再找一本至阴的功法来中和一下。我想想啊，江湖上至阴的功法好像就只有我们东岛的九审九渊。”

安心边说边从身上生出一道剑气打向了空中，这剑气被安心刻意压制过，并没有多大威力，很快就消散在空中。

安道悬和殷任看着安心的动作都蒙了。

殷任一脸不可置信道：“老板，你怎么会‘藏剑身’？”

殷任自然不会怀疑安心偷看了他的《藏剑身》，毕竟安心要是想看，自己会很乐意让他练习。

安道悬也是疑惑：“安心，我也不记得让你练过这功法啊？”

安心听到两人的话，白了眼两人开口道：“你们疑惑啥啊，我这个‘藏剑身’是我看到殷任出手，自己推演出来的。我是江湖上公认的千年难遇的天才，做到这一点还是很轻松的啊。”

众人听到安心的话齐齐黑线。

…………

就在几人商讨功法的特点时，一直沉默不说话的印雨突然对着一旁的安道悬说道：“师父，为啥你说安心非得娶圣女啊？”

声音幽怨又疑惑。

安道悬愣住了，这傻徒弟脑子里都在想啥奇奇怪怪的事啊。可看了眼可怜巴巴的印雨，他还是叹了口气开口道：“傻徒弟，这世上哪有草鸡飞上枝头变凤凰啊？江湖上总流传着一句‘贵不过二代’的话，可这不过是底层江湖人自欺欺人的语术罢了。真正的武林家族只会越来越强盛。就拿我们安家来说吧，江湖上人人都说我们安家占了神医血脉，得了上天眷顾才能长久不衰。可他们不知道的是，我们安家为了保证我家后代基因优异，对于自家媳妇的选取有多么严苛。一般的女子即便长得再好看，要是没有过人的天赋，压根就入不了我安家的眼。而那些名门大派的圣女，无论天赋还是长相都是经得起推敲的，这样的人才能堪堪入了我安家眼。而要成为安家的正室，那还得气度格局样样不缺。当然了，那些底层江湖的女子或许有出色的，但我们安家不会拿自己的未来来赌博。这么说你或许还不太明白，换句话说，安心这么优秀，绝不单单是我和他娘的基因好，而是我们安家一代一代都保持着优良的基因。要是还不明白，话可以说得再现实一点，娶那些普通的女子对我们安家没有半点好处。不仅仅没有得到所谓的优良基因，而且这些女子背后的家族还会拉安家的后腿。娶一个门派的圣女可以给安家带来很多利益。”

印雨听到安道悬的话，嘴巴不受控制地微微颤抖。

安道悬看到印雨的样子，也有些于心不忍，劝慰道：“好啦，你不用想太多，这些事还早呢，未来谁能说得清呢？不过，你那黄师妹也是个没有脑子的人，竟然天真地以为可以算计我神医阁，要不是她父亲将黄家一半的财产送于我，我压根不可能收她为弟子。一个被我算计的家族，还想算到我头上来。她也不想想，就她，就凭她黄家，也配？”

众人听到安道悬的话，都是一愣，印雨忍不住问道：“师父，你竟然知道徒儿被黄师妹算计，那你为啥不阻止一下啊？”

“为啥要阻止啊？作为一个门派的掌舵人，本身就要有坐山观虎斗的本事。就算你真的被那黄家算计，也不过是损失一个弟子，却也是吞并黄家另一半财产的好机会。只要上了贼船就不怕她能下来。当然了，即便现在干预了也不碍事，反正都是找借口。她黄家算计你也算个合理的借口。”

“可我要是真的嫁给黄家某个弟子做媳妇，你们怎么会有机会吞并黄家啊？”

“嗯，只要过上一年，对外宣称你在黄家受了委屈，神医阁一气之下收拾了黄家，很合情合理啊。江湖上还会有人夸赞神医阁对自家弟子很上心呢！”安心听到印雨的疑惑，淡淡地回答道。

印雨都蒙了，她实在是想不通为啥这个世道会这么复杂。以她的性子，自然是不喜欢这些大人物的算计，特别是有人当面说出她不过只是一枚棋子的时候。

“我们既然当你的面说出这些事，自然不会再算计你。你不必担心，以后神医阁有我，你也不会受委屈。我知道你不喜欢听这些，但这些都是事实。对了，你有没有奇怪一件事，为啥一些名门大派的掌门都不是门派里面武功最厉害的人物？因为一个门派掌门武功再高，也只能保住门派的一时风光，而门派想要一直长盛，却需要一代代地算计下去。”

几人聊着天，因为客栈没有客人，殷任便将客栈大门关好，到后堂给众人做饭。安心则和安道悬静静地喝着茶水聊着天。印雨识趣地不说话。

“你们东岛发生了大变故，你有没有牵扯进去啊？要是东岛待不下去了，你就回神医阁吧，再不行你就去你娘的迷雾谷待着，那边安全。”安道悬一脸关切地看着安心。

“你最后一句才是重点吧，自从我被你送到东岛后，我老娘应该就没搭理过你吧？你说那边安全是不是你闯了几次迷雾谷都没能进得去啊？”安心白了眼自己的老爹。

“哎，我家的基因就是好，啥事都瞒不过你。你啥时候有空就去迷雾谷看看你娘怎么样了。”

“我老娘好得很，我上次出江湖经过十万大山的时候还和我娘见过面，我们还说起你了。”

“哦，是吗？你娘怎么说的？”

“我老娘说，母子见面的大喜日子，不要谈论这种晦气的人，会冲撞了神灵。”

“哦，还有呢？”

“没了。”

“……”

安道悬看着安心，好像要从安心表情中看出他是否在撒谎，可是安道悬失望了，安心那“真诚”的表情已经说明了一切。

“扑哧。”

就在两父子聊着天的时候，一旁的印雨实在没忍住发出嗤笑声。

两人齐齐看着印雨。

“没有，我刚刚是想到了好笑的事，绝对没有笑话师父你。”

安道悬无言。

几人聊得正欢，殷任从厨房内端出饭菜。就在这时，门外传来了敲门声。几人齐齐一愣。

安道悬则眉头紧锁喃喃道：“这人怎么来了？”

“可能这就是缘分吧，殷任开门，加双碗筷。”安心奸笑地回答道。

…………

殷任将客栈大门打开。就见外面站着一身披蓑衣、头戴五方冠的老者。老者头发已经花白，却精神抖擞。

老者朝着殷任施礼：“谢小兄弟开门。”

“老头，你怎么也来了？”就在老者谢完殷任后，安道悬的声音便传了出来。

老者听到声音抬头一看，紧了紧眉头：“安道悬，你怎么在这里？”

“我来看我儿子的啊。”

“你儿子？谁啊？”

“安心。”

“啥玩意儿，安心是你儿子？”

老者一脸疑惑地打量着安心和安道悬，随即好像想到了什么，嘴里喃喃道：“怪不得安心这么嚣张，敢情是遗传的。”

说着也不客气，径直走到了安道悬的身边，还用手示意安道悬挪挪屁股。安道悬也是无奈，只能让出一个位置给老者。老者也不客气地坐下了。

“李岛主，你怎么来了？”安心见老者坐下，便疑惑地问道。

“哎，我来找你啊，东岛发生了这么大的变故，你怎么还这么悠闲地在这里坐着啊？”老者一脸愁容地说道。

“李岛主，你是在说东岛城那几个挂着的尸体吗？”

“不然呢？你师父也不知道发什么疯，一夜之间杀了这么多人。我们几个岛的岛主找到你师父问原因，你知道你师父说啥吗？”

“还能说啥啊，肯定说这些人是谷天的心腹，对他有威胁呗。”

“你竟然知道？”

安心收起一贯的笑容，一本正经地对着老者说道：“李岛主，我知道你在想什么，但这次事情确实得做。现在不做的话，等到下次死的人会更多。我师父什么性子你也明白，他怎么可能会为了站队问题而去杀人？这里面的原因我估计你们其他岛的岛主也私下讨论过吧？”

“是啊，我们其他几个岛岛主也都私下讨论过这事。乐声说这次只是清理内奸，让我们不用担心。可我觉得我们东岛怎么可能会有这么多内奸啊，也不知道是否查清楚就杀人，万一杀错了怎么办？”

安心听到老者的疑惑，耐心地解释道：“李岛主，既然杀了，说明确实没弄错。这事我也知道，现在东岛的情况并不好，我师兄坐上总岛主之位后，东岛就一直向外扩张，很多势力也有意算计东岛。这些人是我师父当年当总岛主时遗留下来的问题。当年东岛的事李岛主亲身经历过，应该比我清楚。”

老者听到安心的话，也无奈地摇了摇头：“哎，要是说当年的东岛遗留问题，还真有可能会有这么多内奸。当年东岛几乎是江湖上的笑话，你师父当年二十五岁，我也才二十三岁，我记得那时候我才鱼跃境初期，你师父是鱼跃境后期，差一步就是化龙境。那年你太师父被人围杀，东岛唯一的化龙境也就没了。

“你师父无奈地接受了东岛这个烂摊子。为了让那些大势力放弃攻打东岛的想法，你师父跪在那些门派的大门门口，求着那些势力放过东岛一马。那群势力也是狠心，不仅将你师父的修为废到了鱼跃境初期，还夺取了东岛很多宝物，才放过了东岛一马。

“后来东岛不断从外面招收人才，我当时还问过你师父就不怕这些人当中有其他门派安插的内奸。你师父说，安插也没办法，东岛第一步得先活着。

“再后来东岛也有了自己的新一代势力，我们这些老人也收了自己的徒弟，这些弟子中也出现了寒余、雷杰、乐声这样的人才，东岛才渐渐稳固了起来。可我们收了徒弟，你师父却一直没有收徒，直到二十五年前你师父带回了你大师兄，这才有了他的第一个弟子。

“现在想想，我们东岛能发展到现在，也都是你师父一手操办起来的。”

安心听到老人的话，点点头无奈道：“我十一岁的时候无意间听到龙奎岛的岛主和其他几人私下骂我师父是条狗。后来我将这事告诉我师父，我师父却说我听错了，从那以后我便留了个心眼。之后我出江湖，遇到了一个叫六朝帮的门派。他们掌门听说我是东岛的人，便笑话我师父是个只知道跪下来求饶的狗。虽然我一招灭了六朝帮，但是也因此我才知道我师父在江湖上名声并不好。后来我在江湖上到处惹事，其实无非想告诉这个江湖，东岛有我。我回东岛后，总想着和师父聊聊他在江湖的地位，可每次看到师父的笑容，我都将话咽了回去。李岛主，现在你明白我十七岁回到东岛，为啥让你支持我师兄做总岛主吧？那是因为东岛需要一个新的面貌。我师兄也是人才，短短时间便将东岛管理得井井有条。这次东岛事变，是我和师兄商量让师父来做的，一是我师兄不愿意担上杀人的罪名，二是我师父也可以对江湖有个交代。”

第十八章　宝藏

几人吃完饭，就没再谈论那些血腥的事。老者也不爱谈论这事，毕竟作为一名医者，本身就见不得死人。

倒是安道悬这个吃瓜群众很有兴趣地回想着刚刚两人聊的事。突然他好像想到了什么，眼睛一亮对着老者开口道："老头，你们东岛要有大动作了，我们要不要合作一下？"

"你想干吗？我先跟你说清楚，我李华珍就是死也不会和你这个奸商合作的。"老者看了眼不怀好意的安道悬，警惕地回答道。

"你紧张干吗？我又不会吃了你，何况你的医书都是从我们安家借过去的。"

"那是我和你爹的交情，和你没关系，你可别打我的主意。"

"瞧你这话说的，我就是关心关心你们东岛的情况。毕竟我儿子也在东岛，我还能害你不成？"

"行，你说说。"

安道悬一脸奸笑地提出建议："你们东岛这次事件后，接下来一定会对外报仇。当年的事我们安家也知道，除了已经被你们收拾了的北海城，还有很多势力活得好好的。这样吧，你们东岛给我五十万两银票，我神医阁闭阁两年，两年内我们神医阁绝不会向那些势力提供任何治疗。算了，看在我儿子的面子上，我给你们东岛打个折，给我五万两银票就行。”

老者脸都黑了，可想了想，要是东岛真的对外宣战，双方难免都有伤亡。东岛有自己坐镇确实可以减少很多伤亡，但要是别的势力找到神医阁合作，那对面势力的劣势也会很快弥补过来。五万两倒是不贵，要不就给了。

就在老者犹豫间，安心开口了：“李岛主，你还真信他的鬼话啊？我师兄要是对外扩张，第一件事绝对是将我的神医阁少主身份往江湖上传播。到时候神医阁要想生存下去，第一件事就是对外宣称闭阁。他这是诓你啊，五万两就不参与其他门派的治疗，哪有这种便宜的好事？”

老者听到安心的话，都愣住了，随即一脸愤恨地看着安道悬，开口骂道：“安道悬，你果然不是个好人！看病救人收费贵也就罢了，还想着坑老夫我。”

安道悬被安心点破小心思后，又听到老者的话，讪讪道：“哎，我这不是要闭阁了嘛。亏损大了，想弥补一下损失。”

老者冷哼一声便不搭理安道悬了。安道悬则白了眼安心，没你这么坑爹的啊。

几人聊了会儿天，便各自休息去了。

…………

第二天早上。安心早早地起了床，洗漱完毕后便来到客栈大厅。殷任已经做好了早饭，李华珍和安道悬已经坐下等着众人一起吃早饭。印雨也从对面神医阁走了出来。

几人吃完早饭，印雨便回到了对面神医阁，开始了为安家打工的一天。安心三人则坐在桌边看着殷任收拾碗筷。

李华珍想了想对着安心开口道：“我今天中午就回东岛了，你要不要和我一起回去？”

“不了，东岛有我师兄坐镇，乱不了。”

“行吧，你自己保重。对了，我一直想问，你觉得我的医术比你老爹如何？”

李华珍一脸虚心求教地看着安心，要不是他的余光不时瞥向旁边的安道悬，安心一定认为这老头是个不耻下问的好学生呢。

安心还没回答，一旁的安道悬坐不住了：“你想什么呢，你的医术都是一点点从医书里啃出来的，而我们安家可是世代学医，自身功法也是为了治病救人，当然是我的医术好啊！”

李华珍道：“呵呵，你说的不算，安心跟我学的医术他才有发言权，对吧安心？”

“其实我觉得差不多吧，我也没有过多比较过。医理知识李岛主当然比我老爹厉害，不过我家的武功心法确实也有所长。”

安心一脸违心地回答道，主要不想打击这两个长辈，毕竟自己才是最厉害的。

安道悬见安心说了等于没说，便对着李华珍开口道：“老头，有件事得和你商量下。”

“说。”

“我神医阁想派出四十多名内门弟子还有一百多名外门弟子到你的药谷岛学习交流。”

李华珍听到安道悬的话，一脸疑惑。自己的药谷岛虽说是江湖医者的圣地，但要是和神医阁比起来，确实差点底蕴。神医阁的弟子去交流学习完全是没有必要的。可他突然好像明白了什么，一脸深意地看着安道悬说道：“东岛这次承你神医阁的情。”

“什么情不情的，我只是让我的弟子去你们药谷岛交流学习，又不是给你们东岛补充资源。”安道悬一脸认真地回答道。

说完转头对着安心说道：“安心啊，我这次回去可能会闭阁了。神医阁那地方虽然偏僻，但也不算安全，要不你和你娘说说，让我到迷雾谷去躲上几年，她那里安全。”

安心：“……”

安心三人聊着天。安道悬和李华珍两人实在无聊，便跑到对面神医阁看印雨治病救人。得知印雨治病无论病情轻重都只收一两银子，而且药材也是按照进价卖给病人时，安道悬和李华珍两人的脸色各不相同。

李华珍是一脸满意地看着印雨，还夸赞印雨医者仁心，不像某两位安姓流氓头子，只知道挣钱，连基本做人的准则都没了。安道悬则黑着脸，表示如果天下医者都按照印雨这么做生意，干脆都别干了，连自己生活都不能保障的医者也没必要行医救人，医人先医己。

就在印雨为此而烦恼时，医馆内来了一个在新安镇打猎为生的病人，因为打猎崴了脚前来治疗。印雨眼珠一转，对安道悬和李华珍说道：“师父和前辈两人的医术都是江湖上鼎鼎有名的，但江湖上对于您二人医术孰高孰低却常有争论，不如趁着这个机会，两位比拼一番。就拿这个病人为例，两位共同诊治，看看谁出的方案好。”

印雨显然是聪明的，已经学会了转移矛盾。就在印雨为自己的小聪明而骄傲时，就听到李华珍说：“安道悬，你这个徒弟是不是脑子不好使啊，竟然说出这样的傻话。我刚刚还说她医者仁心，看来是我看错了，没想到是个傻姑娘。”

“是啊，就一个简单的崴脚，竟然好意思让我们两个治疗。”

两人边骂边走出了神医阁，留下印雨和那江湖人在原地凌乱。

…………

中午客栈依旧没有客人。众人吃完饭，李华珍便离开了客栈。安道悬也骂骂咧咧地揪着印雨回神医阁。

经过上午的观察，安道悬再也不放心这个傻姑娘留在江湖上了。印雨虽然还想反抗，但还是被安道悬拎了回去。

临走前，安道悬用昨天在那黄家人身上挣来的钱换走了一个刻着

“雾”字的玉佩。客栈便又剩下安心和殷任。

…………

安心和殷任两人无聊地坐在大厅内喝着茶。

“老板，你说为啥东岛发生了变故，我们的客栈也没了生意啊？这群江湖人咋这么迷信呢？”殷任实在无聊便找了个话题聊了起来。

“谁知道这群人怎么想的？估计都觉得东岛不行了，进我这个客栈也难免会沾染一些晦气。”

“嗯，都是群目光短浅的江湖客。不来也好，不来清净些。”

两人聊着天喝着茶，一直坐到了晚饭饭点。

…………

让安心没有想到的是，客栈竟然来了五个客人，还都是些新安镇的老面孔。

安心对着几人笑道：

“咦，我还以为东岛发生变故，你们会嫌我这个小店晦气呢。”

几人一愣，其中一位壮汉笑道：“安老板，小瞧了我们不是？东岛做事我们也听过，不过这和我们还是很遥远的。我们哪有资格嫌弃安老板的客栈啊。我们之所以最近没来，是因为别的事。”

安心一愣：“啥事啊，江湖上最近不就我那东岛的破事吗？”

“安老板，东岛的事，我们确实是私下讨论过，但最多是打打嘴炮，毕竟那些事发生得再大也影响不了我们啊。安老板不知道最近江湖上传出的有关前朝藏宝图的事吗？”

“前朝藏宝图？我咋不知道啊？”

“这事前段时间可是闹得沸沸扬扬的，说阎王阁为了两张藏宝图残图灭了江南阁和御龙帮。后来又有人说在新安镇和七义镇交界的五里山找到了宝藏入口，这两天新安镇的江湖人都拥过去查看了。”

“啊？我听说阎王阁灭了御龙帮和江南阁是受了虚海道人后辈的委托，怎么会是为了藏宝图？”

安心现在都蒙了，自己到底错过了什么江湖大事啊。

“一开始传出的是这个版本，后来有人证实了那消息是假的，说那只是阎王阁为掩人耳目传出的假消息。”

“那你们这两天在五里山的小土坡上找到宝藏入口了吗？”

“这倒没有，都把那五里山上面别人家的祖坟给挖了，也没发现半点宝藏入口的痕迹。”

安心：“……”

安心听着江湖人对那虚无缥缈的宝藏讲得头头是道，都愣住了。

阎王阁灭了江南阁和御龙帮这事的原因被江湖改编成这个样子并不稀奇，只是他觉得这藏宝图的事和他当年敲诈各大门派二代的手法一模一样。都是通过一件事情在江湖上虚构出一个宝藏秘境，把人吸引到一起然后开始敲诈勒索。只不过当年的自己为了精准定位，特意宣传说那秘境非鱼跃境后期以上的高手不得入内。

现在出现这么个宝藏图的事，又离新安镇这么近，安心总觉得有人要害自己。可想了想又觉得不对劲，要是大势力想坑自己，压根不可能拿阎王阁灭江南阁和御龙帮这事做文章，毕竟要是那些大势力还没猜到阎王阁背后的势力那完全可以抹脖子自杀了。

安心也不是个执拗的人，想不通的事他就不想，要是真的有人想坑自己，东岛会查清楚的。

…………

众人吃完饭，殷任将碗筷收拾干净，从厨房端来了晚饭。殷任多做了几个菜，而且还是当季最美味的，像什么清蒸苏城大闸蟹、毛豆烧土家鸭、安城河豚鲜汤……五花八门。

两人吃完饭，又喝了碗燕窝汤暖胃。

“殷任啊，要是明天那群江湖人还到那五里山去探寻什么宝藏，你也跟过去，我总觉得有人在刻意算计我，要是发现啥异常的事，你告诉我一声。”

“老板，还有人敢算计你，这是吃了熊心豹子胆了啊。”

“我就这么猜想的，也不知道啥情况，或许就是那群江湖人闲着无聊真信了藏宝图的事。”

“那行吧，不过这群江湖人起得都挺早的，要是我明天跟着他们过去，早饭你就自己应付吧。”

“嗯，好。”

两人聊完天便各自休息去了。

…………

早上安心起了床，见到大厅内殷任留下的纸条，便知道殷任已经跟着那群江湖人去探寻宝藏的事了。安心无聊地站在客栈门口，看着初升的朝阳。

这新安镇已经比自己刚来的时候繁华多了，对面新开了店铺，商铺的老板也和气了很多，再也没有安心刚来时和顾客比拼谁的刀更加锋利的事了。

安心转身从柜台上拿出几文钱，跑到对面一家包子铺买了两个肉包。

包子铺是一对中年夫妻打理的，男人做包子，女人负责售卖。他听柳如月说过，这对夫妻的儿子有些出息，已经有了功名在身，也在圣城那边买了房子。儿子原本是要将这对夫妻接到圣城享福的，可这对夫妻却不愿拖累他。安心没有和这对夫妻过多交流，买完包子便回到了客栈。

…………

临近中午，殷任赶了回来。

没错，殷任一个人回来了。安心刚想问问情况，殷任却率先开口道：“老板，算计你的家伙解决了。”

安心一愣，好家伙，还真有人算计自己啊，连忙开口问道：“谁啊，是星虚宫的人还是神剑阁的人？”

“都不是，是个六朝帮的余孽。”殷任摇了摇头，无奈地回答道。

“六朝帮的人？这个帮派竟然还有人活着？那他是不是傻啊，既然侥幸活着就躲起来藏好了，居然还来算计我？”

“我也不知道他怎么想的。反正当年我家里人死后，我第一件事就是拿着所有的财产离开家乡，先保住命要紧。至于报仇的事先不急，等以后再想办法。”殷任也很不理解。

“你这还不够保险呢。我认识一个江湖人，也是和你这个情况，自己的老爹被人给杀了，他为了保命拿着宝物离开了家乡。但他绝口不提报仇的事，为了让自己断了报仇的念想，还特意抽空回去跪在自己老爹坟前断了他们的父子关系。”

“这人是谁啊？”

“他就是杀害你父亲的司徒耀啊。”

“哦，那就不奇怪了。”

“对了，你还没说你怎么发现是六朝帮的人算计我的啊。”安心一脸疑惑地问道。

“哦，是这样的。现在五里山上都是寻找宝藏的江湖人，每个人都只顾着寻找入口，就那厮像个没事人一样，左看看右看看，好像在寻找什么人似的。我当时就发现他不对劲，于是趁着没人的时候把他劫走，严刑拷打。这小子一开始还嘴硬，我就点了他的穴道让他不能动弹，狠狠修理了他一顿，然后这小子什么都交代了。你还别说，这小子运气是真的好。当年你灭六朝帮的时候，他正在幽会一星虚宫的女弟子，等他回到六朝帮的时候，你已经走了。后来他就发誓找你报仇，无意间还从一个山洞里找到一本功法，叫什么‘烈日诀’。据他所说，这功法练成后可跨境界杀人。不过我看了一下，没那么神奇，就是比市面上的大路货好点的纯阳功法。”

殷任说着便从怀里掏出一本册子递给了安心。

安心疑惑地接过册子翻看一眼，就见册子上面第一页写着：“本秘诀是我历经五十年创作而成，练成后可以跨境界斩杀敌人。”

安心看到这句话，顿时蒙了，这话有点嚣张啊，便往后翻看起来，越看脸越黑，将册子随手扔给了殷任，骂道：“这玩意儿也要历经五十年创作出来，我分分钟就能想出一个比它好上百倍的功法。而且这功法练到大成也不过就是鱼跃境中期，比阴姹宫的阴姹术还要差劲。怪不得说能跨境界杀人呢，创作这功法的人估计平时遇到的都是修炼大路货功法的江湖人。”

殷任听到安心的话，点点头，说道：“我一招擒住那小兔崽子，那小子是一脸震惊。估计他怎么都没想到自己修炼的功法，竟然没在我手上撑过一招。后来我得知他要算计你时，我就问他，他哪来的自信去杀一个化龙境后期的高手。你知道他说啥吗？”

“别卖关子，快说。”安心白了眼殷任说道。

“他说人定胜天，他觉得自己和那些说书先生里面的主人公一样，都是身怀大气运之人，只要合理地算计，你肯定会死在他的刀下。”

“这小伙子看来是听说书先生吹牛吹多了，忘了自己不过是个普通人。不过该说不说，这小子还真有点像那些说书先生口中的主角，开局门派被灭，后来山洞得到功法，虽然这功法有点差劲。对了，按照这个说法的话，我就是那些说书先生口中的最终反派吧，你就是那反派手下送经验的路人甲。你没放跑他吧？”安心疑惑地问道。

“老板，你在想什么呢？我严刑拷打完，就把他给宰了，脑袋都分家了，就不信他还能活着。”

“这世界上其实没有天上掉下的馅饼，即便掉了你也不知道有没有毒。”

“老板你大中午站在门口感慨什么啊？”

“我感慨啥，你不清楚吗？没看见我客栈的生意都惨淡成这个样子了啊？都怪那个六朝帮的余孽，死了还要坑人。”安心看着空无一人的大厅咬牙切齿道。

…………

两人吃完饭，又无聊地喝着茶水。

“哟，东岛都乱成什么样子了，你还有脸在这里品茶。”就在两人品着茶水时，一个不和谐的声音出现在客栈大厅。

殷任抬头望去，就见一紫衣老人出现在门口。老人将双手别在身后，一脸愤恨地看着安心。

安心头都没抬，只是从桌上拿过一个空茶杯，给来人倒了半杯茶。老人也是不客气，径直坐到安心对面拿起茶杯就将茶水灌入口中，然后又将空茶杯递到安心面前。

“倒茶。”老人语气并不客气，甚至有些命令的意味。

安心摇了摇头，也没有说话。

老人看着安心这个样子，气也消了一半。突然他又好似想到什么往事，火气又腾的一下子上来，对着安心开口骂道：“安心啊，你不给我个解释？”

“师父啊，都过去了，你要看开点啊。”安心边说边将老人递来的茶杯斟上茶水，递还给老人。

老人接过茶水一口喝下，继续骂道：“啥玩意儿就过去了，合着受害人不是你啊。你师兄上位的时候我还在想，就凭你师兄的影响力怎么可能将七十二岛主和三十六洞洞主都笼络住，现在想想这里除了那三十五个内奸是想破坏东岛和谐外，其他人中估计有一大半都是你安排的吧？”

“这事你怎么知道的啊？这事我连师兄都没说，就怕他有啥想法。”

“我怎么知道？你是不是太小瞧为师了？你师兄清缴东岛内奸那天本来只是准备杀那几十个头目，并不连累家人。可寒余明显没听你师兄的话，直接屠岛，连暗龙岛龙奎八岁的孙子都没放过。寒余后来说他听错了命令，但这些骗鬼的话我可不信。安心，你给为师交个底，东岛到底有多少人是你的人？”

老人一本正经地看着安心，好像要从安心的表情中得到答案。

“师父，这个问题是师兄让你问的，还是你自己好奇问的？”

“这重要吗？”

“重要。要是师兄让你问的，咱们东岛也别扩张了，我们师兄弟之间都不信任的话，那就没必要一致对外。我已经做了最大的让步，他做了总岛主我便没回去过，我的态度已经说明了一切。”

“哈哈，我果然没收错你们两个，果然是同一个性子。我出岛前和你师兄说，你师弟在东岛的势力绝对不会比你少，让他自己注意些。你知道你师兄说啥吗？”

老人说着便将空茶杯递给了安心，又继续说道：“他跟我说让我好好享受退休生活，东岛的事已经和我无关了。能看到你们两个徒弟成长到这个样子，我真的很高兴。”

安心又斟好茶水，递给老人，淡淡地说道：“师兄都和你说了，那你还问？他自己掌管东岛，有多少人受他控制他不清楚？要你这个快要退休的总岛主来操心？”

“好好好，你们师兄弟有这个态度，为师也放心将东岛交给你们了。只要你们师兄弟之间没有成见，东岛不惧任何势力。”老人听到安心的回答，哈哈大笑起来。

“你做总岛主的时候，自己的势力都被我和师兄瓜分干净了，你咋还有脸笑啊？”安心见到老人爽朗的笑声，一脸不爽地说道。

老人听到安心的话，一脸黑线。你还有脸说这个，你个逆徒啊。可想了想还是开口道：“安心啊，为师这次背上血腥之名，已经是为师能为东岛做的最后一件事了，以后东岛的事就交给你和你师兄了。你答应为师，你师兄在位之时，你不可有任何歪心思。”

“师父还是不放心我？”

“是有点。要是论心机，你师兄不比你差。要是论心狠，十个你师兄都不及你一人。”

“都是你徒弟，没见你这么偏心的。信不信我现在就夺了你的总岛主之位？反正你现在在江湖上的名声不太好，我夺了也是师出有名。”

“唉，我就这么一说，你咋还生气了啊？这总岛主你师兄可说了，让我坐到吴天理大寿之前，算算时间还有二十多天呢。”老人听到安心发火，连忙换了一副笑容讪讪说道。

“那你这个总岛主，不待在东岛，来我这里干啥啊？”

“无聊了，过来和你聊聊天啊。安心啊，你都不知道为师的退休生活有多无聊啊。每天有四个侍女轮流伺候，把我这副老骨头都折腾坏了。还有啊，每天大鱼大肉的，把我这嘴都吃刁了。”

安心看着老人一脸得意的样子，说道：“师父啊，我记得你和我说过，咱们东岛历届总岛主都没有善终的，你这个总岛主做得不到位啊，竟然连我们东岛的优良传统都没继承下去。师父你要不要徒儿帮忙啊？”

“逆徒，你想干吗？我和你讲，你以后也要收徒弟的，小心遭报应。”

“呵呵，我收徒弟就一个标准，那就是天赋比我好，不然收徒干啥啊？”

“咱们不聊这个异想天开的话题，咱们还是说点实在的吧。我还没吃饭，你让你家厨子给我做点午饭。”老人捂着脸，无奈地开口道。

“你还没吃饭啊？”

“没吃呢，你快去让你家厨子给我做点吃的。我和你讲啊，我现在的嘴可刁了，别弄那些寻常菜品打发我。”

“好吧，殷任你去做点吃的给我师父。弄条大一点的花鲢，鱼头烧豆腐汤，鱼身片厚片，用鱼尾和鱼骨做汤引烧开，将鱼肉片与那酸菜一同熬煮。”安心听到老人的话，无奈地对着殷任吩咐道。

殷任也是一愣，随即想了想说道：“老板，你直接说鱼头豆腐汤和酸菜鱼就行，不要说那些没用的，搞得像你会做菜似的。”

说着也不等安心反应，径直跑进了厨房。客栈内就剩下安心和老人。

老人看了眼殷任离开的背影，沉思了一会儿，开口道：“这虚海道人的后辈也是个惊艳之才，年纪不大却踏入了化龙境中期，这天赋放到东岛也算是顶尖。”

“他天赋没那么好，只是运气好而已，虚海的后人你懂的，这个江湖欠他家人情的人太多了。虽说家族没落了，但比起那些普通的江湖客还是要好很多的。”

“嗯，那他有没有兴趣入我们东岛啊？”

“不知道，不过要是有机会我和他谈谈吧。我师兄也和我提过这个问题。”老人听到安心的回答，也不说话，只是静静地喝着安心沏的茶水。

安心见老人不说话，想了想开口道：“师父，你有没有恨过师兄、师姐还有我？”

老人听到安心的问话，先是一愣，随即抬起头看着安心摇了摇头：“没有，一次都没有。哪怕你们没一个听话的。

“我还记得第一次见你的时候，你是被你爹用蒙汗药给迷晕了。那时候我还问你爹为啥要让你跟着我学习，毕竟那时候东岛并没有现在强势，我的武功在江湖上也只算得上一般。其实以你神医阁少阁主的身份，哪怕拜入吴天理的门下也是绰绰有余的。这个问题到现在我还是没弄清答案，几次见到你爹，你爹也都是岔开这个话题。

“你七岁的时候，对于东岛还是非常排斥，天天就怎么想着逃离东岛，可每次都会被我抓回来打上一顿屁股。我记得有一次你出逃，一个人乘着小船闯入了恶鲨海域，要不是你师兄当时在那边历练，估计……你就要用药毒死那片海域的所有恶鲨了。

“你八岁的时候，也开始适应了东岛，我也开始教你武功。那时我才发现你的天赋竟然是如此优秀，无论多难的武功你一学就会，记忆力更是惊人，任何书籍只要在你面前过一遍，你便能一字不差地记下。我记得有一次，我同时教你师兄、师姐还有你同一套剑法，你师兄死活都学不会，你师姐也只是勉强能挥舞一下，你只是瞥了一眼，便将那套剑法学会了，把你师兄和师姐气得饿了自己一天。

“随着你年龄的增长，你也没让我失望，你十一岁时已经是化龙境初期，我也没什么能教你的了。但为了不让自己在你面前失去颜面，我领着你跑到各个岛去学习乐理、棋道、医理、奇门遁甲等知识，你也学得很好。

“可也就是那一年，我记得是离过年还有六天，你找到我说，暗龙岛和无声岛的岛主骂我是条狗。我当时虽然清楚东岛有内奸，可却不想让你过早地知道这个世道的残酷，便和你说，是你听错了。

“可我怎么也没想到，从那天以后你好像就变了一个人，每天也不闹事了，只是不断地翻看着东岛藏书阁里面那些算计人的故事和手册。

“那年过年，东岛所有人聚集在一起吃年夜饭。思域岛一个弟子和你起了冲突，他气不过，骂了你一句，你便当着所有人的面将那弟子活活打死，打死后还对着所有人说，你是总岛主的弟子，让所有想骂你的人注意一下自己的身份。

“这件事过后，东岛的所有人对你便有了隔阂。当然了，随着时间的流逝，你也没再做出过分的事，东岛上的人又和你熟络起来。直至十五岁你踏入化龙境巅峰，出了东岛只身闯入了江湖。”

老人说了很多话，好像在回忆，又好像在感慨。

安心瞥了眼老人，开口道："你知道我为啥要活活打死那思域岛的弟子吗？"

"我当然知道，当然是为了维护师父在东岛的地位。我都懂。"老人说着不禁流下眼泪。

"不是，你想多了，只是因为他在饭桌上抢了我最爱的鸡腿。"

老人："……"

第十九章　入局

师徒两人聊着天，殷任将饭菜端了上来。老人没说谎，他的退休生活确实无聊，嘴也变刁了。

老人用筷子夹着一块鱼片批评道：“小伙子，你这厨艺还需要多练习练习啊，不是我说你啊，烧个鱼头豆腐汤，豆腐竟然用的是北豆腐，烧汤一定要用南豆腐，南豆腐的嫩配上鱼头汤的鲜才是完美搭配。还有啊，这酸菜鱼的鱼片为啥薄厚不一啊，这样的话每一片的口感都会不一样的。”

“殷任，算了，你即便打得过他，也不能打他啊！他可是东岛总岛主，你只要揍他，东岛的人不会放过你的。”安心一边拉着殷任一边劝着。

…………

老人吃完饭，看着一脸愤恨的殷任，得意道：“小伙子，你是不是很想干掉我，又干不掉我啊？人生就是这样，不可能事事都如你的意。”

“老头，我忍你很久了。要不是看在老板的面子上定要让你尝尝我的‘藏剑身’。”

“哟，年纪不大，脾气还不小，安心你放开他，我今天就得见识一下‘藏剑身’。”老头叉着腰，对着殷任吹胡子瞪眼。

“师父你也少说两句啊，你这个样子很像说书先生口中的反派啊。”安心听到老人的话，好心劝道。

“瞎说，你师父我怎么可能是反派呢？我看你和你师兄才像反派。”

安心听到老人的话，脸都黑了，松开殷任，开口道：

“殷任啊，你自从入化龙境中期后还没出去历练过吧？来，眼前这老头和你一样都是化龙境中期，机会已经摆在你的面前了，好好把握。记得离客栈远点打啊。”

“好嘞！”

…………

临近申时，老人拎着满脸瘀青的胖子走回了客栈。

老人将胖子往地上一丢，对着安心开口道：“这人实力怎么这么虚啊？光有化龙境中期的境界却没有化龙境的战力。”

安心看了眼躺在地上被打得鼻青脸肿的殷任，又看了眼老人：“你这不是明知故问啊，殷任刚来客栈的时候不过就是鱼跃境中期，后来喝了五色酒才入了鱼跃境后期。最近得到无当寺痴心和尚的内力入了化龙境中期，这实力不虚才怪呢。”

老人点点头，倒是没有说话。

“对了师父，要不你将殷任带回东岛去历练一番吧，他在我这里也没法稳固境界。”

老人想了想，对着殷任手指一点。殷任也悠悠转醒，揉了揉酸痛的脸颊开口骂道：“老头，我不服，我们再战三百回合。”

“呵呵，小伙子啊，刚刚若是生死之战，你得死多少回了，你自己不清楚吗？”

“哼，你有种不用那些神出鬼没的手段，我们正面刚啊。”殷任显然是被气到了，说话已经开始不带脑子了。

“殷任，别说了，你这样说，作为你老板我感到很丢人的。江湖上人的厮杀，可是无所不用其极，有些人为了赢，什么都能做得出来。朝你吐唾沫、撕咬，什么稀奇古怪的动作都能运用。”安心看着一脸气急败坏的殷任淡淡说道。

殷任听到安心的话，也一下子清醒过来。自己也是游历江湖的孤苦之人，安心说的他自然知道。当年他被星虚宫追杀，也用了假死的手段。这个江湖从来是不讲规则的。那些妄想着仗剑走江湖，与人对峙也是想着你出一招我出一招的江湖人，现在坟头草都应该有一人高了。

“你现在空有化龙中期的境界，却没有化龙境中期的实力。想要弥补你身上的缺陷，只有不断地和人交手，可达到你这个境界的人出手自然是非死既伤，压根不会有人闲着给你喂招。”

安心顿了顿，看着沉默不说话的殷任，继续说道：“当然了，你这种情况也不是没有解决的方案。像天剑阁的剑碑林、星虚宫的日月潭、东岛的九审之渊、西北第一宫的风沙谷等这些特殊的地方都可以帮你稳固境界。以你的情况，去天剑阁的剑碑林自然是最好的选择，吴天理欠你家人情，你要是去历练，吴天理自然会成全你。”

殷任听到安心的话，先是眼前一亮，随即摇了摇头对着安心说道：“老板，我不想去天剑阁。吴天理欠我家人情，那是他的事，万一他要赖不想还了，倒霉的是我。我不想赌一个我没见过的人的人品。不过，如果要入你们东岛的九审之渊，有啥条件啊？”

“加入东岛，成为一岛之主。”安心认真地说道。

“好。”师徒两人听到殷任的回答，也是点点头。

“你可想清楚了，如今东岛的局势并不好，死了很多高手。有些势力已经动了歪心思。”

“老板，我不是个傻子，虽然我不清楚东岛具体发生了什么事，但从谷岛主、九文先生还有你现在的状态来看，这东岛根本没江湖传闻中的那样摇摇欲坠。”殷任对着安心挑挑眉，好像在说自己已经看穿了一切。

“我也不瞒你，东岛如今的局面确实并不好，江湖上说我师父杀的那些人都是别的势力安插在东岛的内奸。当然了，要是我和我师兄两人坐下来细细排查和打算，自然可以将那些内奸最大化地利用起来。可我们两个都不愿意这么干，主要这个江湖已经要乱起来了，我们不愿意去做那些吃力不一定讨好的事。”

殷任听到安心的话先是一愣，随即想了想，开口道：“这江湖不还是好好的啊？除了你们，哦不，咱们东岛联合西北第一宫一起灭了北海城外，就是东岛内部屠杀事件算得上江湖上的大事，其他压根没发生什么事啊。”

“哎，小伙子还是太年轻啊。要是你能做到像我两个徒弟那样，从一些细枝末节的事情就能推算出江湖上的走向，这个江湖你也玩透了。”安心还没有回答，一旁的老人摇了摇头说道。

“啥细枝末节啊，老头你和我说说呗。”

老人喝了口茶水，头斜着四十五度做思索状，开口道：“你有没有发现现在很少有中等势力弟子的江湖消息啊。以前的江湖还会偶尔传出某某派的谁谁为民除害，这段时间压根没有这样的消息出现了，你知道为啥吗？”

“难道这里有啥隐情啊？”殷任一脸感兴趣地问道。

“嗯，没有。那些太跳脱又武功不强的江湖人，和人打架都搞得自己一身伤，压根出不了江湖，而剩下那些听话的弟子都懒得出江湖。”

“那你和我说这些有啥意义啊，我还以为你能说出些有道理的话呢。”殷任一脸黑线。

“不是，你还是没明白我的意思。我的意思是那些中等大派的弟子被江湖磨平了棱角后开始算计自己本门派的弟子了，以为自己在江湖上长过见识就可以随意拿捏自己门派的老实人，而那些中等门派要是出现这样的苗头就离灭亡不远了。”

“但这和江湖走向有啥关系啊？”

“你这小伙子怎么不动脑子啊。以前这些中等门派吞并起来还需要点手段，现在他们自己要乱起来，吞并起来压根没难处。你觉得像星虚宫或者西北第一宫这些有野心的大势力会放过这样的机会？”老人看着殷任一脸嫌弃地解释道。

殷任听到老人的解释，想了想说道：“你是说江湖上很快就会有大势力吞并中等势力的事情发生？”

“是也不是。吞并中等势力这种事都算不上江湖大事，关键是江湖上中等势力就那么多，这些大势力都盯着这块肥肉，到时候难免会有些摩擦。这些摩擦搞不好会酿成大祸。”

“老头，呃不，岛主，你怎么会想得这么长远啊？”殷任一脸崇拜地看着老人。

“因为谷天这孩子已经着手吞并邻近东岛城市的中等势力了啊。你不会以为我这个快退休的老头能想明白这事啊，要是我有这个本事，也不会被人架空，这么快就退休。”老人像看白痴一样看着殷任。

殷任虽然感受到老人不善的眼神，但依旧很感兴趣地道：“这么说东岛很有可能会和其他大势力开战？”

“还没那么严重，现在只是着手准备一些事。不过快了，毕竟吴天理那老东西还活着，这个江湖还乱不了。他这人武功高，正义感又强，最见不得以大欺小的事。虽然现在已经是半退隐状态，可谁也不想在他活着的时候去触他的霉头。

“不过等他死后，这个江湖没了真正的扛鼎人，这个平静了三百年的江湖可能就会乱起来了。

“其实现在这个江湖不缺惊艳之才，老一辈有吴天理，中年一辈有无星，年青一辈有安心。要是大家都没有野心，这个江湖的魁首势力大不了风水轮流转呗。可惜的是无论是无星还是你老板，都没有吴天理那份豁达，这个江湖的魁首便坐得有些名不符实，别的大势力也难免有些坐立不安。”

“我现在退出东岛还来得及吗？”殷任一脸蒙，自己好像上了条贼船。

“晚了，我既然和你说这些，就是把你当成自己人。现在想退出，怎么都得把你弄得神志不清。”老人一脸贱兮兮地笑道。

安心三人聊着天，很快就到了晚饭点。那些异想天开的江湖人也都从那五里山寻宝回来了。有些没有婆娘的江湖人懒得回去做饭，便齐齐到了安心客栈随意弄了些吃的。

由于客栈内就剩下殷任一个伙计，所以殷任便扛起了招待客人和做饭的活计。

由于客人不少，殷任眼巴巴地看着老人和安心，想让他们也出份力，可老人和安心压根不搭理殷任。老人径直去了三楼厢房，安心则像个大爷一样倚着柜台嗑瓜子。

那几个客人也算是客栈的熟人，有一壮汉壮着胆子问道：“安老板，裘生和两位老板娘呢，好像昨天就没见到他们。”

“这几天客栈不忙，他们回去探亲了，客栈内就剩下我和厨师了。”

安心也没卖弄身份，和这群江湖人攀谈起来：“对了，今天你们找到那宝藏入口没啊？”

“没有，也不知道是哪个兔崽子传出的假消息，五里山都翻了个遍也没找到那宝藏入口。”和安心搭话的壮汉一脸愤恨地说道，那表情好似错失了几千两银票。

晚饭很快吃完，众人结完账便离开了客栈。殷任从厨房内端出了晚饭，九文也好似得到什么信号似的，在殷任端出饭菜时，便准时地坐到了椅子上等着开饭，惹得殷任脸直抽抽。

三人吃完饭便聊起了家常。

“安心啊，要是我把殷任带回东岛，你这个客栈还开不开了啊？”

“殷任去九审之渊只是稳固境界，又不是去练武，去那边用不了几天，我估摸着三到五天便能稳定好。我这几天就关门睡觉。”安心无所谓地开口道。

不过好似想到了什么，他转头对着殷任开口道，“对了，你不在的这几天，客栈的损失由你赔。你入东岛成为一岛之主，每个月有六十两银子的生活费，你欠我这么多钱，到时候我直接让我师兄把你的钱划到我这里来。按照我们之前的利息算的话，你未来四十年的钱都会划到我这边来。”

“老板，我啥时候欠你这么多钱啊？还有你这个利息怎么算的啊？”殷任一脸惊诧不解道。

“不是，你不会不知道你欠我多少钱吧？”

“不就那砸坏桌椅的钱，我就算三倍赔你，也用不着拿我四十年的工资抵债吧。”

“我为你从天机阁那边花了四千两银票买到了杀害你父亲的消息，你不会想赖账吧？还有为了帮你老爹报仇，我还特意组建了一个杀手组织，从人员调配到武器购买哪里不需要用钱啊？这钱不得你出？我和你说啊，我这人老有原则了，谁欠我一两银子，要是不还我一两半，我非得打死他。”安心一本正经地对着殷任开口解释道。

“老板，要不你打死我吧。”

“也行，我打死你后，就把你家的《藏剑身》抄写个十来份，以每份四千两的价格卖出去，用来弥补我的损失。”安心想了想，对着殷任说道。

“安心，你等等啊，你怎么能卖《藏剑身》呢？现在这胖子已经是东岛的弟子了，他的《藏剑身》入了东岛后便是东岛的财产了，你怎么能私人售卖呢？”一旁的九文连忙插嘴道。

殷任一愣：“等等啊，我入东岛还要献出《藏剑身》啊？”

“不然呢，你不会以为我们东岛看中的是你这个连自己力量都没掌握的化龙中期的渣渣吧？”老人白了眼殷任说道。

“你们东岛都是土匪啊？”

“唉！怎么能这么说呢，你现在也是东岛一员，怎么能编排自己的门派啊。”老人玩味地看着殷任解释道。

“哎，算了。既然上了贼船，给你们得了。”殷任也是认命似的从怀里掏出一本册子递给老人。

老人看了眼殷任，并没有去接：“你给我干吗？这是你自己岛的武功，你自己保管啊。对了，时间紧迫，我们明天早上就回东岛，那边还有很多手续要办。”

“啥手续啊？”殷任不解地问道。

“入岛需要签字画押领取服饰等一系列烦琐的程序，还有，你既然是一岛之主，你还得自己挑选一个岛屿啊。”

老人听到殷任的话，解释了一番，好似又想到了什么，对着安心开口道：“对了，安心。你师兄让你看看有啥合适的江湖散客可以拉入东岛。最近东岛死了很多人，位置空缺了很多。”

“嗯，好，我师兄有看中的江湖散客吗？”

“倒是有一些，不过只有六人。他已经派人去说服了，你这边有合适的人选吗？”

“我想想啊，嗯……合适的人倒是有一个。”

“谁啊。”

“女子第一人无瑶。”

“其实这个江湖挺没趣的。”大早上九文站在客栈门口对着安心淡淡说道。

“师父，你够了，四个侍女还不够？你要上天啊。”

“我不是这个意思。四个侍女固然好，但我的意思是这个江湖的包容性真小。江湖本该包容性更大一些：有一人一刀勇闯天涯，也有人仗剑独行，可偏偏非得要逼着人抱团取暖。”

“哎，这样没办法啊，这事我师兄做得过了，别人不加入就不加入呗，非得斩尽杀绝。他劝说的六人中都有四人加入了，还不满足。”安心一脸无奈地说道。

“安心，那两人确定不是你让人暗杀的？”九文一脸狐疑地看着安心。

“师父，你这么说徒儿，我就伤心了啊。消息昨晚才传来的，就算我有心去掺和一脚，也没这个时间啊。”安心一脸悲愤地说道。

“嗯……没让人看出是我们东岛干的吧？”

“没，怎么可能，我办事你还不放……老头你诈我啊？”安心下意识回答道，随即又反应过来。

“安心啊，你让为师怎么说你啊。你这样，以后要是让人知道了，别人以为我们东岛是什么不讲理的势力啊。”九文咳咳嗓子一本正经地对着安心批评道。

“要是让江湖人知道我们去招安，别人没答应就灭口，这江湖会怎么想我们东岛。师父你放心好了，我让人分别用天山门和五仪观的功法对付的两人，江湖上没人知道是我们下的手。”安心也没看老人，淡淡地说道。

九文听到安心的话，眉头紧锁，随即好像明白了什么：“没想到大长老竟然也成了你的人。”

“谈不上，只是达成了协议，答应会为我出手一次。”安心头都没抬，好似说着与自己无关的事。

“嗯，这才像大长老的性子。估计你让他欠了你一个人情，才会答应帮你出一次手吧？只是你为啥要把这次机会白白浪费掉啊？”九文一脸不解。

安心听到老人的话，一愣，随即回想到自己十七岁游历江湖回到东岛后，叫人陷害大长老唯一的孙子，然后拎着大长老孙子的脖颈找大长老谈判的场景。那场景要多和谐就有多和谐，安心记得当时还说了很多话来威胁大长老，以大长老的孙子为人质逼他就范。

九文见安心不说话，摇了摇头，对着身后的殷任说道："殷任，走了，回东岛。"

…………

殷任也走了，客栈内就剩下安心一人。安心回到客栈，将暂停营业的告示拿出来贴在客栈的墙上。安心往四周望了望，见附近没有人，便回到客栈内拿出一个玉盒。

玉盒质地通透，是块上等的好玉。更难得可贵的是，此玉盒是一体雕刻打磨而成。要不是玉盒的左下角有个微不可查的"瑶"字，这玉盒的身价会更上一层。

安心打开玉盒，随着玉盒缝隙越来越大，玉盒内的东西才显了出来。让人没想到的是，如此珍贵的玉盒内，竟然放了一只蝴蝶。蝴蝶翅膀呈蓝色，一圈圈褐色的圆点如同星辰般点缀在蝴蝶翅膀上，甚是好看。

一阵微风吹过，那沉睡中的蝴蝶便缓缓苏醒。随着翅膀的扇动，那蝴蝶越飞越高，很快就飞到了安心头顶。只是停留了片刻，蝴蝶便从安心身上离开，向着远方飞去。安心看着蝴蝶飞的方向，将玉盒收好，便回到客栈将大门关闭。

…………

与此同时。无尽山脉，一座座高耸入云的山峰如同一道道光柱竖立在天地间。寻常人见到山峰的陡峭便会生出退意，可偏偏这山峰上又立着一个个宫殿。也不知道修建宫殿的匠人到底有多缺钱才会想不开，答应建造如此困难的工程。其中一座巨大的山峰宫殿上，有一身穿星辰道袍的道人，正静静地看着那宫殿外的云海，道人面前跪着三名身穿道袍的弟子。

那星辰道人打了个冷战，嘴里喃喃道：“也不知道星虚宫的开山祖师脑子是不是进水了，怎么想到将宫殿建在这山上，都冷死了。”

星辰道人的话虽然说得小声，可跪在地上的三人却听了个真切，但没一人敢接话。

道人好像看腻了这气派的云海之景，转身对着三人说道：“叫你们跪着，倒不是因为你们没劝来那几人加入星虚宫。说实话，我们星虚宫这地方风景虽然不错，但也确实有些冷，那些人不愿意加入也很正常。可你们万万不该逼迫别人加入，还和别人说你不加入就等着星虚宫追杀。我们星虚宫是不讲理的人吗？

“你们下去吧。”

那三人听到道人的话，如蒙大赦，便齐齐退了出去。

三人退出宫殿，恰好一女子着急地跑了进来。女子肤如凝脂，身披一件袄绒长袍，一双眼睛很有灵性地眨巴着。女子很显然是漂亮的，如果旁人知道这女子和那道人是父女的话，那旁人便会认为这道人很有钱，娶了个貌美如花的媳妇改变了自己的基因。

女子来到道人身边，看了眼退去的三人一脸疑惑：“爹，你最近心情好像好多了，没有为难师兄们。”

道人看了眼女子，摇了摇头，坐到了大厅主位，对着女子招招手，示意女子坐下，开口道：“辰儿，我以前为难师兄，是我觉得你师兄们还有上升的潜力。现在爹算看透了，你这群师兄上不了台面。”

女子疑惑：“云飞师兄不是已经突破化龙境中期了吗？还上不了台面吗？”

“云飞，武学不错，但心智差些，比起安心要差很多。”道人说得很无奈。

“我家安心很厉害的，比谁都厉害。”女子扬起那精致的脸蛋，一脸骄傲地说道。

“是啊，你家安心是厉害。对了辰儿，大早上的你跑来干啥啊？”

“完了，爹你不说我都忘了，刚刚云飞师兄下山了。”

“下山就下山呗，他刚出关，下山历练一番不会出事的，有啥好着急的？”

“不是爹，师兄出关的时候来看望我，我当时恰巧在看安心的画像，他也不知道咋的了，突然发疯一般说要去找安心的麻烦。”

“啥？”道人一脸不可置信地瞪大眼睛。

安心发现了一个重要的问题：自己不会做饭。

看着左手的菜刀，安心不禁愣住了，看来殷任还是有那么一丢丢的用处的。可现在问题是整个新安镇就自己一家酒楼客栈，自己总不至于跑到隔壁镇的饭馆去吃饭，要是让人看到了，自己的面子岂不是丢大发了。

就在安心为此而烦恼的时候，就听客栈门口传来“嘭”的一声。

安心疑惑，用神识感受了一下，随即愣住了。上一个敢在这里撒野的人现在脑袋都化为了粉灰，这人脑子指定有些毛病。想着也没了研究做饭的心情，径直走到了客栈大厅。就见一背着剑的道人冷冷地站在客栈门口，客栈大门碎裂成一块块碎片散落在客栈内。

道人长相清秀，脸上的胡须衬托出一股英气。安心看着道人，道人看着安心。然后……道人脸上就出现了一道赭红色的巴掌印。

“你说你是不是有病啊！无星来我客栈的时候都没敢砸坏我一样东西，你一个化龙境中期怎么敢的啊？”

道人愣住了，弱弱地开口道：“安师弟，我是你安插在星虚宫的内奸啊。不得表现得嚣张一点，才符合星虚宫弟子的作风啊。”

“那你也得分对谁嚣张啊。我刚刚打你也是为你好，要是你身上一点伤都没有，无星那人会发现端倪的。对了，你怎么就过来了，不是让你少和外面联系，老实待在星虚宫吗？”

“放心好了，我出来的时候，特意演了场戏给星辰那小姑娘看，你还别说，那小姑娘对你挺上心的，我走前她还对着你画像发呆。”道人看着安心，一脸自信地回答道。

“行吧，你自己有数就行。对了，你还没说你来这里干吗。”安心白了眼道人开口道。

“我来传达消息啊。”

“啥消息啊？”

“星虚宫现在在对外扩张势力，我看了一下扩张名单，都是化龙境的散客。我估摸着星虚宫要有大动作了，想找一些炮灰。”道人一脸严肃地说道。

安心听到道人的话，眉头一皱，喃喃道：“星虚宫竟然也在扩张，无星这是等不及了？”

“不过，这次扩张没啥用，一共去劝说十几个人，最终只有三人加入，其余人都拒绝了。那去劝说的弟子还恐吓别人，说要是不加入就等着星虚宫的追杀。”道人听到安心的话，插嘴说道。

安心一愣：“我好像明白无星为啥这么着急了。”

“你明白了啥啊，对外扩张本来就是大门派应该做的呀。”道人一脸疑惑地问道。

安心听到道人的话，叹了口气道：“无星也是倒霉，收的弟子是一个有出息的都没有啊。在江湖上做事，要不留份人情，要不狠下心来将事做绝了。绝不能做事的时候畏畏缩缩，说话时却没有分寸。星虚宫这些去劝人加入的弟子都犯了大忌。人没劝到也就罢了，在江湖上还没落得好名声。估计现在江湖上都在传播星虚宫仗势欺人的消息了。”

道人挠挠头，疑惑道：“安师弟，这劝人没劝到，放句狠话不是很正常的事吗？”

“我终于知道为啥你这么笨，做内奸居然还没被发现。你这智商妥妥地符合星虚宫弟子的风格啊。”安心白了眼道人说道。

不过想了想还是解释道：“就拿劝人加入星虚宫这事来说吧，劝说失败后最好的方法有两种：一是备些礼物赠予别人，说些客气话，给别人留份情面；二是直接抹杀，将事情做绝了。

“可星虚宫的弟子一样都没做，劝说失败后竟然放狠话。要知道他们所劝说之人，都是一步步从底层打拼出来的高手，这些人总有自己的骄傲吧，即便实力不如星虚宫，也不会怕了他们。”

道人点点头好像明白了什么，开口道：“那我回去后，也要好好和那些弟子说道说道。”

“别价，你保持你中二的风格就好，要是无星发现你变聪明了，估计等他死后你都能混成星虚宫的掌门了。到时候你这个内奸就当得有点过分了。”

第二十章　天鹅

安心看着满满一桌子的菜肴，满意地点点头："看来你在星虚宫做卧底也不是一事无成啊，最起码这手艺还行啊。"

道人听到安心的话，眼泪不禁流了下来。

安心看着道人的表情都愣住了，不就夸你两句，有必要这么感动吗？难道我平时对下属有些严厉了，安心刚想反省自己平时的言行，就听见道人充满幽怨道："那星虚宫的地理位置，你又不是不知道，常年断粮。每次从山下弄的粮食都是些易保存的食材，一点都不新鲜。我要是手艺再不好些，我就得活活饿死。"

"那还真是辛苦你了。"

"哎，一切为了东岛。"

"嗯，等你回归，我给你加钱，每个月提到八十两。"

安心想了想，还是决定给这可怜的内奸一点好处，毕竟棒子加萝卜是笼络人的最好手段。

道人听到安心的话，先是一愣，随即开口道："安师弟，你当年承诺我的是每月一百两，等我回东岛的时候一起结给我。现在我都卧底有八年了，你是一个铜板钱都没给我结啊。我做星虚宫的弟子每个月还有六十两银子的零花。"

安心听到道人的话都愣住了，随即弱弱地开口道："师兄，你听过东岛基金吗？谷岛主牵头的，一年保本，两年翻番。"

…………

安心和道人吃完午饭。道人揉了揉被打得鼻青脸肿的脸蛋，说道："我不就是不想将钱投入那谷天的东岛基金吗？你有必要打我吗？谷天啥人你自己不清楚啊，我要是将我那八年的薪水都投入进去，最后绝对血本无归。"

"你说的这个问题我也知道。"

"那你还打我。"

"主要我也投钱进去了，总不能让我一个人亏吧，总得找个人和我一起倒霉啊。"安心说着眼睛不禁红起来。

道人愣住了，开口道："你既然知道谷天的人品，还把钱投到他的东岛基金？"

"你不懂，你没感受过我师兄散发出的人格魅力，那小嘴像租来的，突突地往外冒骚话，让你一下子有种想花钱买安静的冲动。"

就在两人聊天时，安心眉头一皱，对着面前的道人就是一拳。那道人一时没反应过来，一个踉跄直接摔倒。道人被安心这一拳都弄蒙了，刚想说话，就看见安心对他使了个眼色。

"呵呵，就算无星那老杂毛今天站在我面前，你也得赔我九千六百两银子。翻了天了你，还敢砸坏我客栈的大门，你不知道大门就代表我的脸面吗？你连我的脸都敢打啊，你是不是不想活了？"

道人听到安心的话，一下子就明白了什么，指着安心的鼻子："你个恶贼，敢说我星虚宫的掌门是老杂毛，我云飞今日拼死也得让你知道我星虚宫的厉害！"

"咯咯。"云飞刚放完狠话，门口传来了一声咳嗽声。

安心和道人循声望去，就见一身穿星辰道袍的道人站在门口，此时道人的脸色并不好。他的眼神直勾勾地看着躺在地上的云飞，惊讶云飞竟然还没死。

云飞见到来人，立马挣扎着站了起来，小跑到道人身边弱弱道：“师父，徒儿给你丢脸了。不过安心这恶贼也是过分，竟然当着我的面骂您。”

道人看了眼一脸气愤的云飞，随即摇了摇头，叹了口气劝慰道：“云飞啊，到了我这个年龄，已经不在乎别人的看法了。以后不要再为为师做傻事了，你刚入化龙中期，是我们星虚宫的未来，为师可不愿你出啥意外。”

“师父，徒儿就是气不过，安心这恶贼，不仅骂你老杂毛，还说你，说你……”

道人见云飞欲言又止的神情，继续劝慰道：“作为修道之人，不要为外界的评价而影响。你得学学为师，不管安心怎么骂师父，师父都不会生气的。”

“不是的，师父，安心还说你长得丑、不洗澡、抠门、自私、武功不高还天天爱瞎蹦跶……”云飞越说越起劲。

一旁的道人听着脸越来越黑，不禁看向张大嘴巴的安心。

此时的安心都蒙了，自己啥时候说过无星这些坏话啊，我看分明是你自己对无星有意见，想借我的名义将你心中对无星的想法都说出来吧？

半个时辰后云飞终于停止了那突突的小嘴。

道人听完“安心对自己的评价”后深吸一口气，想平缓一下情绪。作为一派的掌门，无论什么时候都得保持着风轻云淡的样子。

半晌，道人终于呼出那口气，对着安心开口道：“实在受不了了，我们打一架吧。我在五里山等你，今天非得揍你一顿。”

说着也不等安心反应，径直飞向了五里山，临走前还暴揍了一顿一脸得意的云飞。他可不傻，安心怎可能知道自己不洗澡，这明显是这云飞自己不老实硬加上去的。

安心看了眼愣神的云飞，并没有说话，一个瞬移消失在原地。云飞看着安心消失也傻眼了。这就开战了，不会自己的一句话就成了东岛和星虚宫开战的契机吧？

就在云飞愣神间，原本阳光明媚的天空一下子变得漆黑无比。

这黑夜来得有些急，让原本在路上行走的人们一下子都愣在了原地。经验丰富的老人以为这是大雨降临的前兆，刚想让自家的后辈找个地方躲雨，可接下来的一幕却让老人傻眼了：漆黑的天空出现了点点繁星。随着时间的推移，天空中的繁星也越来越多，越来越亮。

这等奇观固然令人惊奇，不过新安镇的人倒是镇定，没有过多地害怕。他们已经是老观众了，他们见识过凭空而生的佛像，日夜颠倒的景象倒也能接受。

那繁星蔓延至了整个天空，一道红色光线如同破开苍穹般从黑夜中照耀下来。那光线越来越大。正当路人感慨这变幻无常的奇景时，一个巨人凭空出现在五里山上空。那巨人足足有小山般高，全身血红，面目狰狞，如同恶世道修罗，让人看得不寒而栗。

巨人只是对着天空一挥手，那原本被红光照耀的天空瞬间变得通红无比，如同滚滚岩浆向着黑夜继续吞噬。就在红色岩浆与黑夜相互较量时，一道剑气自北而来，划过天空，将原本对峙的岩浆与黑夜生生分开。

站在门口的云飞看着这景象张大了嘴巴。以他化龙境中期的实力，竟然没看出这两人的交手状况。正当他想靠近看个明白时，那天地异像陡然消失，原本诡异的天空恢复了原样，那巨人身影也化为点点红光消散在空中。

云飞愣住了，这就完了？我还没看个明白啊。到底谁赢了？

云飞正在心中盘算着什么，两道身影悄然落在他的身后。

“云飞，你发什么愣呢？”云飞一愣，转头看去，就见安心和无星站在他的身后。

“师父，你们打完了，谁赢了？师父你肯定赢了吧，我就说嘛，安心这个狗贼怎么可能是您的对手？”

无星听到云飞的话，脸色并不好，看了眼一旁面带微笑的安心，摇了摇头：“没分出胜负，被吴天理的剑气硬生生打断了。”

安心也摇了摇头，叹气道：“哎，可惜了，吴天理那剑要是再晚来一会儿就好了。”

“你可惜啥啊，你不会以为今天就能杀掉我？本来就是收着打的，要是真打起来，我估计苏城和圣城都得遭殃。”无星白了眼安心，没好气地说道。

“呃，你误会我的意思了，我的意思是要是那剑再晚一点，整个新安镇和七义镇就没了，到时候可以找你们星虚宫敲诈，啊呸，索要更多赔偿。”

“你！”

无星听到安心的话，一时竟然没法接话，只能对着一旁的云飞说道：“云飞，跟我回星虚宫。”

云飞点点头，刚想跟着无星离开，就听到安心的声音：“你们星虚宫砸坏了我客栈大门，不意思一下就想走，是不是不够意思啊？”

“哼，你把我徒弟都打了，我没问你要医药费，你还好意思问我要钱。我跟你讲，要钱没有。”无星冷哼一声，淡淡地说道。

“钱没有好办啊，你这徒弟命留下啊。”安心边说边走到了云飞身边。

“怎么，你还想用强？我和你说，我徒儿今天我保了，你安心今天要是敢伤他一根汗毛，这事没完！”

“哎，你有没有听我说啊。”

“你赶快从我徒弟身上下来！行，我给钱，一千两够吗？”

安心听到无星道人的话，一愣，从被打得鼻青脸肿的云飞身上站了起来，将手伸到无星面前：“给钱。”

无星看着安心伸来的手，无奈地摇了摇头，从怀里掏出一沓银票。都是小额银票，最大的面额都没超过五十两。

无星啐了口唾沫在大拇指上，然后数起了那一沓银票，数了半天才将那一沓银票数完。一共才八百三十两，都不够赔偿安心的。就在安心准备大发善心免了那剩下的一百七十两时，就见无星走到门口石墩前坐了下来，脱下自己的鞋子，从里面掏出一张旧黄色的银票。

安心都蒙了，连忙从无星手上抢过那一沓八百三十两银票，开口道：“你别掏了，剩下的我不要了。你藏点私房钱也不容易啊。不过我挺好奇的，你一个星虚宫的掌门，怎么能穷成这个鬼样子啊。”

无星听到安心的话，连忙将那旧黄的银票塞入鞋子，压实，穿好，动作一气呵成，抬头看着安心，一脸沧桑地说道：“你不懂，家家有本难念的经。”

“本来我还打算以后娶你女儿，继承星虚宫的。现在看你这个样子，我怎么有点下不了手啊？”

“嗯？”

无星听到安心的话，眼睛都亮了，连忙拉住安心的手说道：“你说真的吗？我和你讲啊，我们星虚宫老好了，环境优美，让你有种享受自然、回归田园的感受。而且你别看我这么穷，但我媳妇有钱啊，星虚宫的钱财都是她管理的。”

“这事以后再说吧，不过你够不要脸的啊，你星虚宫地理位置偏就偏吧，你夸成这个样子是不是过分了啊？”

安心看着无星这个样子，不禁打了个冷战。这人为了拉拢自己，连自己的女儿都能卖，连忙甩开手对着无星说道：“我可没聘礼，你这女儿不娶也罢。”

“说什么话呢，要啥聘礼？你要是娶我女儿，我出嫁妆一百万两。”

“啥？一百万两？”

“嗯，还是黄金。”

“喀喀，你要是说这个我就来了兴趣了。走！咱们进客栈好好唠唠细节。”安心边说边将无星拉了起来，引进了客栈大厅内，还顺便给无星沏了壶茶水。

无星都蒙了，早就听说安心贪财，但没想到这么贪啊。等等，为啥这个性子的人我好像还认识一个，恰好也姓安，想着便疑惑地问道：“安心我问个事啊，安道悬和你什么关系啊？”

“那人是我老爹。咋啦？”

“呵呵，没想到你还是神医阁的少主啊。这江湖上有关你的消息还是不够全面啊。”

“别扯没用的，谈谈一百万两黄金聘礼的事。”

“喀喀，这个放心好了。你要是娶我女儿，我星虚宫好歹排在你们东岛前面，我虽然没钱，但星虚宫绝对有钱啊。”无星摇了摇头无奈地说道。

“无星啊，其实我也有件事一直想不明白啊。”

“以后都是一家人，你问吧。”

“行吧叔，其实我一直明白你们星虚宫后继无人，但你也不至于急得找我一个东岛弟子来继承你们星虚宫吧。这么做怎么看都会落下话柄吧？”安心将心中的疑惑问了出来。

无星想了想，说道：“你以为我想啊？星虚宫和你们东岛不同，你们东岛对于总岛主的竞争又不分背景，只要有实力、有心机都能当。可我星虚宫不行，星虚宫是我星家祖传的产业，掌门之位绝不可能落在别人手里。”

“那你还说将星虚宫传给我，你个骗子。”

“我没骗你啊，我就一个女儿，你要是娶了我女儿，这星虚宫自然就是你的啊。其实你没出江湖之前，我打算找个看得顺眼的弟子培养成女婿，以后好继承星虚宫。可自从你十六岁杀到星虚宫后，我不知道咋的了，越看我那些弟子越不顺眼。”无星摇了摇头无奈地说道。

“不是，那你为啥不再生个孩子啊，万一下一个是男孩呢？不就可以继承你家产业了？也不用你这么费心费力啊。”

无星听到安心的话一愣，随即缓缓说道：“你是没见过星辰那孩子的娘啊，你压根就不知道我的苦啊。当年我媳妇生下星辰，我说要不再生一个。我媳妇就抱着孩子跑到悬崖边，说我不关心她们娘俩的死活，要一起赴死。后来，我媳妇为了防止我在外面找小的，又抱着孩子跑到悬崖边说要掌管星虚宫的财政大权。”

安心听到无星的话都愣住了，他怎么都没想到堂堂天下第二竟然是个炟耳朵。刚想说话，就听到无星继续说道：“我媳妇说了，只要星辰这孩子成亲了，就交出财政大权。我平时估算了一下，以我们星虚宫的吸金能力，现在应该有一百万两黄金了。所以安心你现在知道我为啥这么执着于让你做我女婿了吗？”

“我好像有点明白了。不过就算你媳妇交出财政大权，对你的生活也没多少改善啊。”

“怎么没有啊，我媳妇威胁我我没办法的，难道女婿我拿他还没办法吗？我跟你说啊，你小子识相点，等拿到财政大权，就好好孝敬我啊。不然我知天境的实力可不是虚的，要不是我那些弟子上不了台面，这等好事都轮不到你。”

“嗯，我咋听着不靠谱啊。我就算娶了你女儿，万一你媳妇不肯交出财政大权，到时候我明抢的话，你到底帮谁啊？”

“应该不会吧，我媳妇也是个讲理的人。”无星一愣，不确定地回答道。

“应该？”

“我也不太确定，毕竟我媳妇的想法我说的不算。”

“浪费我的时间！滚蛋！”说着便要将无星和云飞赶出客栈。

“你不再考虑考虑？我星虚宫，天下第二的门派，老强了！”无星扒着门框不甘地说道。

“你和你媳妇去和我老爹商量这事。我算发现了，你和我老爹绝对能聊得起来。”

“安道悬吗？不行，你老爹比你还精明，压根忽悠不了。”

无星终究是走了，临走前，还从安心手里借走了八百三十两银票。安心虽然有些不太乐意，但想想无星那倒霉催的样子，还是将那一沓银票借给他了。

路上，云飞委屈巴巴地对着无星说道：“师父，你不是说不让安心伤我一根汗毛吗？”

“对啊，他也没伤你汗毛啊，刚刚为师看得很仔细，他都是往你脸上招呼的，一根汗毛都没伤你的。”

“那徒儿不就白挨打了啊，还有师父你真的要将师妹许配给安心啊？这样的话，星虚宫内肯定有很多弟子不服的。”云飞一脸委屈地看着无星。

无星白了眼自己这个傻徒弟：“唉，要不是你们没出息，我也不至于干这样低三下四的事。这次回到星虚宫后，我是得好好管管你们这些弟子了。一个个的本事不大，却嚣张得不行。每次出去办个事，动不动就把星虚宫放在嘴上，搞得现在我的名声都臭了。现在江湖上我的名声竟然比安心还差。”

云飞都愣住了，想了想说道：“师父，其实我一直不明白，安心的名声都这么差了，你还这么在意他。”

“你要是有他的天赋和他的背景我也这么在乎你。我以前还想杀他，以免我死后你们这群没出息的弟子会在他面前吃亏。现在想想幸好吴天理拒绝了，不然就凭安家在江湖上的人脉和东岛的势力，咱们星虚宫别想好过。算了不提这事了，我们先不回星虚宫了，和为师去一趟神医阁，为师去会会安道悬这个老狐狸。”说着便朝神医阁方向飞去。

…………

安心客栈内。安心一个人坐在客栈大厅里发呆。看着被破坏的大门，不禁愣住了，自己好像敲诈了，又好像亏了。

就在安心愣神间，一个清脆的女声回荡在耳边："安心，你又和人打架了啊。"

安心听到声音，抬头向着客栈外望去，就见一漂亮得不像话的女子站在了客栈外。女子生得自然是标致，两弯笼烟眉，一双似喜非喜含情目，身穿淡绛细纱。

女子打量着破碎的大门，随即转头微笑着对安心说道："都十九岁了，你也该收收性子，不要老在外面惹事了。我来的路上看到了天地异象，就猜到你和无星又打架了。"

安心摆摆手："你先进来再说吧，这门我一会儿麻烦隔壁的丁嫂帮我去找个木匠修缮一下。"

女子听到安心的话，倒是没有急着进来，而是走到隔壁的中年妇女面前嘀咕了几句，才回到了客栈。

"你的性子我还不了解，那是能拖就拖。要是等你找人修门，这门十天半个月都不可能修好。我已经让隔壁那大婶帮你找个木匠，估计今天就能将门修好。"

"哈哈，还是你了解我啊。说实在的，你这个样子，我实在不忍心将你拉入江湖这潭浑水来。"

女子听到安心的话，并没说话，而是很自然地走到安心身后，伸出那纤细的手，给安心按着脑袋。安心见到女子的动作，顺其自然地闭上双眼，享受着这女子第一人的服务。

两人都没有说话，就这样静静地享受着闲暇的时光。直到隔壁大婶带着三名工匠来到客栈，两人才停止了动作。这木匠不愧是新安镇的老手艺人，对于破碎大门的修复有一套自己的手艺，很快就将大门修好了。

安心从柜台上拿些碎银打发走了工匠和那大婶，便将大门关好，对着那绝美女子说道："无瑶，好久没吃你做的饭菜了，今天真好，有口福了。"

无瑶听到安心的话，点点头："行，我去看看后厨有什么食材，给你做些你喜欢吃的。"

…………

很快桌上便摆满了珍馐美味。

安心看着桌上的菜肴说道："还是和你待在一起舒服啊。"

"那你不娶我？"无瑶笑着嗔怪道。

"你又不是不懂，当我媳妇得有多危险。这个利益至上的江湖，有多少人盼着我有牵绊啊。"

"所以娶那无星的女儿其实对你来说是最好的选择。"无瑶将最后一道菜放下，想了想还是说出心中的疑惑。

"确实是这样的。"

"那你喜欢她吗？"

"对我来说，讲些儿女情长并不是一件好事。"安心看着无瑶淡淡地说道。

"活着真累啊。"

"那也没办法，我安心也想当个废物，可在虎狼环绕的江湖上当只羊可活不长久。何况到了我们这个地位的人，稍不留神就会粉身碎骨。算了，不聊这个话题，我们先吃饭。"

两人吃完饭，安心看着收拾碗筷的无瑶，不禁愣神，随即摇了摇头："这次喊你来，就是想看看你，你在这边陪我两天吧。"

无瑶听到安心的话，停住了收拾碗筷的动作，想了想看向安心点点头："好。"

随即继续收拾起了碗筷。安心就这么静静地看着无瑶，眼睛里尽是温柔。

无瑶收拾完碗筷，将手上的水滴甩干净后，坐到安心对面说道：“安心，你喊我来真的只是想看看我？”

“是啊，三年没见你，其实怪想你的。你一个人在那冰雪城过得怎么样？”

“还行，一个人过习惯了。”无瑶抿了抿嘴，笑着回答道。

“无瑶，你有没有后悔认识过我？”

“说什么呢，我怎么可能会怪你。我十八岁的时候你带我出冰雪城，告诉我这个世界不仅仅有雪花飘落，还有更多的风景。”无瑶听到安心的话，嗔怪道。

安心摇了摇头：“你越是这么说，我越觉得羞愧。我带你走出冰雪城，虽然见识到了更多的山川美景，但同时也让你见识到了江湖的钩心斗角。”

“我一个人待在冰雪城的时候也在想这事。后来我突然想明白了，你要是不带着我到处去炫耀，压根就没人算计我们。你带着我，每到一个城市都装成弱得不行的江湖人，还让我装成你媳妇到处显摆，等有不知死活的人对我们下手，你就敲闷棍、绑架、勒索一气呵成。关键你干完这些事后还和我说江湖人心险恶，我当时还信了你的话，现在想想最险恶的人是你吧。”

“你竟然能想到这么远啊，你再也不是我认识的那个天真无邪的无瑶了。”安心摇了摇头装作失落的样子说道。

“我虽然不太喜欢江湖上的弯弯肠子，但我不傻。有些事我只是当时想不明白，并不代表我不懂。和你一起游历四个月的江湖，我也懂了很多。”

“和你相处的四个月，也是我最开心的一段时光。”

无瑶听到安心的感慨，想了想说道：“我到现在还不明白，既然你和我相处得很开心，那你为什么非得让我回冰雪城去，还让我以后不要出江湖了。”

“你心太善良了，适应不了这个江湖。乌鸦的世界，天鹅做什么都是错的。而且即便是现在的我，在这个江湖也不是完全有能力保证你的善良。”安心看着无瑶认真地说道。

“我确实不喜欢这个江湖，可这个江湖有你，我便是喜欢的。”无瑶也看着安心认真地说道。

两人没再说话，安心领着无瑶上了三楼厢房，找了上好的厢房安排她住下。安心则回到大厅内，看着那微弱的灯光怔怔发呆。

大厅很暗，但总有一束光芒照耀着。

…………

第二天一早。无瑶早早地起了床，看着安心趴在桌上睡觉，一手还捂着那还未熄灭的油灯，不禁一愣。她不知这油灯为啥能从晚上燃到现在，更不会知道安心昨晚为这油灯上了几次灯油。可这些并不重要，她只知道安心累了，不然以他的武功怎么会不知道自己已经醒了。

无瑶看着安心，并没有打扰，而是脱下鞋子赤着脚走到厨房给安心准备早饭。要是这时有旁人一定会大为吃惊，这女子第一人竟然赤脚为人做饭。

无瑶做了两碗粥，是寻常的小米粥。将粥端到大厅，看着安心还没睡醒，便将两碗粥轻放在桌上。她坐在安心的对面，就这样静静地看着安心。

对于安心来说时间过得很慢，他已经很久没有这么舒舒服服地睡上一觉了。对于无瑶来说时间很快，她很喜欢看着这么安静的安心，好似这样安心才不会离开她。可当那油灯快要熄灭时，安心好像受到什么刺激，突然惊醒，下意识地护住了油灯的那缕火焰。

安心惊醒，看到对面的无瑶，才讪讪地将那亮着微弱灯光的油灯放在桌上。

“吃早饭吧，我做了小米粥，里面加了些糖，你爱吃这些。”

“嗯，还是你了解我啊。我这边这个厨师，早上也做小米粥。可总喜欢弄些包子烧饼做零嘴，看着挺丰富的，其实我不爱这些，我就喜欢简简单单的小米粥加些糖。”

“你爱吃这个，和你厨子直说好了。何必连这种小事也要藏在心中。”无瑶看着安心一脸微笑地说道，语气中有心疼有嗔怪。

“我要是让我厨师做这个加糖的小米粥，总觉得怪怪的。”

安心用心地喝着这碗粥，喝得很干净，一碗普普通通的小米粥喝了足有半个时辰。

无瑶喝了半碗，将剩下的半碗推到了安心面前：“江湖上都说，吃女人剩饭的男人，都没什么出息，可我知道你不信这些。”

安心点点头，很自然地拿起那半碗粥，喝了起来。

两碗粥被解决了，无瑶将两副碗筷拿到后厨洗刷干净。安心看着无瑶离开的背影，这才发现无瑶是赤着脚走路。无瑶虽然赤着脚，但那白皙的脚丫却没有半分泥尘，那双绣鞋则被整齐地摆放在楼梯口。

回到大厅，安心将无瑶按坐在长凳上，从楼梯口拿起那双绣鞋，蹲在地上，帮无瑶把鞋穿上。然后无瑶就白了眼安心，将安心给她穿好的鞋脱掉，左右掉了个个儿，自己穿好。这安心果然还是不靠谱，连鞋的左右都不分。

安心看着无瑶的动作，一脸尴尬。这事要是传到江湖不得让人笑掉大牙。

无瑶穿好鞋，没好气地说道：“你第一次帮我穿鞋，还没穿好，你要怎么补偿我？”

安心尴尬一笑：“唉，我也不想的。向来都是别人伺候我，我第一次伺候别人，还闹出这么大的乌龙。说吧，需要我怎么补偿你？”

“嗯，我想想啊，那就罚你这几天好好待在客栈内陪我吧。”

“好。我上去拿琴给你弹一曲吧，你也好久没听过我弹琴了吧。”

“嗯，好。”无瑶笑着点点头。

安心见到无瑶点头，刚想上楼。可好像想到了什么，小跑到无瑶身边，从怀里掏出一只玛瑙手镯。他抬起正在发愣的无瑶的左手，将手镯套入，说道：“上次和你游历江湖后，我去了一趟我娘那边，我娘将这个手镯给了我，说是我安家祖传的手镯，要是以后遇到喜欢的人，便亲自给她戴上。我一直想找个机会去冰雪城将这手镯给你亲自戴上。”

无瑶听到安心的话，看了眼戴在手上的手镯。手镯质地很好，却早已失去了光泽。

安心看着欣喜的无瑶说道：“我娘说，安家的祖传手镯质地很好，只是佩戴的人少了才失去了光泽。虽然这手镯已经传了千年之久，可佩戴它的人却只有四人。

“安家虽然家族长盛，可大部分的结合却掺杂了利益的因素，所以佩戴这手镯的人寥寥无几。”

“我知道了，我会好好保管这手镯的。”

安心点点头，便径直上了楼。无瑶看着安心的背影，眼神复杂，有欢笑，有无奈，有失落。可她看了眼手上的手镯，那些情绪便立马变为了欣喜。

安心拿着古琴下了楼，无瑶很自然地将桌子收拾干净。

…………

江湖上故作风雅的文人墨客总爱将琴摆放在琴桌上，好似只有琴桌上的琴才能弹奏美妙的乐曲。可安心不一样，他的乐理知识是从乐声那边学来的。乐声是个穷鬼，自然不会讲究那些文人墨客的礼仪。安心也不讲究这些，主要他抠门，觉得没必要花钱去买个琴桌撑门面。他将那古琴放在饭桌上，便弹奏起来。

琴曲是《凤求凰》，弹得很好听，要是乐声此时在旁边，一定会夸奖安心这曲子弹奏得比他要好。可弹曲的人却知道，琴曲弹得好坏在于聆听的对象。无瑶闭着眼听着安心弹奏的曲子，嘴角不经意间露出浅浅的微笑。

…………

曲毕。两人都没有说话。可客栈外却传来些轻轻的讨论声。两人都是高手，对于外面的人的议论，自然是听了个清楚。无非就是路上的行人听到客栈内传来的琴声，相互讨论着这优美的琴声是出自谁手。

与门外嘈杂的声音对比，客栈内却安静了很多。“安心，厨房内没有食材了，你陪我去买点菜吧，中午我做点你爱吃的。”

“好，真是辛苦你了。”

安心看着无瑶笑着答应，突然好像想到了什么，笑道：“我要吃那价值百两的潜龙白菜，对，就是那个凉菜。”

无瑶听到安心的话，也笑道：“你啊，竟是笑话我。”

安心摇了摇头对着无瑶回忆道：“还记得这道菜我们是在径城吃的，那时候我只是和你说这道菜做得不错，我很爱吃，你便立马花了一百两银子从那厨师手上学了这道菜的配方。我当时都震惊了，那菜的做法只是径城百姓人人都会的做法，你却要花一百两银子去学习。”

“走吧，和我去买菜吧，老是揭我的短。”

…………

新安镇，阳光还算明媚。安心一手拎着菜篮，一手牵着无瑶。

天下第三高手牵着美女自然不稀奇，主动拿菜篮子却是第一次。拎着这菜篮子的安心笑得格外开心，比得到龙珠和压龙玉还要开心。

只是这笑容能在安心脸上挂多久呢？